MEISTER & SINN

Die Zaubermacher 1

HALO SUMMER

Bibliografische Information der Nationalbibliothek:
Die Deutsche Nationalbibliothek verzeichnet diese Publikation in der Deutschen
Nationalbibliografie; detaillierte bibliografische Daten sind im Internet über
http://dnb.dnb.de abrufbar.

Fotos:
© Sunny07 – Fotolia.com; © Artur Balytskyi, DC Studio, Ann Baker, Epine,
Fafarumba, Neti.One.Love, Mariusz Niedzwiedzki, Pro_Vector, Alexandra F,
Warm_Tail, Chursina Viktoriia, donatas1205, RYGER, MaKars, Ola-la, luchschenF,
Alewiena_design, AVA Bitter, standa_art, Bodor Tivadar – Shutterstock.com,
Taydoo.com

Gestaltung: Halo Summer

Herstellung und Verlag:
BoD – Books on Demand, Norderstedt
ISBN: 9783753479446

MEISTER & SINN

ÜBER DIESES BUCH

„Ihr müsst nicht alles können. Es reicht, wenn ihr ein einziges Wunder beherrscht."

Nur die besten Schüler der Welt bekommen eine Lehrstelle im angesagten und mächtigen Zauberei-Unternehmen „Meister & Sinn" in Tolois. Daher kommt es einem Skandal gleich, dass in diesem Winter auch vier Magie-Anfänger aus einem rückständigen Finsterpfahler Internat zu den Auserwählten gehören. Wollen Breik, Skrap, Felian und ihre Freundin Eschel das erste Halbjahr überstehen, müssen sie unbedingt herausfinden, wie man Wunder aufspürt und erobert. Oder wie man es überlebt, selbst ein solches Wunder zu sein.

Ein magischer All-Age-Roman für alle Fans von Zauberschülern, spektakulären Geheimnissen und schicksalhaften Freundschaften.

INHALT

KAPITEL 1
WAS DER WIND HERANTRÄGT

ALLES WIRD SICH VERÄNDERN, aber ich kann nicht sagen, ob auf gute oder schlechte Weise. Ich kann nur riechen, dass etwas passieren wird, so wie damals vor drei Jahren, als der Wind über unser Finsterpfahler Internat hinwegbrauste und plötzlich Eschel vor der Tür stand. Das schönste Mädchen der Welt tauchte wie aus dem Nichts auf und das Verrückteste daran war, dass sie vom ersten Tag an mit niemand anderem befreundet sein wollte als mit Skrap, Felian und mir, den drei uncoolen Tiermenschen. Wir haben bis heute nicht viel über unsere Freundin Eschel herausgefunden. Wir wissen nur, dass sie eigentlich K'au-h-eschel heißt und aus den Urwäldern von Hornfall stammt. Aber warum sie von dort geflohen ist und über alles andere, was sie erlebt hat, spricht sie nicht. Das Einzige, was sie uns jemals erzählt hat, ist, dass sie mal eine ganze Nacht lang mit Hanns von Fortinbrack Tinker-Taiming gespielt hat. Wir haben es nicht geglaubt. Ich meine, wer spielt denn einfach so mit einem supermächtigen Zauberer Karten? Aber mittlerweile weiß ich, dass Eschel weder zum Lügen noch zum Angeben neigt, also stimmt es wahrscheinlich.

Damals ist Eschel wie ein Wunder in unser Leben getreten und ich ahne, dass die Veränderung, die uns heute bevorsteht, mit ihr zusammenhängt. Der Wind, der mein Leben durcheinanderwirbeln wird, trägt ihren Duft.

7

„Breik? Was schreibst du da?" Eschel schaut mir über die Schulter, aber sie sieht nichts. Ich bin magisch nur mäßig begabt, aber Tinte unsichtbar machen, bevor sie das Papier erreicht, war schon immer eine Spezialität von mir.

„Ach, nichts Wichtiges."

Übrigens habe ich mich im Laufe der Jahre mittelschwer in Eschel verknallt. Es ist traurig, aber nicht zu ändern. Natürlich lasse ich mir nichts anmerken. Ich bin ein fünfzehnjähriger buckliger Junge mit Hufen und Hörnern, krumm und schief gewachsen wie ein knorriger Baum. Es ist klar, dass wir nie mehr sein werden als gute Freunde. Ich wäre sogar überfordert, wenn es anders käme. Unsere Freundschaft ist mein großes Glück. Liebe ist in solchen Fällen doch eher kontraproduktiv.

„Wenn du nicht willst, dass jemand liest, was du schreibst", fragt sie, „warum schreibst du es dann überhaupt auf?"

Ich klappe mein Notizbuch zu und starre sie an. Ihr Haar leuchtet selbst im nebligen Grau Finsterpfahls golden und ihre helle Haut ist mit olivgrünen Sommersprossen bedeckt. Am ungewöhnlichsten sind Eschels türkisfarbene Augen – in ihnen bricht sich das Licht aller klaren Tage dieser Welt.

„Schau nicht so böse", sagt sie und lacht. „Mir ist langweilig und was immer du schreibst, du kannst es der Welt auch morgen noch verschweigen."

Sie hält mir ein dickes Buch unter die Nase. Als sie zu uns kam, hatte sie Probleme mit der gemeinsamen Sprache von Amuylett, darum steckten die Lehrer sie zu uns in die erste Klasse. Mittlerweile kann sie die allgemeine Sprache perfekt, doch ihre fast krankhafte Sorge, nicht genug Wörter zu kennen, ist geblieben. Sie liebt es, mir dabei zuzuhören, wie ich ihr Artikel aus einem Lexikon vorlese. Und so schlage ich das dicke Buch auf, das sie mir reicht, um ihr einen Vortrag über „Drachenmerkmale von Flugwürmern und anderen Lindwurmverwandten" zu halten. Ich habe kaum angefangen, da kommen unsere Freunde Skrap und Felian über den Schulhof gerannt.

„Jemand Wichtiges ist beim Direktor!", ruft Skrap. „Bestimmt eine Berühmtheit."

Skrap hüpft bei jedem Schritt und bewegt dabei die Insektenflügel auf seinem Rücken. Menschen mit tierischen Merkmalen

8

haben es ohnehin nicht leicht in Finsterpfahl, aber wenn du wie Skrap nach einer Mischung aus Käfer und Vampir aussiehst, bekommst du die doppelte Verachtung zu spüren. Nicht dass Skrap auch nur irgendwas vampirmäßig Gruseliges an sich gehabt hätte, aber er besitzt diese zwei dornenartigen Zähne, die ihm über die Lippe ragen, und graue Haut – da kommt einem die Assoziation „verhungernder Blutsauger" sofort.

„Eine Berühmtheit?", fragt Eschel. „Wer denn?"

„Wissen wir nicht", sagt Felian.

Als Marderjunge ohne eindeutige tierische Merkmale sieht Felian von uns dreien am menschlichsten aus. Er hat lediglich Marderproportionen: kurze Arme und Beine, langer schlaksiger Körper. Im Gegensatz zu Skrap und mir ist er als Mardermensch immerhin ein Raubtierverwandter, was bei Tiermenschen angesagter ist. Doch das ändert nichts daran, dass er besser um Hilfe schreien kann als zu kämpfen.

„Warum glaubt ihr dann, dass es jemand Berühmtes ist?", frage ich.

„Die Kutsche trägt das Wappen von Amuylett", erklärt Skrap. „Außerdem sind da ein Privatkutscher, noble Pferde *und* zwei Männer, die vor dem Hauptgebäude Wache halten."

„Dabei ist der Besucher gar nicht mit der Kutsche gekommen", ergänzt Felian. „Die Kutsche war leer."

„Ja, genau", meint Skrap und bläst dabei einen Sprühregen aus Käfersekreten in die Gegend. „Er kam geflogen. Jemand hat einen Schneeweißen Lindwurm gesehen."

„Ach was", sage ich. „Schneeweiße Lindwürmer gibt's doch gar nicht."

„Doch", meint Felian, der immer so spricht, als verkünde er die Weltenformel, die alles erklärt. Selbst wenn er sagt: „Ich muss mal aufs Klo", hat er diese bedeutungsvolle Aufgeregtheit in der Stimme. „Gerald Winter soll einen haben."

„Ja, klar."

Eschel reckt ihren langen Hals und blickt in Richtung Schule. Sie hat die Gabe, Dinge zu sehen, die sich außerhalb ihrer Sichtweite befinden, wenn sie sich gezielt darauf konzentriert. Jetzt öffnet sie leicht ihre Lippen, als hätte sie etwas Interessantes erhascht.

„Und?", flüstert Felian.

„Pssst." Eschel starrt das kastenförmige Hauptgebäude an, das ursprünglich mal ein Krankenhaus gewesen ist. „Es stimmt", sagt sie schließlich. „Gerald Winter spricht gerade mit unserem Direktor."

Ich schaue meine Freunde an, die genauso große Augen machen wie ich. Jeder kennt den Helden Gerald Winter. Würde er sich heute zur Wahl aufstellen lassen, würde er morgen zum nächsten Präsidenten von Amuylett gewählt werden. Aber dazu hat er keine Lust, was ihn noch cooler macht, wie ich finde.

„Was will er hier?", fragt Skrap nervös und zupft dabei an Eschels Ärmel herum.

„Also, wenn ich es richtig erkenne ..." Eschel hält inne und hebt die Augenbrauen.

„Ja?", fragt Skrap. „Ja, ja, ja?"

„... hält der Direktor eine Akte mit meinem Namen in der Hand."

Sie hat es kaum ausgesprochen, da kommt auch schon der Sekretariatswichtel angeflogen, den wir von ganzem Herzen hassen. Er sieht niedlich aus, ist aber das missgünstigste Mini-Monster, das ich kenne.

„Hey, Flüchtlingsmädchen, du sollst sofort zum Direktor kommen."

Er nennt sie mit Vorliebe so. Er meint, die Behörden sollten sie zurück nach Hornfall schicken. Eschel wedelt mit der Hand in der Luft herum, als wolle sie einen lästigen Geruch vertreiben, woraufhin der winzige fliegende Wichtel herumgewirbelt wird.

„Aufhören, Göre!", ruft er. „Tu besser, was man dir sagt."

„Kommt ihr mit?", fragt Eschel, während sie sich erhebt.

Das ist einer der Gründe, warum wir sie so lieben. Niemand sonst an dieser Schule, der aus heiterem Himmel gerufen wird, um einem Helden wie Gerald Winter zu begegnen, würde auch nur einen Gedanken daran verschwenden, seine komischen Freunde mitzubringen.

„Au ja", sagt Felian und wackelt dabei mit den Ohren – eine Fähigkeit, die er seiner Mardernatur verdankt..

„Ausgeschlossen", zetert der Sekretariats-Wichtel. „Nur das Flüchtlingsmädchen. Sonst keiner."

Wir setzen uns zu viert in Bewegung, ungeachtet des Wichtels, der die ganze Zeit neben uns herfliegt und Schimpfwörter in unsere Ohren brüllt. Auf dem Weg zu der ehemaligen Aufbahrungshalle, in der unser Direktor sein Büro hat, klopft mein Herz vor Aufregung schneller und schneller. Ich habe Gerald Winter in der Zeitung gesehen und in den offiziellen Filmstreifen während der großen Krise, so wie alle anderen Wesen dieser Welt auch. Nie hätte ich gedacht, dass ich ihm eines Tages mal in der Wirklichkeit begegnen könnte. Es kommt mir so unglaublich vor, dass ich mich frage, ob ich ihn bisher überhaupt für einen realen Menschen gehalten habe.

Die Tür des Büros wird aufgerissen, bevor Eschel klopfen kann, und vor uns steht der einäugige Riese, der vor einem Monat als neuer Direktor zu uns kam. Sie wechseln ständig. Außer dem legendären Duhm Vultur, der dreißig Jahre lang unser Internat geleitet hat, hat es noch kein Direktor länger als sechs Monate bei uns ausgehalten. Der einäugige Riese ist ganz nett und zudem ein Phänomen, weil er die Gabe besitzt, die Zukunft für fünf Minuten im Voraus zu kennen. Darum ist er auch keineswegs überrascht, als wir zu viert vor ihm stehen. Freundlich wartet er, bis wir die Aufbahrungshalle betreten haben, und pustet den Wichtel, der ebenfalls hineinwill, mit einem sanften Atemzug in den Flur zurück.

„Du nicht", sagt er. „Und falls es dich interessiert – ich sehe, dass dein Versuch, durch das Schlüsselloch zu kriechen, nicht von Erfolg gekrönt sein wird."

Mit einem lauten Knall fliegt die Tür ins Schloss, obwohl sie der Riese nur angetippt hat, und danach ist es unheimlich still. Ich wusste ja, dass etwas passieren wird. Ein Ende liegt in der Luft. Die Frage ist nur: Was wird aufhören? Und was wird danach beginnen?

DIE EHEMALIGE AUFBAHRUNGSHALLE IST FENSTERLOS, DOCH sehr hoch, was der Grund dafür ist, warum der Riese hier sein Quartier bezogen hat. Zahlreiche Kerzenleuchter erhellen den Raum, aber weit und breit ist kein Gerald Winter zu sehen. Ich merke, wie enttäuscht ich bin, doch da tritt er plötzlich ins Licht, als hätte er sich eben erst materialisiert.

Er wirkt genauso, wie ich ihn aus den Filmstreifen kenne: natürlich, entspannt, gutaussehend. Sein braunes Haar ist so zerzaust, als hätte er tatsächlich zu viel Lindwurm-Flugwind abbekommen, und er lacht uns an. Skrap, Felian und ich sind es gewohnt, dass uns fremde Leute bei der ersten Begegnung überflüssig oder gar verstörend finden. Aber Gerald Winter begrüßt uns wie alte Freunde und schüttelt einem nach dem anderen die Hand. Skrap überrascht das so sehr, dass er sein Käfermaul weit aufreißt und offen stehen lässt, was angesichts der Spuckefäden, die sich zwischen seinen Dornenzähnen bilden, ein fordernder Anblick ist.

„Die drei sind Eschels beste Freunde", erklärt der Direktor. „Ihre Unzertrennlichkeit wird uns gleich vor ein Problem stellen."

Habe ich eben noch gestrahlt wie ein dümmlicher, besoffener Hirtengott, falle ich nun schlagartig zurück in meinen finsterskeptischen Grundzustand. Was für ein Problem? Unser Direktor kann fünf Minuten in die Zukunft sehen und wirkt jetzt eindeutig nervös. Ich fröstle in dem Meer aus Kerzenflammen, in dem wir stehen.

„Sie wissen bereits, warum ich hier bin?", fragt Gerald Winter den Direktor.

„Ja", antwortet der. „Sie werden es in dreieinhalb Minuten erzählen. Es sei denn, ich habe den Vorgang durch meine Ankündigung beeinflusst."

„Faszinierend."

Gerald Winter starrt unseren riesigen Direktor an, der aus Gründen der Höflichkeit auf dem Boden kauert, was ihn klein genug macht, um dem Gast auf Augenhöhe zu begegnen. Gerald Winter fällt es sichtlich schwer, die seltene Gabe des Riesen nicht weiter zu erörtern, sondern sich Eschel zuzuwenden. Doch kaum hat er das geschafft, wirkt er von ihr genauso gebannt wie von unserem Direktor.

„Du bist die erste Hornfaller Ureinwohnerin, die mir jemals begegnet ist", sagt er. „Aber das bekommst du sicher ständig zu hören. Warum ich hier bin: Wir haben einen gemeinsamen Freund. Du kannst dir bestimmt denken, von wem ich spreche."

12

Eschel nickt mit einem angespannten Gesichtsausdruck. Wer auch immer dieser Freund ist, er löst bei ihr die widersprüchlichsten Gefühle aus. Angst, Hoffnung, Verzweiflung, Schmerz, Sehnsucht – all das sehe ich in ihren Augen aufflackern.

„Er behauptet, du seist an dieser Schule gut aufgehoben", sagt Gerald Winter. „Doch wohlmeinende Menschen in seinem Umfeld haben ihn ermahnt, dass er dir eine Wahl lassen sollte, ob du wirklich hier leben willst oder deine Zeit an einem bunteren Ort verbringen möchtest. Da sie keine Ruhe gegeben haben, hat er seine Verbindungen spielen lassen, um dich heute vor diese Wahl zu stellen."

Mir läuft es eiskalt den Rücken hinunter. Sie wird uns verlassen. Sie wird *mich* verlassen. Das wäre unerträglich.

„Ich bin gerne hier", sagt Eschel. „Ich fühle mich an diesem Ort sicher."

„Für deine Sicherheit wird gesorgt sein."

„Die Schule ist mein Zuhause."

„Das verstehe ich. Ich bin selbst auf eine Schule gegangen, die nicht den besten Ruf genießt, und es war eine glückliche Zeit. Trotzdem will ich dir erklären, was dir unser gemeinsamer Freund anbietet. Es ist eine einmalige Gelegenheit, also hör es dir an und entscheide dich dann."

Ich kenne Eschel, sie ist interessiert. Hätte sie vor, das Angebot strikt abzulehnen, wäre ihre Miene verschlossener. In ihr schlummern Wünsche, die in Finsterpfahl nicht erfüllt werden können, so wie in uns allen. Darum wird sie fortgehen, weg von uns.

„Wie ihr wisst, ändern sich die Zeiten gerade sehr schnell", erklärt Gerald Winter. „Manche Menschen haben ihre Fähigkeit, aus eigener Kraft zu zaubern, bereits verloren, andere fühlen sich magisch schwächer als noch vor ein paar Monaten. Immerhin ist die Magikalie, die den Wesen in Amuylett ihre Zauberkraft verleiht, noch in großer Menge vorhanden. Sie ist schwerer zugänglich als früher, doch sie lässt sich in Gebrauchsgegenstände, Schmuckstücke oder Waffen packen und auf diese Weise nutzbar machen. Meister & Sinn, der führende Instrumente-Hersteller Amuyletts, arbeitet fieberhaft an neuen Varianten, um Magikalie für den allgemeinen Gebrauch zu erschließen. Ich weiß nicht, ob ihr von diesem Zaubermacher schon mal gehört habt."

Ob wir von dem gehört haben? Aber klar haben wir das! *Jeder* kennt Meister & Sinn. Die Zauberei-Instrumente dieser Marke sind absolut angesagt, selbst hier in Finsterpfahl. Die neue Adamastserie trägt nur den Schriftzug „Meister" auf den Geräten und wer ein Stück davon besitzt, ist der Größte. Natürlich kenne ich niemanden persönlich, der ein echtes Instrument der Adamastserie bezahlen könnte, aber in Finsterpfahl sind die billigen Nachbildungen sehr gefragt. Auch wenn es nur schlecht funktionierende Attrappen sind, mit denen sich die Leute schmücken.

„Das Unternehmen wächst rasant", sagt Gerald Winter. „Deswegen stellt Amadeus Meister auch in diesem Winter neue Lehrlinge ein. Sie werden im Betrieb ausgebildet und erhalten gleichzeitig in der hauseigenen Schule eine vollwertige Schulausbildung. Wenn du magst, Eschel, kannst du in ein paar Tagen bei Meister & Sinn als Auszubildende anfangen."

Niemand, der bei Trost ist, schlägt so eine Möglichkeit aus. Ich weiß nicht, was ich dafür tun würde, so einen Platz bei Meister & Sinn zu bekommen – wahrscheinlich alles. Ich freue mich für Eschel, ich schwöre es. Aber gleichzeitig bin ich todunglücklich, weil für sie ein Traum in Erfüllung geht und für mich einer stirbt.

„Ich weiß, das klingt unverschämt", sagt Eschel. „Aber könnte Amadeus Meister nicht gleich vier neue Lehrlinge gebrauchen? Wenn er so stark wächst?"

Dieser Vorschlag löst bei Gerald Winter spontane Heiterkeit aus.

„Vier Lehrstellen?", fragt er. „Es gibt gerade mal zehn pro Jahr und für dich wird eine elfte eingerichtet. Das Bewerbungsverfahren für die zehn Lehrstellen lief schon im Herbst und es haben sich dreitausend Schüler dafür beworben. Es wären noch weit mehr gewesen, wenn die Bewerbungskriterien nicht so unverschämt anspruchsvoll gewesen wären. Einzig und allein für dich ist Amadeus Meister bereit, jemanden außer der Reihe aufzunehmen, was den Überredungskünsten unseres gemeinsamen Freundes zu verdanken ist."

14

Auf diese vernichtende Erläuterung hin herrscht erst mal Stille. Eschel sieht gequält aus, sie macht es sich nicht leicht, ihre Freunde gegen die beste Lehrstelle der Welt einzutauschen.

„Und?", fragt Gerald. „Wie sieht es aus?"

„Es sieht so aus", erwidert Eschel mit bebender Stimme, „dass ich hierbleibe. Allein gehe ich nicht."

Gerald Winter hebt die Augenbrauen, Skrap und Felian schnappen nach Luft.

„Überleg dir das noch mal, Eschel", sage ich. Ich weiß auch nicht, warum ich das mache, ich muss verrückt sein. „So eine Chance bekommst du nie wieder. Wäre ich du, würde ich sofort gehen."

Felians Körper zieht sich bei meinen Worten noch mehr in die Länge vor lauter Sorge. Aber er will meiner Tapferkeit in nichts nachstehen. „Er hat recht, Eschel. Mach dir wegen uns keine Sorgen, wir kommen auch ohne dich klar."

Skraps Flügel zittern. Mehr als ein gesurrtes „Isso" bekommt er nicht heraus.

„Nein", erklärt Eschel diesmal entschiedener als zuvor. „Nicht ohne euch. Das ist meine endgültige Antwort."

Eine ungemütliches Schweigen folgt ihren Worten. Gerald Winter mustert erst sie, dann uns. Ich erwarte, dass er auf dem Absatz kehrtmacht, da es diesem Wahnsinn nichts mehr hinzuzufügen gibt, doch so leicht gibt ein echter Held nicht auf.

„Mal angenommen, ich würde jetzt Himmel und Hölle in Bewegung setzen, um euch alle irgendwie bei Meister & Sinn unterzubringen – dann müsste ich vorher etwas wissen: Wärt ihr denn wirklich bereit, euch wie die Irren ins Zeug zu legen? Jeden Tag zu lernen und zu arbeiten, jahrelang? Wer ein gemütliches Leben haben will, sollte um den guten Amadeus Meister einen großen Bogen machen. Der Mann ist erfolgshungrig und erwartet Höchstleistungen."

„Kennen Sie ihn persönlich?", fragt Skrap.

„Ja, ich bin dem Meister, wie er sich selbst gern nennt, schon ein paarmal begegnet. Er ist ein reiches, hochintelligentes Schlitzohr. Als Lehrling bist du ihm genau so viel wert, wie du ihm eines Tages einbringen wirst. Mir wäre es ehrlich gesagt zu stressig, dem Mann täglich beweisen zu müssen, dass ich eine zukünftige Geldmaschine bin. Aber wenn du etwas lernen willst und große Ziele hast, bist du in dem Laden gut aufgehoben."

Gerald Winter übertreibt, das ist seine Strategie. Er hofft, wenigstens zwei von uns so sehr abzuschrecken, dass schließlich nur einer übrig bleibt, den er zusätzlich unterbringen muss. Aber da hat er sich geschnitten. Allein die Hoffnung, dass wir Eschel begleiten könnten und in dieser weltberühmten Instrumente-Werkstatt arbeiten dürften, lässt alle Plackerei, die damit verbunden sein könnte, harmlos erscheinen.

„Also los", sagt Gerald Winter. „Wer will sich freiwillig in diese Arbeitshölle begeben? Arme hoch."

Drei Arme schießen in die Höhe – nur der von Eschel bleibt unten. Erst als sie sieht, wie entschlossen wir drei sind, hebt sie auch den Arm.

„Na gut", meint Gerald Winter. Er sieht nicht begeistert aus, holt aber trotzdem einen kleinen, zusammenklappbaren Taschenspiegel aus der Hosentasche. „Dann will ich mal spiegelfonieren. Entschuldigt mich."

Er tritt ein paar Schritte von uns weg, klappt den Spiegel auf und murmelt ein Bannwort. Kurz darauf wird der Spiegel hell und eine Stimme ertönt, die wir allerdings nicht verstehen können. Offenbar hat die Person am anderen Ende einen Verschlüsselungszauber aktiviert. Gerald Winter hält das nicht für nötig. Was er sagt, können wir deutlich hören.

„Ja, freut mich ebenfalls", sagt er. „Das Wetter? Meine Güte, was interessiert dich das Finsterpfahler Wetter? Es wird schon nicht besser sein als in Fortinbrack. Hör mal, dein Auftrag gestaltet sich komplizierter als erwartet. Denkst du, du könntest deinen Charme spielen lassen und dem alten Meister noch drei weitere Lehrstellen aus den Rippen leiern?"

Die Stimme aus dem Spiegelfon protestiert dem Geräusch zufolge vehement, doch Gerald Winter streckt nur den Arm aus, um mehr Abstand zwischen sich und den kleinen Spiegel zu bringen, bis die Tirade vorüber ist.

„Jetzt komm schon, betrachte es doch einfach als Herausforderung, die dir gerecht wird. Ja, das weiß ich, aber in diesem Fall würdest du sehr gute Freunde auseinanderreißen. Das willst du doch nicht, oder?"

16

Bange Stille.

„Ob sie ... ähm ... keine Ahnung. Sicher nicht begabter als andere Schüler. Nein, ich finde, nach allem, was du schon hinbekommen hast, sollte das machbar für dich sein. Hey, könntest du bitte im Bild bleiben, wenn ich mit dir rede?"

Gerald Winter verdreht die Augen. Meine Hoffnung sinkt. Doch da erklingt wieder die verschlüsselte Stimme aus dem Spiegel. „Okay", erwidert Gerald Winter. „Bis dann." Wir beobachten, wie er sein Spiegelfon zuklappt.

„Er versucht es", erklärt er uns. „Normalerweise ist unser gemeinsamer Freund sehr geschickt darin, Leuten etwas unterzujubeln, was sie nicht wollen, aber Amadeus Meister ist eine Nummer für sich. Wir können nur abwarten."

Ich sehe Skrap und Felian an und weiß, sie denken das Gleiche wie ich. Es wird nicht klappen. Wesen wie wir haben selten Glück. Vielleicht passiert mal was Verrücktes oder Besonderes, so wie damals, als Eschel zu uns kam und ausgerechnet mit uns befreundet sein wollte. Aber dafür trifft uns das Schicksal nun umso härter, indem es uns Eschel wieder wegnimmt und sie auf Nimmerwiedersehen entführt.

„Nicht den Kopf hängen lassen", erklärt der Direktor in brummendem Vibrato. „In viereinhalb Minuten erreicht uns eine recht brauchbare Antwort. Im Grunde könnt ihr schon losziehen und eure Koffer packen."

Ich kann das nicht glauben. Womöglich hat der Riese etwas Falsches gesehen? Viereinhalb Minuten lang klopft mein Herz im Rekordtempo, weil ich mir einfach nicht vorstellen kann, dass wir nach Tolois fahren werden. Diese Stadt ist nicht nur die Hauptstadt von Amuylett, dem größten Land der Erde, sondern ist auch so was wie der Mittelpunkt der Welt! Dort entscheidet sich alles, was wichtig ist, dort leben die coolsten Leute, dort passiert alles zuerst oder zuletzt.

Ich bin nicht der Einzige, der leidet. Skrap hat ein solches Problem mit den Nerven, dass sich ein hysterischer Anfall anbahnt. Erst surrt er, dann fängt er an zu schnattern, immer lauter, bis ein Mittelding aus Käfergelächter und menschlichem Geschrei aus ihm herausbricht. Dabei flattert er wie wild mit den Flügeln und japst, als würde ihm die Luft ausgehen. Eschel, die neben ihm steht, tut, was wir immer in solchen Fällen tun: Sie holt mit der flachen Hand aus und schlägt ihm gegen den Brustpanzer.

Skraps Gesichtszüge erstarren, ein monumentales Schluckauf-Geräusch erschüttert seinen Körper und danach ist alles gut. Nur der Kopf wackelt noch ein bisschen.

„Danke", sagt er.

„Gerne", erwidert sie.

Eine Melodie wie von leisen Glocken sickert durch die Stille. Gerald Winter klappt sein Spiegelfon auf und spricht das Bannwort. Das Gegenüber, das wir nicht verstehen können, redet und redet. Der Gesichtsausdruck von Gerald Winter wandelt sich von erstaunt in entsetzt. „Du bist verrückt", sagt er und: „Das glaube ich nicht!" Schließlich erklärt er: „Puh, da bin ich ja froh. Besser als nichts. Danke dir."

Er klappt das Spiegelfon wieder zu und Skrap, der gefährlich nah an Gerald herangekommen ist, streckt bereits seine Hände aus, um nervös am Ärmel des berühmten Helden herumzuzupfen.

„Was hat er gesagt?", ruft er. „Was, was, was?"

Ich greife nach Skraps Arm und halte ihn fest.

„Nicht", flüstere ich. „Keiner mag es, wenn du das machst."

Skrap nickt betroffen.

„Er konnte ein halbes Jahr für euch herausholen", sagt Gerald Winter. „Ihr dürft zusammen mit den anderen neuen Lehrlingen anfangen, aber wenn eure Resultate nach einem halben Jahr mangelhaft sind, müsst ihr euch eine neue Schule in Tolois suchen oder hierher zurückkehren. Habt ihr Angehörige?"

„Nein", sagen Felian und ich wie aus einem Mund. Skrap druckst herum. Er hat eine Großmutter, aber die ist eine Spinnen-frau, die im Untergrund lebt, weswegen sein Aufenthalt an einer öffentlichen Schule halbwegs illegal ist. Das heißt, hier in Finster-pfahl wird Skrap eigentlich nur geduldet, aber alle haben ihn in Ruhe gelassen. Jenseits der Grenze, in der Republik von Amuylett, erlauben neue Gesetze einen regulären Schulaufenthalt für Gift-spinnenverwandte, jedoch nur unter Sicherheitsauflagen.

„Ist ja auch egal", meint Gerald Winter. „Wir finden eine Lösung, falls ihr in einem halben Jahr rausfliegt. Versprochen."

Kaum haben wir das Büro des Direktors verlassen, verfällt jeder auf seine Weise in einen verrückten Gemütszustand. Ich

18

zum Beispiel bin verstummt vor Staunen. Keinen Ton bringe ich heraus. Ich dachte immer, die Welt wäre für mich kleiner als für andere. Als buckliger Tiermensch ohne Eltern, ohne Geld und ohne überragendes Talent kann man einfach nur froh sein, wenn man irgendwie überlebt. Und jetzt – jetzt darf ich Tolois nicht nur sehen, sondern werde sogar dort leben! Selbst wenn es nur für ein halbes Jahr ist, das kann mir keiner mehr nehmen.

Skrap quasselt im Gegensatz zu mir in einer Tour. Er stellt sich die Frage, ob der Koffer, wenn er gepackt ist, nicht zu schwer für seine dünnen Arme sein wird. Er vergeht in Sorge wegen der Spinnenfrau in seinem Stammbaum und irgendwann fängt er panisch zu hecheln an bei dem bloßen Gedanken daran, dass man in Tolois womöglich keine Rücksicht auf seine Erbsen-unverträglichkeit nimmt, was ihn innerhalb von Tagen umbringen könnte.

Felian überschüttet Eschel mit ungeschickten Dankesbezeu-gungen, die darin gipfeln, dass er sie stürmisch umarmen will, aber genau dadurch zu Fall bringt. Skrap und ich schreien auf und wollen Eschel auffangen, doch bevor wir sie zu fassen bekommen, stoße ich mit Felian zusammen und Skrap verfängt sich mit einem Dornenzahn in Eschels Kragen. Obwohl wir dagegen ankämpfen, segeln wir alle gemeinsam zu Boden.

Eschel ist die Erste, die sich wieder aufrichten kann. Aber statt sich zu beschweren, stellt sie uns feierlich eine Frage: „Versprecht ihr mir, dass ihr euch nicht ändern werdet? Egal, was passiert?"

„Wovon redest du?", fragt Felian, der seine Stirn reibt, weil er damit auf mein rechtes Horn getroffen ist.

„Ich mag euch genau so, wie ihr jetzt seid", sagt Eschel. „Ich will nicht, dass ihr euch auf einmal für was Besseres haltet, nur weil ihr bei Meister & Sinn seid. Oder dass ihr vor lauter Angst zu versagen, verbissen und humorlos werdet. Bitte bleibt die Jungs, die ihr hier gewesen seid, sonst wäre das ein großer Verlust für mich."

Sie macht uns mit ihrer Rede total verlegen.

„Du hast echt einen schrägen Geschmack, Eschel", sage ich und stehe auf.

„Einen Urgh-Geschmack", pflichtet mir Felian bei. „Sieh lieber zu, dass du den behältst."

19

„Genau", erklärt Skrap. „Wetten, dass du in Tolois kapierst, dass du bessere Freunde finden kannst als uns?"

Sie bekommt diesen Blick, den sie immer hat, wenn sie über das Hier und Jetzt hinausschaut. Keine Ahnung, was sie dann sieht, aber die Furcht in ihren Augen bereitet mir jedes Mal eine Gänsehaut.

„Hier an dieser Schule bin ich jeden Morgen ohne Kummer und Angst aufgewacht. Von hier wegzugehen, fällt mir wahnsinnig schwer, und ohne euch würde ich das nicht schaffen. Also hört auf, euch bei mir zu bedanken. Ich danke *euch*, dass ihr mit mir kommt. Ihr seid meine besten Freunde. Klar?"

Sie hält uns die Hand hin und wir legen, wie es unser Ritual ist, unsere Hände auf ihre.

„Freunde", sage ich.

„Freunde", säuselt Skrap.

„Freunde", verspricht Felian, „bis das Meer nach Zucker schmeckt ..."

„... und der Mond im Salzfass steckt", ergänzen wir anderen im Chor.

Ich lache, doch gleichzeitig wird mir klar, dass Eschels Sorge kein Hirngespinst ist. Natürlich werden wir uns verändern. Nichts wird so bleiben, wie es ist.

20

KAPITEL 2
EINFACH BREIK

DIE KUTSCHE, die leer nach Finsterpfahl gekommen ist, wird am nächsten Morgen mit unseren vier Koffern bepackt. Danach steigen wir mit gemischten Gefühlen in den dunklen Innenraum. Felian plagt vor allem die Sorge, dass er womöglich noch mal aufs Klo muss, es aber nicht kann, wenn wir erst einmal unterwegs sind. Als er seine Befürchtung zum dritten Mal äußert, steckt Gerald Winter seinen Kopf zum Fenster herein.

„Du klopfst einfach dreimal gegen die Wand, die euch vom Kutscher trennt, und dann hält er an. Du bist nicht der Einzige mit diesem Problem. Das Gleiche gilt, wenn euer Magen das ungewohnte Schaukeln nicht verträgt. Die Kutscher halten lieber zehnmal an, als einmal die Kutsche schrubben zu müssen."

„Gut zu wissen", murmelt Felian mit hochrotem Kopf.

„Ich bin hier, um mich zu verabschieden", erklärt Gerald Winter. „Der Schneeweiße Lindwurm will zurück zu seiner Herrin, daher kann ich euch nicht begleiten."

„Er gehört Ihnen nicht?", fragt Skrap.

„Du kannst mich ruhig duzen", sagt Gerald Winter. „Ich bin vor ein paar Jahren selbst noch zur Schule gegangen, genauso wie ihr. Und nein, er gehört mir nicht. Ich habe ihn nur bei meiner Stiefmutter ausgeliehen."

„Ah!", ruft Felian wissend. „Die Sirene."

Gerald Winter lacht gequält.

„Ich fürchte, ich werde mich nie daran gewöhnen, dass die ganze Welt meine Lebensgeschichte kennt. Berühmt zu sein, ist ein zweifelhafter Spaß, lasst euch das gesagt sein, falls ihr diesbezüglich Pläne verfolgt. Hier, ich habe noch etwas für euch." Er holt vier kleine Kärtchen hervor, auf denen seine Adresse in Tolois steht. „Wenn es ein Problem gibt bei Meister & Sinn, dann meldet euch bei mir. Wichtig ist, dass ihr beim Posten an der Tür oder bei einer schriftlichen Nachricht das Codewort *Kunibert* angebt. Sonst werdet ihr abgewimmelt oder der Brief landet erst Wochen später bei mir. Wenn euch etwas belastet oder ihr von der Schule geworfen werdet, helfe ich. Verstanden?"

Wir bedanken uns artig und ehrfürchtig. Felian behauptet später, er sei sogar versucht, sich eine Sorge auszudenken, nur um noch einmal mit Gerald Winter persönlich sprechen zu dürfen.

„Oh, das wirst du gar nicht nötig haben", meint Skrap. „Wir werden keine drei Tage unter einem Haufen von Eliteschülern leben, ohne verdammt viele Sorgen zu bekommen."

Wir geben ihm alle recht, doch das kann uns die fünftägige Reise nach Tolois kaum verderben. Teilweise liegt Schnee, während wir durch Landschaften fahren, die wir noch nie gesehen haben. Wir sind sehr ausgelassen, von ein paar Einschränkungen abgesehen. Felian bereitet es Kummer, dass er alle zwei Stunden an die Kutschwand klopfen muss. Skrap sind in unserer ersten Unterkunft die Betten zu weich und duftend, weswegen er die ganze Nacht kein Auge zubekommt. Ich mag ebenfalls keine weichen Betten, aber da ich schon in Finsterpfahl lieber auf dem Bettvorleger als im Bett geschlafen habe, mache ich es in der Herberge genauso.

Eschel wirkt melancholisch, als wir die Grenze passieren. Es ist der zweite Tag, die Sonne scheint und die Grenzposten sind freundlich. Eine Stunde später erreichen wir die erste Kutschstation in Amuylett und staunen über die schiere Menge von Kutschen, die dort haltmachen. Alles sieht so glänzend, ordentlich und prächtig aus, vor allem die Gäste, wie sie unter freiem Himmel aus filigranen Tassen gewürzten Tee trinken. Dieser Ort kommt mir vollkommen heil und friedlich vor, doch Eschels Lächeln ist bemüht.

„Was hast du?", frage ich, nachdem Skrap und Felian losgezogen sind, um die Waschräume zu suchen.

„Es ist dumm, ich weiß", antwortet Eschel. „Aber ich habe mich in Finsterpfahl wohl und geborgen gefühlt. Der graue Himmel hat mich zugedeckt. Jetzt hat ihn jemand fortgerissen und ich habe Angst vor dem, was zum Vorschein kommen könnte."

Sie spricht von den Geheimnissen, die sie mit sich herumträgt. Sie befürchtet, dass sie an einem Ort wie Tolois nicht mehr verborgen bleiben. Mir geht es da genau anders herum. In meinem Leben gibt es nur ein einziges Geheimnis, das ich hüten muss, und je weiter ich mich von dem Ort entferne, an dem ich geboren wurde, desto sicherer fühle ich mich.

Ich war erst sechs Jahre alt, als meine Mutter starb. Ich habe nur wenige Erinnerungen an sie, aber ich werde nie vergessen, wie sie mir kurz vor ihrem Tod erklärte, dass mein Vater ein Monster sei und dass er niemals herausfinden dürfe, dass ich überhaupt existiere. „Er wird dich töten, wenn er dich entdeckt", sagte sie. „Sobald ich dich verlassen habe, rennst du weit fort von hier. Versprich mir das! Bitte bei einem Waisenhaus in einer anderen Gegend um Aufnahme. Sag, du weißt den Namen deiner Mutter nicht mehr. Dann bist du sicher."

Ich habe ihr gehorcht. Ich bin weggelaufen und habe nie einer Seele verraten, dass mein Vater ein Ungeheuer sein soll, dem ich nicht begegnen darf. Da es unzählige Schaf- und Ziegenmenschen gibt, sehe ich im Grunde sehr unauffällig aus. Abgesehen davon bin ich so schief und bucklig gewachsen, dass sich die meisten Leute ohnehin schnell abwenden. Ich wette, mein Vater würde mich nicht mal erkennen, wenn ich direkt vor ihm stünde. Und die Aussicht, von nun an weit weg von Finsterpfahl zu leben, in der größten Stadt der Welt, hat den letzten Rest Angst verscheucht, den ich vor diesem Schatten meiner Vergangenheit noch gehabt habe.

„Glaubst du nicht", sage ich zu Eschel, „dass wir in dem Meer von Menschen untergehen? Wer wird sich in Tolois schon für uns interessieren?"

„Du vergisst, dass wir unsere Lehrstellen durch Beziehungen

23

bekommen haben. Wegen dieser Beziehungen werden sie uns genauer ansehen als andere."

Kurz darauf geht die Fahrt weiter und während wir durch die Station fahren, staunen wir über die großen Reklameschilder an den Hauswänden. Sie zeigen Pfeifen, Füller und Uhren aus der Adamastserie von Meister & Sinn. Darunter stehen Werbesprüche, die uns mit aufgeregter Freude erfüllen. „Verzaubern Sie Ihr Leben mit der Magikalie der *Meister*", steht da. „Magisch den Ton angeben? Mit einem wahren *Meister* kein Problem." Und: „Höchste Zeit für magische Vollendung – Ihr *Meister* kann sogar vom Himmel fallen."

Mit offenen Mündern fahren wir an den Schildern vorüber, doch der große Moment endet jäh, als Felian panisch an die Kutschwand klopft und anschließend über einen Platz voller Leute rennt, um das Klo noch rechtzeitig zu erreichen. Danach bessert sich die Situation für Felian. Sein körperlicher Zustand stabilisiert sich mit jedem Kilometer, den wir in der Republik von Amuylett zurücklegen. Auch Eschels Melancholie verfliegt.

Wir sind zum ersten Mal in diesem riesigen Land, das fast den gesamten Erdball einnimmt. Die Republik, in der wir fortan leben werden, trägt seit tausend Jahren den gleichen Namen wie unsere Welt – nämlich „Amuylett". Das haben die Menschen beschlossen, die den Kinyptischen Kaiser vor einem Jahrtausend zum Teufel gejagt und die Republik ausgerufen haben. Finsterpfahl gehörte ursprünglich auch zu dieser Republik, doch vor zwei Jahren hat Finsterpfahl seine Unabhängigkeit erklärt und sich von Amuylett gelöst. Seitdem ist meine Heimat dicke mit dem gefährlichen Reich Fortinbrack befreundet, was den netteren Teil der Bevölkerung mit großer Sorge erfüllt. Ein Grund mehr, darüber froh zu sein, dass wir Finsterpfahl den Rücken gekehrt haben.

Wir erreichen die Hauptstadt von Amuylett mitten in der Nacht. Es ist neblig, man sieht nicht viel von den Häusern und Straßen von Tolois. Wir ruckeln kreuz und quer durch die Stadt, halten vergeblich Ausschau nach dem Staatspalast, den wir in zahlreichen Filmstreifen gesehen haben, und kommen schließlich vor einer schlichten Hausfassade zum Stehen. Der Kutscher lässt uns aussteigen, holt die Koffer von der Ladefläche und prüft noch einmal die Adresse.

„Das muss richtig sein", sagt er. „Läutet einfach an der Glocke."

Wir folgen seinem Rat und prompt öffnet ein Zwerg die Tür. Er hebt verärgert ein Klemmbrett in die Höhe. „Später ging's ja wohl kaum. Immerhin sind es vier, so wie's auf dem Zettel steht."

Der Kutscher verabschiedet sich und kurz darauf scheppert die kleine rollende Heimat, die uns fünf Tage lang quer durchs Land getragen hat, über die Pflastersteine davon und verschwindet im Nebel.

„Skaraph Maulstein?"

„Hier", sagt Skrap mit zitternden Flügeln. „Das bin ich."

Der Zwerg nickt und macht einen Haken auf seinem Zettel.

„Kau Heschel?"

„K'au-h-eschel", wiederholt Eschel ihren Namen in der korrekten Aussprache. „Aber egal, das stimmt."

Der Zwerg setzt einen weiteren Haken auf die Liste. Beim nächsten Namen kneift er die Augen zusammen.

„Den Vornamen kann ich nicht lesen. Wer heißt mit Nachnamen Pfeiffer?"

„Hier." Es ist mehr ein Wispern, das Felians Lippen entweicht, doch der Zwerg registriert es und macht den dritten Haken.

„Und dann hätten wir noch Bry...liaou...k...k..."

„Einfach Breik", falle ich ihm ins Wort, denn die Erfahrung hat mich gelehrt, dass die Leute mit dem Rest meines Namens überfordert sind. Ich weiß nicht, was sich meine Mutter dabei gedacht hat, mir so ein Ungetüm von einem Vornamen zu verpassen. Wäre ich schlau gewesen, hätte ich damals meine Jacke und meine Stiefel zu Hause gelassen, als ich nach ihrem Tod geflohen bin. Aber ich war noch ein kleines Kind und völlig durcheinander. Mein komischer Vorname war in meine Sachen gestickt und die Leute im Waisenhaus trugen ihn in alle Dokumente ein. Jetzt bin ich für den Rest meines Lebens mit diesem Zungenbrecher gestraft.

Der Zwerg brummt, setzt den letzten Haken auf seine Liste und winkt uns ins dunkle Innere des Hauses. Es duftet nach Wärme, Lavendel und frischer Wäsche, als er uns mehrere Treppen emporführt.

„Eure Zimmer", sagt er und hält seine Laterne hoch, damit wir

25

die Farben der Türen erkennen können. „Enzianblau für das Mädchen, Rubinrot für Maulstein, Senfgelb für Pfeiffer und Tannengrün für Bryalodingsbums."

„Breik", murmele ich, aber nur ganz leise, denn ich bin genauso wie meine Freunde geplättet, dass jeder ein eigenes Zimmer bekommen soll. Eschel betritt soeben den Raum mit der enzianblauen Tür und wir stecken ebenfalls unsere Köpfe hinein. In das Zimmer würden locker drei Betten und fünf Schränke passen.

„Seht zu, dass ihr ein paar Stunden Schlaf bekommt", sagt der Zwerg. „Morgen werdet ihr um Punkt acht Uhr im Studiensaal des ersten Jahrgangs erwartet. Ihr geht über den Kesselgrund und betretet das fünfstöckige Haus mit dem Hundekopfklopfer. Euer Saal befindet sich in der ersten Etage."

„Kesselgrund?", fragt Eschel.

„So wird der kleine Innenhof genannt. Gute Nacht!"

Wir sind todmüde, doch wir sind es nicht gewohnt, allein zu Bett zu gehen. Schließlich versammeln wir uns zu viert mit unserem Bettzeug in Felians Zimmer mit der senfgelben Tür. Es hat den größten Kleiderschrank, den ich jemals gesehen habe. „In Finsterpfahl wäre der ein eigenes Zimmer", sagt Eschel. Sie polstert den Boden des Schranks mit Kissen aus und legt ihre Bettdecke hinein. Es sieht richtig gemütlich aus, als sie sich darin zusammenrollt. Ich strecke mich auf dem Teppich aus, Skrap und Felian teilen sich das riesige Bett und so schlafen wir ein.

Drei Stunden lang bin ich vollkommen weggetreten, doch dann wache ich auf und störe mich an Skraps schnarrenden Atemgeräuschen. In Finsterpfahl gingen sie im allgemeinen Schnarchen und Schnaufen des großen Schlafsaals unter, doch heute Nacht höre ich sie so deutlich, dass ich es nicht länger ertragen kann und mich in mein eigenes Zimmer mit der tannengrünen Tür zurückziehe. Es ist ein Eckzimmer mit Bücherregalen und einem Gemälde an der Wand, das einen Hirschkopf zeigt, aus dessen Geweih Blätter sprießen. Ich mag das Bild sofort.

Als ich mich auf dem Flickenteppich vor meinem Bett niederlasse, fühle ich mich zu Hause. Es ist, als hätte mich das Schicksal an einen Ort geführt, der für mich bestimmt ist. Die Frage ist nur, ob es mir gelingen wird, an meinem Schicksalsort zu bleiben. Ich bin ganz gut in der Schule, aber weit davon entfernt, genial zu

26

sein. Und bei allen handwerklichen Aufgaben kommt mir meine körperliche Verfassung in die Quere. Ich habe Kraft, aber kann sie nur auf Umwegen einsetzen, weil ich so krumm gewachsen bin. An mein Bett gelehnt schlafe ich ein, ohne es zu merken, doch ab sechs Uhr bin ich hellwach. Ich packe meinen Koffer aus, was nicht lange dauert, und schreibe mit unsichtbarer Tinte in mein Notizbuch. Ich bin so versunken darin, dass die Zeit verfliegt. Auf einmal klopft es und ich höre Skrap laut rufen: „Mein Magen spielt Geige vor lauter Hunger, hört ihr das?"

„Nein", antwortet Felian. „Mir ist eher schlecht."

„Breik, bist du wach?", fragt Eschel.

„Ja", antworte ich. „Ich komme."

Ich verstaue das Buch im Nachtschrank, ziehe meine Jacke über und werfe einen letzten Blick in den Spiegel. Ich habe die Hörner und die fellbedeckten Ohren eines Mufflons und eine graubraune Hautfarbe. Meine Gesichtszüge sind größtenteils menschlich, genauso wie mein Oberkörper. Ungewöhnlich für Schaf- und Ziegenmenschen sind meine blauen Augen. Je nach Lichteinfall erscheinen sie mal heller, mal dunkler. Es sind die Augen meiner Mutter und wann immer ich mich im Spiegel ansehe, ist es, als würde ich durch ein Loch in der Zeit fallen, zurück in ihre Arme.

Ihr Antlitz ist mir entglitten – ich habe nur noch ihre Augen im Gedächtnis, ebenso wie ihre gütige Art, mit mir zu sprechen, und das wohlige Gefühl, wie sie mich gehalten hat, als ich noch klein war. Dank dieser Erinnerungen sehe ich keinen missgestalteten Jungen im Spiegel. Ich sehe ein Wesen, das einem anderen Geschöpf die Welt bedeutet hat. Und ich weiß von Geborgenheit in der Tiefe meines Seins.

27

KAPITEL 3
DER MEISTERSCHLÜSSEL

DER KESSELGRUND, den wir durchqueren müssen, um zum Studiensaal zu gelangen, erweist sich als düsterer Innenhof, der lückenlos von hohen Häusern eingeschlossen ist. Zu dieser Jahreszeit müsste es hier kalt und feucht sein, doch es schweben bunte Laternen umher, die gleichzeitig Wärme spenden. Sie orientieren sich an den Menschen, die sich im Hof aufhalten. Kaum betreten wir das Dunkel, gesellt sich eine bernsteinfarbene Laterne zu uns, die uns sanft schimmernd begleitet.

„Schräg", sagt Felian.

„Ich glaub's nicht!", ruft Skrap beim Anblick eines Tischs, auf dem sich Brezeln, Hörnchen und Rosinenzöpfe türmen. Solche Essensmengen haben wir in Finsterpfahl nicht mal an Festtagen gesehen.

„Hier blüht ja alles", wundert sich Eschel.

Der Hof ist von kleinen Beeten durchsetzt, die von Bänken eingefasst sind. Man könnte meinen, es sei Sommer, so prächtig sind die farbenfrohen Gewächse. In der Mitte des Hofes steht sogar ein Apfelbaum, an dem Blüten und Äpfel zugleich wachsen. Ich zweifle im ersten Moment an der Echtheit dessen, was ich sehe, doch da mein Gefühl für die Natur sehr ausgeprägt ist, weiß ich, dass jedes Blättchen in diesem Innenhof auf natürliche Weise entstanden ist. Die Lampen, die uns wärmen, müssen so konstruiert sein, dass sie den Pflanzen ein anderes Klima vorgaukeln. Anders kann ich es mir nicht erklären.

„Mist", sagt Skrap. „Wir haben nur noch drei Minuten."

Er schnappt sich ein Hörnchen und während wir an Tischen mit gerösteten Kartoffeln und gebratenen Pilzen vorbeihasten, kommen drei weitere Nachzügler angerannt.

„Fünfstöckiges Haus", ruft einer von ihnen. „Mit einem Hundekopfklopfer."

„So ein Haus gibt's hier nicht", widerspricht ein Mädchen.

Sie hat recht. Es ist noch dunkel an diesem Wintermorgen, aber im Licht der umherschwebenden Laternen können wir die Häuser deutlich erkennen. Sie haben unterschiedliche Türen, doch keine davon ist mit einem Türklopfer ausgestattet.

„Vielleicht ist das ein Test?", fragt der dritte Nachzügler. „Die Tür wurde durch einen Trick verborgen und wir müssen sie finden."

„Jetzt, wo du es sagst", meint der Junge, der voranläuft. Er hebt einen Arm, es blitzt und im Schein des magischen Lichts, das der Junge problemlos erzeugen kann, verändert sich das Aussehen aller Türen. Kaum ist der Blitz erloschen, sehen wir auf der anderen Seite des Hofes ein fünfstöckiges Gebäude mit einem unübersehbaren Bronzehundekopf am Tor.

„Wie hast du das gemacht?", fragt das Mädchen.

„Hier war ein simpler, aber effektiver Tarnzauber am Werk", erklärt der Blitzspezialist lässig. „Nachdem ihr mich auf die Idee gebracht hattet, habe ich ihn sofort entdeckt. Solche Probleme werden wir in Zukunft nicht mehr haben, wenn der neue Meisterkompass auf den Markt kommt. Der meldet einem sofort, wenn ein Tarnzauber aktiv ist."

„Wirklich alle Tarnzauber?"

„Na ja, die gängigsten."

Die drei verschwinden im Haus und wir Stümper aus Finsterpfahl rennen hinterher. Selbst wenn wir den Tarnzauber erkannt hätten – keiner von uns hätte ihn außer Kraft setzen können. Wir hechten hinauf in den ersten Stock und noch während die Uhr im Studiensaal acht Uhr schlägt, stürzen wir in den Raum und drücken uns in die letzte Bank. Direkt vor uns sitzt der Blitzprofi und kaut an seinem Bleistift herum. Er hat blauschwarzes Haar, jede Strähne wurde mit viel Sorgfalt drapiert, so viel ist sicher, und sein Seitenscheitel sitzt perfekt.

Kaum haben wir Platz genommen, verdunkeln sich die Fenster des Saals wie von Zauberhand, als säßen wir in einem Lichtspielschuppen. Leise Musik erklingt, sie entsteht irgendwo hinter uns und zieht melodisch von oben nach unten über die abfallenden Sitzreihen hinweg. Ganz vorn, wo ein schwach beleuchtetes Rednerpult steht, wird der Klang der Musik dichter, braust kurz auf und verstummt. Im selben Moment flammt ein Licht auf und in seinem Schein schreitet eine Dame zum Pult, die der Titelseite eines exquisiten Modejournals entsprungen sein könnte.

„Guten Morgen", begrüßt sie uns mit zarter Stimme. „Ich freue mich sehr, dass ihr alle hier seid. Ich bin Ada Meister, die jüngste Abteilungsleiterin von Meister & Sinn. Erst im letzten Sommer habe ich meine Ausbildung abgeschlossen. Ich bin also nur ein paar Jahre älter als ihr, doch ich darf bereits die nagelneue Sparte ‚Salben, Pasten und Tropfen' aufbauen. Wie ihr an meinem Namen erkennen könnt, gehöre ich zur Familie. Ja, ich bin die Tochter des Chefs, aber glaubt bloß nicht, dass mir deswegen etwas geschenkt wurde."

Ada Meister zieht ihre Stupsnase kraus und lächelt.

„Ich gestehe, ich bin etwas nervös. Es ist noch nicht so lange her, dass ich selbst in einer solchen Einführungsveranstaltung saß. Ich war eine von euch. Nun möchte ich wiederholen, was der Redner an jenem Tag zu uns sagte. Mich haben diese Worte sehr inspiriert, also hört gut zu."

Sie macht eine Pause, hält sich dabei am Pult fest und lässt ihren Blick über die Reihen gleiten. Ich kann mir nicht vorstellen, dass sie viel sieht, denn sie steht im Licht und wir sitzen in der Finsternis. Ihre Locken bilden so perfekte Kringel auf ihrer Stirn, als hätte man sie einzeln auf das Gesicht gemalt. Im asymmetrischen Haarknoten am Hinterkopf steckt eine Schmucknadel, auf der ein künstliches Vögelchen thront. Die Nadel ist bestimmt ein Instrument – Meister & Sinn hat im letzten Herbst eine ganze Schmuckkollektion auf den Markt gebracht.

„Es spielt keine Rolle", sagt Ada Meister, „ob ihr überdurchschnittlich begabt, gebildet oder intelligent seid. Es reicht im Grunde völlig aus, wild entschlossen zu sein. Wir bei Meister &

Sinn möchten, dass ihr herausfindet, wofür euer Herz schlägt. Denn das, was euch mit Leidenschaft und Hunger erfüllt, ist eure Bestimmung. Nur dieses eine Ziel, das ihr in eurem Herzen ausmacht, sollt ihr mit Feuereifer verfolgen, egal wie lächerlich oder überflüssig es anderen erscheinen mag. Leistet Übermenschliches, indem ihr alle Kraft, allen Mut und allen Fleiß, den ihr aufbringen könnt, in diese eine Sache steckt, von der ihr glaubt, dass ihr für sie geschaffen seid. Wir werden euch dabei unterstützen und fördern, so lange, bis ihr euren persönlichen Stein des Weisen gefunden habt."

Stille. Ich will ergriffen sein, frage mich aber unvermittelt, warum die Bewerbungskriterien für die Lehrstellen so „unverschämt anspruchsvoll" waren, wie Gerald Winter behauptet hat, wenn es angeblich keine Rolle spielt, ob wir begabt oder intelligent sind. Das kommt mir so vor, als würde jemand einen Schönheitswettbewerb veranstalten und dem Sieger am Ende erklären, dass es einzig und allein auf die inneren Werte ankommt.

„Seht mich an", fährt Ada Meister fort. „Im Zusammensetzen von Schräubchen und Rädchen bin ich eine Niete. Mein Praktikum bei den Magichanikern endete in einem mittelschweren Chaos, sodass mich mein Vater in die Schmuckabteilung versetzte. Dort ruinierte ich einige wertvolle Broschen durch meine Ungeschicklichkeit, woraufhin mich der Abteilungsleiter dazu verdonnerte, Silbernadeln mit einer Paste zu polieren, die sie für natürliche Magikalie aufnahmefähiger machen sollte. Und wisst ihr, was passiert ist?"

Sie strahlt über das ganze Gesicht. Je länger man ihr zuhört, desto nahbarer wirkt sie, trotz der piekfeinen Aufmachung.

„Während ich die Silbernadeln polierte, roch ich an der Reinigungspaste, prüfte ihre Konsistenz und las die Zutatenliste auf der Dose. Sie hatte eine komische rostbraune Farbe, duftete aber interessant. Ich merkte, wie sie mich neugierig machte. Was an dieser Paste machte das Silber so aufnahmefähig für Magikalie? Ich besorgte mir Chemiebücher, Heilmagie-Almanache und Hausmittelfibeln, studierte all das gründlich, ich grübelte und ich ging einkaufen. Während alle anderen schliefen, experimentierte ich wie besessen mit Schuhcreme, Erkältungssalben und zermahlenen Pfirsichkernen. Bis es eines Tages so weit war: Ich präsentierte

31

meinem Vater einen Balsam, den man wie eine Handcreme auftragen konnte. Er machte die Fingerspitzen so aufnahmefähig für Magikalie, dass man sie nur kurz an eine magikalische Quelle zu halten brauchte, um sie aufzuladen. Danach konnte man eine Stunde lang mit der gespeicherten Magie zaubern."

Sie hebt eine Dose in die Höhe.

„Mittlerweile haben wir den Balsam weiterentwickelt. Es nimmt natürliche Magikalie aus der Luft auf und verstärkt bei Menschen, die allmählich ihre Fähigkeit zu zaubern verlieren, die Restmagikalie im Körper. Gleichzeitig arbeite ich mit meinen Gehilfen an der Entwicklung von zwanzig weiteren Produkten. Ich war eine Versagerin, das gebe ich offen zu. Aber jetzt gehöre ich zu den vielversprechendsten Mitarbeitern von Meister & Sinn. Ich erzähle euch das nicht, um mit meinen Errungenschaften zu prahlen, sondern um euch vor Augen zu führen, worauf es ankommt. Wir alle tragen besondere Begabungen in uns. Stürzt euch auf das kleine Funkeln im Matsch und grabt und siebt und filtert auf Teufel komm raus, um herauszufinden, was dahintersteckt. Um das zu tun, seid ihr hier. Ihr müsst nicht alles können. Es reicht, wenn ihr ein einziges Wunder beherrscht. Genau das erwarten wir von euch, hier bei Meister & Sinn."

Die Verdunklung der Fenster löst sich auf, Tageslicht fällt in den Saal und wir angehenden Lehrlinge klatschen.

„Ich will in ihre Abteilung", wispert Skrap. „Ich will, ich will, ich will."

Der lässige Blitzspezialist in der Reihe vor uns dreht sich zu uns um.

„Du meinst, du willst Haarwasser mixen und Babycreme anrühren?"

„Es sind magikalische Salben und Pasten", widerspricht Skrap aufgebracht, als gehe es darum, Ada Meisters Ehre zu verteidigen.

„Was sie da zusammenschmiert, ist noch arg experimentell", meint der Blitzspezialist. „Bis das auf den Markt kommt, werden noch Jahre vergehen, wenn du mich fragst."

„Ich frag dich aber nicht", sagt Skrap patzig.

Der Junge streckt unbeeindruckt die Hand aus.

„Ich bin Kruz. Und du?"

„Krussss?", wiederholt Skrap und dabei geht ein Sprühregen

32

aus Käfersekreten auf uns nieder. Sie landen auch als glänzender Film auf dem blauschwarzen Haar und dem Superscheitel von Kruz, doch der grinst nur.

„Ja", sagt er. „Kruz aus Andaluz."

„Andalusss?"

„Richtig", meint er. „Und ihr vier seid sicher die Schmuckstücke aus Finsterpfahl."

„Die was?"

„Zehn Lehrlinge aus der ganzen Welt haben sich ihren Platz mühsam erkämpft", meint Kruz. „Das Auswahlverfahren war heftig, sage ich euch. Aber plötzlich kommt der gute Amadeus Meister auf die Idee, seinen Ruf aufzupolieren, und stampft die ‚Meister für alle'-Initiative aus dem Boden. Neben spottbilligen Instrumenten gehören dazu auch Lehrlingsplätze für ... nun ja ... Benachteiligte."

„Ja", erwidere ich. „Die Benachteiligten sind wir."

Kruz streckt Skrap immer noch die Hand hin, doch der macht keine Anstalten, sie zu ergreifen. Also schlage ich stattdessen ein.

„Ich bin Breik", sage ich. „Und die anderen sind Skrap, Felian und Eschel."

„Freut mich", meint Kruz. „Ich find's übrigens gut, dass ihr hier seid. Nichts ist langweiliger als ein Haufen Ehrgeizlinge, die sich gegenseitig sabotieren."

Ada Meister geht unterdessen von einer Sitzreihe zur nächsten und verteilt Anstecknadeln. Als sie bei uns ankommt, erkennen wir, dass es sich um kupferne Nachbildungen des Meisterschlüssels handelt, dem Markenzeichen von Meister & Sinn. Ich versuche die Duftnoten zuzuordnen, die von Ada Meister ausströmen, aber es gelingt mir nicht. Ihr Parfüm ist so komponiert, dass sich die Bestandteile gegenseitig verändern. Das fasziniert mich und so schnuppere ich ein wenig zu intensiv in der Luft herum, als sie sich vorbeugt, um Skrap und Felian zu erreichen. Eschel boxt mich in die Seite und ich höre sofort auf.

„Hier, meine Freunde", sagt Ada Meister.

„Sind das Instrumente?", fragt Felian.

Sie zwinkert ihm zu.

„Wer weiß?"

33

Nachdem auch Kruz, Eschel und ich versorgt sind, macht sie kehrt und steigt wieder zu ihrem Pult hinab.

„Ich bitte euch, die kupfernen Schlüssel immer sichtbar an der Kleidung zu tragen", sagt sie. „Die Schlüssel weisen euch als Lehrlinge von Meister & Sinn aus. Wenn ihr eure Lehre abgeschlossen habt und als Mitarbeiter übernommen werdet, erhaltet ihr einen silbernen Schlüssel. Abteilungsleiter wie ich dürfen einen goldenen Schlüssel tragen."

Sie zeigt auf den steifen Kragen ihrer Kostümbluse. Etwas Goldenes glitzert dort auf, ein Schlüssel wie meiner, nur in einer anderen Farbe.

„Schließlich gibt es noch einen Adamastschlüssel. Der ist meinem Vater vorbehalten. Weiß jemand von euch, warum der Schlüssel unser Markenzeichen ist?"

Neun Hände schießen in die Höhe. Wir vier Schmuckstücke aus Finsterpfahl haben natürlich keine Ahnung. Und Kruz aus Andaluz ist sich offenbar zu fein dafür, mit den anderen zu wetteifern.

„Ja, bitte?", sagt Ada und zeigt auf ein Mädchen, das dem Aussehen nach aus Taitulpan stammen muss.

„Die Gründerin des Unternehmens, Lilli Sinn, war eine Spezialistin für Schlüssel."

„Das ist richtig. Ihre Schlüssel waren magikalische Instrumente mit vielfachen Funktionen. Zudem konnte man Schatullen erwerben, die mit Magikalie aufgeladen waren. Indem man seinen Schlüssel in das Schloss der dazugehörigen Schatulle steckte, lud sich der Schlüssel in kürzester Zeit auf. Ein Klassiker."

Mit nur einer Handbewegung projiziert Ada Meister das Bild eines Schlüssels an die Wand. „Wie ihr seht, ist dieser besondere Schlüssel sehr fein und aufwendig gearbeitet worden. Er war Lilli Sinns Meisterstück – also das Instrument, das sie am Ende ihrer Ausbildung fertigte. Das Aussehen des Schlüssels wurde von einem Gemälde rekonstruiert, auf dem Lilli Sinn mit dem Schlüssel in der Hand zu sehen war. Ob der Schlüssel, den ich euch hier zeige, tatsächlich mit dem Original übereinstimmt, ist fraglich."

Gebannt starren wir den Schlüssel an. Was er wohl bewirkt hat? Ob ihm besondere Kräfte innewohnten? Wir warten darauf, dass Ada Meister weiterspricht, doch sie starrt den Schlüssel an der Wand ebenso ergriffen an wie wir. Nach einer Minute des Schweigens erlischt das Bild und sie wendet sich wieder uns zu.

„Lilli Sinn war die Cousine meines Großvaters und sie starb vor drei Jahren in einem Sanatorium in Austrien. Bevor sie Tolois verließ, traf sie Vorkehrungen, da sie ahnte, dass sie nicht lebend zu uns zurückkehren würde. Dazu gehörte auch, dass sie den Schlüssel, den sie stets wie ihren größten Schatz hütete, versteckte. Was der Schlüssel aufzuschließen vermochte, wissen wir nicht. Lilli Sinn hinterließ uns dieses Rätsel als Suchaufgabe. Ein Spiel, das derjenige gewinnt, der ihre Gedanken erraten kann."

Fasziniertes Gemurmel erfüllt den Studiensaal. Die Geschichte ist wohl nicht allgemein bekannt, denn die zehn Musterlehrlinge wirken genauso überrascht wie wir.

„Da der Schlüssel seit drei Jahren unauffindbar geblieben ist, hat sich mein Vater etwas überlegt. Ganz im Geiste von Lilli Sinn soll es jedem Mitarbeiter – also auch den Lehrlingen – von Meister & Sinn möglich sein, das Spiel der Firmengründerin zu spielen und es zu gewinnen. Derjenige, der Lilli Sinns Schlüssel findet und meinem Vater das Schlüsselloch zeigen kann, in das der Schlüssel gehört, wird mit einem goldenen Meisterschlüssel belohnt. Er erhält eine Anstellung auf Lebenszeit und das Gehalt eines Abteilungsleiters. Na, wie klingt das für euch?"

Es klingt so verrückt, dass alle Schüler im Raum durcheinanderreden. Selbst der sonst so ungerührte Kruz dreht sich zu uns um und meint: „Das goldene Ding würde mir glänzend stehen oder was meint ihr?"

„Uns steht's besser", entgegnet Skrap. „Du wirst staunen, wozu wir Schmuckstücke aus Finsterpfahl in der Lage sind."

Ada Meister bittet um Ruhe und so weichen die lauten Diskussionen einem verstohlenen Flüstern.

„Die Aufgabe ist nicht leicht, glaubt mir. Ich und meine Geschwister haben jeden Stein auf diesem Gelände umgedreht. Und obwohl wir Lilli Sinn persönlich kannten und liebten, ist es uns nicht gelungen, ihre Gedanken zu erraten. Trotzdem müssen der Schlüssel und das Schlüsselloch irgendwo in diesen Mauern schlummern. Ihr seid herzlich eingeladen, euer Glück zu versuchen. Mit einer Einschränkung: Ihr seid nicht dazu berechtigt, die

35

verbotenen Abteilungen zu betreten. Der Zugang zu den Geheimnissen, die dort ausgebrütet werden, ist euch strikt untersagt. Ich glaube allerdings nicht, dass Lilli ihren Schlüssel dort deponiert hat. Sie wird sich etwas ganz Raffiniertes ausgedacht haben und womöglich sitzt ja derjenige, der das Geheimnis lüften wird, bereits hier in diesem Raum?"

Ada Meister strahlt uns an.

„Genug geredet. Habt ihr Lust auf einen Rundgang? Dann folgt mir."

Sie verlässt den Raum durch eine Tür am unteren Ende des Saals, die Lehrlinge drängen aus ihren Sitzreihen und eilen hinterher. Ich bin am langsamsten beim Hinuntersteigen der Treppe, weil ich mein Bein nachziehen muss. Kruz wartet auf mich.

„Stimmt es, was man so hört?", fragt er, als ich bei ihm angekommen bin.

„Wieso, was hört man denn?"

„Dass jemand von ganz oben hinter eurer wundersamen Rekrutierung steckt."

„Dazu kann ich nichts sagen."

„Du kannst es nicht?", fragt Kruz. „Oder du willst es nicht?"

Eschel hat recht gehabt. Der Umstand, dass wir Finsterpfahler Nieten bei Meister & Sinn gelandet sind, erregt Aufsehen. Es wird Zeit, dass wir uns eine gute Geschichte dazu ausdenken.

„Du weißt doch, dass Duhm Vultur früher mal der Direktor unseres Internats war."

„Der neue Regent von Finsterpfahl? Nein, das wusste ich nicht. Ich kenne seinen Namen aus der Zeitung, aber dass er mal ein Schuldirektor war, habe ich nie gehört."

„Es stimmt", sage ich wahrheitsgemäß. „Und *er* hat Freunde ganz oben. Er hat auch das Bündnis mit Fortinbrack eingefädelt."

„Ja, und weiter?"

„Ich glaube, über die Schiene lief das. Er steckt dahinter, ganz bestimmt. Vielleicht läuft da ein besonderes Geschäft zwischen ihm und Amadeus Meister?"

Die Auskunft scheint Kruz zu befriedigen. Er nickt gedankenvoll und springt die letzten Stufen hinab.

36

KAPITEL 4

PFLAUMENSPRUDLER

HINTER ADA MEISTER durchqueren wir den dämmrigen, von schwebenden Laternen beleuchteten Kesselgrund. „Lillis erste Werkstatt grenzte an diesen Hof", erklärt sie uns. „Ihr seht sie dort drüben in dem kleinen, grünen Haus. Die Gärten hat sie selbst angelegt und sie tüftelte auch den Trick mit den Laternen aus. Im Kesselgrund könnt ihr euch jederzeit ausruhen, es stehen immer kleine Mahlzeiten und Getränke für euch bereit."

Gerade trägt jemand eine Platte mit Krapfen in Fischform an uns vorüber und stellt sie auf den Tisch mit den Brezeln und den Hörnchen. Wir Schmuckstücke aus Finsterpfahl haben es verpasst zu frühstücken und sind sowieso immer hungrig, daher kostet es uns große Selbstbeherrschung, nicht sofort an diesen Tisch zu stürzen und uns die Bäuche vollzuschlagen.

„So hübsch der Kesselgrund auch sein mag", sagt Ada Meister, „manch einem ist es hier zu eng und zu finster. Aber es gibt noch einen zweiten Innenbereich. Den erreicht ihr, indem ihr das Torhaus durchquert."

Ada Meister zeigt auf ein hohes Gebäude, das alle anderen überragt. Ein Tunnel im Erdgeschoss führt in den anderen Hof, aber wir steigen die Treppe zum ersten Stock hinauf und betreten einen Saal mit hohen Fenstern. Von hier aus können wir den zweiten Innenbereich in seiner ganzen Größe sehen – eine ausgedehnte Rasenfläche und einen Park in der Ferne, den Lilli Sinn

„Wunderwald" getauft hat. Alle Gebäude rund um die Rasenfläche und den Wunderwald gehören zu Meister & Sinn. Das Gelände ist riesig.

„Wir stehen hier im Club, dem gemeinsamen Aufenthaltsraum für alle Mitarbeiter", erklärt Ada Meister. „Die beiden Stockwerke über uns bestehen aus einzelnen Salons, Wohn- und Ruhezimmern, in die ihr euch zurückziehen könnt. Ihr findet dort auch einen Lichtspielraum, in dem regelmäßig Filmstreifen und Nachrichten gezeigt werden. Wenn ihr im Clubhaus hungrig oder durstig werdet, braucht ihr nur zu klingeln."

Sie nimmt eine runde Bronzekugel vom nächsten Tisch und schüttelt sie, woraufhin eine kleine Melodie erklingt. Ein Diener in Livree betritt den Saal und lächelt sie an.

„Was darf es sein?"

„Bitte eine Runde Pflaumensprudler für unsere neuen Lehrlinge."

Wir Finsterpfahler haben keine Ahnung, was ein Pflaumensprudler ist, aber die anderen Lehrlinge strahlen vor Begeisterung – alle bis auf Kruz, der das Gesicht verzieht. Ich sehe ihn fragend an.

„Ist gerade voll in Mode", raunt er mir zu. „Süßes Zeug, schlecht für die Nerven."

Der Diener zieht ab, Ada Meister nimmt auf einem der vielen Sessel Platz, die hier in Grüppchen zusammenstehen, und macht uns ein Zeichen, es ihr gleichzutun.

„In den Etagen sechs und sieben des Torhauses residiert mein Vater. Von dort aus kann man sogar das Uhrentürmchen auf dem Dach des Staatspalasts sehen."

Sie lächelt glücklich über diese Tatsache.

„Fragt ihr euch jetzt, ob ihr seine Räume jemals zu Gesicht bekommen werdet? Die Antwort ist: Ja, das werdet ihr – und zwar sehr bald. Denn ich gehe nun gleich zu ihm hinauf und melde ihm, dass wir hier sind. Danach wird er euch in kleinen Gruppen empfangen, um persönlich mit euch zu sprechen. Er wird entscheiden, in welcher Abteilung ihr an euren Spezialtagen eingesetzt werdet. Also seid ganz ehrlich, wenn er euch nach euren Vorlieben fragt."

Der Diener bringt ein Tablett mit Krügen, in denen eine

38

violettbraune Flüssigkeit blubbert und dampft. Sie duftet fruchtig und gleichzeitig herb. Ich sehe, wie Kruz dankend ablehnt, nehme aber selbst aus Neugier ein Glas, ebenso wie alle anderen. Der Sprudler bitzelt auf der Zunge und schmeckt nach flüssigem Lebkuchen mit Mokka und Pflaumen. Er wärmt stark von innen und mein Herz fängt augenblicklich an zu rasen – vor lauter Vorfreude auf was auch immer.

„Ihr könnt nun eine kleine Pause machen", sagt Ada Meister. „Jozo, der persönliche Sekretär meines Vaters, wird euch rufen, sobald ihr an der Reihe seid. Ich danke euch für eure Aufmerksamkeit, wir sehen uns bestimmt bald wieder."

Sie steht auf und verlässt mit einem letzten Winken den Saal. Wir bleiben mit dem Pflaumensprudler und einer unbestimmten Furcht vor Amadeus Meister zurück.

„Wie ist er denn so?", fragt das Mädchen aus Taitulpan. „Hat ihn schon mal einer von euch getroffen?"

Alle schütteln die Köpfe. Wir begutachten uns gegenseitig, denn es ist das erste Mal, dass alle neuen Lehrlinge ohne Aufsicht zusammensitzen. Außer Skrap, Felian und mir ist nur ein weiterer Tiermensch dabei – ein Mädchen mit kleinen Fuchsohren. Abgesehen von uns Finsterpfahlern zähle ich vier Mädchen und sechs Jungen. Die Person, die am neugierigsten angestarrt wird, ist Eschel.

„Du bist aus Hornfall, nicht wahr?", möchte das Mädchen aus Taitulpan wissen. „Nur ein paar Stämme der Ureinwohner haben grüne Punkte auf der Haut und diese besondere Augenfarbe, die man sonst nirgendwo findet."

Eschel redet nicht gern über ihre Heimat und ich weiß, sie fürchtet nichts mehr, als Fragen gestellt zu bekommen, die sie nicht beantworten will. Sie nickt freundlich, doch zurückhaltend.

„Das beruhigt mich", sagt das Mädchen. „Ich dachte schon, ich wäre die Einzige, die aus einem abtrünnigen Reich stammt, das alle für böse und gefährlich halten. Ich heiße Sumisu. Und du?"

„K'au-h-eschel. Aber alle sagen nur Eschel zu mir."

„Was bedeutet dein Name in der Sprache der Ureinwohner?"

„Götterdämmerung."

„Oh, das ist interessant."

Ich bin überrascht. Eschel hat uns nie verraten, dass ihr Name eine Bedeutung hat. Jetzt erklärt sie es freimütig, als wäre es gar kein Problem.

„Wenn du von Meister & Sinn nicht übernommen wirst, kannst du immer noch Mode vorführen oder in Filmstreifen mitspielen", sagt Sumisu. „Ich wünschte, ich wäre genauso groß und schön wie du."

Alle Blicke ruhen auf Eschel. Sie erträgt die Aufmerksamkeit stoisch. Aufrecht sitzt sie da, mit ihrer von Natur aus vollkommen anmutenden weiblichen Figur. Die goldfarbenen Strähnen ihres Haars fallen über ihre linke Schulter, ihre türkisfarbenen Augen mustern Sumisu fast traurig. Niemand würde Eschel glauben, wenn sie behaupten würde, dass sie lieber unauffällig aussehen würde. Aber ich kenne sie gut und weiß, dass es so ist. Begehrenswert zu sein, macht ihr Angst. Es fühlt sich für sie so an, als müsste sie tagein, tagaus ein Kästchen mit Gold durch eine Stadt voller Räuber und Verbrecher tragen. Ohne das Gold würde sie sich sicherer fühlen.

„Danke", sagt sie und versucht sich an einem Lächeln, was aber nur ansatzweise gelingt.

Kruz starrt Eschel ebenfalls an, doch nicht so, als wäre sie ein prächtiges Ausstellungsstück. Er macht eher einen besorgten Eindruck, als würde er spüren, wie unbehaglich ihr zumute ist.

„Der Prunk hier ist unglaublich, findet ihr nicht auch?", fragt er. „Ich habe letzte Woche die ehrwürdige Mystoflia-Universität besichtigt auf der anderen Seite der Stadt. Ich sage euch, das ist eine Bruchbude gegen das hier."

Mehrere Lehrlinge reden gleichzeitig los, um ebenfalls ihr Staunen und ihre Begeisterung zu bekunden. Das Gespräch wendet sich dann sehr schnell dem geheimnisvollen Schlüssel der Lilli Sinn zu, den es zu finden gilt. Dabei entspannt sich Eschel merklich und mir fällt auf, wie sie Kruz anblickt – auf eine Weise fasziniert, die mir in den Eingeweiden schmerzt. Der Knabe würde gut zu ihr passen, keine Frage. Aber die beiden eines Tages zusammen zu sehen, könnte ich nur schwer verkraften.

Kurz darauf betrit der Sekretär des Meisters den Club. Alles an ihm ist exquisit, die bunten Kleidungsstücke in Rot, Gelb und Grün leuchten im Kontrast zu seiner schwarzen Haut. Er heißt

Jozo Benoit Holz und ist gekommen, um ein paar „ungeschliffene Diamanten" einzusammeln.

„So nennt unser Chef seine Lehrlinge", erklärt er. „Er bildet sich eine Menge darauf ein, die besten Eigenschaften der Menschen zum Vorschein zu bringen, indem er sie schleift." Der Sekretär zieht eine überzogen leidvolle Grimasse und erzielt damit einige Lacher. „Keine Sorge, es ist nicht so schlimm, wie es klingt. Er will nur, dass ihr was lernt. Ich werde euch nun nach und nach ins Himmelreich bringen – so nennt der Boss seine Räume ganz oben im Torhaus. Ich bitte die Herrschaften Pfeiffer, Maulstein, Breik und Eschel zu mir."

Wir stehen auf und schlagartig tut es mir leid, einen ganzen Krug Pflaumensprudler in mich hineingeschüttet zu haben. Was sich eben noch so belebend angefühlt hat, beißt nun aggressiv in meine Magenwände. Ich bin tödlich aufgeregt.

„Viel Glück", sagt Sumisu und die anderen folgen ihrem Beispiel, indem sie gute Ratschläge oder kleine Scherze hinter uns herrufen. Der Sekretär führt uns zu einem Aufzug aus poliertem Holz mit goldenen Gittern. Mit einem Schlüssel schaltet er die mechanische Konsole frei und legt seine Hand auf einen gläsernen Schirm, woraufhin sich die Türen öffnen.

„Aufgeregt?", fragt er uns, als wir im Inneren stehen und der Aufzug losfährt.

Wir verziehen die Gesichter.

„Der Meister ist einschüchternd, keine Frage. Aber er hat es mir ermöglicht, von einem kleinen Kassierer in einem Zauberma-cherladen zu seiner rechten Hand aufzusteigen. Er entdeckt, was in euch steckt. Vertraut darauf und ihr müsst keine Angst haben."

„Und wenn gar nichts in uns steckt?", fragt Felian und spricht damit aus, was ich ebenfalls befürchte.

Jozo Benoit Holz lacht.

„In jedem steckt etwas, auch in dir. Vielleicht ist es nicht das, was du dir erträumt hast. Aber wenn du dich selbst erforschst, wirst du früher oder später auf etwas sehr Wertvolles stoßen. Das ist ein Naturgesetz."

Der Aufzug hält mit einem leichten Ruck, die Türen öffnen sich.

„Auf in den Kampf", scherzt der Sekretär und scheucht uns

41

nach draußen. Er selbst bleibt ihm Aufzug stehen und fährt wieder abwärts.

Irgendein Nerv in meinem komischen Körper bereitet mir ein mulmiges Gefühl. Ich habe manchmal solche körperlichen Vorahnungen und sie haben mich noch nie getrogen. Diesmal ist es, als könnte ich eine Katastrophe wittern, die auf mich zukommt. Der Mann, dem ich gleich begegnen werde, bedeutet Gefahr. Lebensgefahr. Ich muss mich vor ihm in Acht nehmen.

KAPITEL 5

EINE SCHWEFLIGE NOTE

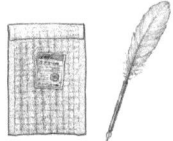

DAS ARBEITSZIMMER IST zu beiden Seiten verglast und der Ausblick auf die Stadt muss prächtig sein, doch er ist nur halb so interessant wie der große Wandspiegel in der Mitte des Raums, auf dem gerade etliche verstörte Gesichter zu sehen sind. Amadeus Meister spiegelfoniert mit zwölf Personen gleichzeitig und brüllt vor Empörung.

„Tarnzauber überall, wir waren eine Stunde lang damit beschäftigt, die Scheißdinger zu erwischen und zu zerstören. Und jetzt sagen Sie nicht, es wäre nur ein *harmloser Streich* gewesen. Dann raste ich nämlich komplett aus!"

Betretene Gesichter im Spiegel. Amadeus Meister fixiert einen Mann in der Mitte und hält ihm einen Vortrag, dass er es nicht länger dulden werde, wie die Belange seines Unternehmens bagatellisiert würden.

„Das sind Anschläge! Jemand will uns Angst machen oder sogar sabotieren. Aber der Herr Polizeidirektor kümmert sich lieber um Kleinganoven, die alten Damen die Kupferflöhe aus dem Sparstrumpf klauben."

„Und wenn es sich nur um eine magikalische Störung handelt?"

„Blödsinn!", wettert Amadeus Meister. „So lasse ich mich nicht abspeisen. Schicken Sie noch heute Morgen Leute vorbei, die das untersuchen, sonst werde ich mich an höchster Stelle über die Parteilichkeit der Polizei beschweren. Ende der Veranstaltung."

Mit einem Handstreich durch die Luft bringt der Meister alle Gesichter zum Verschwinden. Er dreht sich zu uns um und ich widerstehe dem Impuls, den Kopf einzuziehen. Dieser Mann kommt mir vor wie ein kräftiger Schmied, den man aus seiner Werkstatt gezerrt, gebadet, rasiert und in einen zu knappen blauen Frack gesteckt hat. Der feine Stoff spannt über den Muskeln seiner Arme, der Hals sprengt fast den Kragen des Rüschenhemds. Das silbergraue Haar trägt Amadeus Meister in einem kurzen Zopf, die Beine stecken in kniehohen Stiefeln. Mit so einem Kerl legt man sich nicht an. Wer das versucht, verliert.

„Habt ihr das mitbekommen?", fragt er uns. „Heute Morgen hätte ich mich fast neben das Klo gesetzt, weil es an der falschen Stelle stand. Unsere Gebäude sind streng gesichert und trotzdem ist eine ganze Welle von verrückten Tarn- und Täuschungszaubern über uns hereingebrochen."

Skrap macht den Mund auf, vermutlich um zu erzählen, dass das Haus mit dem Hundekopfklopfer ebenfalls unter einem Tarnzauber verschwunden war, doch Amadeus Meister will keine Erwiderung hören. Er redet einfach weiter und lässt sich dabei in einen Sessel plumpsen.

„Ihr seid also die Bande aus Finsterpfahl, die mir aufgeschwatzt wurde? Da habe ich mir ja was Schönes eingehandelt. Aber wisst ihr, was einen guten Geschäftsmann ausmacht? Er verwandelt Dreck in Gold, das macht er. Ich werde auch euch in Gold verwandeln, ihr werdet schon sehen. Na ja, die meisten von euch. Manche Nieten muss man aussortieren, bevor sie Verluste einfahren, aber ihr werdet alles dafür tun, damit ich euch behalte. Richtig?"

Skrap und Felian nicken, Eschel und ich schweigen. Ich wette, sie kann diesen Kerl genauso wenig leiden wie ich. Allein, wie er uns jetzt mustert: Als wären wir einäugige Gäule auf einer Viehauktion.

„Dann wollen wir mal der Reihe nach klären, wofür ich euch hier am besten gebrauchen kann. Fangen wir mit der bezaubernden K'au-h-eschel an."

Es ärgert mich, dass er ihren Namen vollkommen korrekt ausspricht. Auch Eschel ist verblüfft.

„Dein Äußeres verrät mir, dass du eine Ureinwohnerin aus

Hornfall bist. Die Stämme, die von den verdorbenen Herrschern von Hornfall fast ausgerottet wurden, lebten viele Jahrtausende lang autark in den Urwäldern. Ich mag mir gar nicht vorstellen, was da an wertvollen Kenntnissen zerstört wurde. Wissen, das uns dabei helfen könnte, schwer zugängliche Magikalie nutzbar zu machen und zu konservieren. Ich vertraue darauf, dass dir die Fähigkeit deiner Vorfahren, das magische Potenzial von Pflanzen, Steinen und natürlichen Zusammenhängen zu erspüren, immer noch im Blut liegt. Ich stecke dich daher in die Abteilung der Grundlagenforschung."

Eschel lächelt spontan. Sie hatte befürchtet, dass man sie wegen ihres Aussehens in den Verkauf schicken würde, statt ihr etwas Anspruchsvolles zuzutrauen. Doch der Meister ist nicht in diese Falle der Oberflächlichkeit getappt, sondern hat tatsächlich etwas ausgesucht, das zu ihr passt. Ich wünschte, er würde mich in die gleiche Abteilung stecken.

„Als Nächstes kommen wir zu Skaraph Maulstein."

Skraps Flügel fangen unwillkürlich an zu surren, als der Meister seinen Namen ausspricht.

„Mir wurde von den Behörden von Amuylett mitgeteilt, dass du aufgrund deiner Vorfahren einen Test auf Giftigkeit machen musst, der in regelmäßigen Abständen wiederholt wird, bis du ganz ausgewachsen bist. Ich finde das ein bisschen lächerlich, aber was tut man nicht alles, um die Auflagen zu erfüllen. Mehr als das Testergebnis interessiert mich aber deine persönliche Einschätzung. Bist du giftig, Skaraph?"

„Ähm, also ... ein bisschen, Herr Meister. Wenn ich jemanden beiße, schläft er für ein paar Minuten ein."

„Herrlich!", ruft Amadeus Meister und klopft sich begeistert auf die Schenkel. „Das ist köstlich, mein Junge. Du bist ehrlich, das rechne ich dir hoch an. Sonst noch irgendwelche Missgeschicke, die meine Mitarbeiter in deiner Nähe erleiden könnten?"

„Je nach Stimmungslage versprühe ich Sekrete, die duften. Manchmal riechen sie nach Aprikosen oder Mandeln. Aber wenn ich sehr schlecht gelaunt bin ..."

„Ja?"

„... können sie auch eine schweflige Note annehmen."

Der Meister lacht noch mehr. „Dann wollen wir mal dafür

sorgen, dass du immer gute Laune haben wirst. Ich stecke dich in der Waffenabteilung in den Bereich Pfeile und Gifte. Wie findest du das?"

„Gar nicht schlecht, Herr Meister. Eigentlich sogar perfekt, doch ich hatte gehofft, dass ich in der neuen Abteilung von Ada Meister unterkommen könnte."

Der Meister strahlt über das ganze Gesicht. Skrap stellt sich erstaunlich geschickt an, aber ich glaube gar nicht mal, dass er das mit Absicht macht. Amadeus Meister gefällt es, dass Skrap in seine Tochter verschossen ist.

„Das Mädchen ist eine Wucht, nicht wahr? Wäre ich nicht ihr Vater, ich würde ihr den Hof machen, bis sie mir ohnmächtig in die Arme kippt. Ich kann deine Vorliebe also bestens verstehen, mein Junge. Trotzdem bist du bei Pfeilen und Giften besser aufgehoben. Ich habe für so was ein Näschen. Sieh es mal so, Skaraph: Ich glaube an dich und wenn du dich als nützlich erwiesen hast und in ein paar Jahren deine eigene Abteilung leitest, darfst du meine Ada gerne mal zum Abendessen ausführen."

Skraps graue Gesichtsfarbe nimmt eine rötliche Färbung an.

„Das klingt gut, Herr Meister."

„Ja, nicht wahr? Und weiter geht's. Wen haben wir denn hier?" Sein Blick wandert von Skrap zu Felian und ich spüre ganz deutlich, dass er ihn bereits aussortiert hat. Warum auch immer, Felian ist kein Lehrling nach seinem Geschmack.

„Du bist Hugh Pfeiffer?"

„Felian, Herr Meister."

„Für mich siehst du aus wie ein Hugh. Du bist ein Mardermensch, der weder ein Fell noch ein Raubtiergebiss hat?"

Felian nickt. So, wie es der Meister ausspricht, ist das offenbar ein Nachteil.

„Ich fresse einen Besen, wenn da kein waschechter Bücherwurm vor mir steht. Du liest gerne?"

Felian nickt abermals, diesmal mit mehr Elan.

„Nun, die alte Pfefferliese liegt mir seit Wochen in den Ohren, dass sie dringend Verstärkung in der Bibliothek braucht. Du kannst ihr dort zur Hand gehen, das wird dein Einsatzort."

Felian merkt nicht, dass er gerade degradiert wurde. Er ist begeistert von der Idee, in einer Bibliothek arbeiten zu dürfen.

46

Zwischen Büchern hat er sich schon immer am sichersten gefühlt. In Bibliotheken wird niemand angegriffen, man kann sich zwischen den Regalen verkriechen und lesend an ferne Orte flüchten. Was Buchstaben betrifft, ist Felian eine nimmersatte Raupe: Er frisst sich durch alles – Reisebeschreibungen, Romane, Gebrauchsanweisungen und naturwissenschaftliche Abhandlungen, die er nicht mal ansatzweise versteht. Aber er liest sie und träumt sich daraus sein eigenes Universum zusammen.

„Danke, Herr Meister."

„Keine Ursache, Hugh", sagt Amadeus Meister, aber er sieht Felian nicht mal an dabei. Sein Blick ruht bereits auf mir.

„Jetzt kommt die Reihe an meine Lieblingskuriosität aus Finsterpfahl – den buckligen Halbsatyr."

Ich erschrecke über diese Beschreibung. „Da muss ein Irrtum vorliegen", widerspreche ich. „Ich bin kein Halbsatyr."

„Mag sein, aber das behältst du in Zukunft für dich. Wenn dich jemand fragt, behauptest du einfach, du willst nicht darüber sprechen."

„Wieso ..."

„Still, mein Junge. Es ist nur zu deinem Besten. Was wärst du ohne diese Lüge? Ein buckliger Niemand, durchschnittlich begabt. Doch angenommen, du würdest dieser ausgestorbenen, verhassten Spezies angehören, die für den Niedergang der Menschheit verantwortlich war? Würde dich das nicht wahnsinnig aufwerten?"

„Ich gehöre der verhassten Spezies aber nicht an und jeder kann das erkennen. Wäre ich wirklich ein Satyr, hätte ich Jahrtausende gebraucht, um wie ein Fünfzehnjähriger auszusehen."

„Das kommt ganz darauf an, ob dein menschlicher oder dein Satyranteil für den Alterungsprozess zuständig ist. Ich habe mir sagen lassen, dass die Lebenserwartung auch bei anderen Mischwesen ganz unterschiedlich ausfallen kann."

„Ich bin kein Mischwesen. Meine Mutter war ein Mufflonmensch und ..."

„Ein *was?*"

„Eine Frau mit Mufflonmerkmalen. Mufflons sind Wildschafe mit schneckenförmig gedrehten Hörnern."

„Ich weiß, was ein Mufflon ist. Aber niemand interessiert sich für den missgestalteten Sohn einer Schaffrau. Wenn du ‚Mufflon-

47

mensch' sagst, fragen die Leute: *Ein was?* Ist doch so, oder? Deswegen hast du den Spruch auswendig gelernt: Mufflons sind Wildschafe mit schneckenförmig gedrehten Hörnern."

Er hat leider recht. Die Mufflonfrage bekomme ich häufiger gestellt.

„Und dein Vater?"

„Unbekannt."

„Siehst du? Er war ein Satyr."

„War er nicht. Es gibt keine Satyrn mehr. Bis auf den berühmten Halbsatyr Grohann, der ..."

„... in Wirklichkeit nur ein Steinbockmann mit einem Satyr-Urgroßvater ist, wenn du mich fragst. Sei unbesorgt, ich werde es nicht in unsere Werbebroschüren schreiben, dass ich einen Halbsatyr eingestellt habe. In den Werbebroschüren wird stehen, dass ich benachteiligten Kindern eine besondere Chance gewähre. Das mit deiner Satyrherkunft werde ich nur unter der Hand erwähnen."

Ich starre ihn ungläubig an.

„Ich werde bevorzugte Stammkunden mit diesem exklusiven Wissen belohnen. ‚Sagt es bloß nicht weiter, aber es fließt Satyr-blut in ihm. Ich möchte nicht, dass sich die Leute verunsichert fühlen, darum halte ich es geheim. Ob er gefährlich ist? Nun, ich habe ein Auge darauf. Er ist ein guter Lehrling, ich will ihn nicht verlieren.' Drei Tage später wird es die ganze Stadt wissen: Der finstere Bursche mit den schiefen Schultern ist ein Abkömmling der mächtigen Herrscher vergangener Zeiten. Jeder, der davon hört, wird ein Auge auf dich werfen wollen. Sie werden nach Informationen gieren, doch alles, was es über dich zu wissen gibt, wird ein sorgfältig gehütetes Betriebsgeheimnis von Meister & Sinn bleiben."

„Es ist kein Geheimnis, sondern eine Lüge."

„Na und? Ich spreche sie aus, nicht du. Du hältst einfach den Mund und schaust weiterhin so grimmig aus der Wäsche wie bisher. Das reicht, um den Menschen zu zeigen: Was von der alten Macht übriggeblieben ist, dient jetzt dem Meister. Die Satyrn wollten den Menschen die Magie vorenthalten, *ich* hingegen sorge dafür, dass jeder in einen Laden gehen und sich Zauberkraft kaufen kann."

Ich muss auf einmal an meinen echten Vater denken. Wenn es heißt, dass ich von einem Satyr abstamme, bin ich vielleicht sicherer vor ihm. Aber was, wenn Bilder von mir die Runde machen und er sich in mir wiedererkennt?

„Das Ganze wird sich natürlich für dich lohnen", sagt Amadeus Meister. „Du wirst in meiner Abteilung arbeiten, im Stab meines Sekretärs Jozo Benoit Holz. Dich erwartet eine fantastische Zukunft hier bei uns, vorausgesetzt, du erweist dich ihrer als würdig."

Als wäre der Fall damit entschieden, springt der Meister auf und greift nach mehreren Papierbündeln auf dem Schreibtisch. „Eure Verträge. Lest sie euch gründlich durch. Ihr findet darin auch die Bedingungen des Wettbewerbs, bei dem ihr eine Anstellung auf Lebenszeit gewinnen könnt. Wer mir den Schlüssel der Lilli Sinn bringt und weiß, in welches Schlüsselloch der Schlüssel gehört, hat für immer ausgesorgt. Na, ist das eine spannende Sache? Bringt den unterschriebenen Vertrag zum Unterricht mit. Die Verträge werden dort eingesammelt und anschließend archiviert."

Er händigt jedem von uns ein Papierbündel aus. Auf Felians Vertrag steht „Hugh Pfeiffer". Felian zeigt auf den Namen und sieht Amadeus Meister fragend an. Der winkt ab.

„Besprich das mit deinem Lehrer. Mit solchen Dingen befasse ich mich nicht."

Er schiebt uns aus seinem Arbeitszimmer und wir fahren wieder mit dem Fahrstuhl nach unten.

„Na, toll", sage ich. „Er fragt euch nach euren Vorlieben, hieß es. Aber er hat uns nicht eine einzige sinnvolle Frage gestellt."

„Das war ja auch gar nicht nötig", verteidigt Felian unseren Oberchef. „Es war beeindruckend, wie er ganz genau wusste, was zu uns passt. Ich bin so glücklich, dass ich in einer Bibliothek arbeiten darf."

„Du überschätzt den Meister", sagt Eschel. „Auf seinem Schreibtisch lag ein Stapel mit Mappen. Ich habe mich darauf konzentriert, während er den großen Menschenkenner gespielt hat, und konnte deutlich auf vier der Mappen unsere Namen lesen. Er hat sich gut informiert, bevor er erraten hat, was wir können."

49

Wir kehren zurück in den Club, wo die anderen Lehrlinge warten und wissen wollen, wie es gewesen ist. Wir erzählen von dem Tarnzauberangriff, der am Morgen stattgefunden haben soll, von der Statur und dem Temperament des Meisters und unseren Einsatzorten. Darüber, dass ich in Zukunft ein Satyr sein soll, verlieren wir kein Wort. Sumisu möchte wissen, was in den Verträgen steht, und Felian liest seinen laut vor. Wir seien keine Konkurrenten, steht da geschrieben. Jeder sei gleich viel wert bei Meister & Sinn und das Ziel des Unternehmens sei es, alle Lehrlinge zu übernehmen. Lediglich aus Gründen der Qualitätssicherung müssten die Lehrlinge im Laufe eines halben Jahres eine Mindestanzahl von Punkten erreichen. Zu diesem Zweck erhalte jeder Schüler für seine schulische Leistung und die Arbeit in den Abteilungen eine tägliche Bewertung. Zehn Punkte gebe es für Perfektion, null Punkte für eine unzureichende Leistung. Wer es in 150 Schultagen nicht schaffe, auf eine Summe von 250 Punkten zu kommen, müsse das Unternehmen leider verlassen.

Die Hürde klingt lächerlich niedrig. Ich fürchte, sie zu überwinden, wird schwer.

KAPITEL 6
PRAKTISCHE ZAUBEREI

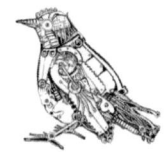

AM NÄCHSTEN MORGEN lernen wir unseren Lehrer Herrn Brokkolaus kennen, der fast alle Fächer unterrichtet. Er hat an der berühmten Mystoflia-Universität einen exzellenten Abschluss gemacht, wie er nie müde wird zu erwähnen. Außerdem hat er für Meister & Sinn eine Küchenserie aus Kartoffelreibe, Obstmesser und Kochlöffel entwickelt, die sich zu einem Granaten-Flop entwickelte. Mit dieser Information geht Herr Brokkolaus allerdings nicht hausieren, sondern das wurde uns von Lehrlingen des zweiten Jahrgangs berichtet. Da es Amadeus Meister jedoch verabscheut, teuer bezahlte Fehlkäufe dem Müll zu überantworten, machte er den Mystoflia-Absolventen kurzerhand zum Lehrer für seine Lehrlinge. Und ich denke, wenn man mal von dem gekränkten Stolz absieht, der immer wieder aufblitzt, wenn Herr Brokkolaus etwas erklärt, macht dieser Lehrer seine Sache ganz gut.

Am heutigen Tag steht „Instrumentezauber" auf dem Programm, das wahrscheinlich wichtigste Fach für einen zukünftigen Zaubermacher. Ohne das Wissen darüber, wie man magikalische Instrumente überhaupt anwendet, kann man auch keine bauen oder erfinden. Das leuchtet selbst dem hinterwäldlerischsten Yeti ein – also auch uns Finsterpfahlern.

Leider ist es so, dass wir noch nie in unserem Leben die Gelegenheit hatten, mit magikalischen Instrumenten zu zaubern.

51

Denn Instrumente kosten Geld, das in Finsterpfahl keiner hat. Wir hatten immer nur das bisschen Magikalie zur Verfügung, das uns angeboren ist, und auch diese Gabe ist infolge der großen Krise schwächer geworden. Die kleinen Alltagszauber, die ein Durchschnittsbewohner dieser Welt täglich vollbringt, beherrschen wir bisweilen ordentlich, aber meistens weniger gut.

Für Herrn Brokkolaus ist dieser Mangel an Vorkenntnissen schlicht unvorstellbar und so kommt er am ersten Morgen auf die Idee, uns zum freien Experimentieren aufzufordern. Zuvor erklärt er uns, dass der kupferne Schlüssel, den wir als Lehrlinge von Ada Meister als Anstecknadel bekommen haben, ein magikalisches Instrument sei, das uns regelmäßig mit einem kleinen Reservoir an frei verfügbarer Magikalie ausstatte. Nun sollen wir diese Magikalie nach Lust und Laune für Zaubereien einsetzen.

Wir Finsterpfahler sehen uns ratlos an, während die Lehrlinge in den Reihen vor uns einen ausgetüftelten magischen Trick nach dem anderen vollführen. Natürlich habe ich kapiert, dass ich die zusätzliche magische Energie, die mir der Schlüssel verleiht, in meine Zauberhandlungen fließen lassen muss. Aber wie stellt man das an? Kruz ist der Einzige, der sich nicht am allgemeinen Zauberspiel beteiligt.

„Was ist?", frage ich ihn, da er wie am gestrigen Tag in der Reihe vor uns sitzt. „Kannst du nicht mit Instrumenten zaubern?"

Er lächelt müde.

„Du meinst, ich soll meine Magikalie auf einen Schlag verpulvern, einfach so? Wenn die Magikalie deines Schlüssels leer ist, dauert es drei Tage, bis sich der Schlüssel von allein wieder aufgeladen hat. Ich setze meine Kräfte lieber mit Bedacht ein, so ist das."

Herr Brokkolaus steigt neben den Sitzreihen die Stufen hinauf, um zu beobachten, was die Schüler mit der zusätzlichen Magikalie anstellen. Kruz hat nicht leise gesprochen und so konnte ihn Herr Brokkolaus bestens verstehen. Der Lehrer nickt wohlwollend und anerkennend.

„Okay", sage ich laut vernehmlich. „Ich werde meine Magikalie auch aufsparen."

Jetzt schüttelt Herr Brokkolaus den Kopf.

„Kruz Bensheim bringt Voraussetzungen mit, von denen du

52

nur träumen kannst, Breik. Los, ihr vier, tut euch keinen Zwang an. Ich möchte nur sehen, wie ihr die zusätzliche Magikalie für Zauber einsetzt, die eurem Naturell entsprechen. Das macht Spaß, glaubt ihr nicht auch?"

Ich glaube es kurz. Also ungefähr so lange, wie Skrap braucht, um vor Aufregung ein Käfersekret in die Luft zu sprühen und es vor den Augen unseres Lehrers orange zu färben. Nur Sekunden später kratzt sich Kruz wie wild am Kopf und bringt das zuvor perfekt liegende blauschwarze Haar in Unordnung. Dieser Effekt pflanzt sich Reihe für Reihe fort, bis alle Lehrlinge einem schier unbändigen Juckreiz ausgesetzt sind.

„Ähm, ja", sagt Herr Brokkolaus. Dabei fährt er sich hektisch mit dem Ärmel über die zuckenden Augenbrauen. „Mach bitte draußen vor der Tür weiter, Skaraph."

Skrap rennt aus dem Saal und währenddessen frage ich mich, ob wir Finsterpfahler mittlerweile gegen seine Sekrete immun sind oder warum wir die Einzigen sind, die sich nicht wie verrückt kratzen. Bei Kruz lässt das Jucken offenbar nach, er streicht das verstrubbelte Haar zu beiden Seiten des Superscheitels glatt und atmet laut hörbar auf.

„Ich habe den Käfer unterschätzt", sagt er und reibt sich einen letzten Rest von Tränen aus den Augen. „Kein Wunder, dass ihn der Meister in die Waffenabteilung gesteckt hat."

„Er hat das nicht absichtlich getan", verteidigt Felian unseren Freund. „Er hat nur experimentiert."

„Umso schlimmer", erwidert Kruz. „Hast du nicht gemerkt, dass sein Zauber zielgerichtet war? Er hat nur uns erwischt, euch nicht. Euer Freund hat seine böse Energie nicht unter Kontrolle."

„So weit würde ich nun nicht gehen", meint Herr Brokkolaus und zieht sein Jackett glatt, das infolge der Kratzbewegungen verrutscht war. „Der Junge ist neu hier und hat seine Magie aufgrund von unbewussten Ängsten gegen diejenigen gerichtet, die ihm fremd waren. Sicherlich wollte er niemandem schaden. Aber in einem hat Kruz recht: Skrap braucht dringend Nachhilfe in Praktischer Zauberei."

Felian und ich werfen uns einen verstohlenen Blick zu. Wir sind bestimmt auch Kandidaten für die Nachhilfe, aber wir haben keine Lust, das jetzt vor allen anderen unter Beweis zu stellen.

Eschel hingegen schließt gehorsam die Augen und legt beide Hände vor sich auf die Schreibfläche. Ein schwacher Wind entsteht, ein unsichtbarer Wirbel in der Luft, der sanft über unsere Gesichter streicht.

„Ein ungewöhnlicher Zauber", kommentiert Herr Brokkolaus ihre Bemühungen. „Aber du verwendest nur deine körpereigene Magie. Vereinige sie mit der Magie, die dir der Schlüssel zur Verfügung stellt, und du wirst sehen, dass sich deine Kräfte vervielfachen."

Eschel nickt konzentriert und starrt weiterhin mit geschlossenen Augen in Richtung ihrer Hände. Es ändert sich nichts, der kleine Wind bleibt harmlos, obwohl sie sich sichtlich anstrengt.

„Du hast Angst", stellt Kruz fest. „Du denkst, es wird etwas Schreckliches passieren, wenn du die Magiequellen nicht strikt voneinander trennst."

So ein Quatsch. Wie kommt er denn darauf?

„Ja, ich glaube, das stimmt", sagt Eschel. „Woher weißt du das?"

„Ich kann die Magikalieströme orten. Dafür habe ich ein Gefühl. Und du versuchst krampfhaft, die Magikalie des Schlüssels von deinem Wirbel in der Luft fernzuhalten."

Herr Brokkolaus ist begeistert von dieser Analyse.

„Wirklich beachtlich, Kruz! Jetzt merke ich es auch. Los, Eschel, gib dir einen Ruck. Lass es zu, dass sich beide Magieströme vereinigen."

Eschel öffnet die Augen und macht ein Gesicht, als hätte man sie aufgefordert, von einem zehnstöckigen Haus zu springen. Aber da die Aufmerksamkeit aller Lehrlinge auf sie gerichtet ist und es von ihr erwartet wird, atmet sie schnell und scharf ein und ... lässt los.

In unserem Studiensaal wird es schlagartig dunkel, nur Eschels Augen leuchten überirdisch hell und sehen echt gruselig aus. Eine tiefe und fremdartig verzerrte Stimme ertönt aus dem Nirgendwo und röhrt so etwas wie „Ihr Wanzen holt euch Wäscheklammern". Unmittelbar darauf braust ein Sturmwind durch den Raum, als hätte man während eines Orkans alle Fenster offen gelassen. Stifte, Zettel und Klamotten fliegen durch die Gegend, das Pult des Lehrers

54

kippt um, dann wird es wieder hell und der Wind beruhigt sich.

Kruz muss abermals seine Haare richten, währenddessen starrt er Eschel an, als sähe er sie zum ersten Mal. Dabei ist sie wieder ganz normal, ihre Augen senden kein Licht mehr aus, sie wirkt nur sichtlich beschämt. Zwischen ihren Händen prangt ein kleiner Riss im Holz der Schreibfläche.

„Nun", meint Herr Brokkolaus, „es mag ratsam sein, dass du die beiden Magiequellen *nicht* vermischst. Womöglich bist du einem gesunden Instinkt gefolgt, als du es vermeiden wolltest. Du solltest lernen, die Magikalie der Instrumente getrennt von deiner körpereigenen Magie zu benutzen. Das mag anfangs kompliziert sein, ist aber sicherlich machbar. Also keine Sorge deswegen."

Eschel nickt. Ihre Hände zittern leicht, als sie sie unter der Bank versteckt.

„Hugh, was ist mit dir?", fragt Herr Brokkolaus.

„Felian, Herr Lehrer."

„Hast du schon einen Versuch unternommen, mit der Magikalie des Schlüssels zu zaubern?"

„Nein, habe ich nicht."

„Na los, dann probiere es", sagt Herr Brokkolaus in aufmunterndem Tonfall.

Felian nickt, presst die Lippen aufeinander und bekommt einen roten Kopf, aber es passiert minutenlang nichts.

„Es klappt nicht?"

„Nein."

„Probiere es weiter. Breik, nun wollen wir mal sehen, was du zustande bringst."

Ich kann nicht viele Zauber. Tinte verschwinden lassen, damit sie keiner sieht, ist ein Trick, den ich beherrsche. Ein anderer ist, dass ich die Seiten eines Buchs umblättern kann, ohne sie zu berühren. Und schließlich kann ich die Illusionen von Pflanzen oder einfachen Tieren an Scheiben, Wände oder Gegenstände zaubern. So wie andere Kinder Bilder mit einem Stift auf das Papier malen, habe ich mit meiner Magie schon immer verschlungene Muster wachsen lassen, die Tische, Stühle oder Geschirr vorübergehend anders aussehen lassen. Die Muster sind flüchtig und vergehen schnell, aber Eschel sieht gerne dabei zu, wie sie entstehen und sich verändern. Ich beschließe, es mit dieser Zauberei zu versuchen.

Da es draußen kalt ist und mir ein Eisblumenmuster auf den Fensterscheiben unkompliziert erscheint, richte ich meine Aufmerksamkeit auf das Glas und konzentriere mich auf die Magikalie, die mir mein Körper und der Kupferschlüssel zur Verfügung stellen.

Meine Zauberkraft ist schwach, aber warm und prickelnd wie die Luft in der Nähe eines Feuers. Die Magikalie des Schlüssels kommt mir dagegen kühl und nichtssagend vor. Doch ich merke, dass ich sie mithilfe meiner körpereigenen Magikalie erwärmen und damit zu meiner eigenen machen kann. Auf einmal verfüge ich über eine ungewohnt große Menge an Zauberkraft und so beginne ich ehrgeizig mit dem Eisblumenzauber.

Normalerweise begnüge ich mich damit, meine Zauberkraft in die Illusionen fließen zu lassen, die von allein Farbe und Form annehmen, sobald ich es ihnen erlaube. Diesmal möchte ich die Eisblumen besonders kunstvoll gestalten und so verweile ich mit meiner Aufmerksamkeit bei den ersten Blättern und Blumenkelchen und stecke mehr und mehr Zauberkraft hinein, sodass sie sich immer detailreicher und lebensechter ausformen. Gerade sieht es so aus, als würde ein länglicher Kelch geradewegs aus der Scheibe herauswachsen, und da knackt es auch schon.

„Oh, oh", sagt Herr Brokkolaus und hebt beide Hände, um die Scheibe magisch zu stabilisieren.

„Hör auf, Breik!", ruft Kruz, doch ich bin wie in Trance und will mein Werk nicht loslassen. Soeben windet sich eine weißblaue Spirale aus dem Glas, besetzt mit funkelnden Eiskristallen, deren Kälte ich auf der Haut spüren kann.

Herr Brokkolaus will die Hände auf das Glas legen, um dem Spuk ein Ende zu setzen, doch kaum berührt er die Scheibe, klirrt es schrill und das Glas zerspringt in winzige Splitter. Unser Lehrer kann sich gerade noch selbst schützen, indem er ein magisches Schutzschild errichtet, und dann prasseln die Glassplitter kalt und mit einem singenden Geräusch auf ihn nieder.

Als alle Scherben auf dem Boden angekommen sind und zu singen aufgehört haben, herrscht Totenstille. Meine Zauberkraft ist verbraucht – sowohl meine eigene als auch die des Schlüssels –

56

und mir wird schmerzhaft bewusst, dass ich so gefangen war in meinem Tun, dass ich aus freiem Willen niemals hätte aufhören können.

Herr Brokkolaus räuspert sich, schüttelt den magischen Schutz ab und betrachtet die Splitter am Boden, die nicht mehr kalt sind und nur noch wie gewöhnliches Glas aussehen.

„Mein Fehler", sagt er. „Ich hätte das Finsterpfahler Schulsystem nicht so sträflich überschätzen dürfen. Nun ja, als Mystoflia-Absolvent mit Auszeichnung kann man sich nur schwer vorstellen, dass Schüler eures Alters nicht mal die einfachsten Grundkenntnisse im Magiegebrauch besitzen. Hugh, Eschel und Breik – bitte setzt auch euren Mitschüler Skrap darüber in Kenntnis, dass ihr eure versäumten Kenntnisse nachholen müsst. Ab sofort werdet ihr Extraunterricht in Praktischer Zauberei erhalten, täglich zwei Stunden, bevor der normale Unterricht beginnt. Geht nun, ich werde mich für den Rest des Vormittags den fortgeschrittenen Schülern widmen."

Wir trollen uns aus dem Studiensaal wie verwahrloste, struppige Straßenhunde und fühlen uns auch so. Eine höllische Blamage in der ersten Schulstunde – das war zu erwarten gewesen und doch hatten wir gehofft, dass es anders kommt. Als wir Skrap erzählen, was passiert ist, bricht er in schrilles Gelächter aus. Seine Heiterkeit tut gut.

„Denkt an das, was uns Ada Meister erklärt hat", sagt er. „Wir müssen nicht so penetrant begabt sein wie Krusss aus Andalusss. Es reicht, wenn wir in einer einzigen Sache genial sind. Gerade *weil* wir so schräge Typen sind, werden wir etwas Überragendes schaffen, ihr werdet schon sehen."

„Hier sehen wir Skaraph Maulstein", erkläre ich in getragenem Tonfall, „den Erfinder der Juckpulverdetonation, die jede Drachenbombe zu einem Knallbonbon degradierte."

„Warum auch nicht?", fragt Skrap. „Wir sind es gewohnt, uns durchzubeißen, und deswegen werden wir am Ende die Größten sein. Nur eine Sache macht mich total fertig."

„Nämlich?", fragt Felian.

„Wenn wir die Extrastunden *vor* der normalen Schule bekommen, müssen wir jeden Morgen um fünf Uhr aufstehen."

Wir machen lange Gesichter, nur Eschel findet das lustig.

„Gerald Winter hat euch gewarnt. Er sagte, ihr müsst bereit sein, euch wie die Irren anzustrengen. Und ihr habt: ‚Hier, hier, hier!' gebrüllt. ‚Lasst uns nach Tolois gehen und schuften.' Die Einzige, die sich wirklich überlegt hat, was da auf sie zukommen könnte, war ich."

„Und was hat es dir gebracht?", frage ich. „Nichts. Du musst genauso früh aufstehen wie wir."

„Was wir in den zwei Extrastunden lernen, ist nicht umsonst", sagt Eschel. „Wenn sie uns in einem halben Jahr rauswerfen, werden wir hier mehr gelernt haben als in drei Jahren in Finsterpfahl. Also soll es mir recht sein."

„Wie vernünftig", meint Skrap. „Gönnen wir uns jetzt ein zweites Frühstück? Und schauen wir uns danach den Wunderwald an? Alle sagen, dass Lilli Sinn den Schlüssel bestimmt dort versteckt hat."

„Wer ist *alle*?", fragt Eschel. „Redest du von dem Fuchsmädchen, mit dem du heute Morgen einträchtig heiße Schokolade geschlürft hast?"

„Sie heißt Petti Lou und sie hat mir erzählt, dass der Wunderwald ein ausgeklügeltes magikalisches Kabinett ist. Wenn man ihn betritt, sorgen magische Illusionen dafür, dass man statt einem Baum hundert sieht. Und Lilli Sinn hat ganz viele Wunder darin versteckt. Natürlich wird sie dort auch eine Spur gelegt haben, die zum Schlüssel führt. Das ist doch ganz klar."

„Du zitierst doch so gerne Ada Meister", sagt Eschel. „Und die hat uns erklärt, dass sie und ihre Geschwister jeden Stein auf diesem Gelände umgedreht haben. Sie werden deinen geheimnisvollen Wunderwald in- und auswendig kennen."

„Aber wir werden entdecken, was alle anderen übersehen haben."

„Meine Güte, bist du heute positiv", sage ich. „Ich glaube, um das zu verkraften, brauche ich auch ein zweites Frühstück. Auf zum Kesselgrund."

FELIAN IST SEHR STILL AN DIESEM MORGEN, AUCH DANN NOCH, als wir im Innenhof unter einer wärmenden, grünen Lampe sitzen

58

und Kartoffelstreuselkuchen mit kandierter Sauerkrautkruste essen. Wir leeren eine riesige Platte dieser kleinen Häppchen, doch Felian knabbert lustlos an dem einzigen Würfel herum, den er sich genommen hat.

„Wir haben uns tödlich blamiert", sage ich zu ihm. „Das ist nun mal so. Aber was soll's? Wir können trotzdem Spaß haben. Überleg mal – wenn wir in achtzig Jahren zusammensitzen und Geschichten aus unserem Leben aufwärmen, werden wir uns darüber totlachen. Glaubst du nicht?"

Felian zuckt mit den Achseln, legt sein Häppchen auf den Teller zurück und schweigt.

„Willst du das nicht?", fragt Skrap und steckt seine dürren Finger nach der Köstlichkeit aus, doch ich boxe seine Hand beiseite.

„Das ist Felians. Wir wollen doch nicht, dass er im Wunderwald zusammenbricht."

„Was ist los?", fragt Eschel. „Was bedrückt dich denn so?"

Felian starrt wortlos seinen Teller an.

„Liegt es daran, dass du es nicht mal geschafft hast, Blödsinn zu zaubern?", fragt Skrap. „Hättest du lieber eine Katastrophe angerichtet?"

Felian nickt.

„Mach dir nichts draus", meint Skrap und klopft ihm auf die Schulter. „Zwei Extrastunden am Tag und dein geheimes Katastrophenpotenzial wird sich schon noch offenbaren."

„Oh Mann", sagt Felian und zieht eine Grimasse. „Du bist heute wirklich höllisch positiv drauf, Skrap. Liegt es daran, dass du zum ersten Mal in deinem Leben von einem Mädchen angesprochen wurdest?"

„Vielleicht. Aber ich finde, Petti Lou ist auch wirklich süß mit ihren Fuchsohren."

„Gestern warst du noch in Ada Meister verknallt."

„Bin ich immer noch. Und jetzt iss endlich dieses Kartoffelding auf, damit wir losziehen können."

Felian ist getröstet genug, um sein Häppchen zu vertilgen und noch eine Brezelschnecke als Wegproviant mitzunehmen. Gemeinsam durchschreiten wir den Tunnel des Torhauses und erreichen die große Wiese auf der anderen Seite. Als die Sonne überraschend zwischen den grauen Wolken hindurchblinzelt, fangen wir vor lauter Übermut zu rennen an.

Eschel kommt als Erste beim Wunderwald an, ich brauche wie immer am längsten. Ich sehe die anderen, wie sie unter den winterlich kahlen Bäumen stehen, und wundere mich darüber, dass sie belämmert in die Höhe starren. Erst als ich den Park betrete, wird mir klar, warum: Die kahlen Bäume ergrünen schlagartig und nach zehn Schritten bin ich nur noch von sonnendurchflutetem Wald umgeben, ganz gleich, wohin ich schaue.

„Das ist der Wahnsinn!" ruft Felian.

Eschel dreht sich um die eigene Achse, Skrap hüpft mit flatternden Flügeln hierhin und dorthin und ich bin erschüttert vor Begeisterung. Bäume und Wälder sind meine Leidenschaft, ja, ich hänge manchmal sogar der lächerlichen Fantasie nach, ich sei selbst ein knorriger Baum: geduckt, schief gewachsen, doch uralt und die Heimstatt von verborgenen und längst vergessenen Waldwesen. Besonders vor dem Einschlafen stelle ich mir das gerne vor. Ich, der Baum. Klingt vielleicht ein bisschen schräg, aber ich liebe es.

Jedenfalls bin ich hin und weg von der Illusion des Waldes, denn sie wirkt täuschend echt, was auch daran liegt, dass Lilli Sinn die realen Pflanzen des Parks so geschickt in den magikalischen Schein verwoben hat, dass man sie nicht auseinanderhalten kann. Nachdem wir uns von der ersten Verblüffung erholt haben, rennen wir wie die kleinen Kinder durch diesen endlos anmutenden Wald. Wir bewundern mechanische singende Vögel, einen Wasserfall, der von unten nach oben stürzt, eine Ruine, deren Grundriss sich verändert, wenn man darin rückwärts geht, und eine Lichtung mit grünen Rehen, die vollkommen echt aussehen. Als Felian versucht, eines der Rehe zu streicheln, löst sich das Tier in einen Schwarm aus grünen Käfern auf, die davonfliegen.

Ich weiß nicht, wie viele Stunden wir in diesem verrückten Wald zubringen, aber irgendwann sind wir erschöpft und durstig und beschließen, ins Clubhaus zu gehen und uns dort einen Pflaumensprudler zu gönnen. Wir denken, wir müssten einfach nur stur geradeausgehen, um den Wald, der in Wirklichkeit ein Park ist, wieder zu verlassen, doch das erweist sich als Irrtum. Egal, wie

60

lange wir in eine Richtung laufen, wir finden keinen Ausgang und treffen immer wieder auf die Ruine.

Im Winter setzt die Dämmerung früh ein, trotzdem sind wir überrascht, als es unter den Bäumen dunkler wird und über einer Lichtung Sterne aufscheinen, die vermutlich nicht echt sind. Außerdem wird es merklich kühler. Zuvor sorgte das magikalische Sonnenlicht für Wärme, jetzt krabbeln uns kaltfeuchte Schauer über die Haut.

„Eschel, du musst den Ausgang für uns finden", sagt Felian mit unverkennbarer Panik in der Stimme. „Das kannst du doch, oder? Du brauchst dir die Bäume nur genau anzusehen, dann weißt du, ob sie echt sind oder nicht."

„Ja, ich schätze schon", antwortet Eschel. „Aber ich muss mich Baum für Baum vorarbeiten. Es wird dauern, bis wir auf diese Weise den Rand des Parks erreichen."

Ich gebe zu, dass mir der Wunderwald im Dunkeln weniger gefällt als tagsüber. Ich habe keine Angst vor der Nacht oder vor dem, was in tiefen Wäldern passiert. Aber das hier ist kein Wald, sondern eine labyrinthische Falle aus magikalischer Mechanik, die ein Mensch ersonnen hat. Im falschen Sonnenschein konnte ich mich an dem Spiel erfreuen, doch im Dunkeln fühle ich mich gefangen und ausgeliefert.

Es dauert ewig, bis Eschel unter all den Illusionen den ersten echten Baum findet, aber danach kann sie sich von Baum zu Baum vorarbeiten. Unterdessen wird es noch finsterer und Wolken schieben sich vor den Sternenhimmel. Vielleicht ist es der reale Himmel, der langsam sichtbar wird. Die Kälte nimmt zu und der Untergrund wird matschiger. Ein Gefühl, als wäre ein Fremder hinter mir, lässt mich herumfahren, und da sehe ich etwas Weißes zwischen den Bäumen aufflackern. Es rast im Zickzackkurs auf uns zu und plötzlich, als es direkt über uns ist, bricht es in schrilles, durchdringendes Geschrei aus.

„Sagenhaft!", ruft Skrap. „Lilli Sinn war ein Genie." Gleichzeitig fällt Felian neben mir in den Matsch, weil er vor lauter Schreck über seine eigenen Füße gestolpert ist. Das lästige Gespenst verfolgt uns. Immer wieder saust es weg und wieder heran und dabei lässt es auf gruseligste Weise die Gelenke seiner Magichanik quietschen.

„Es gibt sicher einen Trick, wie man das abstellt und nach draußen findet", versuche ich Felian aufzubauen. „So wie in der Ruine, in der man rückwärtsgehen musste, um den Torbogen zu finden."

„Natürlich", sagt Eschel. „Ganz bestimmt gibt es einen Trick. Wenn nicht sogar Tausende. Aber was wetten wir, dass sich kein einziger der anderen Lehrlinge jemals hier verlaufen wird? Nein, nur wir schaffen das, die Armleuchter aus Finsterpfahl."

„Konzentrier dich bitte auf die Bäume", wimmert Felian. „Ich will hier raus."

„Heiiaaaiiihaaaiaaaahuuuuuuu!", kreischt das Gespenst und tritt dabei doch allen Ernstes gegen eines meiner Hörner. Aus einem Reflex heraus schnellt mein Arm in die Höhe und ich bekomme das komische Ding, das hauptsächlich aus Magikalie und nur im Inneren aus Metall besteht, an einem Bein zu fassen und halte es trotzig fest. Daraufhin knallt es, das Gespenst brüllt „Heiiaaaiaaaihaaaii- KRACKS" und stürzt ab. Es flammt weiß auf, dann blau, dann ungesund violett und schließlich erlischt es.

„Ach, du verflixter Schalottensalat!", entfährt es Skrap. „Breik, du hast das Gespenst kaputt gemacht. Wenn das einer rauskriegt, ist der Dackel am Krampfen, das sage ich dir. Am Ende kriegt man das nicht mal repariert, weil es eine Lilli-Spezialerfindung war."

„Endlich Ruhe", sagt Eschel und seufzt. „Gut gemacht."

„Ich bin auch erleichtert", sagt Felian mit zittriger Stimme. „Aber wenn sie herausfinden, was er getan hat? Und wenn er deswegen rausfliegt?"

„Wie wollen sie beweisen, dass er es war?", fragt Eschel. „Keiner hat es gesehen außer uns. Und jetzt weiter, ich glaube, ich kann eine Reihe von hellen Fenstern erkennen."

„Warum hast du dich nicht gleich auf die Gebäude konzentriert?", fragt Skrap. „Du hättest nur das Torhaus orten müssen und danach hättest du es wie einen Kompass benutzen können, um uns rauszubringen. Wäre das nicht viel einfacher gewesen, als jeden Baum auf seine Echtheit zu überprüfen?"

„Ja, mein Bester, das wäre supereinfach gewesen. Und noch einfacher wäre es gewesen, wenn du mir diesen tollen Tipp vor einer halben Stunde gegeben hättest."

„Wir brauchen eben für alles etwas länger", meint Felian. „Weil wir unbegabt sind."

„Wir sind nicht unbegabt", widerspreche ich.

„Ach, nein?"

„Ich zum Beispiel bin sehr begabt darin, magikalische Gespenster zu zerstören."

„So kann man es auch sehen."

„Hier wären wir", verkündet Eschel und klettert durch ein Loch, das sich mitten in einem Baum befindet. Felian schlüpft wie ein Wiesel hinterher, begierig auf die gute, alte Wirklichkeit. Skrap lässt es langsamer angehen, zumal er sich sehr ducken muss, um den Durchgang passieren zu können.

Ich durchquere den Baum als Letzter und staune darüber, wie er von einem Schritt auf den nächsten all seine Blätter verliert, als hätte jemand auf den Ausknopf einer Wundermaschine gedrückt. Aus reiner Neugier gehe ich noch mal einen Schritt zurück und drehe den Kopf. Schon habe ich die Illusion wieder angeknipst und der düstere, undurchdringliche Gruselwald umgibt mich erneut. Aber er ist nicht mehr so still wie zuvor. Irgendwo in der Dunkelheit höre ich ein Mädchen lachen. Ihre Stimme klingt ganz irdisch.

„Hallo?", frage ich in die Finsternis. „Ist da jemand?"

„Nein", haucht die Stimme und danach verhallt das Gelächter, als würde die Person in die Gegenrichtung davonlaufen.

KAPITEL 7
DER LURCHGEBLÜTEL

IN DER NACHT bin ich hin- und hergerissen, ob ich zu Herrn Brokkolaus gehen und gestehen soll, dass ich Lillis Gespenst geschrottet habe. Doch als um fünf Uhr morgens der Wecker klingelt, weil wir zum Zauberei-für-Doofe-Unterricht müssen, ist der Vorfall vergessen, als hätte ihn jemand mit Eimer und Putzlappen aus meinem Hirn geschrubbt. Schlaftrunken stolpern wir hinunter in den Kesselgrund, wo so früh am Morgen noch kein Essen bereitsteht. Sehnsüchtig denke ich an den heißen Kakao, der gestern aus einem hübschen kleinen Wasserhahn an der Hauswand geflossen kam, als wir daran gedreht haben. Heute löst sich nicht ein Tropfen aus der Leitung.

„Praktische Magie auf leeren Magen", sagt Skrap mit Grabesstimme. „Ich wette, das geht schief."

„Dass es schiefgeht, steht außer Frage", meint Felian. „Nur wird es mit leerem Magen noch schrecklicher schiefgehen."

Wir betreten das Haus mit dem Hundekopfklopfer und schleppen uns die Stufen zum ersten Stock hinauf, nur um festzustellen, dass dort ein Zettel an der Tür klebt: „Extrastunden Zauberei finden im Keller statt. Letzte Tür links." Wir drehen um und machen uns im Erdgeschoss auf die Suche nach dem Zugang zum Keller. Im sumpfgrünen Lichtschein einer in die Jahre gekommenen Lampe entdecken wir eine ellenlange Treppe, die in die Tiefe führt.

64

„Wo endet die?", fragt Skrap. „Direkt in der Kanalisation?"
„Unter Tolois soll es noch Tunnel geben, die aus der alten Kaiserstadt Tolovis stammen", erkläre ich. „Wäre es nicht toll, wenn unser Unterricht in so einem stattfände?"
„Wäre es nicht", widerspricht Eschel. „Und jetzt geht schon, damit wir es hinter uns bringen können."
Die lange Treppe wird immer schmaler, je tiefer wir hinabsteigen, und endet in einem Gang mit Eisentüren zu beiden Seiten.
„Stand auf dem Zettel Keller oder Kerker?", fragt Skrap.
„Ganz schön kalt hier", meint Eschel.
„Ich will zurück nach Finsterpfahl", jammert Felian.
„Letzte Tür links", sage ich und behalte aus Solidarität für mich, dass ich diesen Ort wahnsinnig interessant finde. Ich spüre, dass das Gemäuer um mich herum tatsächlich sehr alt ist. Die Wände sind krumm und schief aus runden Steinen gemauert, an der Decke haben sich Tropfsteinformationen gebildet. Eine weiße Höhlenspinne sitzt auf dem Türschild an unserem Unterrichtsraum. „Hobbyraum für Experimente" steht da geschrieben. Und darunter klebt ein handgeschriebener Zettel: „Schlüssel bitte bei Lurchgeblütel abholen."
Doch wir müssen keinen Schlüssel holen, die Tür steht offen und im Inneren sehen wir ein Feuer unter einem Kessel flackern. Das Gebräu riecht wie kochendes Brackwasser, angereichert mit Lederfett, und ich hoffe sehr, es ist zum Zaubern und nicht zum Trinken bestimmt.
„Kommt herein, meine Lieben, kommt ruhig herein! Keine Furcht. Ich bin euer Nachhilfelehrer Lurchgeblütel und was ihr bei mir nicht lernt, lernt ihr nimmermehr."
Wir blicken uns suchend um. Der Kellerraum ist größer, als es unser Klassenraum in Finsterpfahl gewesen ist, doch er ist größtenteils dunkel. Nur da, wo das Feuer unter dem Kessel brennt, kann man etwas sehen.
„Hallo, hier bin ich!"
Ein wackelndes, dürres Männchen tritt in den Schein des Feuers. Es hat eine ähnliche Statur wie Felian: langer Körper, unten kurze Beine, oben kurze Arme. Dazu hat der ältere Herr schwarz-gelbe Haut – er ist eindeutig ein Feuersalamandermensch. Auf seiner Nase sitzt eine Brille mit Panzergläsern,

obwohl es doch längst magikalische Sehhilfen gibt, die ganz ohne Gläser auskommen. Er nickt die ganze Zeit, während er mit uns spricht.

„Ich gehöre hier zu den ganz alten Eisen", erklärt er uns. „Damals, als die Lilli ihren ersten Laden aufgemacht hat, habe ich ihr schon geholfen. Ich musste mich immer im Hinterzimmer verstecken, wenn Kundschaft kam. Damals waren wir Tiermenschen nicht gut angeschrieben. Die Lilli hat mich eingestellt, alle anderen wollten keinen Magichaniker, der wie ein Lurch aussieht."

„Wenn Sie Lilli so gut gekannt haben", bricht es aus Skrap heraus, „dann müssen Sie doch eine Idee haben, wo sie ihren Schlüssel versteckt hat." Vor lauter Aufregung surren seine Flügel und wir anderen machen uns bereit, ihn zu packen, falls er einen Satz nach vorne macht und am Ärmel des wackeligen Lurchgeblütel herumzupfen will.

„Ja", sagt der Mann nickend und lächelnd, „da bist du nicht der Erste, der das vermutet. Alle paar Wochen schneit der Meister bei mir herein und stellt mir Fragen, die ich nicht beantworten kann. Einen zünftigen Wutanfall hat er das letzte Mal bekommen. Möchtet ihr etwas trinken?"

Er zeigt auf den Kessel und wir schütteln einträchtig die Köpfe.

„Das wärmt schön von innen. Nun gut, es ist vielleicht nicht jedermanns Geschmack."

Er beugt sich über den Kessel, tunkt einen Blechbecher in die Brühe und schöpft etwas von dem olivgrünen Schaum ab, der an der Oberfläche schwimmt.

„Hmmm, lecker. Wenn's etwas eingekocht ist, schmeckt es besonders gut. Dann wollen wir mal loslegen, meine Freunde." Der Lurchgeblütel wedelt mit einem seiner kurzen Arme in der Luft herum und daraufhin wird der gesamte Kellerraum von einem gelblichen Licht erfüllt. „Wir setzen euch so weit wie möglich auseinander. Jeder sucht sich eine Aufgabe aus und ich gehe immer reihum und unterstütze euch bei der Lösung."

„Was für eine Aufgabe?", fragt Felian. „Ich kann nämlich überhaupt nicht zaubern. Also nicht mit meinem Schlüssel."

„Natürlich kannst du es. Jeder kann mit Instrumenten zaubern, dazu gibt es sie ja. Und ich bevorzuge nützliche Aufga-

66

ben. Euch ist kalt? Ihr erzeugt Wärme. Es ist dunkel? Ihr erzeugt Licht. Euch ist es zu laut? Ihr erzeugt Stille. Verstanden?"

„Ich habe Hunger", meint Skrap. „Kann ich auch Essen erzeugen?"

„Liebe, Nahrung und Gesundheit kann man nicht magisch herstellen, pflege ich zu sagen. Aber du kannst deine Magie verwenden, um andere Wesen zu erfreuen, und das wird dir früher oder später Liebe einbringen. Du kannst auch mit etwas Geschick giftige Pilze bekömmlich machen, sodass sie sich in etwas Essbares verwandeln. Und du kannst Zaubertränke brauen, die schädliche Einflüsse ausgleichen und deinen Körper stärken. Die Magie verschafft dir die Freiheit, dein Leben zum Besseren zu wenden. Dies sollte allerdings nie auf Kosten anderer geschehen. Ein moralischer Grundsatz, der für meinen Geschmack zu häufig unter den Tisch fällt."

Skrap hat sich entschieden, keine giftigen Pilze in etwas Essbares zu verwandeln. „Ich möchte lernen, wie man Licht macht", sagt er. „Besonders cool wäre es, wenn meine Flügel leuchten könnten."

Der Lurchgeblütel lacht gutmütig. Mir wird klar, dass diesen Mann nichts von dem erschüttern wird, was wir anstellen werden. Er ist die Ruhe selbst und er möchte uns helfen. Diese Erkenntnis löst ein inneres Wallen und Glühen in mir aus. Ich wittere auf einmal die Möglichkeiten, die mir die Instrumentemagie erschließt. Ich könnte ein richtiger Zauberer werden! So wie Gerald Winter, von dem bekannt ist, dass er keine eigene Magikalie besitzt, sondern nur mit Instrumenten zaubern kann.

Leider verlieren meine enthusiastischen Träume während der nächsten zwei Stunden gewaltig an Strahlkraft, weil mir der Lurchgeblütel klarmacht, dass ich mich bremsen muss, um mit meiner Zauberei kein Unheil anzurichten.

„Du bist zu wild", sagt er. „Wenn du Licht machen willst, erzeugst du Feuer. Die gute Nachricht ist: Du bist in der Lage, die Magikalie deines Instruments zu intensivieren und damit ihre Kraft zu vergrößern. Die schlechte Nachricht ist: Deiner Intensivierung wohnt eine destruktive Komponente inne."

„Was heißt das?"

„Nun ja, wie soll ich das erklären? Wenn ein Riese versucht,

67

einen Deckel auf eine Glasflasche zu schrauben, kann es schnell passieren, dass die Flasche zu Bruch geht und der Inhalt ausläuft. Genau dieses Problem hast du auf magischer Ebene."

„Das verstehe ich nicht. Ich bin weder ein Riese noch besitze ich von Natur aus viel Magie."

Der Lurchgeblütel nickt gedankenvoll.

„So ist es nun mal. Wir müssen mit dem arbeiten, was wir in uns vorfinden. Du musstest vermutlich aufgrund deiner körperlichen Gestalt immer viel Kraft und Willen aufbringen, um deinen Alltag zu meistern. Folglich handelst du mit sehr viel Energie. Auf magischer Ebene ist das erst mal kontraproduktiv. Es wird dir keinen Spaß machen, aber du musst lernen, dich zurückzunehmen. Wenn du drei Meter weit springen willst, halte inne und mach stattdessen auf Zehenspitzen ein winziges, leises Schrittchen. Ganz bedächtig und sanft. Es wird Wochen oder Monate dauern, bis du das gelernt hast, aber danach geht es aufwärts, das verspreche ich dir."

Es ist sagenhaft anstrengend, Zauber ohne jede Kraft auszuführen und mich die ganze Zeit zurückzuhalten. Wann immer mir der Lurchgeblütel seine gummiartigen Patschehändchen auf den Arm legt und „Sachte, sachte" raunt, möchte ich ihn an die Wand klatschen. Aber natürlich reiße ich mich zusammen und bin so eifrig dabei, dass ich total überrascht bin, als die zwei Stunden Extraunterricht vorüber sind. Ich habe keine Lust aufzuhören. Ich will mit dieser nervenzersetzenden Anstrengung weitermachen. Ich will lernen. Obwohl ich fast gar nichts von dem kapiere, was ich da tue, will ich der Sache auf den Grund gehen. Nichts in meinem Leben war jemals so spannend.

„Nun geh schon, Breik", sagt der Lurchgeblütel, da ich immer noch auf meinem Platz sitze, obwohl meine Freunde schon an der Tür stehen. „In einer Viertelstunde beginnt der reguläre Unterricht. Du willst doch bestimmt noch was frühstücken?"

Frühstück. Erst jetzt bemerke ich meinen leeren Magen. Ich war vor lauter Konzentration wie weggetreten. Zusammen mit den anderen renne ich die Treppe hinauf. Skraps Flügel schimmern immer noch golden von dem Licht, das er mit der Hilfe des Lurchgeblütels erzeugen konnte. Felian ist selig, weil er in dieser

Stunde gelernt hat, ein Buch über den Tisch zu schieben, ohne es anzufassen.

„Wisst ihr, was der Trick ist?", fragt er uns aufgeregt und in seinem typischen Jetzt-verändere-ich-die-Welt-Tonfall. „Man muss sich einfach *vorstellen*, wie sich das Buch bewegt. Dann fließt die Magikalie von ganz allein in die richtige Richtung. Man darf sie nicht festhalten. Man muss sie loslassen, versteht ihr?"

Der Vortrag dauert an, bis wir den Kesselgrund erreichen, wo die anderen Lehrlinge schon beim Frühstück zusammenstehen.

„Na, wie war's?", fragt mich Kruz.

„Gut."

„Bei dir auch?", will er von Eschel wissen.

Eschel schüttelt den Kopf. „Es ist, als müsste ich mich in zwei Hälften teilen, wenn ich meine eigene Magie und die vom Schlüssel trenne. Das ist unangenehm, vor allem beim Zaubern. Ich möchte ein ganzer Mensch sein, nicht zwei halbe Teile, die explodieren, wenn sie zusammenkommen."

„Du hast zwei Hände und zwei Augen", erwidert Kruz. „Die existieren auch getrennt voneinander und trotzdem bist du eins. Betrachte deine Zauberkräfte doch einfach als linke und rechte Magie."

Wow. Ich wünschte, ich hätte Eschel einen so schlauen Ratschlag geben können. Sie betrachtet ihren Teller in der Linken und den Becher in der Rechten.

„Ja, ich glaube, die Vorstellung hilft."

„Schau mal", sagt Felian und klopft gegen meinen Ellenbogen. „Unser Schwerenöter legt sich wieder ins Zeug."

Skraps Flügel schimmern nun grünlich in der Dämmerung und er steht mit Sumisu und dem Fuchsmädchen Petti Lou in der Nähe des Apfelbaums. Wir hören, wie er von unserem gestrigen Ausflug in den Wunderwald erzählt, und schnappen die Wörter „schräg", „der Wahnsinn" und „heiße Magichanik" auf. Dass wir uns wie die kleinen Kinder verlaufen haben, erwähnt er wohlweislich nicht.

Fünf Minuten später müssen wir schon wieder los, weil der reguläre Unterricht bei Herrn Brokkolaus beginnt. Heute stehen „Zaubereigeschichte" und „Grundlagen der Magichanik" auf dem Plan. Wir bekommen Bücher ausgehändigt, die wir bis zur

69

nächsten Stunde lesen sollen, und der Rest der Zeit besteht aus Vorträgen, Erklärungen und kleinen Übungen. Herr Brokkolaus gibt uns andere Übungen als dem Rest der Klasse. Das ist erniedrigend, aber wir sind ihm dankbar dafür.

„Hier habe ich noch ein paar Anfängerbücher für euch", sagt er am Ende der Stunde. „Lest sie reihum und fragt mich, wenn ihr etwas nicht versteht. Klar?"

Die anderen haben das gehört und danach nennen uns einige Lehrlinge nur noch „die Anfänger". Es sind zwei Mädchen und drei Jungen, die Kruz als Reaktion darauf „die Streberbrigade" tauft. Ab diesem Tag teilt sich unser Jahrgang in zwei Lager. Die eine Hälfte besteht aus denjenigen, die sich mit uns abgeben – also Petti Lou, Sumisu, Kruz und zwei weitere Lehrlinge, die schon in Austrien auf die gleiche Schule für Superbegabte gegangen sind.

Die andere Hälfte lästert lautstark über uns und beklagt sich darüber, wie die Anwesenheit von Anfängern ihre Ausbildung beeinträchtigt. Ihr Wortführer ist ein Physikgenie, das sich anscheinend nur von Formeln auf kariertem Papier ernährt. Der Typ ist so klapperdürr, als stünde er kurz vor dem Hungertod, dabei ist er größer als Kruz. Er heißt Edwin von Hülfenbass, aber Skrap nennt ihn nur „Erbschen, die Hühnerbrust". Dazu muss man wissen, dass Skrap Erbsen verabscheut, da sie ihn angeblich töten, wenn er sie essen muss. Ob das stimmt, haben wir zum Glück noch nie herausfinden müssen.

Es fällt mir jeden Morgen schwer, um fünf Uhr aufzustehen, doch ich liebe unsere Stunden beim Lurchgeblütel. Wie ein Irrer rackere ich mich ab, um die Magikalie meines Schlüssels mit der Durchschlagskraft einer herabfallenden Vogelfeder einzusetzen, was eigentlich überhaupt keinen Spaß macht, und doch fasziniert mich diese Schinderei über alle Maßen. Ich kann's nicht erklären. Dieser unentwegte Kampf um Langsamkeit, Geduld und Sanftheit in meinem Tun lässt Ruhe in mir wachsen.

In den besten Momenten fühle ich mich wie ein Baum, der unmerklich wächst, Zentimeter für Zentimeter, während die Stürme der Zeit kommen und gehen. In den schlechtesten Momenten machen mir meine Kraft und mein Wille einen Strich durch die Rechnung und das Gefäß, das einen Millimeter über dem Tisch hätte schweben sollen, knallt gegen die Kellerdecke.

70

„Und wieder von vorn", pflegt der Lurchgeblütel dann zu sagen. „Du wirst es schon noch lernen."

Auch Eschel macht Fortschritte. Oft berät sie sich beim Frühstück mit Kruz, wie sie dieses oder jenes Problem besser in den Griff bekommen könnte. Ich versuche, nicht eifersüchtig zu sein, weil Kruz unser Freund ist und ich ihn eigentlich ganz gut leiden kann. Aber zuzuhören, wie er Eschel geniale Ratschläge gibt, verleidet mir manchmal den Appetit. Dann stelle ich mich zu Skrap, Sumisu und Petti Lou.

Felian versteht sich gut mit den beiden Schülern aus Austrien, die wir „die Zwillinge" nennen, weil sie immer alles gemeinsam machen. Für meinen Geschmack sind sie etwas zu albern, vor allem, wenn sie ihre Stimmen verstellen, plötzlich zu singen anfangen oder sich gegenseitig Witze erzählen. Beim Frühstück lachen sie oft demonstrativ laut (und Felian wiehert im Takt dazu), als wollten sie allen zeigen, wie superlocker sie drauf sind. Aber die beiden sind auf jeden Fall in Ordnung. Und falls ich ihnen gegenüber arrogant rüberkomme, wie es mir Eschel vorwirft, tut es mir leid. Ehrlich.

KAPITEL 8
DAS LILLI-KABINETT

OBWOHL ES MIR überhaupt nicht gefällt, dass mich Amadeus Meister als Halbsatyr verkaufen will, unterschreibe ich den Lehrlingsvertrag nach drei Wochen Bedenkzeit. Vielleicht hätte ich noch länger gezweifelt oder gar protestiert, wenn der Extraunterricht beim Lurchgeblütel nicht gewesen wäre. Aber ohne mein Zaubereitraining wäre ich aufgeschmissen und ich will es nicht riskieren, diese wichtigen Stunden zu verlieren.

Felian geht es ähnlich. Er hat Herrn Brokkolaus um eine Vertragskorrektur gebeten, weil er nicht „Hugh" heißt. Doch es dauert fast einen Monat, bis er das geänderte Dokument erhält, und darin wird er als „Hugh Felian Pfeiffer" bezeichnet. Nachdem ihm Herr Brokkolaus hoch und heilig versichert hat, dass der Vertrag trotzdem gültig sei, verziert Felian das Papier mit den Schnörkeln, die er sich als Unterschrift angewöhnt hat.

Zurzeit wandern wir täglich einmal in die firmeneigene Schneiderei, weil dort unsere neue Kleidung angepasst wird. Der Meister legt großen Wert darauf, dass seine Lehrlinge in der Öffentlichkeit elegant aussehen und darum lässt er allen Lehrlingen eine eigene Garderobe schneidern. Ich denke, das ist wirklich großzügig von ihm, denn für die Sachen müssen wir nichts bezahlen.

Doch als wir heute nach dem Unterricht in unsere Zimmer kommen, sind alle Kleidungsstücke, die wir aus Finsterpfahl mitgebracht haben, spurlos verschwunden. Um meine geflickten

Kittel ist es nicht schade, aber Eschel besaß zwei Lieblingskleider, die sie sich aus Stoffresten selbst genäht hatte. Der Blick in den leeren Kleiderschrank macht sie erst sprachlos, dann fuchsteufelswild. Skrap und Felian rennen sofort los, um nach dem Zwerg zu suchen, der den Frevel vermutlich begangen hat, doch sie finden ihn nicht und kehren mit leeren Händen zurück.

„Konzentrier dich", sage ich zu Eschel. „Du kannst deine Kleider sehen, wenn du es willst. Sobald wir wissen, wo sie sind, holen wir sie."

Der Ratschlag erweist sich als fatal. Denn als Eschel ihre Wut so weit unter Kontrolle hat, dass sie sich auf ihre Kleider konzentrieren kann, entdeckt sie die geliebten Stücke im Inneren eines magikalisch komprimierten Würfels aus verdorbenem Pilzragout, Gemüseabfällen und Rattenknochen. Der Müllwürfel liegt ganz unten in einem Stapel aus weiteren Paketen, die auf dem Karren der städtischen Abfallbeseitigung in Richtung Moderfabrik reisen. Eschel ballt die Fäuste und kämpft mit den Tränen.

„Ich hasse ihn!", schimpft sie. „Ich hasse diesen verfluchten, selbstherrlichen Meister."

„Das hätte er nicht tun dürfen", sagt Skrap. „Andererseits ..."

„Ja?", fragt Eschel scharf. „Was ist andererseits?"

„Er schenkt jedem von uns eine komplette Garderobe. Wahrscheinlich kann er sich überhaupt nicht vorstellen, dass jemand seine Lumpen auftragen möchte, wenn er doch so tolle neue Sachen hat."

„Du bezeichnest meine Kleider als *Lumpen?*"

„Nein, nein", erklärt Skrap und hebt beschwichtigend die dünnen Arme. „Aber sie bestanden aus welchen, nicht wahr?"

„Aus Stoffresten. Guten Stoffresten! Ich habe nur die besten ausgesucht."

„Ja, aber farblich waren sie ..."

„Hört auf", unterbreche ich die beiden, da diese Diskussion zu keinem erfreulichen Ende führen kann. „Es ist sowieso zu spät. Lasst uns zur Anprobe gehen und die neuen Klamotten abholen."

Als wir vor einigen Wochen zum ersten Mal beim Schneider waren, hat sich gleich ein ganzer Trupp von Stilberatern auf uns gestürzt. Die Vorgabe des Meisters war, dass jeder Lehrling in den Farben von Meister & Sinn gekleidet sein sollte – also in Kleegrün,

73

Mokkabraun, Gold, Mitternachtsblau und Purpur. Das sind die Farben, die auch im Markenemblem vorkommen (goldener Schlüssel auf purpurrotem Kissen mit Kleeblatt und Mitternachtstulpen auf mokkabraunem Untergrund). Zugleich sollte aber jeder Lehrling einen ganz eigenen Stil haben, denn – so erklärte es der Oberschneider – „nur eigenständige Persönlichkeiten können auch einzigartige Ideen entwickeln". Damit hat er uns ordentlich Angst eingejagt, denn er selbst sieht aus wie ein Papagei in zu kurz geratenen Pluderhosen.

Unter seinem Kommando sind die Stilberater um uns herumgewuselt, sie zeigten uns Kataloge und Zeitschriften, fragten, was uns gefällt, und legten anschließend unsere Persönlichkeitstypen fest. Ich, der angeblich „unbeirrbare, geheimnisvolle, wesensfeste Charakter, der allen Widrigkeiten trotzt" bekam eine Garderobe auf meinen schiefen Leib geschneidert, die mich urplötzlich von einem schäbigen Buckligen in einen adeligen Kriegsversehrten verwandelte. Oder, wie Skrap behauptet, in das verwunschene Monsterprinzenbiest aus einem berühmten Märchen.

Ganz so schlimm ist es aber nicht, ich sehe jetzt einfach nur stattlicher und eleganter aus als sonst, woran ich mich erst mal gewöhnen muss. Doch mir gefallen die Sachen gut, vor allem die kleegrüne Jacke mit den Goldbrokat-Aufschlägen. Selbst als Felian anmerkt, dass der Meister eine ganz ähnliche Jacke trage, nur eben in Mitternachtsblau, tut das meiner Zufriedenheit keinen Abbruch.

Dass die Stilberater an Eschel ihre besondere Freude haben würden, stand von vornherein fest. Entsprechend lautete die Persönlichkeitsbeschreibung: „Dominante Schönheit trifft auf geistige Klarheit und gewinnende Zurückhaltung." Trotzdem stehen wir mit offenen Mündern da, als sie heute zu uns in die Herrenabteilung kommt und ihre neue Garderobe vorführt. Alles passt perfekt zusammen und rückt die Vorzüge ihrer grünen Sommersprossen, ihrer türkisfarbenen Augen und ihres goldenen Haars in ein Licht, das jeden blendet. Die Mitarbeiter im Schneidersalon hören simultan zu arbeiten auf und starren sie hingerissen an.

„Gigantisch", ist das einzige Wort, das Felian herausbringt, doch Eschel hebt nur die Schultern und lässt sich mit einem gleichgültigen Gesichtsausdruck auf den nächsten Sessel fallen. Sie ist immer noch sauer wegen der verschwundenen Kleider.

Nach und nach legt sich das kollektive Staunen und die Angestellten des Schneiders fahren fort, Skraps Garderobe den letzten Schliff zu verpassen. Als sie zurücktreten und den Blick freigeben, ist die Haltung unseres Freundes eine ganz andere als zuvor. Skrap hat sich von einem grauhäutigen, dürren Vampirkäfer in einen hochgewachsenen, respektablen Giftschrankverwalter gewandelt, wie Felian es ganz treffend ausdrückt.

Er trägt eine purpurrote Weste, einen mokkabraunen Mantel mit Goldfäden, der seine nervösen Flügel verbirgt, und ein schillerndes kleegrünes Halstuch. Alles an ihm strahlt auf einmal würdevolle Gelassenheit aus, ganz dem Charakter entsprechend, den die Stilberater ihm andichteten: „über den Dingen stehend, absorbiert von Spezialbegabungen, scharfsinnig".

Als Nächstes kommt Felian an die Reihe und wir sind gespannt, was die Schneider aus ihm herausgeholt haben. Das Ergebnis ist enttäuschend. Er ist immer noch der schlaksige Junge, dessen Beine zu weit unten aufhören und dessen Arme zu weit oben anfangen. Er trägt nun grüne Handschuhe, eine rote Schleife am Kragen und eine gold-braun-gestreifte Hose. Er findet das todschick und niemand wagt es, etwas anderes zu behaupten.

„Wie lautet seine Persönlichkeitsbeschreibung?", fragt mich Eschel, als wir die Schneiderei verlassen.

„Eigensinnig, verträumt, treu", antworte ich.

„Das klingt nach einem Menschen, den ich sehr mag."

„Ja, es klingt aber auch nach einem Menschen, den der Meister unbedingt wieder loswerden will."

„Stimmt", sagt sie. „Das wird auch der Grund dafür sein, warum sie ihm keine Punkte geben."

„So ist es", erwidere ich. „Zwölf Punkte in vier Wochen – das ist ein Witz."

Keiner der Lehrlinge ist mit Punkten gesegnet, nicht mal die Streberbrigade. Die höchste Tagespunktzahl von acht Punkten ist bisher nur einmal vergeben worden und zwar an Kruz. An den übrigen Tagen muss sich selbst unser Jahrgangsbester mit sechs oder sieben Punkten begnügen. Die anderen Lehrlinge fahren täglich zwischen vier und sechs Punkten ein, während wir Finster-

75

pfahler schon froh sind, wenn wir mal einen, zwei oder ganz selten auch drei abstauben können. Eschel, Skrap und ich sind trotzdem optimistisch. Wenn wir uns noch ein wenig verbessern, könnten wir die Mindestmenge von 250 Punkten nach fünf Monaten zusammengekratzt haben.

Felian hingegen bekam in den ersten vier Wochen nur diese mageren zwölf Punkte. Dabei stellt er sich kein bisschen dümmer an als wir, wenn es darum geht, einfache Geräte zusammenzusetzen, den Magikaliegehalt eines Minerals zu bestimmen oder einen Aufsatz in Zaubereigeschichte zu schreiben. Ich finde, dass wir uns bisher erstaunlich gut geschlagen haben (von Praktischer Zauberei mal abgesehen), auch wenn uns die Eliteschüler natürlich an Wissen, Schnelligkeit und Auffassungsgabe weit voraus sind. Leider kann Felian machen, was er will, bei der Punktevergabe geht er fast immer leer aus, so als hätte er bei unseren Ausbildern von Anfang an auf der Abschussliste gestanden.

Die Lehrer übersehen ihn, die Betreuer in den Abteilungen schütteln die Köpfe über ihn und die Bibliothekarin, die ihn eigentlich in sein Spezialgebiet einarbeiten soll, boykottiert ihn. Dabei ist sie vermutlich die Einzige, die das nicht tut, weil es der Meister von ihr erwartet, sondern weil sie eine sture, verrückte Ziegenfrau ist.

Ihr vollständiger Name lautet Annimaid Pfefferliese Gümpel-Trutz, doch sie wird allgemein nur „die alte Pfefferliese" genannt. Ihr Kopf sieht fast vollständig wie der einer weißen Ziege aus und wenn sie Felian anmeckert, gehen die Worte manchmal nahtlos in tierische Laute über. Trotzdem liebt Felian seine Einsatztage in der Bibliothek über alles.

Jeden Abend vor dem Schlafengehen treffen wir uns bei Felian, weil sein Zimmer am größten ist (allerdings ist es auch am hässlichsten wegen der komischen Senffarbe) und reden über das, was am Tag passiert ist. Nach normalen Schultagen im Studiensaal oder in den Abteilungen ist Felian still und betrübt. Hat er aber den Nachmittag bei der alten Pfefferliese in der Bibliothek verbracht, quasselt er wie ein Wasserfall und nichts, nicht mal die fehlenden Punkte, können seinen Enthusiasmus trüben.

Die Bibliothek befindet sich in einem schmalen, sechsstöckigen Haus am Kesselgrund und ist vom Keller bis unter das

76

Dach mit Büchern vollgestopft. Niemand blickt durch, wie die Bücher sortiert sind, weil die Pfefferliese ihr eigenes System entwickelt hat und sich weigert, es irgendwem zu erklären. Wer also ein bestimmtes Buch sucht, muss sie danach fragen. Und wenn es gilt, ein Buch an seinen Platz zurückzustellen, weiß nur sie, wie das geht. Folglich hat Felian in der Bibliothek nichts zu tun. Nicht mal abstauben darf er die Bücher, denn die Pfefferliese bekommt davon Hustenkrämpfe. Felian darf auch kein Fenster öffnen wegen der Zugluft und weil die Pfefferliese meint, es würde sonst Feuchtigkeit eindringen, die die Bücher zerstört.

Die Pfefferliese redet nicht viel, aber wenn sie mal was sagt, beklagt sie sich. Sie bricht unter der Arbeit zusammen, sie braucht dringend Unterstützung, die Räumlichkeiten sind zu klein, die Buchauswahl ist zu mager, der Meister ist zu geizig. Und nun auch noch so ein nutzloser Lehrling, der nur im Weg steht und ihr die Zeit stiehlt.

Felian nimmt das nicht ernst. Er hat schnell kapiert, dass die Pfefferliese glücklich ist, wenn er lesend oder vor sich hinträumend in einer Ecke sitzt, und so tut er nichts anderes mehr. Zudem hat er herausgefunden, dass die Pfefferliese sanft und friedlich wird, wenn er einen Buchwunsch äußert und sich überschwänglich bei ihr bedankt, sobald sie ihm das entsprechende Buch aushändigt.

„Du bist der Einzige, der versteht, was ich hier leiste", sagt sie dann. Oder: „Du bist mir ein rechter Bücherwurm, frag mich ruhig, wenn du etwas wissen möchtest. Ich weiß, wo das Buch steht, das du brauchst."

Felian machte die Probe aufs Exempel und fragte, ob es ein Buch gebe, in dem etwas über Lilli Sinn geschrieben stehe. Die Pfefferliese war über seinen Spezialwunsch begeistert.

„Da habe ich etwas für dich", sagte sie und führte ihn zu einem abgetrennten Kabinett. „Diese Sammlung musste ich für den Meister zusammenstellen. Sie beinhaltet alles, was jemals schriftlich von, für und über Lilli Sinn festgehalten wurde."

Felian konnte sein Glück kaum fassen. Das Kabinett enthält neben alten Firmenbroschüren, Bauplänen, Kassenbüchern und amtlichen Korrespondenzen auch Lilli Sinns Tagebücher (mindestens hundert Stück), handgeschriebene Briefe, ein Notizbuch mit fast unleserlichen Kritzeleien und eine Sammlung von Protokollen, in denen Bekannte, Verwandte und Freunde von Lilli Sinn die Firmengründerin beschrieben haben. „Nichts davon darf die Bibliothek verlassen", ermahnte ihn die Pfefferliese. „Es geht ein Alarm los, wenn du versuchst, was rauszuschmuggeln. All diese Dinge gehören zum Präsenzbestand und ich wurde vom Meister dazu angehalten, sie in einem abgetrennten Bereich zu lagern, den nur betreten darf, wer bei Meister & Sinn angestellt ist und mich ausdrücklich nach Informationen über Lilli Sinn fragt. Ich würde ja so gerne mal in den Sachen stöbern, doch ich komme nicht dazu. Du kannst aber ruhig hier herumschmökern, dann habe ich wenigstens keinen Ärger mit dir."

Das ließ sich Felian nicht zweimal sagen und so verbringt er seine Einsatztage neuerdings in dem kleinen Kabinett und frisst sich durch die Informationen über Lilli Sinn, die in der Tat ungeheuer interessant sind.

„Ich brauche keine Punkte", erklärt er uns, wenn wir mal wieder Punkte bekommen und er leer ausgeht. „Ich werde mit eurer Hilfe Lillis Schlüssel finden und dann bekomme ich eine Anstellung auf Lebenszeit. So steht es in unserem Lehrlingsvertrag, daran muss sich der Chef halten."

Auch heute verbringt Felian die Stunden zwischen dem Schneiderbesuch und unserer allabendlichen Zusammenkunft in der Bibliothek. Als er zu uns stößt – beziehungsweise sein eigenes Zimmer betritt –, ist er ganz außer Atem. Er hat eine Abschrift von Lilli Sinns Testament im Kabinett entdeckt.

„Ob dem guten Amadeus Meister klar ist, dass du deine Nase in seine Lilli-Sinn-Sammlung steckst?", fragt Eschel. „Oder war das sogar seine Absicht? Vielleicht wollte er ja, dass du das Kabinett nach Hinweisen durchforstest und daraufhin den Schlüssel findest."

„Du hast recht", sagt Skrap. „Es könnte doch sein, dass er allen befohlen hat, Felian keine Punkte zu geben, damit er sich wie ein Verrückter in die Schlüsselsuche reinkniet und endlich findet, was der Meister unbedingt haben will."

Ich schweige, denn ich befürchte, dass das nicht der Fall ist.

78

Amadeus Meister hat – aus welchen Gründen auch immer – eine äußerst geringschätzige Meinung von Felian. Ihm ist es vermutlich egal, ob Felian in den Lilli-Sinn-Unterlagen herumwühlt oder nicht, denn er traut ihm nicht zu, dass er die richtigen Schlüsse zieht. Warum sollte ein Marderjunge aus Finsterpfahl einen Geistesblitz haben, der ihm, dem cleveren Meister nicht gekommen ist? Ich wünsche mir wirklich, dass Felian der vom Meister Auserwählte ist, der für ihn den Schlüssel finden soll. Doch mein Gefühl sagt mir etwas anderes.

„Wollt ihr nun wissen, was in dem Testament steht?", fragt Felian. „Es klingt ein *bisschen* anders als das, was uns Ada Meister erzählt hat."

„Schieß los", fordern wir ihn auf und Felian schießt. Ja, er ballert uns eine Geschichte um die Ohren, die wir kaum glauben können.

KAPITEL 9
WER RICHTIG SPIELT

FELIAN BERICHTET UNS, dass Lilli Sinn ihr Testament aufgesetzt hat, als sie noch jünger und bei Kräften gewesen ist – ungefähr dreißig Jahre vor ihrem Tod. In dem Testament ist ihr Besitz aufgeführt, der auf den ersten Blick sehr viel bescheidener anmutet als erwartet. Obwohl Lilli das Imperium für magikalische Instrumente gegründet und aufgebaut hat, gehörten ihr zu dem Zeitpunkt nur noch 15 Prozent des Unternehmens. In der Liste der Besitztümer sind ein paar persönliche Wertgegenstände aufgelistet – Möbel, Schmuck und Erinnerungsstücke. Weiterhin wird eine Sammlung von Konstruktionsplänen erwähnt, die nie patentiert wurden, und in der letzten Zeile der Besitztümer steht schlicht: „Das Erbe beinhaltet schließlich Lilli Sinns Meisterschlüssel und alles, was sich hinter dem dazugehörigen Schloss befindet".

Lilli Sinn verfügte in dem Testament, dass die persönlichen Wertgegenstände unter den jüngsten Nachkommen der Familie aufgeteilt werden sollten. Spätere handschriftliche Ergänzungen ordneten die einzelnen Gegenstände Sissi, Ada, Hanno, Valentin und Theodor Meister zu, den Kindern von Amadeus Meister, der wiederum ein Enkel von Bartholomäus Meister ist – Lillis Cousin. Lilli selbst hat nie geheiratet und ist kinderlos geblieben.

„Passt auf, jetzt kommt's", sagt Felian. „In ihrem Testament

80

erklärt Lilli Sinn, dass ihr ein Traum verloren gegangen ist. Ich habe die Stelle abgeschrieben. Da heißt es: ‚Etwas, das ich mir selbst und anderen einmal für die Zukunft gewünscht habe, hat sich verflüchtigt. Ich habe weder die Kraft noch die Lust dazu, weiterhin für meinen Traum zu kämpfen. Ich hoffe jedoch, dass der Tag kommen wird, an dem jemand, der die Kraft für große Träume und Taten hat, meinen Meisterschlüssel findet. Derjenige, der das Spiel auf die richtige Weise spielt, den Schlüssel entdeckt und sein Geheimnis ergründet, wird meine Anteile am Unternehmen erben, die Sammlung mit den Konstruktionsplänen, den Schlüssel selbst und alles, was sich an dem Ort befindet, den er aufschließt.' Toll, was?"

Wir schweigen verblüfft. Offensichtlich war das Erbe der Lilli Sinn nicht für Amadeus Meister bestimmt, es sei denn, er würde eines Tages damit beginnen, „das Spiel auf die richtige Weise" zu spielen. Wie muss Amadeus Meister getobt haben, als er von dieser Regelung erfuhr! Fast alles, was Lilli Sinn besessen hat, blieb ihm vorenthalten. Die kleineren Wertgegenstände erbten seine Kinder. Er ging vollkommen leer aus.

Eschel steht auf, verlässt das Zimmer und kommt mit ihrem Lehrlingsvertrag zurück. „Leute, wir haben etwas unterschrieben", sagt sie. „Nämlich, dass wir den Schlüssel abliefern, wenn wir ihn finden. Was wir dafür im Gegenzug erhalten, ist lächerlich gegen das, was dem Finder des Schlüssels laut Lillis letztem Willen tatsächlich zusteht. Amadeus Meister will auf diese Weise bekommen, was nicht für ihn bestimmt ist, und zieht *uns* über den Tisch."

„Na ja, nur wenn wir den Schlüssel finden", widerspreche ich. „Hätte uns Amadeus Meister nicht als Lehrlinge angestellt, hätten wir keine Chance, das Ding zu entdecken. So wenig ich den Meister leiden kann – aber dass er uns in der Angelegenheit unfair behandeln würde, stimmt nun nicht."

„Und ob er das tut", entgegnet Eschel. „Er will, dass wir Lilli Sinns Testament missachten. Sie hat sich das alles nicht ausgedacht, damit Amadeus Meister seine Angestellten als Jagdhunde einsetzt, die ihm die tote Ente auf die Türschwelle legen."

„Die tote Ente?", fragt Skrap.

„Überleg doch mal", sagt Eschel. „Es geht um eine Idee, einen

Traum, einen großen Wunsch! Wer den Schlüssel findet und ihn Amadeus Meister aushändigt, tötet Lillis Traum."

„Arme Ente", sagt Felian. „Von der Seite habe ich es noch gar nicht betrachtet."

„Wie lautet der genaue Wortlaut im Vertrag?", frage ich. „Steht dort, dass wir den Schlüssel abliefern *müssen*, wenn wir ihn finden?" Eschels Blick fliegt von Zeile zu Zeile.

„Hier steht es: Der Lehrling erklärt sich mit der Unterschrift des Vertrages dazu bereit, die Wettbewerbsbedingungen rund um Lilli Sinns Schlüssel zu akzeptieren. Diese besagen, dass jeder Mitarbeiter von Meister & Sinn dazu verpflichtet ist, den Schlüssel von Lilli Sinn an Amadeus Meister zu übergeben, wenn er ihn findet. Der Lehrling/Angestellte verzichtet hiermit freiwillig auf das Recht am Eigentum des Schlüssels und allem, was mit diesem Schlüssel an Eigentumsrechten verbunden ist. Derjenige, der den Schlüssel an Amadeus Meister übergibt und ihm das Schloss zeigen kann, in das der Schlüssel gehört, erhält eine Anstellung auf Lebenszeit, eine monatliche Vergütung, die der eines Abteilungsleiters entspricht, sowie die Adamast-Anstecknadel, die sonst nur den Firmenleitern zusteht."

„Wow", sage ich sarkastisch. „Eine Adamast-Anstecknadel."

„Ich will den Meister nicht in Schutz nehmen", meint Felian. „Aber in den Protokollen über Lilli Sinn steht, dass sie in den letzten Jahren ihres Lebens mehr als sonderbar gewesen sein soll. Das Sanatorium in Austrien war auf Geisteskrankheiten spezialisiert. Lilli Sinn litt zwar auch an einer Herzkrankheit, doch man verlegte sie von Tolois nach Austrien, weil sie vertraute Menschen nicht wiedererkannte und im verwirrten Zustand ihre Wohnung in Brand gesetzt hat. Schon zu der Zeit, als sie das Testament verfasst hat, wurde ihr Verhalten von einigen Leuten als irrational und merkwürdig beschrieben. Amadeus Meister versuchte aufgrund dessen, das Testament anzufechten. Jedoch ohne Erfolg. Die Gutachter meinten, Lilli Sinn möge sich bisweilen exaltiert benommen haben, doch sie sei geistig voll zurechnungsfähig gewesen. Das Testament gilt also nach wie vor und Amadeus Meister will um jeden Preis vermeiden, dass ein Außenstehender den Schlüssel in die Finger bekommt und damit 15 Prozent des Unternehmens."

„Ich glaube, es geht vor allem um das, was sich in dem Raum befindet, den der Schlüssel aufschließt", sagt Skrap. „Was Lilli wohl vor Amadeus Meister versteckt hat? Würde ich den Schlüssel finden, würde ich mir das zuerst ansehen, bevor ich den Schlüssel herausrücke."

„So oder so", erklärt Eschel. „Wir verraten Lilli Sinn, wenn wir ihm den Schlüssel geben."

„Ob wir das tun, können wir entscheiden, wenn wir ihn haben", meint Felian. „Ich werde jedenfalls alles durchkauen, was ich im Kabinett finden kann, so lange, bis ich auf der richtigen Spur bin."

„Tu das", sagt Skrap. „Besser wir finden den Schlüssel als jemand anders. Stellt euch nur vor, Krusss aus Andalusss wäre schneller als wir."

Wir lachen. Skrap kann den Jahrgangsbesten nicht ausstehen, aber ich glaube, das liegt daran, dass Kruz es gewagt hat, sich mit Eschel anzufreunden. Hätte unsere Freundin dem schlauen Kruz die kalte Schulter gezeigt, wäre das angenehmer gewesen, aber sie macht keinen Hehl daraus, dass sie die Gespräche mit ihm genießt. Mir behagt das genauso wenig wie Skrap, aber auf der anderen Seite kann ich Kruz ganz gut leiden. Er sucht meine Nähe, neulich bezeichnete er mich sogar als „seinen Kameraden". Also kann ich Eschel keinen Vorwurf daraus machen, dass sie nett zu ihm ist. Ich bin es schließlich auch.

„Kruz wird auch ohne Lillis Schlüssel Abteilungsleiter", sagt Felian. „Wenn er das überhaupt will. Manchmal habe ich das Gefühl, er ist nur hier, weil er neugierig ist, und nicht, weil er Karriere machen möchte."

Den Eindruck habe ich auch. Zu oft spricht Kruz von der Mystoflia-Universität und dass er dort vielleicht studieren will, wenn er seinen Abschluss gemacht hat. Während wir alle darauf hinfiebern, die Lehre zu schaffen und anschließend übernommen zu werden, scheint Kruz seinen Aufenthalt hier als netten Zeitvertreib zu erachten. Als ihn Sumisu neulich fragte, ob er eine Vermutung habe, wo sich der Schlüssel der Lilli Sinn befinde, sagte er: „Ich wette, er liegt unter Amadeus Meisters Kopfkissen, ohne dass er's merkt. Und von mir aus kann er da die nächsten hundert Jahre liegen bleiben."

„Warum?", hat Sumisu gefragt. „Der Schlüssel ist bestimmt ein wertvolles Instrument, es wäre doch schade, wenn er nicht gefunden wird."

„Ein wertvolles ... oder ein gefährliches."

Mehr hat Kruz nicht dazu gesagt. Er neigt manchmal dazu, sich in mysteriösen Andeutungen zu ergehen, weil es ihm Spaß macht, andere Leute neugierig zu machen. Aber in diesem Fall glaube ich tatsächlich, dass er an der Entdeckung des Schlüssels nicht interessiert ist.

„Alles wäre so einfach", sagt Skrap, „wenn sich Eschel gründlich auf den Schlüssel konzentrieren würde. Sie würde sehen, wo er ist, und Felian könnte sich seine Recherchen in der Bibliothek sparen."

„Wie oft soll ich dir noch sagen, dass das nicht funktioniert?", fragt Eschel. „Normalerweise kann ich mich in eine realistische Vorstellung einhaken und dann tiefer eindringen. Aber alles, was mit diesem Schlüssel zu tun hat, rutscht aus meiner Vorstellung, sobald ich es geistig zu fassen versuche."

„Du musst dich mehr anstrengen."

„Das dachte ich auch, aber mittlerweile glaube ich, dass Lilli Sinn Vorkehrungen getroffen hat. Der Schlüssel sträubt sich dagegen, per Hellseherei gefunden zu werden. Wetten, dass Amadeus schon etliche Wahrsager, Telepathen und Gedankenleser auf den Schlüssel angesetzt hat? Offenbar hat das nicht geklappt."

„Also ruhen all unsere Hoffnungen auf Felian", sage ich. „Ada Meister meinte, das Spiel würde derjenige gewinnen, der Lilli Sinns Gedanken errät. Dazu muss man erst mal herausfinden, wer sie gewesen ist, und das kann Felian während seiner Bibliotheks-einsätze am besten."

„Ich werde Monate brauchen, um alles zu lesen, was im Kabinett steht. Aber eine interessante Sache kann ich euch noch erzählen: Lilli stand mal kurz vor der Pleite. Sie hatte eine Spieldose entwickelt, die den Träger mit Zauberkraft versorgen sollte, aber von den zehn Spieldosen, die sie verkaufte, entwickelten drei sehr unerfreuliche Nebenwirkungen."

„Welche?", fragt Skrap.

„Das weiß ich nicht, aber es ist von hohen Schadensersatzan-sprüchen die Rede. Die anderen Spieldosen wurden zurückgege-

84

ben, doch Lilli hatte ihr ganzes Geld in deren Produktion gesteckt und die Summen, die die geschädigten Kunden von ihr erhalten sollten, hätten sie für immer ruiniert. Ihr Cousin Bartholomäus Meister bot ihr an, in ihre kleine Werkstatt zu investieren. Er würde für alle Unkosten aufkommen, auch bei weiteren Rückschlägen, doch dafür sollte sie ihm 85 Prozent des Unternehmens überschreiben. Sie ließ sich darauf ein und nur ein Jahr später brachte Lilli den berühmten Füller auf den Markt, der als Meilenstein der Instrumente-Fabrikation gilt. Mittlerweile wurden drei Millionen dieser Füller produziert und verkauft."

Ich bekomme eine Gänsehaut, als ich das höre. Das ist eine sagenhafte Erfolgsgeschichte, die Lilli Sinn zu einem glücklichen Menschen hätte machen müssen. Ihr Testament klang aber ganz anders.

„Was wurde aus Bartholomäus?", fragt Eschel. „Lebt der nicht mehr?"

„Er wurde wie Lilli über hundert Jahre alt, war aber fünfzehn Jahre älter als sie. Das heißt, er verließ diese Welt schon vor knapp achtzehn Jahren."

„Amadeus ist der Enkel von Bartholomäus?", fragt Eschel.

„Ja", antwortet Felian. „Bartholomäus hatte einen Sohn namens Troubadin, der ursprünglich das Unternehmen erben sollte. Doch er überwarf sich mit seinem Vater, wurde Schauspieler und starb in jungen Jahren an der Nachtlinger Schwindsucht."

„Was du so alles weißt", staunt Skrap.

„Er war Lillis Patenkind", sagt Felian und gähnt. „Ich muss jetzt schlafen. Es ist schon nach Mitternacht."

Wie in der ersten Nacht schläft Eschel immer noch in Felians Kleiderschrank, den sie als „ihr Zimmer" bezeichnet. Skrap und ich sind dazu übergegangen, in unseren eigenen Räumen zu schlafen. Manchmal wünschte ich, Eschel würde in meinem Kleiderschrank schlafen, aber abgesehen davon, dass der nicht so groß ist wie Felians, ist mir klar, dass sie das niemals tun würde. Wir haben so eine Art Verhältnis. Wir halten Abstand, obwohl wir uns sehr schätzen. Oder gerade deswegen.

85

KAPITEL 10
EINE GEFÄHRLICHE BÜRSTE

ZWEIEINHALB MONATE SIND wir nun schon bei Meister & Sinn. In den Kesselgrund fällt morgens mehr Licht, im Wunderwald bleibt es abends länger hell und neben den mechanischen Vögeln singen jetzt auch viele echte, weil der Frühling angebrochen ist. Alle paar Tage findet Felian eine „superheiße Spur", der wir folgen, sobald es unser Stundenplan, die Hausaufgaben, die Zauberei-Übungen oder die Einsatztage in den Abteilungen erlauben.

Dreimal kriechen wir in Lillis erster Werkstatt herum, die an den Kesselgrund grenzt und in ein Museum umgewandelt wurde. Skrap löst einen Alarm aus, weil er unbedingt in eine festgeklebte Schachtel schauen will, die zu Dekorationszwecken unter Lillis Arbeitstisch steht. Sein Einsatz erweist sich als umsonst, denn das ominöse Nadelkissen, das Lilli in einem Tagebuch erwähnt hat, ist weder im Karton noch sonst irgendwo in der Werkstatt.

Ein anderes Mal suchen wir in der Ruine im Wunderwald nach einer geheimen Geistergruft. Felian hat einen Entwurf davon zwischen lauter Skizzen gefunden, die Attraktionen aus dem Wunderwald zeigen. Da Lilli mehrmals in ihren Tagebüchern betonte, dass man mit Geistern viel besser plaudern könne als mit echten Menschen, ist Felian überzeugt davon, dass wir nach Lillis Geist suchen müssen. Oder nach einer mechanischen Puppe, die Lillis Geist darstellen soll und die sie im Wunderwald versteckt hat.

86

„Und wenn ihr Geist das Ding war, das Breik zerstört hat?", fragt Skrap, nachdem wir zwei Stunden lang die Ruine durchforstet haben, ohne auf die Gruft zu stoßen. Das Einzige, was wir gefunden haben, ist eine Sackgasse mit einer Regentonne, in der etliche mechanische Vögel untergegangen sind.

„Das Ding war kein besonders gesprächiges Gespenst", antwortet Felian. „Ich denke eher an eine Frau oder ein Mädchen, das nur auftaucht, wenn man den richtigen Ort findet oder ein Zauberwort ausspricht."

Als er das sagt, kommt mir sofort die Stimme in den Sinn, die ich nach unserem ersten Abenteuer im nächtlichen Gruselwald gehört habe. Sie ist mir danach noch zweimal begegnet – oder wie man das nennen will bei einer Stimme ohne Körper. Einmal hat sie „Still, leise" geflüstert, als ich im Wunderwald durch einen Graben gerobbt bin, der hinter dem Wasserfall verborgen liegt. In dem Graben fand ich eine verrostete Haarspange und die Spuren anderer Menschen, die dieselbe Idee gehabt hatten wie ich. Aber ich stieß auf nichts von Bedeutung und die Stimme erklang auch nicht wieder.

Das andere Mal habe ich das Mädchen hoch oben in einem Baum sprechen hören. Was sie sagte, verstand ich nicht, aber da Felian mal ein Vogelnest erwähnt hat, in dem ein Hinweis stecken könnte, bin ich so hoch in den Baum geklettert, wie es mir mit meiner Statur möglich ist. Dort oben war weder ein Mädchen zu sehen noch ein Nest. Dafür stellte sich Eschel an den Fuß des Baums und sagte: „Weißt du eigentlich, dass du auf einem Baum sitzt, den es gar nicht gibt? Er ist eine reine Illusion."

Als hätte mir diese Auskunft jegliches magische Selbstvertrauen geraubt, löste sich der Ast, auf dem ich saß, in Luft auf und ich stürzte zu Boden. Zum Glück fing eine dicke Moosschicht meinen Sturz ab.

„Das ist wirklich merkwürdig", meinte Eschel, nachdem ich mich wieder aufgerappelt hatte. „Normalerweise kann man nicht auf magikalische Illusionen klettern."

„Aber die Ruine, in der man rückwärts gehen muss, ist doch auch eine Illusion."

„Ja und nein. Der feste Untergrund ist echt und einige der Mauern auch. Was wolltest du dort oben?"

87

„Ich habe eine Stimme gehört und dachte, in dem Baum sitzt vielleicht Lillis Geist und bewacht ein Vogelnest."

„Sollte die Gute hier herumspuken, hat sie bestimmt viel Spaß daran, wie wir uns für den Schlüssel zu Idioten machen."

„Ich habe auch viel Spaß daran. Eigentlich wäre es ein Jammer, wenn wir den Schlüssel entdecken. Dann wäre alles vorbei."

„Ja, aber wir müssen ihn finden. Für Felian."

Das ist leider wahr. Fünf Monate dauert das Halbjahr und so lange haben wir Zeit, um mindestens 250 Punkte einzufahren. Jetzt ist fast die Hälfte der Zeit um. Eschel und ich liegen bei 160 Punkten, Skrap knackt demnächst die 200, doch Felian hat es nur auf 48 gebracht. Er braucht den Schlüssel unbedingt, ihm bleibt gar keine andere Wahl.

In wenigen Tagen endet offiziell das erste Vierteljahr und dann haben wir eine Woche Frühlingsferien. Die meisten Lehrlinge fahren nach Hause oder ihre Eltern kommen nach Tolois und machen mit ihren Zöglingen von morgens bis abends Stadtbesichtigungen. Aber wir fahren nicht weg und niemand wird uns besuchen, also können wir in Ruhe nach dem Schlüssel stöbern.

ZWEIMAL IN DER WOCHE VERBRINGEN WIR EINEN TAG IN unserem speziellen Einsatzgebiet. Für mich heißt das: von morgens bis abends hinter dem Meister herlaufen, ihm bei der Arbeit zusehen und mir seine Sprüche anhören. Hätte ich eine Wahl gehabt, hätte ich mir etwas anderes ausgesucht, aber mich hat ja keiner gefragt. Die anderen Lehrlinge, auch die des zweiten und dritten Jahrgangs, machen keinen Hehl daraus, dass sie mich um diese Bevorzugung beneiden und auch nicht verstehen, warum gerade mir diese Ehre zuteil wird.

Mittlerweile, das gebe ich zu, weiß ich die Vorzüge meiner Position auch zu schätzen. So darf ich den Meister an meinen Einsatztagen zu wichtigen Verkaufsgesprächen oder Geschäftsessen in Tolois begleiten. Heute steht sogar ein Besuch im Staatspalast an, weil sich Amadeus Meister mit dem neuen Minister für Rüstung und Verteidigung treffen wird. Hätte mir jemand vor drei Monaten erzählt, dass ich einfach so in den Staatspalast

88

marschieren würde, um einen Minister zu sehen, hätte ich das niemals geglaubt.

Trotzdem merke ich, wie ich Skrap und Eschel sehnsüchtig hinterherschaue, wenn sie an ihren Einsatztagen in die Giftmischerei oder die Grundlagenforschung spazieren. Ich wäre glücklich, wenn ich wie Eschel einfach nur Steine betasten und abwiegen dürfte, um ihre magischen Felder zu bestimmen. In ihrer Nähe Sand sieben und dabei das Prickeln der Magikalie in meinen Handflächen spüren – wäre das nicht ein Traum? Ich könnte mir auch vorstellen, wie Skrap mit Giften zu hantieren. Es würde mir nichts ausmachen, Schutzkleidung zu tragen und den Forschern im Labor zur Hand zu gehen. Ich würde wie er winzige Patronen befüllen und anhand von lebensechten magikalischen Illusionen austesten, was sie bewirken. Aber ich wäre dabei nicht so talentiert wie Skrap. Dass er nach einem Vierteljahr fast zweihundert Punkte hat, liegt vor allem daran, dass er an seinen Einsatztagen gute Punktzahlen absahnt.

Es hat sich gezeigt, dass Skrap Farben sehen und Gifte riechen kann, die für Durchschnittsmenschen nicht wahrnehmbar sind. Außerdem hat er eine große Freude am Experimentieren entwickelt. Als es neulich darum ging, ein Gift so zu komponieren, dass es den Gegner für fünf Minuten in einen süßen Traum versetzt, der ihn jeglicher Aggressionen beraubt, glänzte Skrap mit der Idee, man könne der Giftmischung ein Niespulver beimengen. Die Niesattacken würden das Opfer von der Gegenwehr abhalten und zudem seine Herzfrequenz kurzzeitig erhöhen, sodass die Wirkung der Droge schneller einsetzt. Für den Einfall hat Skrap sagenhafte acht Punkte abgestaubt. Damit hat er den Kruz-Rekord eingestellt.

Der Meister gibt mir konsequent an jedem Einsatztag drei Punkte. „Du machst deine Sache gut, aber wir wollen ja, dass du dich noch steigerst." Dazu muss man sagen, dass meine Pflichten fast lächerlich einfach zu bewältigen sind. Ich unterstütze die Strategien des Meisters durch taktisches Schweigen, leidenschaftliche Ernsthaftigkeit im Blick oder zur Schau getragene Langeweile, wenn ein Kunde Bedenken äußert oder versucht, den Preis zu drücken. Manchmal führe ich auch Instrumente vor, was mir dank des Unterrichts vom Lurchgeblütel mit einer ruhigen Hand gelingt.

Die Gespräche des Meisters kommen mir oft wie Kämpfe ohne Waffen vor. Es gewinnt derjenige, der sich nicht in die Ecke drängen lässt, der weiß, was er will, und der weniger Skrupel hat als der andere. Das Komische daran ist, dass ich die Regeln dieser Wettkämpfe verstehe und teilweise auch beherrsche, als hätte ich sie mein Leben lang studiert. Es sind Duelle der Worte, der Mimik und der Körperhaltung.

Ich mag ein Mensch sein, der sich nicht richtig aufrichten kann, aber es war schon immer meine Strategie, meinen Buckel mit Würde und Kraft ins Feld zu führen statt mich wegzuducken und Schwäche zu signalisieren. Der eine hebt seine Waffen drohend in die Höhe, der andere wirft sie weg. Während ich dem Meister in Aktion zusehe, wird mir klar, dass ich zu denen gehöre, denen das Wegwerfen der Waffen niemals in den Sinn käme. Dabei mag ich Menschen, die offen, arglos und friedfertig sind, viel lieber. Ein solcher Mensch bin ich aber nicht. So viel habe ich während meiner Einsatztage bereits gelernt.

Und noch etwas ist mir in letzter Zeit aufgefallen. Es hat mit Felian zu tun. Wann immer er in der Bibliothek sitzen und in der Vergangenheit von Lilli Sinn wühlen darf, ist er glücklich. Doch ich beneide ihn nicht. Ich kann es nur schwer erklären. Ich glaube, ich will mich neuerdings mit anderen messen. Ich will in Menschen lesen und mich in Stellung bringen. Ich will etwas tun. Etwas Weltbewegendes. Dieser Wunsch ist mir nicht ganz geheuer, aber er ist so stark, dass mir Felians Bibliothek wie ein Grab vorkommt, in dem nichts los ist.

Eschel behauptet immer, ich wäre eher der nüchterne Typ. Ich weiß nicht, ob sie damit richtig liegt, aber in der Gegenwart von Amadeus Meister bemühe ich mich tatsächlich, ungerührt zu erscheinen und meine Gefühlsregungen zu verbergen. Heute fällt mir das schwer. Als wir die Allee der Sternreiter entlangmarschieren und am Ende der Straße auf einmal der Staatspalast vor uns aufragt, den ich in so vielen Filmstreifen gesehen habe, vibriert mein Körper vor Aufregung.

Ich kann es kaum fassen, dass ich wirklich hier bin – an dem Ort, an dem sich alles, was die Welt während der großen Krise in

90

Atem gehalten hat, entschieden hat. Im Staatspalast sind die Helden ein- und ausgegangen, die für unser aller Überleben gekämpft haben. All die Ängste und Hoffnungen, die für immer mit den denkwürdigen Filmbildern verknüpft sind, stehen mir wieder lebhaft vor Augen. Mit klopfendem Herzen halte ich nach den Helden Ausschau, als könnte jeden Moment einer von ihnen vorbeikommen.

Dabei weiß ich, dass sie inzwischen fort sind. Sie haben der neuen Regierung Platz gemacht, die zu Beginn des Winters gewählt wurde. Die Frauen und Männer, die man jetzt in den Filmstreifen zu sehen bekommt, besitzen nicht annähernd den Glanz, den unsere Helden hatten. Nicht dass ich mich zurücksehne nach der Zeit, als wir jeden Tag dachten, die Welt ginge unter. Doch die Gefahr, das Chaos und die Dunkelheit verliehen den Gestalten in den Filmstreifen eine Größe und Bedeutung, die Menschen normalerweise nicht haben.

Der Staatspalast ist groß. Wir werden durch zahlreiche Gänge und Säle geführt und schließlich sollen wir in einem Amtszimmer warten. „Herr Poseidel muss noch ein paar wichtige Papiere unterzeichnen", erklärt der Sekretär des Ministers für Rüstung und Verteidigung. „Danach nimmt er sich Zeit für Sie."

Diese plumpe psychologische Kriegsführung ist so durchschaubar wie ein Glas Wasser. Man lässt uns warten und behandelt uns wie Bittsteller, um Macht und Überlegenheit zu demonstrieren. Blöd nur, wenn der Lieferant von unverzichtbaren Instrumenten am längeren Hebel sitzt.

„Nur keine Eile", erwidert Amadeus Meister. „Erledigen Sie ruhig den lästigen Papierkram, wenn er Ihnen unaufschiebbar erscheint. Wir haben bis zwölf Uhr Zeit, danach werde ich dringend in der Produktion erwartet."

Es ist bereits zwanzig vor zwölf, der Sekretär marschiert ab und kehrt fünf Minuten später mit dem Minister für Rüstung und Verteidigung zurück. Er heißt Wotan Poseidel und beginnt die Unterredung mit einem Vortrag darüber, dass seine Abteilung kein Stempelbüro sei, das alle militärischen Erfindungen von Meister & Sinn einfach so abnicke.

„Es stimmt, dass unser Heer mit Instrumenten ausgestattet werden muss, und ja, wir haben vor, diese teilweise bei Ihnen zu erwerben. Aber das ist noch lange kein Freibrief für Ihre gefährlichen Alleingänge. Einige der Waffen, die wir Ihnen genehmigen sollen, erfordern eine differenzierte moralische Bewertung."

„Es sind keine tödlichen Waffen", erwidert Amadeus Meister. „Sie setzen einen Gegner lediglich außer Gefecht." „Mit solchen Waffen könnte man den ganzen Staat lahmlegen. Solche Waffen in den falschen Händen könnten uns in die Wirren des schlimmsten Krieges zurückwerfen. Der Einsatz solcher Waffen untergräbt die Freiheit des Einzelnen."

„Die Freiheit, die Freiheit, papperlapapp", erklärt Amadeus Meister. „In der Vergangenheit wurden Drachenbomben gefertigt und ihr Einsatz unterlag strengsten Auflagen. Was ist passiert? Zwei dieser Bomben wurden in den letzten fünf Jahren gezündet, eine von Terroristen und eine von einem verrückt gewordenen Präsidenten. Mein verehrter Herr Minister: Ihre Aufgabe ist es nicht, die Existenz solcher Waffen zu verbieten, denn was es auf der Welt gibt, das gibt es nun mal. Stattdessen müssen Sie und ich den Missbrauch solcher Waffen unterbinden. Wir Erfinder wollen mit den Guten zusammenarbeiten, um die Sicherheit der Bürger zu gewährleisten. Natürlich können Sie die Genehmigung bis zum letzten Tag dieser Welt hinauszögern, wenn Sie das für sinnvoll halten. Aber mich hat die Krise vor allem eines gelehrt: Unsere Feinde sind schnell und sie zögern nicht. Sobald sie eine ähnliche Waffe entwickelt haben, schweben wir in großer Gefahr. Ich weiß nicht, wie es Ihnen geht, aber ich könnte beruhigter schlafen, wenn ich wüsste, dass wir uns wehren können."

„Mit Verlaub, Herr Meister, aber Sie reden einfach nur schön daher. Tatsächlich besteht die berechtigte Sorge, dass Sie mit Ihrer Waffenforschung die Macht im Land oder sogar in der ganzen Welt an sich reißen möchten. Sie spielen gerne mit gefährlichem Spielzeug und Sie umgeben sich damit."

Bei diesen Worten blickt der Minister mich an. Ich bin solche Blicke inzwischen gewohnt. Die Leute halten mich für einen gefährlichen Halbsatyr, der jeden Augenblick einen naturmagischen Störfall auslösen könnte, dem man mit magikalischen Mitteln nur schwer beikommen kann. Amadeus Meister hat seine Gerüchte geschickt gestreut.

„Ich erkenne Gefahren", erwidert der Meister. „Ich mache

mich mit diesen Gefahren vertraut und arbeite mit ihnen. Deswegen bin ich so gut in dem, was ich tue."

Jetzt sehen sie mich beide an. Ich setze eine unbeteiligte Miene auf und fixiere eine goldene Vase vor einem großen Spiegel.

„Reden wir Klartext", sagt Wotan Poseidel. „Unsere gesamte Zivilisation wäre fast von einem Satyr ausgelöscht worden – von einem einzigen Wesen dieser Art, das unerkannt die Zerstörung von Tamen überlebte und Jahrtausende lang im Verborgenen darauf hinarbeitete, Menschen erneut wie Schafe umherzutreiben und sie ihrer Freiheit zu berauben. Überlegen Sie mal: *Ein* Satyr hätte uns alle zerstören können. Dass es ihm nicht gelungen ist, haben wir nur Grohann zu verdanken. Als Satyrmischling konnte er unserem Feind die Stirn bieten. Wir hätten das nicht gekonnt. Wir sind nahezu machtlos gegen solche Kreaturen."

„Über das angebliche Heldentum von Grohann lässt sich streiten", widerspricht Amadeus Meister. „Für mich ist er nur ein zwielichtiger Tiermensch, der Jahrtausende lang für unterschiedliche Seiten herumgeschnüffelt und Morde begangen hat und komischerweise bei jedem Krieg zu den Gewinnern gehörte. Nennen Sie ihn den hilfreichen Halbsatyr, wenn Sie möchten. Aber tun Sie nicht so, als wäre er unser aller Freund."

„Es spielt keine Rolle, wie ich ihn nenne, denn er ist nicht mehr da. Folglich gibt es auch niemanden mehr, der einem Satyr, der sich gegen uns wendet, das Handwerk legen könnte. Wenn es stimmt, was behauptet wird – wenn Sie jemanden fördern und in Ihre Geheimnisse einweihen, der von dem Ungeheuer abstammt, das die gesamte Menschheit an der Nase herumgeführt hat, dann möchte ich darüber aufgeklärt werden."

Amadeus Meister lächelt nachsichtig.

„Was für ein Unsinn. Wie alt bist du, Breik?"

Ich löse meine Aufmerksamkeit von der Vase an der Wand und sehe meinen Chef an.

„Fünfzehn Jahre, Herr Meister."

„Besitzt du naturmagische Fähigkeiten?"

„Nicht dass ich wüsste."

„Ist dein Blut rot oder grün?"

„Rot."

93

„Bist du dir *hundertprozentig* sicher, dass du keine naturmagischen Fähigkeiten besitzt?"

„Nein, Herr Meister."

Amadeus Meister nickt zufrieden und wendet sich wieder dem Minister zu.

„Da haben Sie es, Herr Poseidel. Er weiß es nicht. Er ist vermutlich ein ganz normaler Junge, aber sollte er es nicht sein, werden wir es herausfinden. Ich werde einen begabten Lehrling nicht auf die Straße setzen, nur weil manche Leute etwas gegen sein Aussehen haben und sich bedroht fühlen. Ich beurteile meine Mitarbeiter ausschließlich nach dem, was in ihnen steckt. Und was auch immer in diesem Jungen steckt, ich habe keine Angst davor. Deswegen bin ich ein mächtiger Mann. Weil ich hinsehe, statt wegzulaufen. Aber falls es Sie beruhigt, mein lieber Herr Minister, kann ich Ihnen versprechen, dass Sie es als Erster erfahren werden, wenn mein Lehrling naturmagische Fähigkeiten entwickelt. Ist das in Ihrem Sinne?"

Wotan Poseidel schweigt mit einem säuerlichen Gesichtsausdruck und holt eine fette Mappe aus der Schublade. Der Rest der Unterhaltung, die sich bis zwölf Uhr dreißig hinzieht, besteht aus einem Gefeilsche und Geschachere, das damit endet, dass Amadeus Meister die Produktion von fünftausend selbstaufladenden magikalischen Waffengürteln zusagt. Angeblich zu einem absoluten Freundschaftspreis.

Kaum haben wir den Staatspalast verlassen, sagt mein Chef: „Weißt du, mein Junge, was noch furchteinflößender ist als die gefährlichste Waffe der Welt?"

„Sagen Sie es mir, Herr Meister."

„Wenn die Leute *glauben*, dass du die gefährlichste Waffe der Welt in der Hand hältst. Es kann nur eine Gabel sein oder die Bürste, mit der du dich am Abend vorher in der Badewanne geschrubbt hast. Ist alles egal. Hauptsache, die Menschen glauben, dass sie es mit der gefährlichsten Waffe der Welt zu tun haben."

„Die Bürste bin ich?"

„Du bist eine ganz vorzügliche Bürste. In deiner Gegenwart vergessen die Leute, was sie wissen, und verheddern sich in ihren persönlichen Ängsten. Ich habe dir Fragen gestellt, du hast ehrlich geantwortet, und trotzdem macht sich unser Poseidel ins Hemd.

94

Die Besten brauchen keine Waffen, um einen Krieg zu gewinnen, merk dir das."

Eines von Amadeus Meisters Spiegelfonen fängt an zu pfeifen. Es ist das mit der Notfall-Tonfolge. Er zieht es sofort aus der Brusttasche und brummt das Bannwort.

„Ein Vorfall in der chemischen Abteilung", erklärt das Spiegelbild von Jozo Benoit Holz. „Aufgrund eines Täuschungszaubers wurden heikle Chemikalien falsch etikettiert. Es ist nichts passiert, aber es herrscht ein Riesenchaos. Kommen Sie bitte schnell her."

Die Laune von Amadeus Meister kippt schlagartig von sonnig heiter in orkanartig wütend.

„Verdammt noch mal, Holz, so eine Granatenkacke!", brüllt er. „Fünf Anschläge in drei Monaten – wenn ich die Schweine erwische, frittiere ich sie persönlich in einem Fass mit Öl. Irgendwelche Spuren?"

„Wir arbeiten daran, alles zu sichern, aber wir haben bisher nichts Verwertbares gefunden. Soll ich die Polizei verständigen?"

„Später. Erst rufst du die Spezialisten, mit denen ich letzte Woche Kontakt aufgenommen habe."

Der Sekretär runzelt die Stirn.

„Keine Widerrede!", bellt Amadeus Meister ins Spiegelfon. „Mir reicht's."

Jozo Benoit Holz bewegt fast unmerklich den Kopf in meine Richtung und Amadeus Meister versteht den Hinweis sofort.

„Mach dich vom Acker, Breik", sagt er zur mir. „Ich gebe dir für den Rest des Tages frei. Fünf Punkte für deine Vorstellung beim Poseidel, die war ganz nach meinem Geschmack."

Ich verstehe, dass ich mich sofort in Luft auflösen soll, und biege daher in eine Seitenstraße ab, in der Scharen von Touristen unterwegs sind. Sobald mein Boss nicht mehr zu sehen ist, verlangsame ich mein Tempo und schaue in die Schaufenster der noblen Geschäfte, die die Straße säumen. Dabei frage ich mich, wer dem Meister wohl diese Streiche spielt. Es ist noch nie etwas richtig Schlimmes passiert. Doch allein, dass jemand unbemerkt in wichtige Abteilungen eindringen und dort irritierende Zauber installieren kann, sorgt bei Meister & Sinn für große Beunruhigung.

Ohne dass ich es geplant habe, lande ich in der Zuckerwerkgasse, in der sich ein berühmter Konditor an den nächsten reiht. Die Lehrlinge von Meister & Sinn erhalten jeden Monat zwanzig Silberflöhe als Lohn, doch wir Finsterpfahler geben fast nichts davon aus. Was wir brauchen, bekommen wir von Meister & Sinn gestellt, und das Gehalt sparen wir für schlechtere Zeiten. Doch heute spüre ich die Schwere der Geldbörse in meiner Tasche, als ich die Berge aus bunten Schokoladentafeln in der Auslage des Nobelkonditors Knusperling bestaune. Ein strahlender Kunde nach dem anderen verlässt den Laden mit den Schmuckschachteln, die ich bisher nur aus den Werbesequenzen der Filmstreifen kannte.

Ich rufe mir in Erinnerung, dass ich heute schon Gast bei einem Minister im Staatspalast war und außerdem standesgemäß gekleidet bin. An meinem Ärmel prangt groß das Meister & Sinn-Emblem, das jeder in Tolois kennt. Sie werden mich nicht verjagen, sage ich mir, aber so ganz sicher bin ich mir nicht, als ich den vornehmen Laden betrete.

Es ist voll im Inneren, doch die Leute machen mir Platz. Alle bemerken, dass ich für Meister & Sinn arbeite, einige höre ich darüber tuscheln. Ein Mann fragt mich sogar, ob man die Firma besichtigen könne und ob es einen Werksverkauf gebe. Ich erkläre ihm, dass er sich das Lilli-Sinn-Museum ansehen könne, aber ansonsten sei das gesamte Firmengelände für Fremde gesperrt. Aus Sicherheitsgründen.

Die Leute um uns herum nicken interessiert. Eine Frau möchte wissen, in welcher Abteilung ich arbeite, und ich erkläre ihr, dass ich Amadeus Meister persönlich unterstellt bin. Damit ernte ich mehr Aufsehen, als mir lieb ist.

„Ach", sagt ein Mann. „Dann bist du *dieser* Junge."

Seine Gattin stößt ihn mit dem Ellenbogen an, mustert mich aber ebenfalls, als wäre ich ein adrett gekleideter Teufel. Zum Glück kommt in diesem Moment eine Verkäuferin auf mich zu und fragt, was ich wünsche. Sie stellt vier kleine Schmuckschachteln mit Spezialitäten für mich zusammen, gibt mir bei der Bezahlung zwanzig Prozent Nachlass („wir haben da ein Arrangement mit Meister & Sinn") und hofft, dass ich bald wiederkomme.

Mit einer Papiertüte, für deren Inhalt die Leute in Finsterpfahl

Morde begehen würden, laufe ich nach Hause. Kaum hat mich der Zwerg hereingelassen und die Tür hinter mir geschlossen, atme ich erleichtert auf. So sehr ich meine Ausflüge ins Stadtleben auch genieße – es fällt jedes Mal eine Last von mir ab, wenn ich die Treppen zu unseren Zimmern emporsteige. Es ist mir, als würde ich in meinen vertrauten Wald zurückkehren.

AM ABEND SITZEN WIR ZU VIERT IN FELIANS SENFZIMMER UND betrachten die kleinen Kunstwerke aus unseren Schmuckschachteln gierig und mit Skrupeln. Sollen wir sie zerstören, indem wir sie ganz banal aufessen? Skrap stellt einmal mehr unter Beweis, dass er in der Waffenabteilung gut aufgehoben ist, indem er einem Marzipanfuchs mit hellblauen Kandisaugen eiskalt den Kopf abbeißt. Zögernd, doch mit großem Appetit folgen wir seinem Beispiel.

„In den Frühlingsferien steht eine nächtliche Aktion auf dem Plan", verkündet Felian in seinem besten Es-geht-ums-Überleben-Tonfall. „Wir müssen den Hundekopfklopfer ab- und wieder anschrauben."

„Echt jetzt?", fragt Skrap. „Und warum nachts?"

„Damit uns keiner sieht, du Schlaukopf. Das ist eine ganz, ganz heiße Spur, davon braucht niemand was zu wissen. Abgesehen davon sähe es komisch aus, wenn wir einfach so die Einrichtung auseinandernehmen."

„Wie kommst du auf den Klopfer?", fragt Eschel.

„Lilli Sinn lebte als Kind in einem großen Mietshaus am Buckelsteinmarkt. Dort wohnten Familien mit kleinem Einkommen auf engem Raum zusammen. Der Hundekopfklopfer schmückte die Haustür des Mietshauses. In ihren Tagebüchern schwärmt Lilli immer wieder von diesen ersten acht Jahren ihres Lebens, in denen sie sehr glücklich gewesen ist. Kurz vor ihrem neunten Geburtstag wurde das Mietshaus von einem reichen Kaufmann erstanden. Der Buckelsteinmarkt war mittlerweile eine begehrte Adresse und er hatte vor, das Mietshaus in ein prächtiges Stadthaus für seine Familie umzubauen."

„Ich verstehe", sagt Eschel. „Der Kaufmann warf die Familien raus, ohne Rücksicht auf Verluste. Er war ein Halsabschneider, so wie Bartholomäus Meister, der Lilli dazu gedrängt hat, ihm 85 Prozent ihres Unternehmens zu überlassen."

„So war es. Lilli musste mit ihrer Mutter in einen hässlicheren Teil der Stadt umziehen und sie sehnte sich ihr Leben lang nach dem Haus am Markt zurück. Doch es wurde abgerissen und heute steht dort eine Prunkvilla mit sieben Etagen. Bevor das Haus ihrer Kindheit dem Erdboden gleichgemacht wurde, schraubte Lilli in einer nebligen Nacht den Hundekopfklopfer von der Tür ab. Er hat ihr sehr viel bedeutet. Aber jemand wie Amadeus Meister kann das sicher nicht verstehen."

„Und deswegen könnte sie einen wichtigen Hinweis unter dem Hundekopfklopfer versteckt haben", schlussfolgere ich. „Das ist eine wirklich gute Idee, Felian."

„Ja, aber wir warten, bis alle weg sind. Man kann die Tür mit dem Klopfer von allen Häusern am Kesselgrund beobachten. Wir sollten darauf achten, dass keiner wach ist und uns zusieht."

„Einfacher wäre es, wenn wir uns unter einem Tarnzauber verstecken könnten", meint Skrap. „Wir sollten den Lurchgeblütel bitten, uns einen beizubringen."

„Was für eine Illusion", sagt Eschel. „So einen schwierigen Zauber lernt man nicht an einem Tag."

„Die Ferien beginnen erst in einer Woche", sagt er. „Also warum nicht?"

Ich lache. Skrap strotzt in letzter Zeit nur so vor Selbstbewusstsein. Dabei muss ihm genauso klar sein wie uns, dass wir Monate brauchen würden, um auch nur einen Finger unserer Hand unter einem Tarnzauber verschwinden zu lassen. Trotzdem, ich hätte Lust, es zu üben. Das ist das Erstaunliche hier: Obwohl meine Tage vollgepackt sind mit Arbeit, bin ich froh und fast sogar wild darauf, mir noch mehr Aufgaben aufzuhalsen, weil es so berauschend ist, immer besser und stärker zu werden.

Das Einzige, was mich in der Anfangszeit unserer Lehre wirklich betrübt hat, war, dass Eschel und ich kaum noch miteinander allein waren. Mir fehlten unsere gemeinsamen Stunden, nur zu zweit. Es muss ihr genauso gegangen sein, denn nach ungefähr einem Monat klopfte es nachts an meiner Tür. Ich schlüpfte schnell in die Hose und öffnete: Da stand sie vor mir, im Nachthemd, mit einem dicken Lexikon im Arm.

„Das habe ich mir bei der alten Pfefferliese ausgeliehen. Liest du mir Wörter vor? Hast du zufällig Zeit?"

Es war zwei Uhr nachts, aber natürlich hatte ich Zeit. Wir saßen auf dem Flickenteppich vor meinem Bett, ich las ihr Artikel vor und sie lauschte selig, so wie früher. Irgendwann fielen ihr fast die Augen zu. Sie nahm mir das Lexikon aus der Hand und verließ mein Zimmer wie eine schlafwandelnde Fee. Ich war am nächsten Morgen todmüde, aber mein Herz fühlte sich leichter an als zuvor. Seither klopft sie immer mal wieder an meine Tür, irgendwann zwischen zwei und drei. Das sind unsere gemeinsamen Stunden. Solange Eschel nachts bei mir vorbeikommt, ist alles gut.

Auch heute Nacht klopft es und ich fahre aus dem Schlaf. Aber es ist nicht Eschels zartes Klopfen, das mich geweckt hat, sondern eher ein Hämmern, das mein Herz augenblicklich zum Rasen bringt.

„Aufstehen!", ruft der Zwerg. „Du sollst sofort zum Meister kommen."

KAPITEL 11
DIE AXT IM BAUM

WÄHREND ICH MICH HEKTISCH ANZIEHE, frage ich mich, was ich verbrochen haben könnte. Oder hat der Meister mitten in der Nacht ein wichtiges Treffen, für das er mich braucht? Aber so unentbehrlich bin ich nicht, da mache ich mir nichts vor. Als ich schließlich meine Zimmertür öffne, steht da kein Zwerg. Zu meinem Entsetzen erwarten mich die zwei Leibwächter von Amadeus Meister: ein ehemaliger Soldat mit breiten Schultern und einem Waffengürtel, bei dessen Anblick einem flau im Magen wird, und ein Zauberer, den wir hinter vorgehaltener Hand nur den „Hexenmeister" nennen, weil er so gruselig aussieht.

„Was ist los?", frage ich.

„Besuch für dich", brummt der Soldat.

„Besuch?", wiederhole ich. „Hätte das nicht bis morgen warten können?"

„Dein Besuch muss wieder weg", erklärt der Hexenmeister.

„Vorher will er dich einen Kopf kürzer machen."

„Klingt großartig. Und wer bitte schön ist mein Henker?"

„Grohann", antwortet der Soldat. „Höchstpersönlich."

Ich falle aus allen Wolken. „Der Grohann? Heißt es nicht immer, der wäre nicht mehr hier?"

„Schön wär's", meint der Zaubermeister. „Aber so, wie es aussieht, kommt er noch manchmal vorbei und steckt seine Nase

100

in Angelegenheiten, die ihn nichts angehen. Jemand muss sich bei ihm über dich beschwert haben."

Ich versuche, es mir nicht anmerken zu lassen, aber mir ist schlecht vor Angst. Grohann ist ein Halbsatyr. Ein echter, im Gegensatz zu mir. Er ist das einzige Satyrwesen, das es in unserer Welt noch gibt, und er ist sehr, sehr gefährlich. Natürlich ist er wütend geworden, als er von Amadeus Meisters Lüge erfahren hat. Und bestimmt denkt er, *ich* hätte meinem Lehrherrn diese dreiste Unwahrheit aufgetischt, um mich wichtig zu machen.

„Jetzt mal ehrlich", sage ich, als ich wie ein Häftling zwischen dem Soldaten und dem Hexenmeister über den Kesselgrund humpele. „Wie schlimm wird das jetzt für mich?"

„Keine Ahnung", erwidert der Hexenmeister. „In deiner Haut möchte ich nicht stecken, so viel ist klar. Vielleicht zieht er dich aus dem Verkehr, damit die Regierung von Amuylett zufrieden ist."

„Aber ich bin doch gar kein Halbsatyr! Wäre es nicht viel einfacher, wenn Amadeus Meister dem Poseidel die Wahrheit sagt?"

„Die glaubt keiner mehr, selbst wenn er behaupten würde, er hätte gelogen. Die Leute würden denken, dass er das nur sagt, damit ihn die Behörden in Ruhe lassen."

„Und was soll *aus dem Verkehr ziehen* bedeuten?"

Der Hexenmeister zuckt mit den Achseln.

„Grohann ist niemandem Rechenschaft schuldig. Der kann machen, was er will. Das hat er schon immer getan."

Wir betreten den Tunnel des Torhauses und benutzen dort einen kleinen Zugang zum Fahrstuhl, der allein Amadeus Meister vorbehalten ist. Er sieht normalerweise wie ein Stück Mauer aus, aber als der Hexenmeister seine Hand auf einen bestimmten Stein legt, verschwindet die Tarnung und es werden Lifttüren sichtbar, die sich langsam öffnen.

Der Soldat bleibt draußen, der Zauberer drängt mich ins Innere der Kabine und bedient die Knöpfe, woraufhin sich die Türen wieder schließen. Schweigend fahren wir nach oben und zum ersten Mal, seit ich Tolois betreten habe, wünsche ich mich zurück nach Finsterpfahl in mein altes Leben.

Es gibt nicht viele Bilder von Grohann, aber die wenigen, die während der großen Krise die Runde machten, kennt wahrscheinlich jeder. Meist ist er im Hintergrund zu sehen bei offiziellen Anlässen. Er überragt stets alle anderen und die mächtigen Steinbockhörner kennzeichnen ihn sofort als den Halbsatyr, der früher einmal für den Geheimdienst der Republik gearbeitet hat, dabei aber, wie man später erfuhr, nur seine eigenen Pläne im Kopf hatte. Die naturmagische Hitze, die Wesen wie ihm stets innewohnt, ist wohl dafür verantwortlich, dass er immer mit freiem Oberkörper herumläuft. Der sieht sehr menschlich und männlich aus, abgesehen von der Farbe der Haut, die an die glatte Rinde eines Winterbaums erinnert.

Auf diese Erscheinung stelle ich mich ein, als ich hinter dem Hexenmeister in das Arbeitszimmer von Amadeus Meister trete. Doch alles, was ich jemals an Abbildungen gesehen habe, wird von der Realität, die meinen Chef drohend überragt, auf einen Schlag ausgelöscht. Ich wünschte, ich wäre wirklich ein Halbsatyr und würde diese Gefahr und diese Kraft ausstrahlen. Der sonst so selbstgefällige Amadeus Meister schaut wie ein kleines Kind zu Grohann empor, ungewohnt zerknirscht und sichtlich auf Schadensbegrenzung bedacht. Kaum bemerkt er, dass ich da bin, macht sich Erleichterung in seinen Gesichtszügen breit.

„Da haben wir ihn ja, unseren guten Breik", erklärt Amadeus Meister. „Sehen Sie sich diesen Prachtkerl an, Grohann. Sie werden zugeben, dass er etwas ausstrahlt, das man in dieser Welt nicht zweimal findet. Da ist es doch kein Wunder, dass komische Gerüchte entstehen. Aber damit habe ich, wie schon gesagt, überhaupt nichts zu tun! Ich habe dem Jungen lediglich eine Chance gegeben und das bereue ich nicht."

Der sonst so unangefochtene Sieger von Wortduellen steht heute Nacht auf verlorenem Posten. Der Halbsatyr blickt sein Gegenüber grimmig an und lässt sich anmerken, dass er den Meister erstens für erbärmlich und zweitens für einen Lügner hält.

„Ich will mit dem Jungen allein sprechen", sagt er. „Man hat mir gesagt, es gibt hier eine Dachterrasse."

„Sicher, ja", sagt Amadeus Meister und öffnet die Tür zu einem kleinen Treppenhaus. „Heute Nacht muss man einen fantastischen Blick auf die Sterne haben. Ich habe dort oben ein erstklassiges

102

Teleskop stehen, eine Sonderanfertigung nur für mich. Sie dürfen es gerne benutzen."

„Wie großzügig", sagt Grohann. „Natürlich möchte ich jetzt unbedingt die Sterne per Teleskop bestaunen, ich habe ja auch nichts Besseres zu tun."

„Und wehe, Sie krümmen meinem Lehrling auch nur ein Haar! Der Bursche kann nichts für das Gerede der Leute."

Ich staune, dass mich der Meister so selbstlos in Schutz nimmt, aber vermutlich gehört das zu seiner Strategie, die da lautet: Ich überzeuge meinen Gegner davon, dass ich ein netter, mitfühlender Mann bin.

Grohann ignoriert ihn. „Geh voraus, Mufflonjunge", sagt er nur.

Stufe für Stufe steige ich die Treppe empor. Ich war bisher nur einmal auf der Dachterrasse, hoch oben über der Stadt. An jenem Tag musste ich Gästen Getränke reichen, was mich so sehr in Anspruch genommen hat, dass ich die Aussicht kaum genießen konnte.

Heute Nacht bin ich vom Funkeln und Leuchten des Nachthimmels überwältigt. Jenseits der Brüstung liegen die zahllosen Dächer der Stadt im matten Sternenschimmer. Die Terrasse ist ein schöner Ort, um zu sterben. Wobei ich doch sehr hoffe, dass ich nicht sterben muss. Vielleicht muss ich Meister & Sinn verlassen, vielleicht droht mir auch Schlimmeres. Hochstapelei ist ein Verbrechen. Sollte ich dieser Straftat bezichtigt werden, wie soll ich dann beweisen, dass ich niemals behauptet habe, ein Satyr zu sein?

Grohann schließt die Tür zum Treppenhaus und versiegelt sie mit einem Zauber, wenn ich das grüne Flackern, das sie nun bedeckt, richtig deute. An der Art, wie seine Hand kurz durch die Luft fährt, meine ich zu erkennen, dass er uns auch anderweitig gegen den Rest der Welt abschirmt. Dafür spricht auch die plötzliche Stille, die uns umgibt.

„Gib mir deinen Schlüssel", sagt er und streckt seine Hand aus. Ich fühle mich normalerweise nicht schwach, trotz meiner Statur, doch im Vergleich zu Grohann komme ich mir vor wie ein hilfloses Kind. Ich löse brav den Kupferschlüssel von meiner Brust und lege ihn in Grohanns Hand. Der Halbsatyr tritt damit an die

Brüstung und schleudert meinen wertvollen Schlüssel in die Finsternis.

„Was ...“

„Du wirst ihn schon wiederfinden“, sagt er. „Oder dein Meister, der so wohltätig und barmherzig ist, schenkt dir einen neuen.“ Seine Stimme trieft vor Sarkasmus. Ich halte es für angebracht, mich zu verteidigen. Ich mache den Mund auf, um Grohann zu erklären, dass ich ein ganz normaler Tiermensch bin und nie Lügen über mich selbst in die Welt gesetzt habe, doch er kommt mir zuvor.

„An dir ist nicht eine Spur von Naturmagie zu finden“, erklärt er mir. „Ein wenig Magikalie, kaum der eines Durchschnittsmenschen entsprechend, sonst nichts. Wie kommt es dann, dass halb Tolois glaubt, du seist der Sohn des Satyrs, der diese Welt fast zum Erlöschen gebracht hätte?“

Ich weiß, dass es nicht besonders souverän wäre, wenn ich meinen Chef jetzt anschwärze. Trotzdem liegen mir die Worte „Ich war es nicht, *er* ist schuld“ auf der Zunge. Doch auch diesmal komme ich nicht dazu, etwas zu erwidern, denn Grohann spricht einfach weiter.

„Ich bin diesem gefährlichen, uralten Satyr begegnet“, erklärt er. „Wie du vermutlich weißt. Ich habe gegen ihn gekämpft und er hat diese Welt infolge des Kampfes hoffentlich für immer verlassen. Ich wünschte, ich könnte behaupten, dass ich für seinen Tod verantwortlich bin. Aber das Ende seines Körpers bedeutete nicht das Ende seiner Seele. Seine Seele hat angeblich in einer Himmelswelt der Engel Aufnahme gefunden. Wir können nur beten, Mufflonjunge, dass er niemals von dort in unsere Welt zurückkehrt.“

Das mit der Himmelswelt ist mir neu. Laut der offiziellen Darstellung der Regierung ist das Monster auf ewig mausetot und weg.

„Ich dachte, ich sehe ihn nie wieder“, fährt Grohann fort. „Noch immer verfolgen mich die Bilder unserer letzten Begegnung, aber ich war zuversichtlich, dass jeder vergehende Tag die Erinnerung an diesen Kerl zum Verblassen bringt. Und dann tauchst *du* auf einmal auf – ein Wesen, das seine hässliche Visage zum Glück nicht geerbt hat, aber das ihm auf eine mir unerklärliche Weise so ähnlich ist, dass mich ein Unbehagen ergreift, von dem ich geglaubt hatte, dass ich es hinter mir gelassen hätte."

„Ich kann ihm gar nicht ähnlich sein", erwidere ich. „Ich bin kein Satyr, ich bin fünfzehn Jahre alt und kann nichts von dem, was ein Satyr kann. Ich sage die Wahrheit. Könnt ihr Satyrn nicht Gedanken lesen? Lesen Sie ruhig meine Gedanken, Grohann, ich habe das alles nicht gewollt."

„Was ich in dir lesen kann, habe ich längst studiert. Keine Sorge, ich höre nicht wortwörtlich, was du denkst, ich werde eher Zeuge deiner Gefühlswelt. Bevor ich hierhergekommen bin, war ich mir sicher, dass ich nur einen ärgerlichen Betrug aufklären und beenden muss, aber das Verhalten deines Meisters kam mir schon sehr merkwürdig vor. Als er mir deine Akte vorlegte, erstarrte ich. Und als du schließlich auf der Bildfläche erschienen bist, war es, als käme mir ein schlechtes Essen wieder hoch, das ich längst verdaut hatte."

„Wie schmeichelhaft."

„Du kannst nichts dafür", sagt er. „Wir alle können nichts für unsere Vorfahren. Dein Charakter lässt immerhin auf eine gütige Mutter schließen. Was hat sie dir über deinen Vater erzählt?"

„Dass er ein Monster war, das mich umbringen wird, wenn es herausfindet, dass es mich gibt. Ich frage mich allerdings, warum sie sich mit einem Monster eingelassen hat?"

„Wann immer ich nach Amuylett zurückkehre, verfolge ich die Spuren, die der letzte Vollblutsatyr in dieser Welt hinterlassen hat. Es sind nicht viele und sie führen ausschließlich zu wunderschönen menschlichen Frauen, die er so unersättlich verführte, wie er täglich Wein in sich hineingeschüttet hat. Da er aber von kleiner Statur war, kleiner als du, und zu einem dicken Bauch neigte, der nicht gerade dem Schönheitsideal menschlicher Frauen entspricht, nahm er andere Gestalten an, um zu bekommen, was er wollte. Ich kann so etwas nicht, ich habe auch früher, als es den Wald von Tamen noch gab, nie von einem Satyr gehört, der Gestaltwandel beherrschte. Doch dieser spezielle Satyr war älter als die ältesten Satyrn und verfügte über Gaben, die uns unverständlich erscheinen. Offenbar haben ihn diese Künste nicht weise gemacht. Er war ein egoistischer Ausbeuter. Vielleicht wird man ja so, wenn man zu viele Weltzeitalter erlebt hat."

„Sie glauben, er trat meiner Mutter in einer anderen Gestalt gegenüber? Und irgendwann hat er sein wahres Gesicht gezeigt und sie ist vor ihm geflohen?"

„Kann sein. Vielleicht musste sie auch nicht fliehen, sondern er hat sich einfach aus dem Staub gemacht. Vorher hat er sie noch in die Tiefe seiner hässlichen Seele blicken lassen, um sie für immer abzuschrecken. Was ich herausfinden konnte, war, dass er allen seinen Liebschaften den gleichen Kosenamen in der Hütersprache verpasst hat. Er lautete Bryaloufudanyuvidekleihen."

Mir wird eiskalt, die Sterne scheinen vom Himmel zu fallen.

„Das ist *mein* Name."

„Ich nehme an, deine Mutter hat dich heimlich zur Welt gebracht und vor deinem Vater verborgen. In Erinnerung an die guten Zeiten gab sie dir den Namen, bei dem er sie immer genannt hatte, wenn er sie besuchte."

„Einen Mädchennamen?"

„Nicht direkt", sagt Grohann. „Ich beherrsche die alte Sprache der Hüter nicht, doch ich konnte in der Bibliothek von Juvely ein paar Werke finden, die mir bei der Übersetzung von einzelnen Begriffen dieser Sprache geholfen haben. Der Sinn deines Namens ließ sich recht einfach erschließen. Er bedeutet ‚Lieblingsspielzeug'."

Ich bin fassungslos. Es ist schon ziemlich erniedrigend, „Lieblingsspielzeug" zu heißen, aber noch schlimmer sind die schockierenden Nebenwirkungen dieser Erkenntnis. Ich kann und will nicht glauben, dass der Teufel in Person mein leiblicher Vater gewesen sein soll. Grohann hat es doch selbst gesagt: Es ist nicht eine Spur von Naturmagie an mir.

„Ohne es zu wissen, hat deine Mutter das Namensdebakel wieder ausgebügelt, indem sie deinen Namen abkürzte. Sie war es doch vermutlich, die dich Breik nannte, oder?"

Ich nicke.

„Es gibt auch das Wort Breighk in der Hütersprache. Es bedeutet ‚unverwüstlich' oder ‚unzerstörbar'. Der Name passt perfekt zu einem Halbsatyr, der es geschafft hat, fünfzehn Jahre alt zu werden. Satyrn haben sich oft und gerne mit Menschen vergnügt, doch meist zeugten sie auf diese Weise keine Kinder. Wenn doch, waren die Kinder selten überlebensfähig. Diejenigen aber, die das Glück hatten, älter als ein Jahr zu werden, wurden von den Satyrn nicht geduldet. Angeblich, so hat es mir der letzte Satyr erklärt, gab es da ein Gesetz, das die Tötung solcher Wesen verlangte."

Ich bin überfordert. Dass ich überhaupt noch lebe, muss ein Wunder sein.

„In meinem Fall", erklärt Grohann, „wurde das Gesetz umgangen, weil mein Großvater, der den Wald von Tamen regierte, es so wollte und meine Existenz vor den anderen Satyrn geheim hielt. Dass ich gesund und munter auf die Welt kam, liegt vermutlich daran, dass der Satyranteil bei mir sehr stark durchgeschlagen hat. Ich besitze fast alle Fähigkeiten, die ein reiner Satyr im Laufe seines Lebens entwickelt. Bei dir scheint das Gegenteil der Fall zu sein. Dein Körper hat sich verzerrt und verzogen, um das Satyrerbe zurückzudrängen und an der Entfaltung zu hindern. So konntest du zu einem gesunden Tiermenschen heranwachsen."

„Wie ein krummer Baum, der um die Axt herumwächst, die ihn fällen will."

„Ein treffender Vergleich."

„Meine Mutter hat mir das erzählt, als ich noch klein war. Daran habe ich schon ewig nicht mehr gedacht."

„Dir muss bewusst sein, dass die Axt in deinem Fall eine lebendige Kraft ist. Sie steckt immer noch in dir und es besteht die Gefahr, dass sie sich eines Tages nicht mehr einschließen lässt. Vielleicht tötet sie dich, wenn du sie nicht mehr abkapseln kannst. Oder der unselige Geist deines Vaters dringt mit seiner Macht in dein Leben ein. Wer weiß ... Aber ich habe dir für eine Nacht genug Schauermärchen erzählt. Ich werde dich jetzt wieder deinem beschaulichen Leben in Herrn Meisters Instrumenteschmiede überlassen."

„Ach ja?", frage ich ungläubig. „Sie kommen her, erzählen mir, dass mein Vater ein Monster war, und gehen dann wieder, als wäre nichts gewesen?"

„Wenn ich mich richtig entsinne, hat dir deine Mutter genau das Gleiche erzählt."

„Na ja, ich dachte, er wäre ein ganz normaler Drecksack gewesen."

„Jetzt weißt du, dass er ein Drecksack der Extraklasse war."

Obwohl ich das alles andere als erfreulich finde, geht es mir wie so oft in letzter Zeit: Es fasziniert mich, dass in meinem Leben etwas Außergewöhnliches geschieht. Obwohl es nichts Gutes ist, verspüre ich diesen Stolz in mir. Ich fühle mich stärker als früher und gefährlicher. Gleichzeitig möchte ich der Junge bleiben, den Eschel als ihren Freund ansieht und der absolut keine Bedrohung darstellt.

„Ich komme mal wieder vorbei", sagt Grohann. „Sollte ein Notfall eintreten, kontaktierst du bitte Wotan Poseidel."

„Den Minister?"

„Ja. Er weiß, wie man mich erreichen kann, auch wenn es Monate dauert, bis die Nachricht ankommt. Bis ich mich persönlich um die Angelegenheit kümmern kann, wird er einen Ersatzmann vorbeischicken."

Die Luft ist angenehm kalt hier oben über den Dächern von Tolois. Noch wackeln die Sterne am Firmament für mich, doch der größte Schrecken ist erst mal überstanden. Was bestimmt daran liegt, dass Grohann behauptet hat, mein Leben könne so weitergehen wie bisher.

„Was soll ich denn nun machen?", frage ich. „Wenn die Leute erfahren, dass dieser Satyr wirklich mein Vater gewesen ist, traut mir keiner mehr."

„Das Gute an Gerüchten ist, dass sich jeder aussuchen kann, was er glauben will. Amadeus Meister hat mir hoch und heilig versprochen, nichts Entsprechendes mehr verlauten zu lassen, obwohl ich ihn gar nicht darum gebeten habe. Er wird genug Ausflüchte finden, um dieses Versprechen zu brechen, aber er wird sich hüten, in der Öffentlichkeit Behauptungen über deine Herkunft aufzustellen. Du selbst brauchst dich nicht anders zu verhalten als bisher."

„Aber ich war immer überzeugt davon, dass ich kein Satyr bin."

„Na ja, in gewisser Weise bist du ja auch keiner. Du bist zu jung und naturmagisch zu unbegabt, um einer zu sein. Kannst du die Gefühle anderer Menschen erraten?"

„Ja, das schon. Aber das liegt daran, dass ich sie gerne beobachte, und deswegen ..."

„Daran liegt es nicht. Du hast vermutlich ein Talent dafür. Ich muss jetzt wieder los, meine Zeit ist knapp. Noch etwas: Wenn du nicht möchtest, dass dich der Meister auf Schritt und Tritt überprüft, dann vergiss ab und zu den Kupferschlüssel in deinem Zimmer. Er kann diese Schlüssel orten und weiß vermutlich auch, in welche Zaubereien die darin gespeicherte Magikalie fließt. Solltest du mit Instrumenten zaubern wollen, dann kauf dir ein Instrument im Laden, am besten von der Konkurrenz."

Ich staune. Warum bin ich nie auf diesen Gedanken gekommen? Dabei ist es doch so naheliegend.

„Darf ich noch etwas fragen?"

„Bitte."

„Wissen Sie, wer den Meister seit Monaten mit kleinen Anschlägen ärgert?"

Grohann verzieht geringschätzig sein Gesicht.

„Dein Boss besaß auch schon die Dreistigkeit, mich das zu fragen. Bin ich hier das wandelnde Büro für Untergrundauskünfte oder wie soll ich diese Frage verstehen?"

„Haben Sie denn gar keinen Verdacht?"

„Ich habe gehört, dass die Vorfälle relativ harmlos sein sollen, doch verblüffend perfekt eingefädelt wurden. Wäre ich mit der Untersuchung betraut, würde ich in Erwägung ziehen, dass es sich in Wirklichkeit um Ablenkungsmanöver handelt."

„Das heißt, zur gleichen Zeit passiert etwas Schwerwiegenderes, das nicht auffallen soll?"

„Möglich. Aber das sage ich nur dir. Herr Meister muss seinen Stall selbst aufräumen und das Denken werde ich ihm bestimmt nicht abnehmen."

„Und, Grohann, entschuldigen Sie, dass ich Sie damit belästige, aber ich hätte noch eine Frage, die mich persönlich beschäftigt."

„Dann frag einfach."

„Meine Freundin Eschel und Gerald Winter haben einen gemeinsamen Freund. Er hat dafür gesorgt, dass wir nach Tolois kommen durften. Und dieser gemeinsame Freund ... der ist wohl sehr mächtig, oder?"

„Das beschäftigt dich?"

„Nein, mich beschäftigt die Vorstellung, dass er sich etwas davon versprechen könnte, dass er Eschel hier einquartiert hat. Vielleicht wollte er jemanden bei Meister & Sinn einschleusen, damit er ihm im Bedarfsfall Auskunft gibt oder so etwas?"

„Na, das ist ja mal eine interessante Frage."

„Und? Was meinen Sie?"

„Geh davon aus. Der Herrscher von Fortinbrack tut nie etwas einfach nur so. Er hat immer Pläne im Kopf."

Ich nicke, sprachlos darüber, dass Grohann so direkt antwortet und mir außerdem noch verraten hat, wer der gemeinsame Freund ist. Der Herrscher von Fortinbrack! Mir wird ganz anders, als ich das höre.

„Pass gut auf dich auf, Mufflonjunge", sagt Grohann. „Und gräme dich nicht wegen deines Vaters. Ich bin auch nicht stolz auf meinen Großvater, aber es lebt sich trotzdem ganz gut mit dieser Bürde."

Das grüne Licht, das die Tür zum Treppenhaus bedeckt, erlischt. Sogleich dringen auch wieder die Geräusche der Stadt zu uns vor, die vorher wie verschluckt waren. Grohann öffnet die Tür und geht. Ich höre die Geräusche, die seine Hufe auf der Treppe erzeugen – sie verhallen schnell.

Ich bleibe stehen, wo ich bin. Die Sterne glitzern gewaltig, der Anblick der Stadt erfüllt mich mit banger Erwartung. Werden die Menschen, die in den unzähligen Häusern von Tolois schlafen, meine Freunde oder meine Feinde sein? Werden sie mich achten als einen der ihren? Oder werden sie mich eines Tages davonjagen, weil ich bin, was ich bin?

Die Axt in meinem Inneren regt sich. Ich spüre die Veränderung.

KAPITEL 12
SISSI MEISTER

UM VIER UHR gelingt es mir, einzuschlafen, um fünf Uhr stehe ich wie gewohnt auf. Da mein Zimmer am Ende des Gangs liegt, ein gutes Stück von den anderen entfernt, nehme ich an, dass meine Freunde nicht mitbekommen haben, wie ich nachts abgeholt wurde. Ich beschließe, ihnen erst mal nichts zu verraten. Wenigstens so lange, bis ich mich selbst an Grohanns Enthüllungen gewöhnt habe. Gerade tut es einfach nur gut, schlaftrunken mit ihnen loszuziehen und in den Keller zum Lurchgeblütel hinabzusteigen, so wie an jedem anderen Morgen auch.

„Können Sie uns beibringen, wie wir einen Tarnzauber erzeugen können?", fragt Felian.

Der Lurchgeblütel lacht.

„Ja, das möchte jeder gern können, aber dazu brauchst du ein bisschen mehr Magikalie als die, die in deinem Schlüssel steckt. Und du musst sehr geschickt darin sein, sie anzuwenden."

Der Schlüssel! Meiner ist weg, das fällt mir erst jetzt wieder ein. Wenn es stimmt, dass der Meister das Ding orten kann, wäre es ihm ein Leichtes, ihn für mich wiederzufinden. Während ich noch überlege, wie ich erklären soll, dass mein Schlüssel verschwunden ist, legt mir der alte Salamandermann die vermisste Anstecknadel auf den Arbeitstisch.

„Jemand hat sie im Kesselgrund gefunden und mir heute Morgen gegeben. Zum Glück ist dein Name eingraviert. Du musst besser auf dein Instrument aufpassen, was hast du nur damit angestellt? Die Anstecknadel war verbogen."

Dankbar nehme ich den Schlüssel entgegen. Es stimmt also – der Meister kann unsere Schlüssel ausfindig machen. Womöglich hat er sogar versucht, mich und Grohann mithilfe des Instruments auf dem Dach zu belauschen. Dabei hat er festgestellt, dass die Nadel ganz woanders ist und hat sie holen lassen. Das mit dem Schlüssel muss ich den anderen unbedingt sagen.

Mittlerweile kann ich mit dem Schlüssel kleine Zauber ausführen, doch der Lurchgeblütel achtet streng darauf, dass ich mir dabei eine quälende Langsamkeit auferlege. Immerhin habe ich auf diese Weise unter Kontrolle, was passiert. Bei den Verkaufsgesprächen des Meisters hat mir diese Technik schon einen großen Dienst erwiesen.

Heute bin ich allerdings abgelenkt. Ich frage mich, warum Eschel den Herrscher von Fortinbrack kennt und warum ihn Gerald Winter als „gemeinsamen Freund" bezeichnet hat. Warum sollte Eschel mit einem so dermaßen gefährlichen Zauberer befreundet sein? Zumal sie aus Hornfall stammt und nicht aus Fortinbrack. Was soll überhaupt das Wort „Freundschaft" in dem Zusammenhang bedeuten? Soweit ich weiß, pflegt Eschel keine Brieffreundschaften, und Besuch hat sie in Finsterpfahl auch nie gehabt. Ich verstehe es einfach nicht und ...

„Breik!", schimpft der Lurchgeblütel. „Was machst du denn da?"

Ohne es zu merken, habe ich den Arbeitstisch in ein löchriges Gebilde verwandelt, aus dem die Illusionen von Gräsern und Moosen sprießen. Der Lurchgeblütel schüttelt den Kopf und legt seine Hand auf den ehemaligen Tisch, um ihn in seine alte Form zurückzuverwandeln, doch das klappt nicht auf Anhieb.

„Hm", sagt er. „Na, darum kümmere ich mich später. Siehst du, was passiert, wenn du dich nicht hundertprozentig konzentrierst?"

„Ja, tut mir leid."

„Setz dich da rüber und versuch es erneut, falls du die Magikalie deines Schlüssels nicht gerade komplett verpulvert hast."

Ich folge seiner Anweisung, überzeugt davon, dass ich den Schlüssel aus Versehen entleert habe, was blöd wäre. Doch als ich erneut versuche, Wasser von einem Glas ins andere laufen zu lassen, ohne die Gläser zu berühren, merke ich, dass das magikalische Reservoir meines Schlüssels so gut wie unangetastet ist. Das kann ich mir nicht erklären, aber ich mache weiter und diesmal passe ich richtig auf. Als die zwei Stunden vorüber sind, bin ich schrecklich müde und mein Kopf ist leer. Gut, dass bald die Ferien anfangen.

DER MEISTER LÄSST MEINEN NÄCHSTEN EINSATZTAG AUSFALLEN und am letzten Einsatztag vor den Frühlingsferien empfängt er mich mit den Worten: „Grässlicher Bursche, dieser Grohann, nicht wahr? Sein naturmagischer Mief hängt immer noch in meinen Räumen, da kann ich lüften, so viel ich will, der Gestank geht einfach nicht weg."

Ich schnüffle unwillkürlich in Amadeus Meisters Arbeitszimmer herum, doch ich stelle keinen Unterschied zu sonst fest.

„Na, was habe ich dir gesagt?", redet der Meister weiter. „Wir haben nichts verbrochen, du und ich. Er konnte mir *nichts* nachweisen und deswegen musste er unverrichteter Dinge wieder abziehen, dieser aufgeplusterte Gockel mit Hörnern. Hoffentlich sehen wir ihn so schnell nicht wieder, ich kann den Typen nicht ausstehen."

Mehr sagt er nicht und der Rest des Tages vergeht wie alle meine Einsatztage zuvor. Die Leute, mit denen er verhandelt, mustern mich anhaltend gründlich. Sie sind neugierig, besorgt, zweifelnd. Ihre Blicke haben sich nicht verändert, doch mein Gefühl dabei ist jetzt ein ganz anderes. Ich fühle mich schuldig, der zu sein, der ich bin. Gleichzeitig bin ich froh, dass die Lüge des Meisters keine Lüge ist.

Wenn ich mitten in der Nacht aufwache, grusele ich mich vor dem, was in mir steckt. Ich will nicht der Sohn eines Mannes sein, der meine Mutter ausgenutzt und „Lieblingsspielzeug" getauft hat. Von seinen anderen Taten will ich erst gar nicht anfangen. Manchmal frage ich mich, ob mein gekrümmter Leib nicht nur die tödliche Naturmagie, sondern auch die Gehässigkeit meines Vaters in mir eingeschlossen hat. Doch alles Grübeln bringt nichts. Ich muss aufmerksam bleiben und meine Magie kontrollieren. Mehr als das kann ich nicht tun.

Es ist regelrecht erholsam, mit Felian Pläne zu schmieden, was wir in den Ferien alles durchsuchen und ausprobieren wollen. Die Suche nach Lilli Sinns Schlüssel kommt mir jetzt wie ein Kinderspiel vor, das mich in die guten, alten Zeiten zurückversetzt, als ich noch ein harmloser Kerl war, dem niemand Beachtung geschenkt hat. Manchmal vergesse ich Grohanns Besuch und leugne alles, was damit zusammenhängt. Ja, wenn ich mit meinen Freunden zusammen bin, muss ich das sogar tun, sonst entferne ich mich von ihnen.

Trotzdem nagen Grohanns Enthüllungen, was Eschels „Freund" aus Fortinbrack angeht, an mir. Ich möchte unbedingt mehr darüber wissen. Die Gelegenheit, mit ihr allein zu sprechen, ergibt sich eines Tages, als Skrap und Felian einen Berg von Hausaufgaben abarbeiten müssen, die sie zu lange aufgeschoben haben. Ich sitze allein mit Eschel unter dem Apfelbaum im Kesselgrund und erliege der Versuchung, sie zu ihrer Vergangenheit zu befragen, obwohl ich weiß, dass sie das nicht mag.

„Hast du keine Angst", beginne ich vorsichtig, „dass dieser gemeinsame Freund, von dem Gerald Winter gesprochen hat, mal ganz plötzlich hier auftauchen könnte?"

„Das wird er nicht."

„Warum nicht?"

Schweigen.

„Ist er denn wirklich ein Freund? Ich meine, du hattest doch in Finsterpfahl nie Kontakt zu irgendwem außer Skrap, Felian und mir."

„Wenn Gerald Winter ihn als meinen Freund bezeichnet, dann meint er damit, dass diese Person nicht mein Feind ist. Oder richtiger: Er mag mein Feind sein, aber er verhält sich nicht feindselig."

„Ah", sage ich ratlos. Ich weiß echt nicht, was ich mit dieser Auskunft anfangen soll. Sie ist so wabbelig wie Wackelpudding. Packt man sie mit dem Verstand und will sie festhalten, flutscht sie weg, ohne auch nur einen Hauch von Sinn zurückzulassen.

„Er hat nicht getan, was andere getan haben", sagt Eschel mit einer Bitterkeit in der Stimme, die mich bestürzt. „Mein Grauen vor dem, was war, wird nie verschwinden. Deswegen will ich nicht darüber reden. Aber wenn du schon davon anfängst, Breik: Dieses Gefühl, dass wir nur seinetwegen hier sind, belastet mich. Manchmal möchte ich das alles rückgängig machen."

„Wirklich?", frage ich erstaunt. „Aber wir sind doch glücklich hier?"

„Ihr drei seid es."

„Und du?"

„Manchmal bin ich es auch. Wenn ich die großen Zusammenhänge vergesse. Wenn ich ausblende, wie wenig ich den Meister leiden kann. Wenn ich nicht an meine Kleider denke, die im Müll gelandet sind. Wenn ich mir einreden kann, dass Felian den Schlüssel finden und damit glücklich sein wird."

„Aber du zweifelst daran?"

„Wir wissen ganz genau, dass der Meister den Schlüssel nicht bekommen sollte."

Ich sehe mich um, weil ich befürchte, dass uns jemand hören könnte. Außerdem betaste ich meinen Schlüssel in der Sorge, dass irgendein verborgener Zauber darin unser Gespräch an Ohren weiterleiten könnte, für die es nicht bestimmt ist. Kurzerhand nehme ich die Nadel ab und gebe Eschel mit einem Handzeichen zu verstehen, dass sie das Gleiche tun soll.

Es erstaunt mich, dass sie meiner Bitte ohne zu zögern nachkommt und den Schlüssel in meine Hand legt. Ich gehe quer über den Hof, platziere die Schlüssel unter einer Gruppe von Korbstühlen, auf denen wir oft sitzen, wenn wir etwas essen, und kehre zu Eschel zurück.

„Du glaubst es also auch?", fragt sie. „Dass diese Schlüssel nicht nur dazu dienen, uns mit zusätzlicher Magikalie zu versorgen?"

„Ich wette, er kann uns damit orten. Wie könnte er denn sonst so sicher sein, dass kein Lehrling hinter den Anschlägen steckt? Oder irgendein anderer Mitarbeiter? Über die Schlüssel hat er alles unter Kontrolle. Ich glaube nicht, dass er uns damit abhören kann, aber sicher ist sicher."

Eschel nickt. „Ich bin froh, dass du noch in der Lage bist, diesen Mann kritisch zu sehen."

„Das war ich immer."

„Hm, ich weiß nicht. Ihr seid alle so hingerissen von diesem Ort. Aber ich möchte wieder mir selbst gehören. Das war schon immer meine größte Sehnsucht. Dass ich nur mir allein gehöre und niemandem sonst."

Sie sagt es so schmerzerfüllt, dass ich befürchte, es könnte mehr dahinterstecken als das selbstbezogene Blabla, das andere Leute in der Regel meinen, wenn sie solche Sprüche ablassen. Bevor ich mich entschließen kann, nachzufragen, greift sie nach meiner Hand und sieht mich eindringlich an.

„Breik, ich will, dass du mich nie wieder darauf ansprichst. Aber ich gehöre wirklich nicht mir selbst. Ich gehöre diesem gemeinsamen Freund, verstehst du? Er hat eine Besitzurkunde. Er hat sie nicht, weil er ein Schwein ist, das mir meine Freiheit nicht gönnt, sondern weil er mich auf diese Weise zurückfordern könnte, falls irgendein Hornfaller meint, dass ich zurück nach Hornfall gehöre. Du kannst dir nicht vorstellen, was für schreckliche Dinge in meiner Heimat passieren. Menschen werden wie Vieh gehandelt. Mich und meine Freundinnen haben sie einfach eingefangen und verschleppt."

Sie zittert und hält meine Hand so fest, dass es wehtut. Aber ich rühre mich nicht, ich starre wie versteinert in ihre Augen und wünschte, ich könnte die Tränen, die darin stehen, verschwinden lassen.

„In mir klafft dieses Loch, an das ich nicht mal denken darf", sagt sie. „Denn wenn ich es tue, schmerzt es so sehr, dass es mich um mein Glück bringt. Deswegen schweige ich. Verstehst du das?"

Ich nicke.

„Leider ist es so, dass ich hier in Tolois das Gefühl habe, dass wir uns auseinanderbewegen. Wir vier sind immer noch Freunde und natürlich schweißen uns die Erlebnisse weiter zusammen. Doch gleichzeitig gehen wir in unterschiedliche Richtungen. Ich spüre das und es macht mich traurig. Du bewegst dich am weitesten von mir fort, aber das will ich nicht. Deswegen habe ich oft den Wunsch, dir etwas von mir zu erzählen, damit die Entfernung zwischen uns wieder abnimmt. Doch das könnte auch ein Fehler sein, denn es macht uns nur noch unterschiedlicher."

„Ich bewege mich nicht von dir fort", sage ich. „Niemals.

116

Würdest du heute sagen, du willst zurück nach Finsterpfahl gehen, würde ich sofort meinen Koffer packen und mitkommen."

Eschel hält nach wie vor meine Hand fest und blickt mir direkt in die Augen.

„Wirklich?", fragt sie. „Oder redest du dir nur ein, dass du sofort mitkommen würdest?"

Kaum sagt sie es, bin ich mir nicht mehr sicher. Ja, ich fürchte, ich würde zaudern, denn in Finsterpfahl kann ich nichts über die Axt in meinem Inneren herausfinden. Sie lässt meine Hand los.

„So oder so", meint sie. „Auch wenn du nicht mit mir kämst, würde ich deine beste Freundin bleiben wollen. Ich vertraue dir wie keinem anderen."

Das sagt sie und dabei verschweige ich ihr gerade die Wahrheit über meinen Vater. Ich möchte es ihr erzählen, doch gerade ist sie so aufgewühlt und verletzlich, dass ich ihr keine weitere Sorge zumuten will.

„Es gibt niemanden, der mir wichtiger sein könnte", erkläre ich. „Das musst du mir glauben."

Sie lächelt mich dankbar an.

„Um auf unser Gesprächsthema von vorhin zurückzukommen", sagt sie in veränderter Tonlage. „Ich will nicht, dass der Meister den Schlüssel von Lili Sinn in die Finger bekommt. Aber ich will auch nicht, dass Felian rausfliegt. Eines von beidem wird passieren. Das muss uns klar sein."

„Vielleicht gibt es noch eine dritte Lösung? Auch wenn mir gerade keine einfällt."

„Wir müssen uns noch nicht entscheiden. Das rede ich mir ständig ein. Aber wenn wir das Ding mal in den Händen halten, ist es vermutlich zu spät. Das ist wie mit dieser Büchse, die man nicht öffnen darf, weil Unheil drinsteckt."

„Glaubst du denn, dass der Schlüssel gefährlich ist?"

Eschel zuckt mit den Achseln.

„Der Meister will ihn unbedingt haben. Und *der* ist gefährlich."

Ja, damit hat sie zweifellos recht. Eine Weile sitzen wir noch in einträchtigem Schweigen zusammen, dann gehen wir hinüber zu den Korbsesseln und sammeln unsere Schlüssel wieder ein.

BEVOR DIE FRÜHLINGSFERIEN BEGINNEN, IN DENEN NICHT NUR die Lehrlinge, sondern alle Mitarbeiter dazu aufgefordert sind, nicht zu arbeiten, sondern sich zu erholen, hält der Meister eine Ansprache im Club in der ersten Etage des Torhauses. Die Tische sind festlich gedeckt, zusätzliche Sitzgelegenheiten verstopfen fast jeden freien Raum in dem sonst so geräumigen Saal, damit alle Mitarbeiter von Meister & Sinn einen Platz finden.

Eine feierliche Stille setzt ein, als der Firmenchef den Saal betritt, flankiert von seinen Leibwächtern, dem Ex-Soldaten und dem Hexenmeister. Er schreitet zu einem Rednerpult, das unter dem größten Kronleuchter platziert wurde, und macht gerade den Mund auf, um seine Rede zu beginnen, da wird eine Tür so schwungvoll aufgerissen, dass man meint, sie werde gleich aus den Angeln fliegen. Ein Mädchen mit wild zerzausten Haaren und löchrigen Alltagsklamotten wandert quer durch den Saal und am Rednerpult vorbei, ohne Amadeus Meister auch nur eines Blickes zu würdigen. Auf der gegenüberliegenden Seite verlässt sie den Saal in Richtung Terrasse, wobei sie Sorge trägt, dass die Glastür sehr laut klirrt, als sie ins Schloss fällt. Die Erscheinung ist so schnell verschwunden, wie sie aufgetaucht ist, doch im Gesicht von Amadeus Meister hat sie Spuren hinterlassen. Er wirkt erbost.

„Wer war das?", frage ich Kruz, der neben mir sitzt.

„Sissi Meister. Seine jüngste Tochter."

„Ach ja? Die habe ich hier noch nie gesehen."

„Normalerweise taucht sie lieber ab. Aber heute wollte sie offenbar ihren Vater ärgern und vor Zeugen deutlich machen, wie wenig sie ihn schätzt."

Die Lehrlinge vor uns drehen sich um, denn der Meister hat bereits mit seiner Rede begonnen, doch Kruz quatscht einfach weiter. „Pssst!", zischen sie. Daraufhin wischt Kruz mit der Hand durch die Luft und beeindruckt mich mal wieder mit seinem Können. Der Meister ist nur noch gedämpft zu hören und von dem, was Kruz jetzt zu mir sagt, bekommt keiner etwas mit außer mir.

„Sie hat einen Knall", erzählt er. „Wir sind schon zweimal aneinandergeraten. Das erste Mal hatte ich im Auftrag meines Einsatzleiters eine Reihe von Pilzkulturen angelegt. Zwei Wochen Arbeit, jeden Tag musste ich neue Proben entnehmen und in

118

verschiedenen Reagenzgläsern neuen Einflüssen aussetzen. Und weißt du, was die Irre gemacht hat? Sie hat einfach alles ausgeschüttet. Ich kam morgens in meinen Laborraum, da waren sämtliche Gläser leer und sie hat an meinem Tisch gesessen und ein Puzzle gelegt. Kannst du dir das vorstellen? Ein Puzzle!"

Ich sehe Amadeus Meister reden, doch die Geschehnisse im Saal sind wie durch einen Schleier, der alles verschwimmen lässt, von mir getrennt. Wahnsinn. Dieser Abschirmungszauber fasziniert mich mehr als die Geschichte, die mir Kruz erzählt.

„Ich habe sie gefragt, warum sie das gemacht hat, und weißt du, was sie gesagt hat?"

„Nein."

„Darum. Du kennst mich, man bringt mich nicht so leicht aus der Fassung, aber nach dem Ausspruch hat sie echt Ärger mit mir bekommen. Sie tickt nicht richtig, so viel steht fest."

„Und das zweite Mal?"

„Ich habe einen Lieblingsraum da oben." Er zeigt auf das Stockwerk über uns, in dem es Ruhezimmer und Salons gibt, in die wir uns zurückziehen können. Ich habe noch nie davon Gebrauch gemacht, mir reicht ein stiller Winkel im Kesselgrund. „Eines Tages war mein Lieblingszimmer abgeschlossen und man erklärte mir, Sissi Meister habe den Schlüssel. Sie habe den Raum für sich reserviert."

„Immerhin habt ihr den gleichen Geschmack."

„Pfff", macht Kruz. „Ich habe daraufhin einen kleinen Zauber installiert, der mir melden sollte, wenn sie die Tür aufschließt, und so habe ich sie abfangen und zur Rede stellen können. Das eingebildete Ding erklärte mir, ich hätte ihr nichts zu sagen, der Laden gehöre schließlich ihrem Vater und damit habe sie jedes Recht, einen Raum zu blockieren."

„Stimmt das?"

„Nein, das stimmt nicht. Ich habe meinen Einsatzleiter darauf angesetzt, der wegen des zerstörten Experiments ohnehin sauer auf das Fräulein war, und einen Tag später war der Raum wieder offen."

„Ich habe sie heute zum ersten Mal gesehen."

„Sie schleicht gerne unbemerkt herum, verborgen unter Tarnzaubern."

„Woher weißt du das?"

„Das ist bekannt. Ihre Tarnzauber sind so anders und speziell, dass sie schwer auszumachen sind. Aber ich komme ihr trotzdem auf die Schliche. Ich habe sie erst kürzlich dabei erwischt, wie sie unsichtbar in einer Ecke stand und mich beobachtet hat."

„Wie schön für dich. Und was mache ich, wenn mich die verrückte Meistertochter ausspioniert?"

„Du kannst immerhin sicher sein, dass sie deine Geheimnisse nicht an ihren Vater weitertratscht, weil sie ihn hasst."

„Sicher?"

„Jeder weiß das. Kennst du nicht die Geschichte von Sissis Mutter?"

Ich schüttele den Kopf. Verschwommen kann ich sehen und hören, dass alle Mitarbeiter im Saal klatschen, also klatsche ich auch. Kruz macht sich diese Mühe nicht, er redet einfach weiter.

„Vor sechzehn Jahren hat der Meister eine Affäre mit der stellvertretenden Leiterin der Erfindungsabteilung gehabt. Das Ganze lief geheim ab, aber als die betreffende Frau einen immer dickeren Bauch bekam, mehrten sich die Gerüchte, dass ihr der Meister ‚einen Zauber gemacht' habe. Daraufhin gab es Streit. Er beschuldigte sie, sie wolle seine Ehe zerstören, sie behauptete, er wolle sich aus der Verantwortung stehlen. Als die Ehefrau des Meisters erfuhr, was los war, gab es bei den Meisters einen Riesenkrach. Angeblich war es die Ehefrau, die verlangte, dass die Erfinderin das Unternehmen verlassen soll. Aber diejenigen, die sich noch daran erinnern, meinen, dass Amadeus Meister seine Affäre mittlerweile gründlich satthatte und selbst daran interessiert war, die Frau und das Kind loszuwerden."

„Das Kind war Sissi Meister?"

„Ja. Er unterstellte Sissis Mutter, sie habe Firmengeheimnisse preisgegeben, und warf sie raus, versehen mit einer großzügigen Abfindung. Das hat sie nicht verkraftet. Sie fing an zu trinken, nachdem das Kind auf der Welt war, und noch bevor Sissi sechs Jahre alt wurde, fand man ihre Mutter tot in der Wohnung auf."

„Wie grauenvoll."

„Man muss es dem Meister immerhin anrechnen, dass er Sissi daraufhin offiziell als Tochter anerkannte und gegen den ausdrücklichen Wunsch seiner Frau in die Familie aufnahm. Du kannst dir

120

vorstellen, was da abging: Sissi, das Kind einer fremden Frau, die sich zu Tode gesoffen hatte, saß plötzlich im trauten Heim der vornehmen Meisters, umgeben von Stiefgeschwistern. Die Stiefmutter hat ihr von Anfang an das Gefühl gegeben, unerwünscht und minderwertig zu sein. Ich kann also verstehen, warum Sissi einen an der Klatsche hat, und das tut mir auch leid. Aber sie muss es ja nicht gerade an uns auslassen."

„An dir – ich hatte noch nicht das Vergnügen."

„Sie ist begabt. Ihr Vater ist schlau, ihre Mutter war eine geniale Instrumentezauberin. Ich glaube, Sissi legt sich nur mit Personen an, die sie als ebenbürtig empfindet. Hält sie jemanden für bemitleidenswert, lässt sie ihn in Ruhe."

„Da habe ich ja Glück gehabt."

„Sei dir da mal nicht so sicher. Wenn du weiterhin so rapide aufsteigst in der Gunst des Meisters, wirst du für sie zum Angriffsziel. Sie betrachtet ihn als den Mörder ihrer Mutter und seit sie ihren Fuß in das Haus dieser Familie gesetzt hat, macht sie ihm das Leben zur Hölle. Oder sie versucht es, aber der Mann hat ein dickes Fell."

„Und wenn Sissi hinter den Anschlägen steckt?"

„Ist nicht ihr Stil. Wenn sie ihrem Vater auf die Nerven gehen will, macht sie das offen und nicht heimlich."

Die Rede vom Meister dauert an, doch wir führen lieber unser Privatgespräch fort.

„Fährst du nach Hause in den Ferien?", frage ich.

Kruz macht ein missmutiges Gesicht.

„Meine alten Herrschaften rücken an. Ich muss eine Woche lang bei ihnen im Waldstein-Prinzel wohnen und werde mich zu Tode langweilen."

„Im Waldstein-Prinzel? Du hast Probleme."

„Es ist nicht alles Gold, was glänzt. Oder nein, es sollte eher heißen: Auch wenn Gold glänzt, macht es nicht unbedingt glücklich."

„Du bist also nicht nur klug, sondern auch reich?"

„Meine Eltern haben ihr Leben lang nichts anderes getan, als Geld zu scheffeln. Die Lehre bei Meister & Sinn war meine erste Gelegenheit, ihnen zu entkommen, und die habe ich genutzt. Ich kann dir gar nicht sagen, wie sehr ich es in den letzten Monaten genossen habe, nicht mit ihnen am Frühstückstisch sitzen zu müssen."

„So schlimm sind sie?"

„Ach nein, nicht schlimm. Sie sind nur öde, einschläfernd und banal."

Ich versuche mir Eltern vorzustellen, die extra aus dem fernen Andaluz anreisen, um mich zu sehen. Wie könnten solche Eltern öde und banal sein?

„Du wirst es überleben."

„Ohne Frage. Aber ich werde die Sekunden zählen, bis ich hierher zurückkommen kann."

Abermals Applaus und diesmal höre ich ihn laut und deutlich, denn Kruz hat den Abschirmungszauber entfernt. Während ich klatsche und der Meister von seinem Rednerpult wegtritt, denke ich, dass Kruz und ich kaum unterschiedlichere Leben führen könnten. Und doch sind wir beide hier, wir sitzen nebeneinander und haben einträchtig die Rede des Meisters an uns vorüberrauschen lassen, ohne auch nur ein Wort davon mitzubekommen. Vielleicht sind wir deswegen so was wie Freunde. Wir setzen die gleichen Prioritäten.

KAPITEL 13
DAS VIERTE KREUZ

IN DER ZWEITEN Nacht der Ferienwoche brechen wir auf, um den Hundekopfklopfer von der Tür abzuschrauben. Die Kupfer schlüssel lassen wir in unseren Zimmern liegen – Eschel und ich konnten die anderen davon überzeugen, dass das sicherer ist.

„Was, wenn ein Alarm losgeht, sobald wir am Klopfer herumschrauben?", fragt Felian, als wir den nächtlichen Kesselgrund durchqueren. „Vielleicht war das gar keine gute Idee von mir. Womöglich fliegen wir raus, wenn wir erwischt werden."

„Ach was", sage ich. „Skrap ist doch auch nicht rausgeflogen, als er mit brachialer Gewalt die Pappschachtel im Museum zerpflückt hat."

„Außerdem", fügt Skrap hinzu, „fliegst du sowieso, wenn wir den Schlüssel nicht finden. Dir bleibt also gar keine andere Wahl, als ein Wagnis einzugehen."

„Es ist kein Wagnis", wendet Eschel ein. „Wenn uns jemand erwischt, gestehen wir, dass wir Lillis Schlüssel gesucht haben. Wir wurden dazu ermutigt, das zu tun, also warum sollten wir deswegen Ärger kriegen? Die lachen uns höchstens aus."

„Du kannst einem aber auch jeden Hauch von Abenteuerstimmung zerstören", sagt Skrap. „Ich hätte mir gerne vorgestellt, dass wir gerade was Aufregendes tun."

„Immerhin hast du aus der Magichaniker-Abteilung einen

Schraubenzieher geklaut", tröste ich ihn. „Wenn das mal nicht verwegen ist."

„Ausgeliehen", widerspricht Skrap. „Morgen lege ich ihn zurück."

Felian kichert. „Und du musstest ihn schon dreimal zurückbringen und einen neuen holen, weil du dich ständig mit der Größe verschätzt hast."

„Ich bin Giftmischer, kein Handwerker."

„Bei deiner Niespulverzubereitung solltest du besser im Schätzen sein", stichelt Felian weiter. „Sonst machen die Köpfe unserer Feinde ,Peng' statt ,Hatschi'."

„Du bist so kindisch."

„Besser als humorlos", erwidert Felian. „Seit du acht Punkte abgestaubt hast, tust du so, als wärst du was Besseres."

„Ist ja gar nicht wahr."

Könnte ich einen Abschirmungszauber über uns werfen, so wie Kruz das mit Leichtigkeit vor aller Augen tun konnte, würde ich es jetzt machen. Denn meine Freunde vergessen, dass wir heimlich im Dunkeln unterwegs sind, und keifen sich lautstark an.

„Und ob es wahr ist!", ruft Felian. „Früher hast du mich wie deinesgleichen behandelt, aber jetzt schaust du auf mich herab, weil ich ziemlich sicher rausfliegen werde, wenn wir den Schlüssel nicht finden."

„Was willst du denn von mir?", fragt Skrap. „Ich bin hier, ich habe extra einen Schraubenzieher besorgt, damit wir deinen blöden Hundekopfklopfer abschrauben können. Dabei wird es am Ende wieder ein Fehlalarm sein, so wie immer."

„Wie immer?" Felians Stimme ist anzuhören, wie tief ihn Skrap in seinem Stolz gekränkt hat. „Dann geh doch, wenn du nicht glaubst, dass darunter ein Hinweis ist."

Eschel hebt die Hand und will einen Zauber anwenden, den sie beim Lurchgeblütel erlernt hat. Mit der Magikalie ihres Schlüssels kann sie Düfte erzeugen. Es sind nur Illusionen, aber wenn Skrap und Felian aufeinander losgehen und plötzlich ein intensives Walnuss- oder Pfefferminzaroma die Luft erfüllt, halten sie in der Regel inne und schauen Eschel an. Sie muss dann nicht mal den Mund aufmachen, um ihnen zu sagen, dass sie sich wieder einkriegen sollen. Sie sehen Eschel an und werden wieder friedlich. Doch heute hat sie ihren Schlüssel nicht dabei und deswegen passiert gar nichts, als sie ihre Hand hebt.

Skrap zählt jetzt auf, an wie vielen Orten wir den Schlüssel schon vergeblich gesucht haben, und da die Liste lang zu werden droht, rupfe ich ihm kurzentschlossen den Schraubenzieher aus der Hand und laufe hinüber zum Hundekopfklopfer. Die anderen hören auf zu reden und folgen mir.

„Die Schrauben sitzen nicht sehr fest", sage ich, nachdem ich bereits zwei Schrauben mit Leichtigkeit lösen konnte. „Es kommt mir so vor, als sei der Klopfer erst vor Kurzem von jemandem abgeschraubt und wieder angeschraubt worden, der nicht viel Kraft hat oder so eine Arbeit nicht gewohnt ist. Von einem Mädchen vielleicht."

„Oder von Felian", sagt Skrap.

„Hey", sagt Felian drohend.

„Oder von mir", fügt Skrap versöhnlich hinzu. „Ich bin auch kein Muskelmann."

„Meinst du damit", fragt Eschel, „dass außer uns schon andere Lehrlinge auf die Idee gekommen sind, unter dem Klopfer zu suchen? Ich dachte, wir wären die Einzigen, die wissen, wie viel Lilli der Klopfer bedeutet hat."

„Wer weiß? Wir sind manchmal ziemlich ahnungslos. Die Geschichte von Sissi Meisters Mutter kennt ja offenbar auch jeder, aber uns war sie völlig neu."

Ich habe jetzt drei der fünf Schrauben gelöst und setze den Schraubenzieher an der vierten an. Mein Gefühl sagt mir, dass wir diesmal auf der richtigen Spur sind. Eine besondere Energie steckt im Metall des Klopfers – je länger meine Hände auf ihm ruhen, desto sicherer bin ich mir, dass hier etwas wirkt, das auf Lilli Sinn zurückgeht.

Felian hält mir die Hand hin, damit ich die vierte gelöste Schraube hineinlege. Die fünfte Schraube ist locker, ich kann den Klopfer einfach so von der Tür nehmen.

Wir sind nicht besonders gut darin, mit der körpereigenen Magikalie Licht zu erzeugen. Eschel kann das immer noch am besten und so hält sie ihre Fingerspitzen an die Tür, sodass ein ganz schwacher Lichtschein auf die Stelle fällt, an der der Klopfer gesessen hat. Jemand hat dort etwas ins Holz geritzt.

„Ich weiß ja nicht", sagt Skrap. „Glaubt ihr im Ernst, dass das ein Hinweis sein soll?"

Ich sehe ein Viereck mit einem X darin und darüber steht die Zahl 4. Wenn das ein Hinweis ist, werde ich ihn niemals verstehen.

„Das Zeichen kommt mir bekannt vor", sagt Eschel. „Das habe ich schon mal gesehen, allerdings ohne Zahl. Wisst ihr noch, wie wir in den alten Büroräumen der Fabrik herumgekrochen sind? In dem Raum, in dem Bartholomäus Meister und Lilli Sinn einen Riesenstreit hatten, weil er eine ihrer Erfindungen eigenmächtig abgeändert hatte? Auf der Unterseite des Schreibtischs, den Lilli Sinn danach nie wieder benutzt hat, war so ein Viereck mit einem X eingeritzt."

„Und was sagt uns das?", fragt Skrap.

Eschel zuckt mit den Achseln. „Keine Ahnung."

„Tja, *ich* weiß, was das Viereck mit dem Kreuz zu bedeuten hat", sagt Felian. Und dabei schaut er Skrap triumphierend an.

„Na, dann schieß mal los."

„Lilli hat ständig neue Instrumente erfunden", erklärt Felian. „Ihr Kopf lief über von Ideen. Sie kritzelte diese Ideen auf Notizblätter und steckte sie in eine Mappe. Mit der Mappe lief sie dann einmal im Monat zu Bartholomäus und er entschied, was davon weiterentwickelt und gebaut werden sollte und was nicht."

„Wie erniedrigend", sagt Eschel. „Hatte sie selbst denn gar kein Mitspracherecht?"

„Jede Erfindung kostete viel Geld, bevor etwas damit verdient werden konnte. In den ersten zehn, zwanzig Jahren musste sie sich dem Urteil von Bartholomäus beugen, denn er war es, der die Produktion ihrer Ideen erst möglich machte. Was an Geld hereinkam, hat er in den Ausbau der Firma investiert, für Lilli sprang anfangs nicht viel dabei heraus. Erst viel später hätte sie genügend Vermögen besessen, um eine Erfindung auf eigene Faust zu finanzieren, was sie aber nicht getan hat. Zumindest weiß niemand etwas davon. Interessant ist, dass sie viel weniger Vermögen hinterließ, als sie eigentlich hätte besitzen müssen."

„Dann hat sie mit dem Geld etwas anderes gemacht?", fragt Eschel. „Heimlich?"

„Wahrscheinlich. Wenn der Schlüssel auftaucht, werden wir mehr erfahren."

„Was hat das nun mit dem Viereck und dem Kreuz zu tun?", will Skrap wissen.

„Erkläre ich jetzt", antwortet Felian. „Hinter jede Erfindung, die Bartholomäus gut fand und weiterentwickeln wollte, hat er ein leeres Kästchen gezeichnet. Sollte die Erfindung schließlich patentiert werden und in den Verkauf gehen, kam in das leere Kästchen ein Haken."

„Ah", sage ich. „Und wenn er eine Idee verwarf, versah er das Kästchen mit einem Kreuz, richtig?"

„Ja, so war es. Einige der Erfindungen, die er nicht produzieren wollte, hielt Lilli für ihre besten Leistungen. Sie sammelte die verworfenen Ideen in Extramappen, die sie mit dem Viereck und dem Kreuz kennzeichnete. Keine dieser Mappen befand sich in ihrem Nachlass, aber Lilli hat sie bestimmt nicht weggeworfen, denn sie war auf diese Ideen sehr stolz."

„Es geht also um vier Erfindungen?", fragt Skrap. „Oder vier Mappen?"

„Nein, hinter der Zahl steckt was ganz anderes", sagt Felian. „Ich glaube, es gibt genau vier solcher Kreuze auf dem ganzen Meister & Sinn-Gelände. Wenn wir alle vier gefunden haben, können wir die Stellen in einem Plan eintragen, in dem alle Gebäude verzeichnet sind. Danach verbinden wir die vier Punkte mit Linien. Daraus wird sich wieder ein Viereck mit einem Kreuz darin ergeben. Dort, wo sich die Linien des Kreuzes überschneiden, müssen wir nach dem Schlüssel suchen."

Wir schweigen beeindruckt. Skrap findet als Erster seine Sprache wieder.

„Und wenn sich nichts kreuzt?"

„Ach, Skrap", sagt Felian. „Ich bin echt nicht gut in Mathe, aber wenn du vier Punkte hast, die nicht auf einer Linie liegen, und du verbindest alle Punkte miteinander, ergibt sich *immer* ein Kreuz."

„Okay", meint Skrap. „Aber diesmal bist du es, der so tut, als wäre er besser als die anderen."

„Ist er ja auch", sage ich. „Niemand von uns wäre darauf gekommen."

127

WIR VERBRINGEN DEN REST DER FERIEN DAMIT, ALLE ORTE abzusuchen, die im Leben von Lilli Sinn eine besondere Bedeutung hatten, doch wir finden kein drittes und viertes Kästchen mit Kreuz. Skrap beginnt bereits an Felians Theorie zu zweifeln, doch der kommt am vorletzten Ferientag mit der Idee, dass sich die Kästchen außerhalb des Geländes von Meister & Sinn befinden könnten.

„Es gibt da einen Stadtpark in der Nähe des Buckelsteinmarkts, in dem Lilli als Kind immer gespielt hat. Am liebsten ist sie auf einen riesigen Apfelbaum geklettert, der auch das Vorbild für den Apfelbaum im Kesselgrund war, was zeigt, wie wichtig ihr der Baum gewesen ist. Vielleicht hat sie eins der Kästchen in seine Rinde geritzt?"

Nachdem wir fünf Tage lang erfolglos nach Kreuzen in Vierecken gesucht haben, halten wir diese Aktion für eine Verzweiflungstat, aber Felian besteht darauf, dass wir es versuchen. Immerhin bekommt Skrap nun einen kräftigen Hauch von Abenteuerstimmung zu spüren, denn wir müssen mitten in der Nacht mit einer Leiter durch die Stadt ziehen. Die haben wir zuvor aus dem Handwerkerraum stibitzt, zusammen mit zwei magikalischen Taschenlampen, da wir unsere Kupferschlüssel in den Betten zurückgelassen haben und darum kein Licht herbeizaubern können.

Der Apfelbaum im Park ist wirklich beeindruckend, allein dafür hat sich der Ausflug schon gelohnt, finde ich. Komischerweise ist der alte Baum von dichtem Gestrüpp umgeben, sodass er in dem Park ein eher unauffälliges Leben fristet. Es ist folglich nicht so leicht, die Leiter am Stamm anzusetzen, zumal wir sie ständig umstellen müssen – also immer dann, wenn Felian einen Bereich des Baums mit der Taschenlampe abgesucht hat und sich den nächsten vornehmen will.

Abenteuer hin oder her, die Aktion wird mit jeder weiteren Viertelstunde, die verstreicht, zunehmend langweilig und ermüdend. Nur Felian bleibt enthusiastisch, so sehr, dass er plötzlich die Leiter verlässt und in eine Astgabel klettert, die ihm vielversprechend erscheint.

„Pass bloß auf!", warnt ihn Eschel. „Wenn du runterfällst, brichst du dir das Genick."

Er antwortet nicht, wir sehen nur einen schwachen Lichtschein hoch oben zwischen den Ästen.

„Ich hab es!", ruft Felian. „Leute, ich hab es!"

„Wirklich?", sagt Skrap. „Oder behauptet er das jetzt nur?"

„Was hätte er denn davon?", frage ich.

„Haltet die Leiter gut fest", fordert uns Eschel auf und macht sich selbst auf den Weg in die Höhe. Wir sehen ihren Schatten oben an der Astgabel und wie sie zu Felian in den Baum steigt. Kurz darauf kommt ihr Kopf zum Vorschein, angeleuchtet von Felians Taschenlampe.

„Es stimmt!", ruft sie. „Kein Zweifel, es ist eindeutig ein Quadrat mit einem Kreuz drin. Jemand muss es vor vielen Jahren in die Rinde geritzt haben."

„Halleluja", sagt Skrap. „Und wo ist das vierte Kreuz? Auf Kanga-Weggi im südlichen Ozean? Weil der Kokosbananendrink im Gasthaus zum Einäugigen Piraten Lillis Lieblingsgetränk war?"

„Keine Sorge", sage ich. „Sie wollte, dass ein armer Schlucker den Schlüssel findet. Jemand, der genauso machtlos ist, wie sie es war, als sie ihre Ideen an Bartholomäus verkaufen musste. Und arme Schlucker machen keinen Urlaub im südlichen Ozean."

„Kann sein. Aber es graut mir schon davor, die ganze Stadt nach einem Kästchen mit Kreuz absuchen zu müssen. Wir werden nach den Ferien keine Zeit mehr dazu haben."

„Wir sind so nah dran. Wir werden die Zeit dazu finden."

Felian ist vollkommen aus dem Häuschen, als er die Leiter wieder nach unten geklettert ist.

„Bin ich gut? Bin ich der Größte? Hatte ich recht? Ja, ja und noch mal ja! Ich *wusste*, dass es vier Kästchen gibt und – tadaaa! – ich habe das dritte gefunden."

„Und wo ist das vierte?", fragt Skrap trocken.

„Keine Ahnung. Ich muss nachdenken. Außerhalb von Meister & Sinn gibt es bestimmt noch so einige Orte, die wir absuchen könnten."

Eschel ist jetzt auch wieder bei uns angekommen.

„Macht die Taschenlampen aus", sagt sie. „Wir sind ziemlich laut. Wenn man uns hört, sollte man uns wenigstens nicht sehen."

Felian und ich knipsen sofort das Licht aus. Die plötzliche Dunkelheit lässt uns verstummen. Wir lauschen, ob wir jemanden im Park herumlaufen hören, doch es ist still, abgesehen von dem leisen Geraschel, das Vögel oder Mäuse unter den Büschen veranstalten.

„Was ist mit ihrem Patenkind?", fragt Skrap unvermittelt. „Mit diesem Typen, der an der Nachtlinger Schwindsucht gestorben ist."

„Troubadin Meister", antwortet Felian. „Was soll mit ihm sein?"

„Breik meinte gerade, dass Lilli ihr Vermögen einem armen Schlucker vererben wollte. Und da ist er mir eingefallen. Mochte Lilli ihr Patenkind?"

„Sie hat Troubadin unterstützt, nachdem sein Vater ihm den Geldhahn zugedreht hatte. Aber sie konnte seinen Sturz nicht aufhalten. Er genoss das Nachtleben in vollen Zügen, war als Schauspieler gnadenlos erfolglos und ertränkte seinen Kummer in Adynei-Absinth. Zwei Jahre vor seinem Tod glaubte er, in einer Tänzerin die Liebe seines Lebens gefunden zu haben. Sie zogen zusammen und bekamen einen Sohn, doch die Tänzerin verließ ihn kurz nach der Geburt. Das Baby lag am nächsten Morgen noch in der Wiege, nachdem sie mitten in der Nacht mit allem, was Troubadin noch an Geld und Wertgegenständen besaß, abgehauen ist."

„Das Kind war Amadeus?", fragt Eschel.

„Ja", antwortet Felian. „Schwer vorstellbar, nicht wahr? Der Meister als Baby, das von seiner Mutter im Stich gelassen wurde. Troubadin wollte den Jungen selbst aufziehen, aber er wurde krank und die Verhältnisse, in denen er lebte, waren das reinste Chaos. Lilli überredete ihn, ihr das Kind zu überlassen. Sie hatte ja nie eigene Kinder gehabt."

„Dann ist Amadeus Meister von Lilli aufgezogen worden?"

„Nein", sagt Felian. „Er wurde von Bartholomäus aufgezogen. Der Firmenchef pochte darauf, dass er als Großvater der gesetzmäßige Vormund des Kindes sei, und ein Gericht gab ihm recht. Amadeus lebte nur wenige Wochen bei Lilli, danach holte Bartholomäus das Kind in sein Haus und hielt es von Lilli fern. Auch so eine Sache, die ihm Lilli nie verziehen hat.

130

Denn Troubadin hatte das Kind ihr anvertraut, nicht seinem Vater."

„Es scheint dem gegenwärtigen Meister nicht geschadet zu haben", sage ich. „Der strotzt nur so vor Selbstbewusstsein und Lebenskraft."

„Bartholomäus hat ihn zu seinem Ebenbild herangezogen. Etwas, das ihm mit Troubadin nicht gelungen ist."

„Wo wurde Troubadin begraben?"

„Auf dem Gramsteiger Totenfeld", antwortet Felian. „Lilli besuchte das Grab einmal im Monat. In den Protokollen heißt es, man habe Lilli mit dem Verstorbenen sprechen hören, wenn sie dort war. Ich glaube, sie fühlte sich von Troubadin verstanden. Er wurde von Bartholomäus genauso mies behandelt wie sie."

„Dann lasst uns das Grab untersuchen", schlage ich vor. „Vielleicht hat sie den Grabstein mit einem Kästchen markiert."

„Ne", sagt Felian. „Das glaube ich nicht."

„Warum?", fragt Skrap. „Das klingt doch mindestens so gut wie die Apfelbaumgeschichte."

Felian nennt keinen Grund, aber er sträubt sich weiterhin gegen den Plan. Skrap raunt mir auf dem Heimweg zu, dass Felian die Idee nicht mag, weil sie nicht von ihm selbst stammt.

„Er will der Held sein, der das vierte Kreuz findet. Und wenn wir morgen zu dem Friedhof gehen und das Kreuz wirklich auf dem Grabstein ist, wird er ein langes Gesicht machen, obwohl wir ihm damit einen Riesengefallen getan haben."

„Kann sein", erwidere ich. „Aber das ist nun mal sein Ding. Das, worin er gut ist."

„Es stimmt ja auch. Er weiß diesen ganzen Kram über Lilli und ich wette, er kann uns sogar sagen, welches Zahnputzpulver die alte Dame drei Tage vor ihrem Tod benutzt hat. Aber mich nervt, dass er ständig hören will, wie toll er das macht. Und wenn man nur einmal etwas Kritisches sagt, ist er gleich tödlich beleidigt."

„Wenn du nur 54 Punkte hättest, wärst du vielleicht genauso."

„Diese beknackten Punkte. Sollen wir uns von denen auseinanderbringen lassen?"

Skrap hat recht. Als es noch keine Punkte gab, war unsere Freundschaft eindeutig unbeschwerter.

„Sollte er Amadeus Meister den Schlüssel präsentieren, wird er der Größte sein", sage ich. „Dann gibt es keinen Grund mehr, sich wegen des Punktestands zu schämen."

„Hoffen wir's", meint Skrap. „Aber das Vertrackte daran ist doch: Felian ist genau die Sorte armer Schlucker, die Lilli mit ihrem Vermächtnis beglücken wollte. Wenn er mit dem Schlüssel zu Amadeus rennt, verrät er nicht nur Lilli, sondern auch sich selbst."

Skrap spricht aus, was ich selbst oft genug denke. Schweigend gehen wir nebeneinander her, bis wir zu Hause ankommen.

WIR NUTZEN DEN LETZTEN FERIENTAG, UM DAS GRAMSTEIGER Totenfeld zu besuchen. Es dauert eine Stunde, bis wir uns zum Grab von Troubadin Meister durchgefragt haben. Kaum jemand scheint ihn zu kennen oder sich an ihn zu erinnern. Das Grab befindet sich in einer abgelegenen Ecke des Friedhofs zwischen zwei Birken. Trollkraut überwuchert das Beet, der Stein ist ganz und gar von Moos überzogen.

„Amadeus scheint nicht viel auf seinen Vater zu geben", stellt Eschel fest. „Um das Grab kümmert sich jedenfalls keiner."

„Wen wundert das?", frage ich. „Er ist schon als Baby zu seinem Großvater gekommen und der wird ihm von klein auf gepredigt haben, dass sein Vater ein Versager war."

„Wenn das Grab ein Ort ist, den Amadeus garantiert niemals aufsucht", sagt Skrap, „dann glaube ich erst recht, dass das vierte Kreuz hier versteckt ist."

„Und wo?", will Felian wissen. „Willst du jetzt das ganze Moos vom Grabstein abkratzen?"

„Nicht nötig", sagt Skrap. „Eschel kann bestimmt unter das Moos schauen, wenn sie sich konzentriert."

„Ich kann unter das Moos schauen", erklärt Eschel. „Aber ich würde kein Kästchen mit Kreuz sehen, selbst wenn da eins wäre. Ich habe auch unter dem Hundekopfklopfer kein Kästchen mit Kreuz gesehen. Meine Gabe versagt bei Lillis Hinweisen."

„Beim Hundekopfklopfer habe ich gespürt, dass wir einem Hinweis auf der Spur sind", sage ich. „Vielleicht kann ich die richtige Stelle ertasten, wenn es sie gibt."

Skrap schaut mich an, als hätte ich nicht mehr alle Tassen im Schrank, und auch Felian wirkt skeptisch. Eschel hingegen sieht mich erwartungsvoll an. Ich finde mein Vorgehen selbst etwas sonderbar, aber da ich es angekündigt habe, gehe ich in die Knie und lege meine Handflächen auf das Moos.

Ich mag Moos und ich liebe Steine, die davon überzogen sind. Und so vergesse ich spontan, dass ich einen Grabstein vor mir habe, und versuche nur, den Stein mit meinen Händen zu sehen. Das klingt jetzt ein bisschen blöd, aber irgendwie hat dieser Stein eine eigene Stimme. Es ist, als würde er in einer alten Sprache zu mir sprechen, die ich nur gefühlsmäßig verstehen kann. Er erzählt mir von dem Fluss, in dem er einst lag.

Stück für Stück untersuche ich den Stein und lausche gleichzeitig der Stimme des Steins. Er summt ein Lied in mir und das verbindet sich mit dem komischen Ich-bin-ein-Baum-Gefühl, das ich manchmal habe. Doch ganz plötzlich trifft mich ein magikalischer Impuls. Er bitzelt wie ein schwacher Schlag, der mein Nervenkostüm reizt. Ich empfinde ihn als störend, da er mich vom Stein trennt, aber mein Verstand brüllt: „Da ist was! Da ist das, was du gesucht hast."

Vorsichtig löse ich ein Stück Moos vom Stein, genau an der Stelle, an der ich den magikalischen Impuls gespürt habe, und tatsächlich kommt darunter ein kleines Viereck mit einem Kreuz zum Vorschein. Jemand hat es in den Stein graviert und dort prangt es nun.

„Ich fasse es nicht!", ruft Felian. „Wir haben es gefunden."

„Wie hast du das gemacht?", fragt Skrap.

„Du hast besondere Talente, Breik", sagt Eschel.

Ich schaue sie an und denke wie schon so oft in dieser Woche, dass ich ihr unbedingt erzählen muss, wer mein Vater war. Es ist nur nie der richtige Moment dafür.

Nachdem alle das Kreuz begutachtet haben, drücke ich das Moos auf die Stelle zurück, damit die Markierung verborgen bleibt. Ich weiß, es ist wichtig, dass wir das vierte Kreuz gefunden haben, und doch interessiert es mich gerade kaum. Mein Gespräch mit dem Stein, das nun wieder verstummt ist, fasziniert mich viel mehr. Kann ich mit der Natur sprechen? Haben das die

Hüter getan, als sie noch gelebt haben? Ich muss Grohann danach fragen, falls er mal wieder vorbeikommt.

„Wir sind jetzt ganz nah dran", sagt Felian. „Bei meinem nächsten Einsatztag in der Bibliothek werde ich mir von der alten Pfefferliese einen maßstabsgetreuen Stadtplan geben lassen und dann werde ich ..." Er bricht ab.

„Ja, was wirst du?", fragt Skrap.

„Na ja, eigentlich müsste ich die vier Stellen eintragen, an denen wir die Kreuze gefunden haben, damit ich sie anschließend mit Linien verbinden kann. Aber die Pfefferliese bringt mich um, wenn ich in einem ihrer Pläne herumkritzle."

„Wir kaufen durchscheinendes Papier zum Abpausen", schlägt Eschel vor. „Das kannst du auf den Plan legen und draufzeichnen."

„Oh ja", sagt Felian erfreut. „Gute Idee."

„Ich hoffe nur, der Plan ist genau genug", wende ich ein. „Was machen wir, wenn sich die Linien über einem Haus kreuzen? Wir können ja nicht ein ganzes Haus absuchen. Eins, in das wir nicht mal reindürfen"

„Und selbst wenn wir den Schlüssel finden", wirft Skrap ein, „wissen wir immer noch nicht, wo das Schloss ist, das er aufschließt."

„Du, Breik", sagt Felian. „Das Moos über dem Kreuz war doch unversehrt, oder?"

„Ja, ich bin mir ziemlich sicher, dass nichts an dem Moos verändert wurde, seit es dort gewachsen ist."

„Also hat noch niemand außer uns alle vier Kreuze gefunden und deswegen weiß auch niemand, was wir wissen werden, wenn ich alle Kreuze eingetragen und alle Linien gezogen habe. Wir sind Lillis Geheimnis näher als jeder andere. Folglich sind wir die Besten auf diesem Gebiet! Und das bedeutet wiederum, dass wir den Rest auch noch herauskriegen werden."

Heute passt Felians Ich-erzähle-euch-wie-die-Welt-funktio-niert-Tonfall mal ganz gut. Denn es ist ein erhebendes Gefühl, dass wir Anfänger aus Finsterpfahl mit der Schlüsselsuche erfolg-reicher waren als alle anderen Mitarbeiter von Meister & Sinn. Und entgegen dem, was Skrap befürchtet hatte, kränkt es Felian auch nicht in seinem Stolz, dass das vierte Kreuz von Skrap und mir ausfindig gemacht wurde.

134

„Ohne das, was ich euch über Troubadin erzählt habe, wärt ihr nicht auf die Idee mit dem Grab gekommen", erklärt er uns auf dem Nachhauseweg. „Ihr habt mir im Grunde perfekt assistiert."

Skrap schnappt ein bisschen nach Luft, als er das hört, aber er besitzt genügend gesunden Käferverstand, um seine Klappe zu halten. Wir haben es zusammen geschafft. Das ist das Einzige, was zählt.

KAPITEL 14
DIE NACHT DER KARTEN

UM ZWEI UHR nachts klopft Eschel an meine Tür. Sie hält ein Lexikon im Arm, als ich ihr öffne, doch nachdem wir uns auf dem Teppich vor dem Bett niedergelassen haben, behält sie das Buch in der Hand, statt es mir zu geben.

„Was war das heute?", fragt sie. „Wie hast du das Kreuz unter dem Moos gefunden?"

„Darüber will ich schon länger mit dir reden."

„Hat das, worüber du mit mir reden willst, etwas mit Grohann und seinem Besuch hier zu tun?"

„Woher weißt du davon?"

„In der Nacht, als er hier war, bin ich aufgewacht, weil ich Geräusche im Gang gehört habe. Es kam mir so vor, als würde jemand gegen deine Tür klopfen, deswegen habe ich mich auf dich konzentriert, damit ich sehen konnte, was du tust und wo du hingehst. Tut mir leid, wenn ich mich in deine Angelegenheiten eingemischt habe."

„Macht nichts, ich hätte dir sowieso davon erzählt."

„Ach ja? Wann denn?"

Ich hebe kurz die Schultern und lasse sie wieder fallen.

„Ich wollte dich nicht damit belasten."

„Was hat er gewollt?", fragt Eschel. „Ich konnte Grohann nur sehen, nicht hören."

136

„Hast du ihn auch auf dem Dach gesehen? Er hat uns mit einem Abschirmungszauber umgeben, glaube ich."

„Trotzdem konnte ich euch beobachten. Hat der Meister womöglich ins Schwarze getroffen? Ohne es zu merken?"

„Grohann behauptet, ja. Er meint, als ich auf die Welt kam, hat mein Körper beschlossen, ganz Mensch zu sein, damit mir das Satyrerbe nicht schadet. Ich habe alles, was damit zu tun hat, in mir eingeschlossen. Was wohl auch dazu geführt hat, dass mein Körper so krumm und verzogen ist."

Eschel legt mir tröstend eine Hand auf die Schulter.

„Und dein Vater soll ... dieser Kerl sein?"

„Angeblich ja. Der Name, den mir meine Mutter ursprünglich mal gegeben hat, stammt aus der Hütersprache. Und frag mich jetzt bitte nicht, was er bedeutet."

Eschel lächelt. „Na gut", sagt sie. „Heute tu ich's nicht."

„Ich habe den Satyr in mir eingekapselt, um zu überleben, meint Grohann. Doch nun regt sich diese Kraft, was sich gut und zerstörerisch zugleich anfühlt. Ich könnte zersplittern, wenn das so weitergeht. Wie ein Baum, der von innen zersprengt wird."

„Weil Naturmagie in dir steckt?", fragt Eschel. „Das heute, das hatte doch mit Naturmagie zu tun, oder?"

„Ich schätze, ja."

„Und dass du neulich auf einen Baum geklettert bist, den es gar nicht gab?"

„Ich habe keine Ahnung."

„Du willst es den anderen nicht erzählen?"

„Im Moment nicht. Später vielleicht."

Eschel sieht mich verständnisvoll an, dann legt sie ihren Kopf auf die Hand, die immer noch auf meiner Schulter ruht.

„Weißt du, Breik, womöglich ist einiges von dem, was du spürst und was in dir erwacht, gar nicht dein Satyrerbe. Ihr werdet erwachsen, du, Skrap und Felian. Und erwachsen zu werden, bringt einen nicht um. Es verändert einen nur."

Sie sagt es so sentimental, als würde sie dieser Umstand traurig machen.

„Du sprichst von uns. Was ist mit dir? Bist du längst erwachsen? Weil du nicht fünfzehn, sondern ... was weiß ich ... siebzehn bist?"

137

„Deine Schätzung ist nicht schlecht, aber mit meinem Alter hat das weniger zu tun. Ich bin an dem Tag erwachsen geworden, als ich und meine Freundinnen verschleppt wurden. Das ist etwas, das sich nicht mehr rückgängig machen lässt. Wenn die Wirklichkeit dafür sorgt, dass du deinen Verstand einsetzen und schärfen musst, um nicht unterzugehen, wird die Welt komplizierter."

„Und du meinst, das passiert gerade mit Felian, Skrap und mir?"

„Ja, aber auf die Weise, wie das normalerweise passieren sollte. Statt einfach so in den Tag hineinzuleben, macht ihr Pläne. Ihr wollt etwas erreichen, legt euch eine Strategie zurecht, testet eure Fähigkeiten aus. Es geht auf einmal um Macht und ihr werdet zu Spielern."

„Ich werde zu einem Spieler?"

„Ja, wie bei einem Tinker-Taiming-Spiel. Was du von Natur aus an Gaben mitbringst, sind die Karten, die du zur Verfügung hast. Aber anders als beim Tinker-Taiming-Spiel gibt es im Leben unzählige Karten und kein Mensch kann alle Karten kennen und wissen, was sie bewirken. Ein guter Spieler erforscht seine Karten und setzt seinen Verstand und seine Beobachtungsgabe ein, um den Gegner zu lenken. Ich glaube, du merkst gerade, dass du ein sehr guter Spieler werden könntest."

Ich lache.

„Ich meine das ernst!"

„Hat dir das Hanns von Fortinbrack beigebracht, als du eine Nacht lang mit ihm Karten gespielt hast?"

„Ja, auch." Ihr Körper bebt ein wenig, als sie das sagt. Die Erinnerung daran versetzt sie in Aufregung. „Diese Nacht damals ... sie hat mein ganzes Leben verändert. Ohne diese Nacht wäre ich tot."

Ich erschrecke, als ich das höre. Doch ich halte still, damit Eschel weiterspricht.

„In dieser Nacht war ich am Ende, ich wollte nicht mehr leben. Alles, was ich seit meiner Entführung erlebt hatte, konnte ich nicht länger ertragen, in meinem Kopf, in meinem Körper, in meinem Herz. Ich bin in Fortas gelandet, weil mich Grindgürtel, der damalige Herrscher von Fortinbrack, als Mitbringsel für seinen Sohn am Hornfaller Hof erstanden hat. Ich bin vor Angst

138

fast verrückt geworden, als ich wie eine Gefangene von der Hitze in die Kälte transportiert wurde. Andererseits war ich mir sicher, dass mein Tod nah ist. Ich schwor mir, dass ich in Fortinbrack eine Möglichkeit finden würde, meinem Elend ein Ende zu setzen."

Ich spüre Erschütterungen an der Stelle, an der ihre Hand und ihr Kopf auf meiner Schulter ruhen. Ich frage mich, ob es ihr pochendes Herz ist, das ich wahrnehme.

„Dass mir Grindgürtel von Fortinbrack keine Schleife umgebunden hat, als er mich seinem Sohn übergeben hat, war alles. Vor dem versammelten Hof hat er mich in viel zu leichter Kleidung in dessen Arme geschubst und alle haben gegrölt. Ich musste beim Abendessen auf seinem Schoß sitzen und mir das Gelächter, die Sprüche und das Geschrei der Männer anhören, während mir mein neuer Besitzer Speisen aufgedrängt hat, die ich essen sollte, obwohl mir übel war. Noch vor dem zweiten Gang verließ er mit mir die Tafel und verkündete, er müsse nun unbedingt sein neues Geschenk ausprobieren, womit er für große Heiterkeit sorgte."

„Dieser neue Besitzer war Hanns von Fortinbrack?"

„Ja, er war es. Und ich zitterte vor Angst, als er mich auf sein Zimmer gebracht hat. Ich hatte ihn beim Abendessen erlebt und laut genug gehört, was er für Sprüche geklopft hat. Er war so schlimm wie alle anderen. Doch kaum waren wir miteinander allein, sagte er: ,Meine Güte, was mache ich jetzt bloß mit dir? Immer diese blöden Geschenke, die man auf elegante Weise wieder loswerden muss.' Ich sah ihn verwundert an und fragte: ,Loswerden?' Er nickte. ,Ja, loswerden. Oder willst du den Rest deines Lebens in Fortinbrack verbringen?'"

Fast hätte ich vor Erleichterung gelacht. Obwohl ich weiß, dass sie miteinander Karten gespielt haben, hatte ich Angst, dass er ihr etwas angetan haben könnte.

„Ich konnte eure Sprache nur gebrochen. Aber zu den Worten ,Nicht Fortinbrack – lieber sterben' hat es gereicht. Er muss mir angesehen haben, dass ich das mit dem Sterben sehr ernst gemeint habe, denn er sagte: ,Sterben sollte man erst, wenn sich jeder andere Weg als absolut unmöglich herausgestellt hat. Das verlangt die Spielerehre. Ich sehe, dass du die Ich-habe-nichts-mehr-zu-verlieren-Karte auf der Hand hältst. Sie ist sehr unangenehm, aber auch so etwas wie ein Trumpf.' Er machte mir ein Zeichen, mich an den Tisch zu setzen, und dann holte er mit kindlicher Begeisterung ein Tinker-Taiming-Kartenspiel aus der Schublade."

„Und du hast verstanden, was er zu dir sagte?"

„Ich habe ihn sehr gut verstanden, aber das Sprechen fiel mir schwer. ‚Kalt‘, sagte ich zu ihm, obwohl in dem Zimmer mehrere Feuer brannten und ich nicht fror. Doch ich kam mir fast nackt vor in meiner Kleidung und fühlte mich entsprechend unwohl. Er lehnte sich zu mir vor: ‚Erste Tinker-Taiming-Regel‘, sagte er. ‚Im Märchen helfen dir Wünsche weiter, beim Kartenspielen nicht.‘ Ich wusste nicht, was er mir damit sagen wollte, daher erklärte ich ihm noch einmal entschieden: ‚Sehr, sehr kalt!‘ Er schüttelte den Kopf und erklärte: ‚Auf die Weise gewinnst du niemals. Erwartest du von deinem Gegenspieler, dass er dir die Karte schenkt, die du gerne hättest? Du musst dein Blatt studieren und *handeln*‘."

Eschel lacht über die Erinnerung.

„Ich war sauer", erzählt sie. „Ich sah ihn böse an und dachte, warum erzählt er mir so doofes Zeug? Doch dann, als würde mein Körper besser begreifen als mein Kopf, sah ich mich in seinem Zimmer um. Kleidungsstücke hingen über einem Sessel und auf dem Bett lag eine Jacke, die er dorthin geworfen hatte, als wir das Zimmer betreten hatten. Ich stand auf, holte mir diese Jacke und zog sie an. Er klatschte demonstrativ in die Hände. Dann teilte er die Karten aus."

Eschel blickt zum Fenster. Es ist, als würde ich die Feuer, die damals in diesem Zimmer brannten, in ihren Augen flackern sehen.

„Er erklärte mir eine Nacht lang, wie man Tinker-Taiming spielt. Aber in Wirklichkeit erklärte er mir, wie man lebt. Und dass man, wenn man verzweifelt ist, auch die Freiheit besitzt, alles auszuprobieren und alles zu wagen. Natürlich kann man in Situationen geraten, in denen man absolut hilflos ist. Ich und meine Freundinnen waren Verlorene, als wir eingefangen wurden. Doch es gibt Momente im Leben, da ergibt sich die Chance, wieder aufzustehen und ohne Wehklagen die Karten in der eigenen Hand studieren. Es ist vielleicht hart und schmerzhaft, aber man wird dadurch frei und kann wieder sein eigenes Spiel spielen. Nur so gibt es etwas zu gewinnen. Wenn man am Boden liegen bleibt,

140

überwältigt von Trauer und dem Gefühl, nur eine Karte zu sein, die von anderen gespielt wird, hat man von vornherein verloren. Hanns von Fortinbrack hat mir in jener Nacht geholfen, diese Entscheidung zu treffen. Ich wollte am nächsten Morgen nicht mehr sterben. Ich wollte leben und spielen."

„Aber nicht in Fortinbrack?"

„Nein, zum Glück nicht in Fortinbrack. Er schmuggelte mich am frühen Morgen, als es noch stockdunkel war, aus dem Schloss und verfrachtete mich in Felle gepackt in eine eiskalte Frachtkutsche. Er stellte mir ein Gespenst vor – du weißt, sie haben viele davon in Fortinbrack und manche von ihnen sind sehr lebensecht. Er behauptete, es werde während der gesamten Reise auf mich aufpassen. Ich solle mir keine Sorgen machen, ich würde in Finsterpfahl in Sicherheit sein."

„Er schickte dich in unser Internat?"

„Ja. Als ich dort ankam, nahm mich Duhm Vultur in Empfang, unser damaliger Direktor, und er wusste Bescheid. Die beiden hatten wohl einen Draht zueinander. Jedenfalls hätte ich wahnsinnig froh sein müssen, aus Fortinbrack rauszukommen, aber an jenem Morgen fiel mir der Abschied schwer. Ich hatte Vertrauen zu diesem Jungen gefasst, ja, er erschien mir wie mein großer Retter. ‚Vergiss nicht, was ich dir beigebracht habe', sagte er zu mir. ‚Du wärst schön blöd, wenn du dich dem ersten Typen an den Hals wirfst, der nett zu dir ist. Genauso gut könntest du dein Tinker-Taiming-Blatt einfach so auf den Tisch legen und dazu dümmlich grinsen. So gewinnt man nicht. Du musst den Überblick behalten.' Ich verstand genau, was er mir damit sagen wollte."

„Du meinst, du hast dich in der Nacht in ihn verknallt? Weil er dir geholfen hat?"

„Die Gefahr bestand, ja. Doch ich glaube, so weit ist es nicht gekommen."

„Aber eines Tages, wenn du auf den Richtigen triffst, wäre es da nicht angebracht, dein Tinker-Taiming-Blatt einfach so auf den Tisch zu legen? Macht man das nicht, wenn man dem anderen vertraut?"

„Würdest du es tun?"

„Ich weiß es nicht. Kommt drauf an, wie gut mein Blatt wäre."

Eschel lacht.

„Für den Spruch hätte dich mein Tinker-Taiming-Lehrer getadelt. Denn das Blatt ist immer nur so gut oder so schlecht, wie es derjenige ausspielt, der es in der Hand hält. Ich hatte nie die Gelegenheit dazu, Hanns von Fortinbrack darüber auszufragen, wie man Tinker-Taiming mit der Person spielt, die man liebt. Aber ich nehme an, dass man nie das gesamte Blatt auf den Tisch legt, sondern nur einzelne Karten. Diejenigen, die mit dem Blatt des anderen am besten ... wie soll ich sagen ...“

„Harmonieren?“

„Reagieren. Ich glaube, das Wort passt besser. Aber ich bin nun wirklich keine Expertin in diesen Dingen. Und ich weiß nicht, ob mir diese Art zu spielen jemals liegen wird. Es erinnert mich zu sehr an alles, was vor meiner Tinker-Taiming-Nacht passiert ist.“

„Hanns von Fortinbrack ist also ein exzellenter Tinker-Taiming-Spieler?“

„Ja, bestimmt.“

„Und du bist jetzt hier in Tolois bei Meister & Sinn, weil dich der Herrscher von Fortinbrack an diesen Ort verfrachtet hat. Glaubst du, du bist eine Karte in seinem Spiel?“

„Möglich. Aber vielleicht wollte er auch einfach nur nett sein.“

„Grohann meinte, dieser Kerl verfolge mit allem, was er tut, Pläne.“

„Ja, vermutlich. Als Duhm Vultur noch unser Direktor war, habe ich Nachrichten für ihn ins Dorf getragen und an bestimmten Orten versteckt, die er mir vorher genannt hat. Er hat auf diese Weise Kontakt mit Hanns von Fortinbrack aufgenommen.“

„Was? Du hast Duhm Vultur geholfen, Nachrichten nach Fortinbrack zu schmuggeln?“

„Das habe ich doch eben gesagt.“

Ich kann es nicht glauben, denn das würde bedeuten, dass Eschel dabei mitgewirkt hat, Finsterpfahl in die Arme von Fortinbrack zu treiben.

„Hätte er dich von der Schule geworfen, wenn du es nicht getan hättest? Haben sie dich dazu gezwungen?“

„Nein, überhaupt nicht. Duhm Vultur hat mich darum gebeten, hat aber mehrmals gesagt, ich müsse das nicht tun. Es war

142

ganz allein meine Entscheidung. Damals hatte ich mehr Vertrauen in Fortinbrack als in Amuylett. Du weißt, Grindgürtel war tot, sein Sohn saß auf dem Thron."

„Aha." Jetzt spüre ich doch tatsächlich so etwas wie Eifersucht in mir aufsteigen. Eschel hat für Duhm Vultur und Fortinbrack spioniert, weil sie in Grindgürtels Sohn verschossen war. Na toll. „Du weißt schon, wie viele Leute in Finsterpfahl den Einfluss von Fortinbrack fürchten?"

Ich habe das wohl in einem sehr strengen Tonfall gesagt, denn Eschel reagiert kühl.

„Ich weiß genug", sagt sie. „Und alles, was ich getan habe, war gut für unsere Welt, davon bin ich überzeugt."

„Und wo deponierst du im Moment Nachrichten?"

„Niemand hat mich um irgendwas gebeten, seit ich hier angekommen bin."

„Wirklich?"

„Ich habe dir das alles nicht erzählt, damit du dich zum Moralapostel aufschwingst. Ich vertraue dir mehr als jedem anderen, deswegen habe ich dir etwas enthüllt, worüber ich bisher geschwiegen habe."

„Ja, danke, das weiß ich auch zu schätzen. Aber es ist, als hättest du mir ein Geheimnis enthüllt, woraufhin ganz viele weitere Geheimnisse, von denen ich nichts geahnt habe, zum Vorschein gekommen sind."

Eschel sieht mich an und der kühle Ausdruck ihres Gesichts weicht plötzlich einem Lächeln. „Damit wirst du leben müssen", sagt sie. „Ich wollte dir nur erklären, dass du einen klaren Kopf bewahren musst, egal, was für komische Gefühle gerade durch deinen Körper fließen. Beobachte sie, erforsche sie, aber lass dich davon nicht verschlingen. Das bedeutet es, erwachsen zu sein."

„Redest du von meinem Satyrerbe oder von der Liebe?"

„Von beidem. Und nach allem, was man von den alten Satyrn so weiß, ist das bei euresgleichen ohnehin nur schwer zu unterscheiden."

Jetzt will sie mich eindeutig ärgern, sie blickt mich entsprechend herausfordernd an.

„Bei euresgleichen? Ich habe mich auf die Seite der Menschen geschlagen und da will ich auch bleiben. Mit Buckel, schiefem

143

Rücken und Humpelgang. Und der Tag, an dem ich mich in ein Trollmädchen verlieben werde, das die gleichen unvorteilhaften Karten auf der Hand hält wie ich, ist sicher noch fern."

„Dafür, dass deine Karten so unvorteilhaft sind, trittst du ganz schön stolz auf. Und mein Tinker-Taiming-Lehrer würde sagen, dass das die richtige Strategie ist. Also erzähl mir nichts von Trollmädchen. Du steckst deine Ziele höher, da bin ich mir sicher. Und jetzt lies mir ein paar Wörter vor, damit ich heute Nacht noch schlafen kann."

Sie überreicht mir das Lexikon und wir gehen zu unserem vertrauten Ritual über: Ich lese vor, sie lauscht friedlich und irgendwann ist sie fast zu müde, um mit dem Buch im Arm mein Zimmer zu verlassen.

KAPITEL 15
OLIMPIA UNTERWASSER

DIE FERIEN SIND VORBEI und von einem Tag auf den anderen erwacht das Gelände von Meister & Sinn wieder zum Leben. Die Innenhöfe duften nach blühenden Bäumen, das Buschwerk ist frisch ergrünt. Am Mittag scheint die Sonne bis auf den Kesselgrund, Felian lacht lautstark mit den Zwillingen aus Austrien um die Wette, Skrap hängt mit Sumisu und Petti Lou ab, die komplett neu eingekleidet sind und irgendwie hübscher aussehen als noch vor den Ferien. Ich sitze mit Kruz und Eschel im Schatten und wir beobachten die Streberbrigade rund um Edwin von Hülfenbass (oder auch Erbschen, die Hühnerbrust), der gerade seine nagelneuen Instrumente aus der Adamastserie vorführt, die ihm seine Eltern gekauft haben. Sein Gefolge huldigt ihm durch laute Rufe des Entzückens.

„Wie krass!"

„Oh nein – du hast auch das Feuerzeug?"

„Zeig her!"

Edwin hält sein glänzendes Instrument hoch und alle bewundern die Gravur, die dem Besitzer die ungemein wichtige Botschaft übermittelt, dass er das 432. Feuerzeug von tausend ergattert hat.

„Ich bin noch am Experimentieren, aber wenn ich die Magikalie aus dem Feuerzeug, der Uhr und dem Füller kombiniere,

145

kann ich einen total abgefahrenen Tarnzauber erzeugen, der eine Haltbarkeit von bis zu 48 Stunden erreicht."

„Stark!"

„Darf ich den Füller mal halten?"

„Wahnsinn, wie das Feuerzeug verarbeitet ist. Ich würde es nachts mit ins Bett nehmen."

Kruz hört nicht auf, Edwin von Hülfenbass zu fixieren, und kaut währenddessen auf einem Chilikaugummi herum, dessen bloßer Duft mir die Tränen in die Augen treibt.

„Er hat sich verschönert", stellt er schließlich fest. „Von wegen Tarnzauber."

„Im Ernst?", fragt Eschel. „Du meinst, dass das Erbschen seine ach so coolen Instrumente benutzt, um sich aufzudonnern?"

„Sein Gesicht flackert ein bisschen. Man muss genau hinsehen."

„Dass er schöner wäre als vorher, ist mir aber noch nicht aufgefallen", sagt Eschel.

„Dir nicht, aber mir schon. Ich dachte: Huch, seit wann hat der Kerl so eine gerade Nase und so schicke Augenbrauen? Das Braun seiner Augen ist goldener geworden und vor den Ferien hat man ihm seine Angewohnheit, manisch an harmlosen Pickeln herumzudrücken, deutlich angesehen. Der magikalische Abdeckstift hat die roten Abdrücke nur teilweise übertünchen können. Jetzt ist seine Haut makellos."

„Dann muss ich mir wohl auch ein paar Instrumente aus der Adamastserie zulegen", sage ich. „Wie viele davon muss ich wohl kombinieren, damit mein Rücken gerade aussieht?"

„Vielleicht zwanzig?", meint Kruz. „Aber Erbschens spröden Charme kannst du dir niemals erkaufen, mach dir da bloß mal keine Illusionen."

Eschel und ich lachen.

„Das wäre sowieso vermessen", sage ich. „Angenommen, ich würde mir ein schlichteres Ziel suchen und stattdessen deinem Charme nacheifern. Was bräuchte ich dafür?"

„Nur das todsichere Gefühl, dass dir keiner das Wasser reichen kann", erwidert Kruz. „Das verleiht dir ein 1A-Selbstbewusstsein."

„Wie war es mit deinen Eltern?", fragt Eschel. „Hat dich dein 1A-Selbstbewusstsein gut durch die Ferien gebracht?"

146

Kruz verzieht leidend sein Gesicht.

„So schlimm?"

„Sagen wir es mal so", antwortet Kruz. „Ich habe die sonnigsten Stunden der letzten Woche in einem Nähnadelmuseum verbracht. Außerdem durfte ich die Malversuche von tatterigen Greisen in einem Experimentellen Kunstschuppen bewundern, was an Langweiligkeit nicht zu übertreffen war. Ich habe ungläubig bestaunt, wie Papierschnipsel in Flaschen bei einer Auktion für horrende Summen den Besitzer gewechselt haben, und danach gab es in einem 5-Sterne-Restaurant Möhrchenbrei mit Golddekor. Schließlich haben wir noch das spannendste Flugwurmrennen der Saison besucht, nur um während des Finales eine Stallführung zu machen, weil das der einzige Zeitpunkt war, an dem noch ein Termin frei war. Und als wäre das alles nicht schon deprimierend genug, waren wir gestern Abend auch noch bei einem überflüssigen Sonstwie-Minister zum Abendessen eingeladen, der mich doch allen Ernstes mit seiner Tochter verkuppeln wollte."

„Wie war sie so?", frage ich.

„Gesprächig", sagt Kruz in vernichtendem Tonfall. „Sehr gesprächig."

„Ich meinte die Stallführung", sage ich und grinse.

„Na klar", sagt Kruz. „Sie war übrigens ein Hingucker. Ja, ich würde sogar sagen, dass mich ihr Geruch betört hat."

Ich sehe Kruz erstaunt an.

„Ich rede ebenfalls von der Stallanlage, mein Freund", sagt er. „Ehrlich, ich habe mir überlegt, ob ich es nicht mal als Flugwurmjockey versuchen sollte. Die Rennwürmer sind faszinierend – man sieht ihnen die Lindwurmverwandtschaft viel deutlicher an als den Brummern, die Flugschiffe durch die Luft ziehen."

„Dafür bist du zu groß", meint Eschel. „Ich habe mir sagen lassen, wenn du als Jockey Höchstgeschwindigkeiten erreichen willst, musst du klein und leicht sein."

„Na, dann eben nicht. Bastle ich halt weiterhin Feuerzeuge und Füller für Idioten zusammen."

Wir blicken zu Edwin, der sein Feuerzeug gerade mit einem speziellen Tuch für hochwertige Instrumente poliert und seiner Brigade erklärt, dass fettige Fingerabdrücke „Gift für die magikalische Spannung von Adamastoberflächen" seien. Die Ein-Uhr-Glocke verkündet das Ende der Mittagspause, was Erbschen, die Hühnerbrust, zum Anlass nimmt, zu uns herüberzukommen.

„Na? Fragen sich da gerade ein paar Anfänger, was man mit einem Instrument der Adamastserie überhaupt anstellen kann? Ich will euch nicht länger zappeln lassen. Zum Beispiel kann man ... das hier machen."

Er bewegt kurz alle zehn Finger und ich spüre, wie eine unsichtbare, leicht bitzelnde Wand aus Magikalie in unsere Richtung walzt. Keine Ahnung, was passieren wird, wenn uns Erbschens konzentrierter Zauber erreicht, aber ich fürchte, es wird nichts Erfreuliches sein.

„Oder das hier", kontert Kruz und bremst den Zauber mit einer erhobenen Hand aus. Ganz kurz sehe ich eine nagelneue Armbanduhr an seinem Handgelenk aufblitzen. Zuvor war sie unter seinem Ärmel versteckt.

Die unsichtbare Wand aus Magikalie wirkt jetzt noch konzentrierter, aber sie hat ihre Richtung geändert. Sie rollt dahin zurück, wo sie ursprünglich hergekommen ist, was Erbschen nicht geheuer ist, wenn ich seinen Gesichtsausdruck richtig deute. Er kneift die Augen zusammen, versucht einzuschätzen, was hier gerade passiert, und da kippt die Magikalie auch schon in seine Richtung.

All das passiert lautlos und umso faszinierender ist es, als die magisch aufpolierte Fassade von Edwin von Hülfenbass auf einmal zu bröckeln beginnt. Im Zeitraffer können wir beobachten, wie der Glanz seiner Augen erlischt, seine Nase ihre Form verändert und die Wangenknochen zurückweichen, während das Kinn spitzer wird. Zahlreiche Hautstellen treten zutage, an denen er vor nicht allzu langer Zeit wie wild herumgedrückt haben muss, den roten Rändern nach zu urteilen.

Das Erbschen merkt, wie wir und die Mitglieder der Streberbrigade ihn anstarren. Schockiert wendet er sich ab und schlägt den Weg zu den Schlafräumen ein, um den Schaden zu reparieren. Bevor er den Hof verlässt, wirft er Kruz aus Andaluz noch einen letzten Blick zu, dessen unmissverständliche Botschaft lautet: „Heute hast du einen Feind fürs Leben gewonnen!"

Kruz zuckt nur mit den Achseln. Auf dem Weg zum Studien-

148

saal meint er: „Selbst schuld. Hätte er euch in Ruhe gelassen, hätte ich ihn auch in Ruhe gelassen."

„Es ist erniedrigend, dass wir uns nicht selbst retten konnten", sage ich. „Trotzdem danke."

„Ach was", erwidert Kruz. „Das Erbschen sollte sich bedanken. Ihm ist wohl nicht klar, in welcher Gefahr er geschwebt hat, als er euch angegriffen hat. Stell dir vor, Eschel hätte vor lauter Wut ihren Götterdämmerungstrick vom ersten Schultag angewendet. Oder noch schlimmer – du hättest den wüsten Satyr herausgekehrt. Dann wäre nur noch Erbsensuppe von unserem Freund übriggeblieben. Immerhin mit Adamastdekor."

„Den wüsten Satyr?"

„Jeder weiß doch, dass du eine Bestie im Mufflonpelz bist. Der Sonstwie-Minister, dessen Aufgabe mir immer wieder entfällt, hat mich mehrfach darauf angequatscht."

„Und was hast du geantwortet?"

„Die Wahrheit."

„Was für eine Wahrheit?"

„Ich habe ihm gesagt, dass du so harmlos bist wie all die anderen Lehrlinge. Oder war das falsch?"

„Nein, das ist in Ordnung."

Kruz macht größtenteils ein ernstes Gesicht, doch da ist noch eine subtile, feixende Note in seiner Mimik, die mir nicht entgeht.

„Was ist?", frage ich.

„Hältst du mich etwa für harmlos?", will Kruz wissen. „Oder Edwin? Der Typ mag ein Brechmittel sein, aber was da an physikalischen Formeln in seinem Hirn gärt und wabert, ist alles andere als harmlos. Der Meister hat uns eingestellt, damit wir eines Tages die Welt für ihn erobern. Kapierst du jetzt die Ironie meiner Worte?"

„Selbst wenn ich die Welt erobern könnte", sagt Eschel, „würde ich es niemals für den Meister tun."

Der Gesichtsausdruck von Kruz verändert sich. Er sieht Eschel an, als hätte er sie eine Woche lang sehr vermisst. Sein Blick zeugt von tiefer Sympathie – oder gar von einer Leidenschaft und Verbundenheit, die er für die Tochter des Sonstwie-Ministers nie im Leben hätte aufbringen können.

AN UNSEREM ERSTEN EINSATZTAG NACH DEN FERIEN SIND WIR nervös, denn heute wird Felian herausfinden, wo sich die Linien auf dem Stadtplan kreuzen. Wir haben uns für den Spätnachmittag in der Stadt verabredet – ohne Kupferschlüssel – und als Felian zehn Minuten zu spät am Treffpunkt auftaucht, redet er ohne Punkt und Komma über die Schwierigkeiten, die ihm die Suche nach einem geeigneten Plan bereitet hat. Denn bei jedem Plan, den er benutzt hat, kreuzten sich die Linien an anderen Stellen.

„Aber dann", erklärt er mit stolzgeschwellter Brust, „bin ich auf die Idee gekommen, dass ich einen Katasterplan brauche."

„Einen was?"

„In einem Katasterplan sind alle Grundstücke der Stadt amtlich eingetragen, genau vermessen und im richtigen Maßstab abgebildet. Zum Katasterplan gehören auch die Katasterbücher, in denen steht, wie die Grundstücke genutzt werden und wem sie gehören. Ich habe der Pfefferliese erzählt, ich hätte Halskratzen, woraufhin sie mir hysterisch für den Rest des Nachmittags freigegeben hat. Danach bin ich zum Katasteramt gelaufen und ein Beamter, der sich zu Tode gelangweilt hat, war froh, mir behilflich sein zu können. Ich habe ihm erzählt, ich müsste eine Aufgabe für die Schule lösen. Auf diese Weise konnte ich das Haus, über dem sich die Linien kreuzen, genau bestimmen."

„Warst du schon dort?", fragt Eschel.

„Keine Zeit gehabt. Aus dem Plan ging hervor, dass es sehr schmal und klein ist. Die Adresse lautet ‚Spieluhrengasse 3' und das Haus gehört einer Frau namens Olimpia Unterwasser."

„Frau Unterwasser wird begeistert sein, wenn wir bei ihr klingeln und sagen, wir möchten das Haus durchstöbern."

Felian schüttelt mit überaus wichtigem Gesichtsausdruck den Kopf.

„Ich glaube nicht, dass in dem Haus jemand wohnt. Ich habe den Beamten gefragt, wie ich Frau Unterwasser finden kann, da hat er für mich das Bürgerregister geprüft. In Tolois lebt niemand, der so heißt. Wenn ihr mich fragt, hat Lilli einen Decknamen benutzt, als sie das Haus gekauft hat."

„Also steht es leer?“

„Ich vermute, ja. Aber gehen wir doch einfach hin und schauen nach.“

Das muss uns Felian nicht zweimal sagen. Während wir durch die engen Gassen der Altstadt laufen, lediglich gebremst durch meinen hinkenden Schritt, kommt Felian aus dem Schwärmen nicht mehr heraus.

„Wenn ich mir überlege, wie schwierig es gewesen sein muss, sich all das auszudenken! Und sie hat extra ein Haus gekauft, das genau an der Schnittstelle der zwei Linien liegt. Ist das nicht der Wahnsinn, was sie sich da überlegt hat?“

„Das Wort ,Wahnsinn‘ trifft es in der Tat“, meint Skrap. „Sie kommt mir schon ein bisschen irre vor.“

„Nicht irre, sondern genial“, widerspricht Felian. „Es würde mich nicht wundern, wenn ihr Schlüssel eine bahnbrechende Erfindung ist, die die ganze Welt verändert.“

„Du übertreibst“, sagt Eschel. „Hätte sie wirklich etwas Bedeutendes entdeckt, hätte sie es doch zu Lebzeiten benutzt, oder?“

Wir erreichen die Spieluhrengasse und mein Puls rast nicht nur wegen des Tempos, das wir angeschlagen haben. Wir sind Lillis Geheimnis ganz nah, niemand sonst hat es in den letzten drei Jahren so weit gebracht.

Wir schreiten die ungeraden Hausnummern ab – 13, 11, 9, 7, 5 – und als wir endlich vor der Nummer 3 stehen, halten wir andächtig die Luft an. Ich habe selten ein so merkwürdiges Haus gesehen. Es ist kaum breiter als die Eingangstür, die man über eine schiefe Metalltreppe erreicht. Dass das Haus überhaupt noch steht, kommt einem Wunder gleich, denn die Häuser mit den Nummern 1 und 5 neigen sich in Richtung der Hausnummer 3 und drohen das schmale Haus zwischen sich zu zerquetschen. Die Gebäude müssen uralt sein.

„In so einem Haus kann man nicht wohnen, oder?“, fragt Eschel. „Es muss auch ziemlich dunkel sein. Ich sehe nur ein Fenster über der Tür.“

„Lasst uns mal in die Parallelstraße gehen“, schlage ich vor. „Vielleicht können wir die Rückseite des Hauses sehen.“

Wir umrunden das Haus mit der Nummer 1 und biegen in den

Seifenplattlerweg ein, doch hier ist das schmale Haus komplett verschwunden. Die Rückseiten der Häuser 1 und 5 stoßen direkt aneinander. Wir kehren in die Spieluhrengasse zurück und untersuchen die Metalltreppe vor der Hausnummer 3. Sie sieht so zerbrechlich aus, dass wir es nicht wagen, zu viert hinaufzusteigen. Felian kommt die Ehre zu, die Stufen als Erster zu erklimmen, um die Eingangstür zu untersuchen. Sie ist wie erwartet verschlossen.

„Und nun?", fragt er, als er wieder bei uns ankommt. „Brechen wir heute Nacht bei Frau Unterwasser ein?"

„Das ist nicht dein Ernst", sagt Skrap.

„Nein, aber weißt du was Besseres?"

„Es muss einen Trick geben", überlege ich. „Lilli hat sich nicht so viel Mühe mit dem Verstecken des Schlüssels und der Hinweise gegeben, damit vier Lehrlinge nachts mit dem Stemmeisen losziehen."

„Wir brauchen den Haustürschlüssel", sagt Eschel. Und kaum hat sie diese nüchterne Erkenntnis ausgesprochen, fällt bei uns allen der Groschen zugleich: Wir haben nicht den Schlüssel gefunden, sondern den Ort, den er aufschließt!

„Ist doch glasklar", erklärt Skrap. „Selbst wenn wir in das Haus einbrechen würden, würden wir nicht den Ort finden, an dem Lilli ihr Erbe versteckt hat. Die Tür ist bestimmt eine magikalische Schleuse, die in einen Raum führt, den man nur betreten kann, wenn man die Berechtigung dazu hat."

„Und die Berechtigung erwirbt man sich durch das Finden des Schlüssels", schlussfolgert Felian. „Aber wo ist das blöde Ding? Wir haben doch schon alles abgesucht."

„Der Name des Besitzers könnte eine versteckte Botschaft enthalten", sage ich. „Oder die Adresse."

„Du meinst, der Schlüssel steckt in einer Spieluhr?", fragt Skrap. „Unter Wasser?"

„Olimpia!", ruft Felian aus und schlägt sich mit der Hand an die Stirn. „Natürlich. Ich wusste, dass mir der Name bekannt vorkommt."

„Ja?" Skrap läuft zu alter Höchstform auf und zupft Felian heftig am Ärmel herum. Bestimmt summen auch seine Flügel vor lauter Aufregung, aber der Mantel, den er jetzt immer trägt,

152

verhindert, dass man es sieht. „Ja, ja, ja? Schieß los, woher kennst du sie?"

„Lilli hat mal einen Automaten gebastelt, der aussah wie eine Frau. Sie verkaufte ihn an einen Jahrmarktsbesitzer als Orakelattraktion. Man konnte der Frau Fragen stellen und sie gab Antworten. Der Jahrmarktsbesitzer hatte Lilli viel Geld dafür gezahlt, aber es zeigte sich, dass die Leute die Automatenfrau unheimlich fanden und ihre Antworten überhaupt keinen Sinn ergaben. Der Name des Automaten war Olimpia."

„Und wo ist der Automat jetzt?"

„Er wurde von dem Jahrmarktsbesitzer an einen Liebhaber für mechanische Puppen verkauft. Lilli kaufte Olimpia eines Tages zurück, als sie zu Geld gekommen war. Aus Sentimentalität. Die Puppe fehlte jedoch im Nachlass, wie so vieles andere."

„Toll", sagt Skrap. „Jetzt suchen wir eine Puppe statt eines Schlüssels."

„Die Puppe ist wesentlich größer als ein Schlüssel", erwidert Felian. „Deswegen wird sie einfacher zu finden sein. Außerdem gibt uns die Adresse, wie Breik schon sagte, weitere Hinweise. Olimpia ist eine Art Spieluhr und wir stehen hier in der Spieluhrengasse. Der Name ‚Unterwasser' wird darauf hinweisen, dass wir die Puppe in einem See oder Teich finden. Oder in einem Brunnen."

„Was ist mit dem Wasserfall im Wunderwald?", fragt Skrap.

„Den haben wir doch schon tausendmal untersucht", sagt Eschel. „Aber wir können gerne noch mal nachsehen."

„Wir werden sie finden", verkündet Felian feierlich. „Lilli hat den Schlüssel für *uns* versteckt. Wir sind dazu bestimmt, ihr Meisterstück in den Händen zu halten."

Bis zum Einbruch der Dunkelheit streichen wir um das Haus herum und tun so, als würden wir auf jemanden warten, der dort wohnt. In das Holz der Haustür ist ein Muster aus Pflanzen und kleinen Vögeln geschnitzt und die Wände des Hauses sind hellgrün verputzt, aber so schmutzig und rissig, als wäre der letzte Anstrich mindestens fünfzig Jahre her. Die Spieluhr Olimpia ist und bleibt der beste Hinweis, den wir finden können.

153

ALS WIR ZU MEISTER & SINN ZURÜCKKEHREN, STELLEN WIR fest, dass alle Gebäude evakuiert wurden und die gesamte Mitarbeiterschaft auf der Straße herumsteht. Wir erfahren, dass ein weiterer magischer Anschlag die riesige Grasfläche zwischen Torhaus und Wunderwald verwüstet hat. Zeugen behaupten, sie hätten blaue Maulwürfe in Katzengröße gesehen, die erst Erdhügel aufgeworfen hätten und dann in den Gebäuden verschwunden seien. Daher auch die Evakuierung. Die Tiere seien überall und müssten eingefangen werden.

„Die Maulwürfe zu erwischen, ist allerdings knifflig", erklärt uns Sumisu, die wir zwischen den Wartenden finden. „Denn die Tierchen platzen bei Berührung und setzen einen Zauber frei, der orientierungslos macht. Die Leute, die ihn einatmen, wissen minutenlang nicht mehr, wer sie sind und was sie wollen."

„Im Ernst?", fragt Skrap und macht ein Gesicht, als sei eine Giftnatter ausgebrochen, die er persönlich in ein Terrarium gesperrt hatte.

Petti Lou, die ebenfalls zu uns gestoßen ist, schlussfolgert messerscharf, was das bedeutet.

„Sag nur, Skrap, die Maulwürfe stammen aus der Waffenabteilung?"

„Ich darf nichts sagen", antwortet Skrap, doch da seine Haut weiß statt grau ist, liegt Petti Lou mit ihrer Vermutung offenbar richtig.

„Also ist es gar kein Anschlag", sagt Felian. „Sondern ein ... wie sagt man ... kleines Missgeschick?"

Wir alle grinsen, nur Skrap nicht.

„Ich kann nichts dafür", beteuert Skrap. „Ich habe heute Morgen einen Auftrag bekommen und habe ihn ausgeführt. Mir ist aufgefallen, dass einige Behälter an anderen Stellen standen als noch vor zwei Wochen. Ich dachte, jemand hätte sie umgestellt, aber das war wohl gar nicht so."

„Du meinst, es war mal wieder ein Täuschungszauber am Werk?", fragt Sumisu. „Weswegen du etwas anderes getan hast, als du eigentlich hättest tun sollen?"

„Ich darf ja nicht darüber reden", meint Skrap. „Aber sagen wir es mal so: Wenn ich ein Konditor wäre, dann hätte ich heute

154

Morgen das Bohnerwachs in die Pralinen gespritzt und den Boden mit Likörcreme geschrubbt."

„Wir lachen.

„Das ist nicht lustig!", protestiert Skrap. „Der Meister schmeißt mich raus, wenn er davon erfährt."

„Du kannst nichts dafür", sagt Eschel. „Du wurdest getäuscht. Außerdem gibt man einem Lehrling kein gefährliches Zeug in die Hand, ohne ihn gründlich dabei zu beaufsichtigen."

„Ich wurde beaufsichtigt", erklärt Skrap. „Aber die Leute in meiner Abteilung vertrauen darauf, dass ich das hinbekomme. Deswegen hat die Aufsicht mit ihrer Großmutter spiegelfoniert und gleichzeitig die neueste B.U.N.T.-Ausgabe gelesen, während ich gearbeitet habe."

Petti Lou laufen Tränen aus den Augen vor lauter Lachen. „Das wird ja immer besser", sagt sie. „Wenn das herauskommt, ist der Imageschaden für Meister & Sinn wesentlich übler als der zerstörte Rasen."

Skraps Mundwinkel erreichen einen neuen Tiefststand. Felian klopft ihm tröstend auf die Schulter.

„Ich hätte nie gedacht, dass du vor mir fliegst", sagt er. „Aber vielleicht geht ja auch alles gut aus."

Ein Flackern der Luft in nächster Nähe lässt mich herumfahren. Ich habe das Flackern nicht direkt gesehen, sondern eher gespürt. Außerdem habe ich ein leises Lachen gehört, das nicht von einem der Umstehenden stammte. Es klang nach dem Geistermädchen, das ich mehrmals im Wunderwald gehört habe.

Mir fällt ein, was Kruz über Sissi Meister gesagt hat. „Sie schleicht gerne unbemerkt herum, verborgen unter Tarnzaubern." Und der Verdacht, dass uns dieses Mädchen die ganze Zeit beobachtet haben könnte, überfällt mich wie ein Fieber, von dem mir heiß und kalt wird. Ich muss Kruz unbedingt fragen, wie man sie enttarnen kann.

KAPITEL 16
TIPP GEGEN TIPP

DER UNFALL BEI MEISTER & Sinn macht Schlagzeilen, doch Amadeus Meister gelingt es, den Schaden so weit einzugrenzen, dass lediglich die mangelhaften Sicherheitsmaßnahmen angeprangert werden, die es den Feinden erlaubt hätten, auf dem Firmengelände ihr Unwesen zu treiben. In keinem Zeitungsartikel wird erwähnt oder auch nur angedeutet, dass die unerfreulichen Maulwürfe womöglich aus der hauseigenen Waffenabteilung stammen könnten. Stattdessen werden Vermutungen darüber angestellt, wer die Magieattacke ausgeführt haben könnte. Womöglich, heißt es, steckten die Magischen Erlöser dahinter – eine Gruppe von Querulanten, die seit Kriegsende immer mehr Anhänger gewinnt.

Da ich weiß, wer tatsächlich für die Maulwürfe verantwortlich ist, mache ich mir wegen der Magischen Erlöser keine Sorgen, werde aber eines Besseren belehrt, als ich das nächste Mal mit Amadeus Meister den Staatspalast besuche. Wotan Poseidel ist außer sich und beschuldigt meinen Chef, Öl in ein fast unkontrollierbares Feuer geschüttet zu haben.

„Ist Ihnen klar, was sich da draußen zusammenbraut?", schimpft der Minister. „Es gibt geheime Spiegelfonzirkel, in denen die wildesten Halbwahrheiten über den Zustand unserer Welt verbreitet werden. Täglich wird neuer Unsinn verzapft und die populärste These der sogenannten Erlöser lautet, dass die Regierung von Amuylett sämtliche Magikalie, die es in dieser Welt noch gibt, horten, bunkern und fortschließen will, um sie den Bürgern vorzuenthalten."

„Ich weiß davon", sagt Amadeus Meister. „Aber wer sich ein wenig mit Naturkreisläufen und Magiewissenschaft auskennt, weiß, dass eine solche Idee abstrus ist. Magikalie ist überall, in allem und jedem. Jeder, der ein Verfahren nutzt, mit dem man sie erschließen kann, kann sie auch bekommen. Instrumente, wie ich sie herstelle, sind dafür die einfachsten Mittel."

„Eben. Die Spiegelfonzirkel der Magischen Erlöser behaupten seit dem letzten Anschlag, dass Meister & Sinn einen geheimen Vertrag mit der Regierung geschlossen hätte. Die glauben im Ernst, dass die Magikalie nicht verschwindet, weil sich der Zustand der Welt geändert hat, sondern dass die Regierung sie mithilfe von Meister & Sinn klaut. Sie denken, *wir* würden die Magie aus allem herausziehen, um sie für uns zu behalten. Macht Ihnen das keine Angst?"

„Mir macht überhaupt nichts Angst. Was die Erlöser angeht, die halte ich für zu dämlich, um mir gefährlich zu werden. Und die wahren Angreifer werde ich dort packen, wo sie es wagen, mir auf den Zeiger zu gehen – nämlich in meiner Firma. Ich arbeite daran, ihnen Fallen zu stellen, ich lade sie förmlich ein, hineinzutappen, und wenn sie es tun, sitzen sie fest. Ihnen, Herr Minister, obliegt es dann, sie auszuquetschen und zu bestrafen."

„Sie geben sich siegessicher, aber erreicht haben Sie bisher überhaupt nichts."

„Einen Krieg gewinnt man nicht in drei Tagen", entgegnet Amadeus Meister. „Man muss Erfahrungen sammeln, sich seine Strategie zurechtlegen und im richtigen Moment zuschlagen."

„Gehört das Maulwurfdebakel zu dieser ausgefeilten Strategie?"

„Nein, das war eine Erfahrung."

„Eine folgenreiche. Für die hörige Gemeinde der Magischen Erlöser wurde durch den Störfall der Beweis erbracht, dass sich in den geheimen Laboren von Meister & Sinn spezielle Magneten befinden, die die gesamte Stadt magikalisch aussaugen. Ein Loch in den Schutzvorkehrungen sorgte angeblich dafür, dass gewöhnliche Maulwürfe magikalisch kontaminiert wurden und schließlich das gesamte Gelände auf den Kopf gestellt haben."

„Was für ein Schwachsinn. Nichts von dem ist vom wissenschaftlichen Standpunkt aus überhaupt möglich."

„Wen interessiert das? Die Leute glauben es, weil sie es glauben wollen. Und wir müssen davon ausgehen, dass sich andere, weit gefährlichere Kräfte dieses Misstrauen zunutze machen. Mir liegen Berichte vor, dass diverse Gruppen in Fischlapp und Hornfall daran arbeiten, ihre neuen Staatsoberhäupter zu stürzen und die Machtverhältnisse in Amuylett zu destabilisieren. Unser Frieden ist jung und wackelig. Und was ich im Moment überhaupt nicht gebrauchen kann, ist ein prominenter Waffenhersteller, der seinen Laden nicht im Griff hat!"

Ich widerstehe der Versuchung, den Kopf einzuziehen, denn die Standpauke von Wotan Poseidel verfehlt – zumindest bei mir – ihre Wirkung nicht. Was vermutlich auch daran liegt, dass einer meiner besten Freunde am Maulwurfdebakel beteiligt war. Ich rechne es Amadeus Meister hoch an, dass er weder Skrap noch die Mitarbeiterin, die ihn beaufsichtigen sollte, für den Vorfall verantwortlich gemacht hat. Sie wurden lediglich dazu angehalten, jede kleine Irritation in Zukunft sofort zu melden und zu untersuchen – und sei es auch nur ein Tiegel, der einen Zentimeter weiter links steht als am Tag zuvor.

Amadeus Meister reagiert auf die für ihn typische Weise. Statt den Kopf einzuziehen oder sich zerknirscht zu zeigen, donnert er los, bis der arme Wotan Poseidel ziemlich steif und unglücklich aus seinem Anzug schaut. Der Meister beschwert sich über die lasche Arbeit der Polizisten, er predigt dem Minister, dass es die Aufgabe der Politik sei, sich um den Frieden zu kümmern, und nicht die des Waffenherstellers, und schließlich erklärt er, dass Unfälle nun mal zum Geschäft gehörten, wenn man bahnbrechende Erfindungen im Blick habe.

„Ich bin Instrumente-Fabrikant!", brüllt er. „Würde ich mein Geld mit Kräuterquark oder gebügelten Hemden verdienen, könnte ich es mir *leisten*, kein Risiko einzugehen. Aber Sie wollen, dass wir dem gewalttätigen Pack aus Fischlapp oder Hornfall ein magisches Feuerwerk in den Allerwertesten blasen, sollten sie es wagen, uns anzugreifen. Also lassen Sie mich gefälligst meine Arbeit erledigen, so wie ich Sie Ihre Arbeit machen lasse, ohne Ihnen ahnungslose, altkluge Ratschläge zu erteilen."

158

Wotan Poseidel schweigt eine Weile, die Mundwinkel verkniffen, die Augen schmal. Schließlich dreht er den Kopf und blickt bedeutungsvoll in meine Richtung.

„Für meinen Geschmack gehen Sie ein paar Risiken zu viel ein", sagt er. „Es gibt Gesetze, die verhindern sollen, dass private Unternehmen mehr Macht im Staat erlangen als die Regierung. Ich würde sagen, mein guter Herr Meister, dass Sie da allmählich eine gefährliche Grenze überschreiten. Sie wissen, was das bedeutet."

„Wagen Sie es nicht, mir zu drohen", erwidert Amadeus Meister. „Die Welt braucht weder Sie noch mich – sie braucht magikalische Errungenschaften. Die liefere ich, vielleicht besser als jeder andere, aber das sollte ja wohl kein Problem sein, sondern eher ein Grund zur Freude. Und dass ich Mitarbeiter einstelle und ins Vertrauen ziehe, die von Teilen der Gesellschaft und sogar von Ministern immer noch diskriminiert werden, können Sie mir ja wohl nicht im Ernst ankreiden. Ich muss schon sagen, manchmal zweifle ich an den Leuten, die für unser aller Wohl eintreten sollen."

Die beiden Männer verabschieden sich eisig und wir verlassen den Staatspalast.

„Breik?"

„Ja, Herr Meister?"

„Von diesem Gespräch dringt *nichts*, aber auch keine einzige Silbe an das Ohr eines weiteren Lebewesens. Verstanden?"

„Natürlich, Herr Meister", sage ich und staune im Stillen. Die Unterredung muss meinem Chef mehr zugesetzt haben, als ich es für möglich gehalten hätte.

OLIMPIA, DIESER RÄTSELHAFTE AUTOMAT, BESTIMMT mittlerweile jede unserer freien Minuten. Manchmal träume ich sogar von dieser mechanischen Puppe, der wir seit Wochen hinterherjagen, doch ohne jeden Erfolg. Dafür hat sich mein Verdacht erhärtet, dass Sissi Meister des Öfteren ein Auge auf uns wirft, ohne dass wir es merken. Immer mal wieder fühle ich mich beobachtet und meine, ich könnte leise Atemzüge in meiner Nähe

159

hören oder ein fast unhörbares Seufzen. Als ich Kruz dazu befrage, erklärt er mir, dass Sissis Tarnzauber auch für ihn nur sehr schwer zu entlarven seien. Sie habe allerdings einen schwachen Punkt und der sei ihr schwachsinniger Kater Radiofon.

„Radiofon?"

„Ich habe dir doch gesagt, dass Sissi Meister einen Knall hat. Niemand, der auch nur halbwegs bei Trost ist, würde ein Haustier Radiofon nennen, aber sie hat's getan. Es ist ein Langhaarkater mit einem undefinierbar gelbgrauen Fell, das Sissi nicht bürstet, weswegen sie ihm ständig Knoten aus dem Pelz herausschneiden muss. Das arme Tier sieht unmöglich aus – wie ein Waschbär, der unter eine magikalische Heckenschere geraten ist."

„Den Kater habe ich noch nie gesehen."

„Sissi versieht ihn regelmäßig mit Tarnzaubern, damit er sich an Orten aufhalten kann, an denen keine Tiere erlaubt sind. Zum Beispiel in meiner Abteilung. Aber in regelmäßigen Abständen lassen Sissis Zauber nach und dann siehst du eine halb durchsichtige Katze über deinen Schreibtisch spazieren. Immerhin ist das Tier so rücksichtsvoll, nichts umzuschmeißen. Ansonsten ist es aber ziemlich doof."

„Was soll das heißen – doof?"

„Geistig minderbemittelt, idiotisch, kurzsichtig. Was Sissi aber nicht daran hindert, unbeirrbar an die überdurchschnittliche Intelligenz ihres Katers zu glauben. Sie redet mit ihm, als wäre er ein Mensch."

„Es soll Katzen geben, die tatsächlich so intelligent wie Menschen sind."

„Radiofon ist keine solche Katze."

„Wie kannst du dir da sicher sein?"

„Wenn du zu Radiofon sagst: ,Pass auf, Katerchen, dieser Sand, den ich gerade erhitze, ist glühend heiß, also tritt nicht hinein', dann schaut er dich groß an, faucht und tritt rein. Und statt einfach die Pfote hochzuheben und wegzulaufen, jault er vor Schmerzen laut auf und stellt auch noch die zweite Pfote rein. Ich habe ihn gepackt und hochgehoben, um ihm zu helfen, aber auch das hat er nicht kapiert. Er hat gekratzt und gebissen, als wollte ich ihm den Hals umdrehen."

„Verstehe."

160

„Ein weiteres Indiz von Radiofons geistiger Beschränktheit ist aber nützlich für uns: Er liebt es, mit den Rändern von Sissis Tarnzaubern zu spielen. Wann immer Sissi auf dem Gelände herumstreicht, ist er bei ihr. Sie wirft unterschiedliche Varianten ihrer Zauber über sich, die wie Decken wirken, die das Aussehen der Umgebung annehmen und damit alles, was darunter ist, verbergen. Der Kater soll eigentlich unter der Tarnzauberdecke bleiben, aber Radiofon jagt mit Vorliebe nach den Rändern des Zaubers. Er schleicht sich an und versucht ihn zu fangen. Hat er die magische Decke erwischt, spielt er daran herum. Wenn du ganz genau hinsiehst, kannst du eine seiner Pfoten auftauchen sehen. Und dann weißt du ganz sicher, dass Sissi Meister in der Nähe ist."

„Könnte es auch sein, dass ich ihre Stimme höre?"

„Sie spricht bestimmt mit ihrem Kater, aber ich schätze, dass ihre Tarnzauber so konstruiert sind, dass alle Geräusche verschluckt werden, bevor sie nach außen dringen. Warum willst du das so genau wissen?"

„Weil ich manchmal ein Mädchen lachen oder leise etwas sagen höre. Aber ich kann es nie sehen."

„Sissi mag eine Spinnerin sein, aber sie ist magisch hochbegabt. So etwas passiert ihr nicht, dass man sie hören kann, wenn sie es nicht möchte. Nur den Kater kann sie nicht hundertprozentig kontrollieren, was daran liegt, dass es ein Naturgesetz ist, dass Katzen machen, was sie wollen."

„Hm. Einerseits beruhigt mich das, andererseits frage ich mich, wen ich stattdessen gehört habe."

„Wieso sollte dich Sissi überhaupt belauschen?"

„Sie belauscht weniger mich als uns, schätze ich. Und zwar immer, wenn wir nach dem Schlüssel von Lilli Sinn suchen."

„Macht ihr Fortschritte?"

„Ein paar."

„Aber vom großen Durchbruch seid ihr noch weit entfernt?"

„Gar nicht mal so weit. Wahrscheinlich fehlt nur ein einziger Schritt in die richtige Richtung, aber gerade stehen wir eher auf der Leitung."

„Du weißt, wie ich darüber denke."

„Ja", sage ich. „Du meinst, dieser Schlüssel sollte nicht gefunden werden. Aber Felian wird in den letzten zwei Monaten nicht die hundertachtzig Punkte bekommen, die er noch braucht, und wir wollen nicht, dass er rausfliegt."

„Falscher Ansatz", sagt Kruz in seiner üblichen Arroganz. „Wenn mir jemand erklären würde, ich sei nicht gut genug, würde ich denken, dass dieser Jemand nicht gut genug für *mich* ist. Und ich würde ihm den Rücken kehren, bevor er so etwas mit mir machen kann."

„Du kannst dir das erlauben. Felian ist niemand und hat nichts. Hier in Tolois gibt es zwar kostenlose öffentliche Schulen, aber wo soll er wohnen und was soll er essen? Für Fälle wie ihn gibt es Internate, aber die sind nicht hier in Tolois. Er kann also zurück nach Finsterpfahl gehen oder sich eine andere heruntergekommene Schule suchen, die für den gesamten Lebensunterhalt aufkommt."

„Na und? Dann ist es eben so. Gerald Winter ist auch auf so eine Schule gegangen und einige der Helden, die uns gerettet haben, waren seine Mitschüler. Ich stelle mir eine heruntergekommene Schule richtig interessant vor."

„Ach, Kruz", sage ich. „Das ist nur interessant, wenn du kommen und gehen kannst, wie es dir gefällt. Ist so ein Internat alles, was dir bleibt, weil du dir den Rest der Welt nicht leisten kannst, ist es einfach nur traurig."

„Kann sein", meint Kruz, aber ich habe den Eindruck, dass die Botschaft kaum zu ihm vorgedrungen ist. Er ist sich sicher, dass es ihm in Finsterpfahl genauso gut gefallen würde wie bei Meister & Sinn, was mal wieder zeigt, wie naiv die Reichen manchmal sind. In gewisser Weise ist er da nicht schlauer als Radiofon.

Für den Tipp mit der Pfote bin ich ihm allerdings dankbar. Und als wir das nächste Mal in der Ruine im Wunderwald herumschleichen, tue ich nur so, als würde ich den Zugang zu einer versteckten Gruft suchen, und halte stattdessen nach dem verspielten Kater Ausschau. Als ich zum ungefähr 93. Mal in diesem Frühling in der Sackgasse mit der Regentonne lande, höre ich es kurz plätschern – und siehe da: Eine Pfote flackert kurz über dem Rand der Tonne auf und verschwindet sofort wieder.

„Musste das sein?", höre ich die Mädchenstimme flüstern. „Manchmal habe ich das Gefühl, du machst das mit Absicht."

Kruz meinte ja, es könne unmöglich sein, dass ich Sissi unter ihrem Tarnzauber sprechen höre, doch offenbar ist er nicht allwissend. Ich sehe mich nach den anderen um, aber es ist niemand in der Nähe.

„Was soll das?", frage ich laut. „Warum schnüffelst du hinter uns her?"

Es bleibt still, aber mein Gefühl sagt mir, dass Sissi und ihr Kater immer noch hier sind.

„Jetzt komm schon und antworte mir. Ich habe deinen Kater gesehen und deine Stimme habe ich auch gehört."

„Kann nicht sein", erklärt mir die Stimme im Flüsterton.

„Jetzt habe ich sie wieder gehört."

Es flackert, als ob sehr heiße Luft die Umgebung verzerrt, und dann steht sie auf einmal leibhaftig vor mir: Sissi Meister mit einem Ungetüm von Kater im Arm.

„Niemand hört mich, wenn ich mich tarne."

„Ich schon."

„Warum?"

„Woher soll ich das wissen?"

Sie starrt mich ärgerlich an. Ich habe Sissi Meister noch nie aus der Nähe gesehen, aber die letzte Beschreibung, die mir Kruz geliefert hat, ist ziemlich treffend. „Ihre gesamte Schminkkunst ist darauf ausgerichtet, wie eine Kranke auf dem Totenbett auszusehen", sagte er. „Ihre Haare steckt sie zu einem lockeren Knoten zusammen und dann zupft sie so lange daran herum, bis es so aussieht, als sei ein Schwarm wilder Krähen über sie hergefallen. Das Gleiche gilt für ihre Kleidung. Sie trägt Hosen und Blusen, die ihr viel zu groß sind, und alles ist voller Löcher."

Kruz vergaß lediglich, die Stiefel zu erwähnen. Ich weiß nicht, wo Sissi die Dinger her hat – ich schätze, es sind Bergarbeiterstiefel für Grubenzwerge. Gemacht dafür, unter Tage auf glitschigen Steilhängen auszuharren und Erz zu schürfen.

„Glotz mich nicht so blöd an", sagt sie. „Du siehst auch nicht besser aus."

„Ja, aber ich kann nichts dafür."

Das meine ich als Kompliment. Denn angenommen, Sissi würde ihr braunes Haar kämmen und nicht wie ein Gespenst im Vogelscheuchen-Look herumrennen – ich schätze, sie wäre mit ihrem herzförmigen Gesicht und den großen Augen sogar ganz hübsch.

„Wie konntest du mich hören?", fragt sie. „Sag es mir oder ich verhexe dich!"

„Was willst du mir denn anhexen?", frage ich zurück. „Hörner, Hufe und einen Schwanz? Einen Buckel womöglich und einen schiefen Gang? Jetzt sei mal nicht albern."

Das hätte ich besser nicht sagen sollen, denn sie lässt abrupt den Kater fallen und schnippt mit der linken Hand in meine Richtung. Der Kater, das gerupfte, gelbgraue Ding, landet auf allen vieren und zur gleichen Zeit wächst in meinem Mund etwas Unangenehmes. Es wird immer größer, bis ich mir nicht mehr anders zu helfen weiß, als es auszuspucken. Es ist eine lebendige Kröte!

Ich verziehe das Gesicht und spiele mit dem Gedanken, zur Regentonne zu rennen, um meinen Mund auszuspülen, aber das käme würdelos rüber und so unterdrücke ich den Impuls. Kruz hatte recht: Dieses Weib ist komplett durchgeknallt. Radiofon schnappt sich nun die Kröte und spielt mit ihr. Wann immer das arme Tier zu entkommen versucht, macht der Kater einen Satz auf die Kröte zu, packt sie mit den Pfoten und schleudert sie durch die Gegend. Sissi verfolgt das Schauspiel interessiert.

„Wie hast du das gemacht?", fragt sie.

„Was meinst du?"

„Meine Kröte war nicht echt. Spätestens als du sie ausgespuckt hast, hätte sie sich in Luft auflösen müssen."

Ich bin erstaunt, will es mir aber nicht anmerken lassen.

„Tja, dann habe ich deinen Zauber wohl verfestigt."

„Ja", sagt Sissi, „wie man sieht. Ich habe dich aber nicht gefragt, *was* du gemacht hast, sondern *wie* du es gemacht hast."

„Ich habe dich zuerst was gefragt", erwidere ich. „Und zwar, warum du hinter uns herschnüffelst."

„Oh, da nimmt sich jemand aber ungeheuer wichtig. Ich habe noch nie hinter dir oder deinen komischen Freunden hergeschnüffelt. Ihr seid nur blöderweise immer da, wo ich bin."

„Und das soll ich dir glauben?"

„Es ist mir vollkommen egal, was du glaubst. Bekomme ich jetzt auch eine Antwort?"

Ich würde ihr sogar eine geben, wenn ich wüsste, wie ich das

164

gemacht habe. Ich muss an den Baum denken, der nur eine Illusion war und auf den ich trotzdem klettern konnte. Er löste sich in Luft auf, als mich Eschel darauf aufmerksam gemacht hat, und genauso ist es mit der Kröte. Kaum hat Sissi behauptet, dass sie nur eine Illusion sei, wurde sie durchscheinend und mittlerweile ist sie ganz verschwunden.

„Du hast nicht mal deinen Schlüssel bei dir", stellt Sissi fest.

„Womöglich hat es nichts mit Magikalie zu tun?"

Sie muss mir meine Ratlosigkeit ansehen, denn ihr Gesichtsausdruck verändert sich. Statt mich herausfordernd anzustarren, fängt sie an zu grinsen.

„Du hast nicht die geringste Ahnung, habe ich recht? Womöglich glaubst du immer noch, du hättest das Gespenst kaputt gemacht. *Ach, du verflixter Schalottensalat!*"

Sie äfft Skrap nach, während sie ihn zitiert, und dann fängt sie an zu lachen. Sie muss an jenem Abend gesehen haben, wie ich das nervige Gespenst aus der Luft geholt und zerstört habe.

„Du meinst, das Gespenst war auch nur eine Illusion, die ich fest gemacht habe?"

„Was sonst? Glaubst du, Lilli lässt eine mechanische Konstruktion an einem Seil durch die Luft fliegen? Das wäre viel zu unelegant. In einem hat dein Freund allerdings recht gehabt: Die Illusion hat einen Schaden davongetragen. Sie taucht zwar noch auf, aber statt zu heulen, gackert sie jetzt, als hätte sie ein mechanisches Huhn verschluckt."

Ich frage mich, ob das stimmt, oder ob mir Sissi eine Lügengeschichte auftischt. Mir ist das ehemals heulende Gespenst nie wieder begegnet.

„Du suchst nach dem Schlüssel, oder?", frage ich. „Genauso wie wir."

„Vielleicht habe ich ihn ja schon gefunden. Wer weiß?"

„Wäre es so, wärst du nicht hier. Es ist noch nicht lange her, dass du die Markierung unter dem Hundekopfklopfer entdeckt hast", sage ich. „Du hast dir keine große Mühe beim Festziehen der Schrauben gegeben."

„Ach, ist das so?"

„Ja, dein typischer Ist-mir-doch-egal-Stil war unverkennbar."

Sie blickt mich prüfend an, dann wendet sie sich ihrem Kater Radiofon zu.

„Du hast ja Ideen, Radi", sagt sie zu ihm. „Aber na gut. Wenn du meinst." Sie stemmt die Hände in die Seiten und hebt das Kinn, um mir einen Vorschlag zu machen. „Radi findet, wir sollten Informationen austauschen. Du sagst mir, wo die anderen Markierungen sind, und ich gebe dir einen Hinweis zu der mechanischen Puppe, die ihr sucht."

Ich erinnere mich an das, was Kruz gesagt hat. Er hält den Kater für bescheuert, folglich kann das Tier nicht mit Sissi gesprochen haben. Was führt sie im Schilde? Weiß sie tatsächlich nicht, wo die anderen Kreuze sind?

„Gib mir einen Tipp", fordert sie mich auf. „Ich habe das Kreuz unter dem Hundekopfklopfer gefunden und das Kreuz unter dem Schreibtisch in der Fabrik. Aber die anderen beiden treiben mich noch in den Wahnsinn."

„Tipp gegen Tipp?"

Sie nickt ernsthaft. Ich fürchte, es ist ein Fehler, einer Verrückten zu trauen. Trotzdem wage ich es, weil die Zeit verrinnt und wir der Puppe Olimpia seit einem Monat keinen Schritt näher gekommen sind.

„Die Kreuze befinden sich nicht auf dem Gelände von Meister & Sinn."

„Kann nicht sein", widerspricht sie.

„Warum kann das nicht sein?"

„Weil dann der Ort, an dem sich die Linien kreuzen, auch nicht auf diesem Gelände wäre."

Statt etwas zu sagen, schweige ich, was auch eine Antwort ist. Daraufhin wirkt Sissi nachdenklich und irritiert.

„Ich kannte Lilli sehr gut", sagt sie. „Sie hat mir anvertraut, dass ..."

„Ja?"

„‚Was du suchst, ist ganz nah', hat sie immer zu mir gesagt. ‚Das Wertvollste, das es zu finden gibt, ist genau da verborgen, wo du lebst. Du magst diesen Ort verachten, aber in ihm verbirgt sich das Paradies.'"

„Klingt nach einer Lebensweisheit nach dem Motto: Jeder Ort ist gut genug, um glücklich zu werden."

„Für so einen Spruch war sie nicht die richtige Person. Wenn sie heimlich an etwas gebastelt hat, war sie selig. Aber ansonsten hat sie viel geschimpft auf den Ort, an dem sie gelebt hat. Und besonders glücklich kam sie mir auch nicht vor."

„Okay, dann meinte sie mit ‚genau da, wo du lebst' diese Stadt. Die beiden anderen Kreuze findest du in Tolois."

Sissi nickt zufrieden und ich habe das blöde Gefühl, dass ich ihr zu viel verraten habe.

„Du bist mir einen Tipp schuldig", sage ich. „Und zwar einen richtig guten."

„In Ordnung", sagt Sissi Meister. „Die Puppe, nach der ihr sucht, habe ich schon gefunden. Man muss ihr die richtige Frage stellen, um an den Schlüssel zu kommen."

„Ist dir das gelungen?"

Sissi schweigt.

„Wo ist die Puppe?"

„Hey, das war ein fabelhafter Tipp", sagt sie. „Mehr verrate ich nicht. Radi?"

Radiofon reagiert nicht, sondern starrt wie belämmert auf die Stelle, wo die Kröte vor fünf Minuten verschwunden ist. Sissi Meister packt ihren Kater mit beiden Händen und klemmt ihn sich unter den Arm. Eine Sekunde später ist sie wie vom Erdboden verschluckt. Kein Flüstern und keine Katzenpfote verraten mir, wo sie jetzt ist.

ABENDS IN FELIANS SENFZIMMER GESTEHE ICH MEINEN Freunden, wie viel ich von unseren Geheimnissen preisgegeben habe. Ich dachte, dass vor allem Felian stinksauer auf mich sein würde, aber alles, was ihn interessiert, ist die Tatsache, dass ich den Illusionen von Gespenstern und Kröten Stabilität verleihen kann.

„Das ist ein voll schwerer Zauber, weißt du das? Nur böse Crudas können magischen Illusionen Leben einhauchen."

„Ich hauche ihnen kein Leben ein", erwidere ich. „Ich mache die Illusionen nur fester, sodass sie länger halten. Aber irgendwann geht das wieder weg."

„Deswegen ist die Scheibe am ersten Tag kaputtgegangen", sagt Eschel. „Weil die Muster, die du auf dem Fenster hast wachsen lassen, fest geworden sind."

„Ja, und offenbar habe ich auch den Baum, den es nicht gab, so fest gemacht, dass ich hinaufklettern konnte."

„Aber warum kannst du das auf einmal?", fragt Skrap. „Früher sind deine Muster auch nicht fest geworden."

„Frag mich was Einfacheres. Es ist ja auch nicht praktisch. Die Bilanz meiner Gabe lautet bisher: kaputte Scheibe, kaputtes Gespenst, Sturz vom Baum und das eklige Gefühl, eine echte, schleimige Kröte im Mund gehabt zu haben."

„Du hattest nur Pech", meint Felian. „Bestimmt kann man auch was Tolles damit anstellen."

„Sag mir Bescheid, wenn dir einfällt, was."

„Du könntest zum Beispiel die Illusion einer leckeren Torte erschaffen, sie verfestigen und dann essen. Aber weil die Torte in deinem Magen immer wieder verschwindet, kannst du das endlos wiederholen, ohne dass dir jemals schlecht wird."

Skraps Augen fangen zu leuchten an.

„Oder du könntest dir ein hübsches Mädchen ausmalen und eine Illusion von ihr fest machen und dann ..."

„Nein", falle ich ihm ins Wort. „Erstens habe ich bisher nur ein paar Muster zustande gebracht und zweitens ist mir diese Gabe überhaupt nicht geheuer. Ich werde den Lurchgeblütel dazu befragen, sonst passiert noch ein Unglück."

„Was für ein Unglück?", fragt Skrap. „Wie kommst du darauf?"

„Ist nur so ein Gefühl. Zurück zum Schlüssel – immerhin wissen wir jetzt, dass wir auf der richtigen Spur sind. Wenn Sissi Meister Olimpia finden konnte, dann werden wir das auch noch schaffen."

„Wenn sie die Wahrheit gesagt hat", meint Skrap.

„Außerdem könnte es sein", wendet Felian ein, „dass die Puppe an einem Ort ist, an den wir nicht rankommen. Im Wohnhaus der Meisters zum Beispiel."

„Warum sollte Lilli die Puppe im Haus ihres Feindes verstecken?", fragt Eschel. „Unser brauchbarster Hinweis ist Olimpias Nachname Unterwasser. Und ich glaube kaum, dass Olimpia bei

168

den Meisters in der Badewanne liegt. Fällt euch sonst noch etwas mit Wasser ein, das wir übersehen haben könnten?"

„Ja", antworte ich. „Die blöde Regentonne, die mir andauernd begegnet, wenn ich die Ruine durchforste, aber in der steckt keine automatische Puppe. Ich habe sogar die mechanischen Vögel herausgefischt, die am Grund lagen, aber sie waren nur rostig und ließen sich nicht mehr aufziehen."

„Sonst noch irgendwelche Ideen?"

Wir schütteln die Köpfe.

„Ich werde noch mal die Tagebücher durchsuchen", sagt Felian. „Schließlich müssen wir der Puppe die richtige Frage stellen, wenn wir sie gefunden haben."

„Und wenn Sissi den Schlüssel längst hat?", fragt Skrap. „Wenn ihr nur noch die Adresse des Hauses gefehlt hat? Und wenn sie jetzt dank Breiks großzügiger Auskunft herausfindet, in welches Schloss sie ihren Schlüssel stecken muss?"

Ich schüttele den Kopf.

„Kann sein, dass ich mich täusche, aber ich hatte das Gefühl, dass sie schier daran verzweifelt, der Puppe nicht die richtige Frage stellen zu können. Und dass sie zu gerne mit jemandem darüber reden würde. Sie hat mir den Tipp nicht gegeben, weil wir eine Abmachung hatten, sondern weil es ihr ein Bedürfnis war, das verflixte Problem mit der Frage zu erwähnen."

„Breik, der Mädchenkenner", spottet Skrap. „Seit wann kannst du so tief in die Psyche des anderen Geschlechts blicken?"

„Das kann er von Natur aus", sagt Eschel. „Mich hat er schon immer viel besser verstanden als jeder andere."

Ich glaube, sie will mich nur verteidigen, weil Skrap so hämisch reagiert hat, aber ich merke, wir mir vor lauter Verlegenheit das Blut in den Kopf steigt.

„Ach Quatsch", sage ich. „Es war nur so ein Gefühl, als ich mit Sissi gesprochen habe. Wahrscheinlich hat sie mich total ausgetrickst und am Ende gibt es gar keine Puppe. Tut mir leid, ich hätte ihr nichts verraten sollen."

KAPITEL 17
KRAFT FÜR GROSSE TRÄUME

DREI TAGE später beginnt es zu regnen und es hört einen Monat lang nicht mehr auf. Das Wort „Unterwasser" trifft bald auf beide Innenhöfe bei Meister & Sinn zu, ebenso wie auf den Keller, in dem wir morgens unseren Unterricht in Praktischer Zauberei erhalten. Der Lurchgeblütel bringt uns bei, das Wasser magisch zu entfernen, was ich anstrengender finde, als mit Putzeimer und Lappen loszuziehen, und durch diese Übungen sind die Magikaliespeicher unserer Kupferschlüssel ständig erschöpft.

In einer dieser tristen, feuchten Morgenstunden befrage ich den Lurchgeblütel zu meiner Begabung. Ich erzähle ihm von der kaputten Fensterscheibe, von dem Baum und der Kröte in meinem Mund, was er besonders lustig findet.

„Mach dir keine Sorgen", sagt er. „So etwas kommt vor. Manche Leute sind gegen Nüsse allergisch und andere gegen Magikalie. Dadurch kann es zu einer plötzlichen, kurzzeitigen Entladung von Energie kommen und in deinem Fall verleiht diese Energie den Illusionen vorübergehend Stabilität. Das ist nicht weiter bemerkenswert, aber da ein solcher Störfall gefährliche Folgen haben kann, müssen wir dafür sorgen, dass du dich noch besser kontrollierst als bisher."

Eine Allergie? So ein Mist. Der Lurchgeblütel tätschelt mir tröstend die Hand.

170

„Ich habe schon schlimmere Fälle von magikalischen Irritationen erlebt. Das bekommen wir in den Griff."

„Mir fällt gerade ein, dass ich meinen Schlüssel gar nicht bei mir hatte, als das mit der Kröte passiert ist. Ich habe überhaupt keine Magikalie benutzt, gegen die ich hätte allergisch werden können."

„Aber die Kröte war doch eine magikalische Illusion, oder?"

„Äh ... ja, wohl schon."

„Da hast du es."

Als wir im Club unser Frühstück essen und ich den anderen von meiner dämlichen Allergie berichte, ist Skrap hocherfreut.

„Und ich dachte, meine Erbsenunverträglichkeit wäre peinlich! Aber nein, du schießt den Vogel ab mit deinen kurzzeitigen Entladungen. Mann, sei froh, dass du nur gegen Magikalie allergisch bist und nicht gegen Geld, Mädchen oder Luft."

„Sehr lustig."

„Ich verstehe nicht, warum das nur manchmal passiert", sagt Felian. „Du hast doch schon oft mit Magikalie zu tun gehabt, ohne Probleme zu bekommen."

„Der Lurchgeblütel meint, dass viele Faktoren eine Rolle spielen, die wir gründlich erforschen müssen. Ich könnte froh sein, dass ich Magikalie überhaupt benutzen kann. Es gibt Leute, die schreien vor Schmerzen, wenn sie ein magikalisches Instrument in die Hand nehmen."

„Echt?"

„Vielleicht wollte er mich nur trösten."

„Nein, das stimmt", sagt Eschel. „Das habe ich mal über Feen gelesen. Viele von ihnen sind gegen magikalische Erze allergisch."

„Unser Freund hier ist also eine Fee", spottet Skrap, doch Eschel und ich werfen uns einen bedeutungsvollen Blick zu. Erst neulich habe ich ihr einen Artikel aus einem Lexikon vorgelesen, in dem von der Verwandtschaft zwischen Satyrn und Feen die Rede war. Die Wesen beider Völker gingen gerne Verbindungen ein, weil die Nachkommen keine Mischwesen waren, sondern reine Satyrn oder reine Feen. Womöglich hängt die Allergie mit meinem Erbe zusammen.

Während der Regen über die großen Fensterscheiben des Clubs rinnt und wir warme Blätterteighörnchen mit Salzkirschenmarmelade in uns hineinstopfen, erzählt Felian, dass Lilli Sinn in jungen Jahren von der Vorstellung besessen war, intelligente Automatenpuppen zu basteln, diese Versuche aber später aufgegeben hat. Die Puppe Olimpia kaufte sie wahrscheinlich nur zu dem Zweck zurück, sie in ihr Spiel einzubauen.

„Sie wird dafür gesorgt haben, dass niemand Olimpia zufällig entdeckt", meint Eschel. „Wahrscheinlich ist sie hinter einer doppelten Wand oder in einem Geheimraum verborgen. Aber was ist bloß mit Unterwasser gemeint?"

„Es muss noch einen anderen Weg geben, die Puppe zu finden", sage ich. „Sissi wusste nichts von Olimpia Unterwasser und hat das Rätsel trotzdem gelöst."

„Erbsen", warnt uns Felian und wir verfallen in Schweigen, weil Edwin von Hülfenbass mit seiner Streberbrigade an uns vorbeischlendert.

„Wie viele Punkte hat er?", hören wir ihn fragen. „Hundert von zweihundertfünfzig?"

„Achtundneunzig."

„Das muss man erst mal schaffen. Alle anderen Lehrlinge sind aus dem Schneider und er krebst bei vierzig Prozent herum."

„Hoffnungsloser Fall."

Die gesamte Streberbrigade wirft Felian herablassende Blicke zu.

„Bald sind es nur noch drei", sagt Erbschen, die Hühnerbrust. „Und die anderen Anfänger werden wir auch noch los. Das zweite Halbjahr soll richtig hart werden. Letztes Jahr sind vier Lehrlinge rausgeflogen. Und das waren keine Babys aus Finsterpfahl."

Unser Lieblingsmitschüler verlässt mit seinem Gefolge den Club, wir bleiben betreten sitzen. Tatsächlich haben Eschel und ich in der letzten Woche unseren zweihundertfünfzigsten Punkt bekommen, gut vier Wochen vor dem Ende des Halbjahrs. Traurig blickt Felian das Hörnchen an, das er in der Hand hält.

„Das Essen werde ich am meisten vermissen."

„Jetzt lass mal nicht den Kopf hängen", sagt Skrap. „Wir haben noch ein paar Wochen Zeit. Du hast behauptet, wir seien dazu bestimmt, Lillis Schlüssel zu finden, und ich glaube, dass du damit recht hast. Es ist eine Frage des Schicksals."

„Das wäre es vielleicht, wenn ich vorhätte, den Schlüssel zu behalten, statt ihn an Lillis Feind auszuliefern. Wir kommen nicht mehr voran, seit ich heimlich beschlossen habe, den Schlüssel gegen die Stelle auf Lebenszeit einzutauschen. Der Schlüssel spürt den Verrat und versteckt sich jetzt vor mir."

„Das ist doch Blödsinn."

„Nein, wirklich. Nachdem wir das Haus gefunden hatten, habe ich gedacht, ich muss nun endlich eine Entscheidung treffen. Ich kann es nicht länger aufschieben. Was mache ich mit dem Schlüssel, wenn ich ihn habe? Ich habe mir vorgestellt, wie das wäre, wenn ich allein nach Finsterpfahl zurückmuss und ich euch verliere. Ihr seid mir viel wichtiger als Lilli und deswegen würde ich den Schlüssel dem Meister geben, auch wenn es falsch ist. Kaum hatte ich das beschlossen, haben wir keinen einzigen Hinweis mehr gefunden."

„Da kann kein Zusammenhang bestehen", erklärt Skrap. „Es sei denn, dass du dir selbst verbietest, voranzukommen."

„Vielleicht ist es genau das?", fragt Eschel. „Das schlechte Gewissen hält ihn davon ab, seinem Gefühl zu folgen. Vorher war er immer mit dem Herzen dabei, jetzt leitet ihn sein Verstand und der ist genauso ratlos wie alle anderen, die bisher nach dem Schlüssel gesucht haben."

„Dann nimm dir doch einfach vor, dass du den Schlüssel *nicht* herausrücken wirst", schlägt Skrap vor. „Dass du ihn nur finden willst. Und wenn es dann so weit ist und du ihn in den Händen hältst, kannst du deine Meinung immer noch ändern."

„Typisch", sagt Felian und verdreht die Augen. „So reden Giftschrankverwalter aus der Waffenabteilung."

„Ja, es ist raffiniert", sagt Skrap. „Aber ich will dir bloß helfen."

„Ich weiß", erwidert Felian. „Nur funktioniert es auf diese Weise nicht. Es ist doch so: Selbst wenn mich der Schlüssel reich machen würde, sodass ich hier in Tolois im Waldstein-Prinzel wohnen und auf die teuerste Schule der Stadt gehen könnte – ich habe einen Vertrag unterschrieben. Er ist gültig, auch wenn da Hugh Felian Pfeiffer draufsteht. Ich muss den Schlüssel abliefern, wenn ich ihn gefunden habe. Ich kann nicht zum Anwalt gehen und Lillis Erbe einfordern."

„Das stimmt", sage ich. „Du kannst den Schlüssel nur behalten, wenn du den Fund verheimlichst."

„Aber wenn ich ihn verheimliche, macht er mich nicht reich. Ich fliege raus, weiß nicht, wovon ich leben soll, und muss nach Finsterpfahl zurück."

„Aber du hast immerhin Lillis Meisterschlüssel in der Tasche", meint Skrap. „Und du kannst dich dein Leben lang darüber freuen, dass du den Meister nach Strich und Faden veraschenbechert hast."

„Veraschenbechert?"

„Das andere Wort durfte ich bei meiner Spinnenfrau-Oma nie sagen. Sie hat mir lauter Ersatzwörter eingetrichtert."

Wir lachen, obwohl uns nicht zum Lachen zumute ist. Dunkelgrau ist das Licht im Club, trotz der großen Fensterscheiben. Die große Wiese ist immer noch eine Matschfläche, weil der Regen alle Reparaturmaßnahmen wieder zerstört hat. Der Wunderwald und die Fabrik in der Ferne sind wie fortgewaschen.

„Wir haben noch vier Wochen", sagt Skrap. „Wir werden die Puppe finden und sie mit Fragen bombardieren, bis sie den Schlüssel rausrückt. Mach dir keine Sorgen, Kumpel."

Felian nickt dankbar, doch ich merke, dass er längst dabei ist, sich von seinem großen Traum zu verabschieden. Kaum denke ich das, fällt mir ein, dass Lilli Sinn in ihrem Testament etwas Ähnliches geschrieben hat. Sie meinte, dass ihr ein Traum verloren gegangen sei. Ich versuche mich an die genauen Worte zu erinnern, aber es gelingt mir nicht.

„Felian?", frage ich, als wir den Club verlassen, um zum Unterricht zu gehen. „Was stand noch mal in Lillis Testament? Über den Traum, den sie verloren hat?"

„Zu dem Traum habe ich gar nichts gefunden, aber ich nehme an, Lilli wollte ursprünglich, dass die Welt durch ihre Erfindungen schöner und besser wird."

„Ja, aber was stand da noch mal im Testament? An der Stelle mit dem Traum?"

„Dass sie keine Kraft mehr hat, für ihren Traum zu kämpfen. Und dass sie hofft, dass jemand, der die Kraft für große Träume und Taten hat, ihren Meisterschlüssel finden wird."

„Du hast die Kraft für große Träume. Wenn nicht du, wer dann?"

„Ja, aber die Taten sind mein Problem", erwidert Felian. „Ich

174

bin nicht mal stark genug, um aus eigener Kraft bei Meister &
Sinn zu bleiben."

„Das lag nie in deiner Hand. Der Meister wollte dich von
Anfang an loswerden."

„Oder er wollte mich auf die Fährte mit dem Schlüssel setzen."

Er hofft es immer noch. Ich dagegen bin immer noch überzeugt davon, dass der Meister niemals irgendeinen Plan mit Felian
verfolgt hat außer dem einen, ihn wieder vor die Tür zu setzen.
Doch das sage ich nicht. Felians Unglück ist schon groß genug.

ES REGNET ZWEI WEITERE WOCHEN UND OBWOHL WIR JEDE
freie Stunde damit verbringen, auf dem Gelände von Meister &
Sinn nach Hinweisen, versteckten Türen, losen Steinen und
Unterwasserverstecken Ausschau zu halten, kommen wir kein
bisschen voran. Als der Regen endlich nachlässt und eines
Morgens die Sonne wie ein großes Wunder aus einem blau-weißen
Himmel auf uns herabknallt, fühlt sich das an wie eine Erlösung.

„Noch sechzehn Tage", sagt Felian zu uns, als wir die Pfützen
im Kesselgrund umrunden, um zum Studienhaus zu gelangen. „Ich
hab's im Gefühl, heute wird sich das Blatt wenden."

Der Apfelbaum duftet nach Äpfeln und Blüten, der Regen hat
dafür gesorgt, dass seine Blätter zahlreich, frisch und kräftig sind.
Überall sprießen Blumen, auch aus den winzigsten Spalten im
Mauerwerk, um das Licht zu trinken, das sich heute in den
Innenhof ergießt. Selbst die Streberbrigade ist ungewohnt albern
und fröhlich. Als sie uns einholen, müssen wir uns keine giftigen
Sprüche über lästige Anfänger anhören, sondern werden doch
allen Ernstes von Edwin zum Geburtstag eingeladen.

„Wisst ihr, warum die Sonne scheint?", fragt er. „Weil ich
heute meinen Sechzehnten feiere, deswegen! Ich mache heute
Abend einen Umtrunk im Kesselgrund, kommt doch einfach auch,
wenn ihr Lust habt. Ich habe sogar die Erlaubnis vom Meister
bekommen, ein kleines Feuerwerk abzufackeln."

Ohne abzuwarten, ob wir zu- oder absagen, zieht er mit seiner
Brigade an uns vorüber. Kruz, der soeben zu uns aufschließt,
grinst von einem Ohr zum anderen.

„Das Erbschen wünscht sich wohl ein großes Publikum."

„Vielleicht wollte er ausnahmsweise mal freundlich sein", sagt Eschel. „Wir haben ihm schließlich nichts getan. Du warst es, der sein Antlitz ruiniert hat."

„Ich habe das Antlitz nur in den Naturzustand zurückversetzt, nicht ruiniert. Das ist ein großer Unterschied. Aber da du es erwähnst: Ich glaube, ich bin der Einzige, der nicht zur großen Geburtstagsparty eingeladen ist. Am Ende dient eure Einladung nur meiner Degradierung."

„Du wirst also heulend in deinem Zimmer sitzen?", frage ich. „Geschüttelt von Reue?"

„Ja, das wird der Horror", antwortet Kruz. „Ihr Glückspilze dürft zusehen, wie er seine Geburtstagsgeschenke auspackt – eine Klobürste aus der Adamastserie womöglich oder seidene Unterhosen, die sich magisch von selbst reinigen –, während ich meine Zeit damit vergeuden muss, im Bett zu liegen und ein spannendes Buch zu lesen. Das Schicksal kann so ungerecht sein."

„Ich werde auch nicht zu der Party gehen", sagt Felian. „Ich habe Wichtigeres zu tun."

„Das haben wir alle", meint Skrap. „Jeder Tag zählt."

Der Studiensaal strahlt im Licht der Morgensonne und wir lauschen fasziniert Herrn Brokkolaus, der uns wortreich die Schandtaten böser Crudas aufzählt. Zaubereigeschichte hat sich allmählich zu meinem Lieblingsfach gemausert, was so weit geht, dass ich mir bei der alten Pfefferliese sogar ein paar Geschichtswälzer ausgeliehen habe, in denen ich abends vor dem Einschlafen lese. Ich verschlinge ein Kapitel nach dem anderen und vergesse darüber die Zeit. Es kam schon vor, dass Eschel gegen zwei Uhr an die Tür geklopft hat und ich noch keine Sekunde geschlafen habe.

Der Morgen endet viel zu früh, nämlich genau an der Stelle, als die berühmte Cruda Hylda das erste Mal auf der Bildfläche erscheint. Da es eine der wenigen Crudas ist, die bis vor Kurzem noch gelebt haben (oder womöglich lebt Hylda immer noch, wenn man den Schauermärchen des Skandalblatts B.U.N.T. glauben will), interessiert sie mich besonders, doch Herr Brokkolaus wird erst in einer Woche mit Teil 2 der Cruda-Schauermärchen fortfahren.

„Felian?", sagt er, als schon die Hälfte der Schüler den Studien-

176

saal verlassen hat. „Bleibst du bitte noch hier? Wir müssen uns unterhalten."

Nicht nur Felian, sondern auch Eschel, Skrap und ich bleiben wie angewurzelt stehen. Wir warten, bis alle anderen gegangen sind, und steigen dann mit unserem Freund die Treppe zum Lehrerpult hinab.

„Ich sagte Felian. Heißt ihr alle Felian?"

„Nein, aber wir sind seine Freunde", erwidert Skrap. „Wir bleiben als moralische Unterstützung, wenn es Ihnen recht ist."

Unser Lehrer räuspert sich und kramt in dem Fach unter seinem Pult herum. Ich spüre, dass diese Unterredung nicht gut ausgehen wird. Im Kesselgrund hat Felian verkündet, das Blatt werde sich heute wenden. Er hat recht gehabt, aber es wendet sich in eine unerfreuliche Richtung.

„Hier", sagt Herr Brokkolaus und legt eine Mappe auf sein Pult. „Deine Unterlagen, Felian, die ich dir heute überantworten werde. Du hast in diesem Halbjahr 109 Punkte erreicht. Bisher."

„Ja", sagt Felian. Er sitzt auf der Schreibfläche der vordersten Bank und ist weiß wie Papier. „Ich habe mich genauso angestrengt wie alle anderen, aber irgendwie ..." Ihm versagt die Stimme.

„Hier bei Meister & Sinn zählt es nicht, wie sehr man sich anstrengt", erklärt Herr Brokkolaus. „Ich dachte, Ada Meister hätte euch das in der Einführungsveranstaltung eindrücklich vermittelt. Es ist die Leidenschaft, die zählt. Der Wunsch, etwas Herausragendes zu leisten, an einer einzigen Sache mit dem ganzen Herzen zu hängen und sich reinzuknien. Woran hing deine Leidenschaft in all den Monaten?"

„Nun, ich ..."

Jetzt wäre der Zeitpunkt, Herrn Brokkolaus zu erklären, dass Felian wie ein Besessener nach Lillis Schlüssel gesucht hat. Aber dann müsste er auch erzählen, was er herausgefunden hat, um zu beweisen, wie gut er darin gewesen ist. Er müsste Lillis Geheimnis preisgeben, das Haus in der Spieluhrengasse 3. Und er müsste gestehen, dass er trotz aller Leidenschaft immer noch keine Ahnung hat, wo Olimpia ist, die dem Suchenden den Weg zum Schlüssel weist. Eine Stelle auf Lebenszeit gibt es nicht für wertvolle Hinweise, sondern für den Schlüssel selbst. Das mag der

177

Grund dafür sein, warum Felian verstummt und Herrn Brokkolaus eine Antwort schuldig bleibt.

„Weißt du, Felian, ich bin auch nicht immer mit den Entscheidungen des Meisters einverstanden. Vielleicht hat er dich in die falsche Abteilung gesteckt, wer weiß? Als Ausnahmeabsolvent der Mystoflia-Universität hatte ich eine andere Vision, als meine Tage in Studiensälen zu verbringen und Lehrlinge zu unterrichten. Ich hoffe, eines Tages werde ich wieder eine Stelle in der Erfinderabteilung bekommen, denn dafür bin ich eigentlich bestimmt. Und bis dahin fülle ich den Platz, der mir zugewiesen wurde, so gut wie möglich aus. Für dich, das muss ich dir bedauerlicherweise sagen, gibt es aber nun keinen Platz mehr bei Meister & Sinn. Deine Lehrzeit ist vorüber."

„Es sind noch zwei Wochen", widerspricht Felian leise. „Ich habe noch zwei Wochen, bis das Schuljahr um ist."

„Das ist richtig. In sechzehn Tagen endet das Halbjahr und es werden noch vierzehn Mal Punkte vergeben. Was bedeutet, dass du höchstens 140 weitere Punkte erreichen kannst – und das auch nur, wenn du jedes Mal die Höchstwertung bekommst. Es gab bisher keinen einzigen Lehrling bei Meister & Sinn, der auch nur einmal zehn Punkte im ersten Halbjahr erhalten hätte. Aber angenommen, dir würde das Wunder gelingen, 14 mal 10 Punkte zu erzielen, wie viele Punkte hättest du dann am Ende des Halbjahres?"

„249", antwortet Felian korrekt und mit weit aufgerissenen Augen. Erst gestern hatte ihm die Pfefferliese noch drei Gnadenpunkte geschenkt, wie schon öfter in letzter Zeit, da sie ihn wohl doch ins Herz geschlossen hat und ihr schwant, dass sie ihn verlieren wird, wenn sein Punktekonto nicht schleunigst aufgebessert wird.

Herr Brokkolaus nickt langsam.

„Hier habe ich deine Mappe, Felian. Sie enthält alle Unterlagen, die wir von deinem Internat in Finsterpfahl erhalten haben, auch deine Geburtsurkunde. Du brauchst sie, um dich bei anderen Schulen zu bewerben oder dich nach einer Lehrstelle umzusehen. Du wirst in fünf Monaten sechzehn – wenn du dann nicht mehr zur Schule gehen willst, wäre das möglich."

178

„Ich gehe aber sehr gerne zur Schule", widerspricht Felian mit Tränen in den Augen. „Ich liebe Bücher."

Herr Brokkolaus greift noch einmal in das Fach unter seinem Pult und zieht einen Bogen Papier heraus, auf dem nur ein paar wenige Zeilen stehen.

„Herr Meister ist ein großzügiger Mann und möchte nicht, dass du mit leeren Händen dastehst, wenn du sein Unternehmen verlässt. Wenn du diesen Auflösungsvertrag und die dazugehörige Schweigevereinbarung unterschreibst, wird er dir ein Übergangsgeld von fünfzig Silberflöhen zahlen. Außerdem enthält deine Mappe einen Gutschein für eine Herberge hier in der Nähe. Da kannst du in den nächsten zwei Wochen wohnen und in Ruhe entscheiden, ob du nach Finsterpfahl zurückkehren oder dir hier etwas in Tolois suchen möchtest."

„Ich ... ich darf nicht mehr hier wohnen?"

„Nein. Wer nicht mehr zum Unternehmen gehört, muss das Gelände verlassen und darf es auch nicht mehr betreten. Wir müssen dich bitten, auch deine Garderobe zurückzulassen, da es sich um Firmeneigentum handelt und nur Lehrlinge von Meister & Sinn die Farben des Firmenemblems tragen dürfen. Selbstverständlich werden dich die Schneider mit Ersatzkleidung aus dem Lager ausstatten. Du solltest sie gleich aufsuchen, denn Herr Meister erwartet, dass du bis drei Uhr nachmittags ausgezogen bist."

Felian fehlen die Worte, genauso wie uns.

„Schließlich muss ich dich auch noch um die Herausgabe des Kupferschlüssels bitten."

„Er gehört mir nicht?"

„Nein. Wer nach seiner Ausbildung hier angestellt wird, tauscht den kupfernen gegen einen silbernen Schlüssel ein. Als Abteilungsleiter erhält man für den silbernen einen goldenen Schlüssel. Doch auch diese Schlüssel gehen zurück an Meister & Sinn, wenn jemand aus der Firma austritt. Lediglich Mitarbeiter im Ruhestand erhalten als Ersatz einen Ehrenschlüssel, ein magikalisches Instrument, das sehr nützlich ist, vor allem im Alter, und das für immer in ihrem Besitz bleibt."

Herrn Brokkolaus ist die Situation sichtlich unangenehm. Felian hat inzwischen angefangen zu weinen. Er wollte es verhindern, doch die Tränen kommen trotzdem und laufen ihm über das Gesicht.

„Möchtest du nun den Auflösungsvertrag unterschreiben?", fragt Herr Brokkolaus und legt das Papier vor Felian auf die Schreibfläche der ersten Bank.

„Was, wenn ich es nicht tue?"

„Dann greift eine Klausel des Lehrlingsvertrages, die dir ebenfalls Schweigen abverlangt. Sie erklärt den Vertrag bei Nichterbringen der erwarteten Leistung für aufgehoben. Du müsstest dann allerdings auf den Gutschein für die Herberge und das Übergangsgeld verzichten."

Felian nimmt den Stift in die Hand und versucht zu lesen, was auf dem Papier steht. Zu diesem Zweck reibt er sich die Augen mit dem Ärmel trocken.

„Um es noch mal klarzustellen", sagt Herr Brokkolaus. „Wenn du die Schweigeklausel verletzt und Firmengeheimnisse preisgibst, kannst du zum Schadensersatz herangezogen werden. Wir hatten einmal einen solchen Fall. Herr Meister hat den armen Mann in einen ruinösen Rechtsstreit getrieben. Also sei vorsichtig, was du über deine Zeit hier zum Besten gibst."

Als hätten ihn diese letzten Worte davon überzeugt, Meister & Sinn so schnell wie möglich zu verlassen, setzt Felian seinen Namen auf das Blatt Papier und die doppelte Ausführung, die ihm Herr Brokkolaus danach auf den Tisch legt.

„Ich wünsche dir für deine Zukunft das Beste", sagt Herr Brokkolaus und verabschiedet unseren Freund mit einem festen Händedruck. „Nimm es dir nicht so zu Herzen. Im Leben geht es immer bergab und bergauf."

„Ja, danke", bringt Felian hervor, greift nach seiner Mappe und flüchtet die Treppe hinauf, auf den Ausgang zu. Wir laufen hinterher, doch ich bin wie immer der Langsamste. Kurz vor der Tür mit dem Hundekopfklopfer hole ich die anderen ein und das auch nur, weil Kruz Felian abgefangen hat und wissen will, was los ist. Felian hält ihm die Mappe hin, die er erhalten hat, und Kruz blickt interessiert hinein.

„Du heißt ja wirklich Hugh", stellt er fest. „Das steht in deiner Geburtsurkunde."

„Was?", fragt Felian und reißt Kruz die Urkunde aus der Hand.

180

Ich schaue ihm über die Schulter und da steht es schwarz auf weiß: Hugh Pfeiffer, geboren am 306. Tag des Fuchsjahrs nach dem Finsterpfahler Knotenkalender.

„Erlaubst du dir einen Spaß mit mir?", fragt Felian aufgebracht. „Ist das ein Täuschungszauber? Das ist nicht lustig!"

„Ich habe nur gelesen, was da steht", sagt Kruz. „Hast du deine Geburtsurkunde jemals in der Hand gehalten?"

„Nein. Sie ging direkt vom Amt ans Waisenhaus, als mein Vater gestorben ist, und die haben sie ins Internat geschickt, als ich dort eingeschult wurde."

Eschel greift nach der Geburtsurkunde und starrt sie eindringlich an.

„Die ist echt, Felian. Tut mir leid."

Wir können es nicht glauben. An diesem sonnigen Morgen verliert Felian alles, was ihm wichtig war: Seinen Platz bei Meister & Sinn, sein Senfzimmer in unserer Nähe, seine Kleidung, auf die er so stolz gewesen ist, und schließlich sogar seinen eigenen Namen.

KAPITEL 18
IM WILDMÜCKENGRABEN

DIE SCHNEIDER ÄNDERN GERADE Kleidung aus dem Lager für Felian. Sie kürzen Ärmel und Hosenbeine und verlängern die Mitte. Währenddessen sitzen wir im Senfzimmer und sehen Felian dabei zu, wie er in Zeitlupe einen Gegenstand nach dem anderen in seinen Koffer packt. Viel besitzt er nicht, aber das Wenige, das er sein Eigen nennen darf, wird sorgfältig im Koffer platziert.

„Wisst ihr noch?", fragt Skrap. „In Finsterpfahl haben wir uns immer geschworen, Freunde zu bleiben, bis das Meer nach Zucker schmeckt und der Mond im Salzfass steckt. Hier haben wir das nicht mehr gemacht. Aber das Meer schmeckt immer noch salzig, schätze ich, und den Mond habe ich erst neulich am Himmel gesehen, also ... also sollten wir eigentlich alle zusammen nach Finsterpfahl zurückgehen."

„Nein", erklärt Felian entschieden. „Das wäre totaler Quatsch. Ihr könnt hier etwas werden. So richtig angesehene Bürger mit Geld und Familie und allem, was man so haben möchte. Ich komme schon klar."

„Wir werden einen Weg finden, wie du in Tolois bleiben kannst", sage ich. „Du hast dir einen Notfall gewünscht, damit wir mit Gerald Winter Kontakt aufnehmen können und ihm noch einmal begegnen. Jetzt haben wir einen."

„Glaubst du im Ernst, er ist begeistert, wenn wir bei ihm aufkreuzen?", fragt Felian. „Der hat uns doch längst vergessen."

„Wisst ihr noch das Codewort?", fragt Eschel. „Er hat uns einen Namen genannt, den wir sagen sollen, wenn wir zu ihm wollen."

„Herbert", antwortet Skrap. „Es war Herbert."

„Sicher?", frage ich. „Ich dachte, es wäre was mit K gewesen."

„Herbert mit K", meint Felian ungewöhnlich zynisch. „Ist das nicht typisch für uns Anfänger aus Finsterpfahl? Ich weiß den bescheuerten Namen auch nicht mehr. Ich weiß nur, dass ich Felian mit H bin. Oder Hugh mit F."

„Wir werden es versuchen", sage ich. „Gleich nachher, wenn wir deine Sachen zur Herberge gebracht haben. Wie heißt sie? Was steht auf deinem Gutschein?"

„Zum Löchrigen Eimer", antwortet Felian. „Das ist der Schuppen, den ich immer für ein Schrottpfandhaus gehalten habe."

„Ein Schrottpfandhaus?"

„Na, so ein Laden, der kaputte Haushaltsgeräte in Zahlung nimmt."

„Wer sollte so etwas tun?"

„Jemand, der seinen Laden ‚Zum Löchrigen Eimer' nennt."

„Die Besitzerin sitzt gern vor der Tür und häkelt", sagt Eschel. „Sie ist immer rosa angezogen, von Kopf bis Fuß, und hat in der Regel einen dicken Dackel auf dem Schoß."

„Die habe ich noch nie gesehen", sagt Felian. „Ihr?"

Skrap und ich schütteln die Köpfe.

„Doch", sagt Eschel. „Ihr müsst sie kennen. Mir ist sie gleich am ersten Tag aufgefallen."

Wir wundern uns schweigend über dieses Mysterium. Felian wickelt unterdessen seinen Wecker in ein Stofftaschentuch und legt ihn in den Koffer.

„Wo soll ich denn jetzt schlafen?", fragt Eschel mit einem sehnsüchtigen Blick auf den riesigen Kleiderschrank. „Unbenutzte Zimmer sind abgeschlossen."

„Mein Schrank ist auch groß", sagt Skrap. „Aber ich weiß nicht, ob ich es aushalte, wenn es bei mir nach Mädchen stinkt."

„Wie bitte?", fragt Eschel.

„Na ja, dieses Duftwasser, das du benutzt …"

„Ich benutze keine Duftwasser."

„Doch, du riechst immer nach Blumen und Ambra."

Ich kann nicht anders, ich breche in Gelächter aus. Sogar Felian fängt an zu grinsen.

„Du nimmst mich auf den Arm!", ruft Eschel.

Skrap schüttelt den Kopf.

„Ich habe eine sehr feine Nase. Und du riechst nun mal so."

„Du spinnst. Also wirklich, Skrap, dein Geruchsinn ..."

„Ist super! Das sagen die in der Giftabteilung auch. Nur weil du dich selbst nicht riechen kannst, heißt das noch lange nicht, dass ich lüge."

„Wenn ich so schrecklich nach Mädchen stinke – was ist dann mit Petti Lou? Riecht die auch nach Blumen?"

„Nein, eher nach Biskuit mit einer Andeutung von Whisky."

„Und Sumisu?"

„Meeresbrise und Kiefernharz."

„Ist das besser zu ertragen als Blumen und Ambra?"

„Jetzt nimm es doch nicht persönlich. Ich habe mein Zimmer eben gern für mich allein."

„Dann sag das doch gleich, statt mir diesen Duftschwachsinn aufzutischen!"

„Es ist kein Schwachsinn."

„Du kannst bei Breik schlafen", meint Felian. „Der schläft nie im Bett, du kannst bestimmt seins haben."

Mir wird heiß und kalt, als er das sagt. Eschel blickt immer noch beleidigt aus dem Fenster.

„Ich werde sowieso nicht hierbleiben", erklärt sie. „Dass sie dich heute rausgeschmissen haben, hat für mich das Fass zum Überlaufen gebracht. Am Ende des Halbjahrs werde ich kündigen. Ich mache das, was du machst, Felian. Du bist nicht allein."

„Wirklich?", fragt Felian. „Ist das dein Ernst? Wegen mir darfst du das nicht machen."

„Es ist nicht wegen dir. Jedenfalls nicht nur."

„Jetzt bist du diejenige, die spinnt", sagt Skrap. „So eine Möglichkeit wirft man nicht einfach weg."

„Doch, tut man, wenn man sich nicht wohlfühlt. Ihr gehört hierher, ihr müsst bleiben, Breik und du. Ihr werdet zu denen gehören, die dafür sorgen, dass hier alles mit rechten Dingen

184

zugeht. Aber ich will wieder meine eigenen Kleider tragen. Ich habe es satt, mir dieses Meistergeschwafel anzuhören."

„*Meistergeschwafel*", wiederholt Skrap. „Also ehrlich, Eschel, der Mann hat uns mit offenen Armen aufgenommen."

„Dich vielleicht, Felian aber nicht. Und du hast gehört, was das Erbschen gesagt hat: Im zweiten Halbjahr wird noch mal kräftig ausgesiebt. Du und Breik, ihr werdet es überstehen, weil der Meister einen Narren an euch gefressen hat. Ich müsste kämpfen, um die nötigen Punkte zusammenzubekommen. Aber damit ist jetzt Schluss, ich habe mich entschieden."

„Auch wenn es bedeutet, dass du nach Finsterpfahl zurückmusst?", fragt Skrap.

Eschel überlegt kurz.

„Schätze ja", sagt sie. „Aber so schnell gebe ich mich nicht geschlagen. Wir vier werden eine Lösung finden, wie Felian und ich in Tolois bleiben können, und zwar auf unsere ganz spezielle Herbert-mit-K-Weise. Vielleicht war meine Zeit bei Meister & Sinn wenigstens dafür gut: Ich glaube, dass wir etwas Besonderes sind. Wir müssen uns nicht verstecken."

Puh, ich weiß nicht, was in Eschels Pflaumensprudler heute Mittag war, aber ich habe sie selten so kämpferisch und trotzig erlebt.

„Jetzt willst du sogar kündigen", sagt Skrap. „Nur damit du nicht in Breiks Bett schlafen musst."

Eschels Stimmung schlägt um, sie lächelt auf einmal.

„Das ist nicht der Grund. Ich mag Breiks Zimmer, da riecht es immer so schön nach Wald. Findest du nicht auch, Skrap?"

„Es riecht nach einem gottverlassenen dunklen Dickicht mit Morast und wilden Tieren. Ich denke immer, gleich springt mich ein durchgedrehter Eber an, wenn ich meine Nase in den Raum stecke."

Wir lachen alle, als hätte er einen Spaß gemacht. Aber das mit dem dunklen Dickicht stimmt genauso wie die Tatsache, dass Eschel nicht in meinem Zimmer schlafen möchte, weder im Bett noch im Schrank. Ich glaube, sie fürchtet durchgedrehte Eber oder ähnliche Dinge dieser Art, obwohl ihr doch klar sein müsste, dass ich ihr niemals zu nahe kommen würde. Vor Felian hat sie keine Angst. Das ist bestimmt einer der

185

Gründe, warum sie mit ihm gehen will, egal, wohin es ihn verschlägt.

FÜR MICH, SKRAP UND FELIAN IST DIE BANK VOR DER Herberge leer. Doch Eschel lächelt die Hauswand an und fragt: „Sind Sie die Wirtin vom Löchrigen Eimer?", woraufhin es mir vorkommt, als hätte jemand einen Vorhang zur Seite gezogen. Auf einmal sitzt da eine häkelnde, rosa gekleidete Dame, die ihr weißes Haar sorgfältig in Pudellöckchen gelegt hat. Auf ihrem Schoß thront ein kugelrunder Dackel.

„Hallo, mein Mädchen", erwidert die Dame. „Du hast wohl den *Blick*, was?"

„Den Blick?"

Die Dame nickt wissend, ihre Pudellöckchen wackeln.

„Mit dir würde ich gerne mal eine Sanduhrbefragung machen, das wäre sicher interessant. Aber ja, Kinder, ich bin die Wirtin vom Löchrigen Eimer. Womit kann ich euch dienen?"

Felian zieht seinen Gutschein hervor, die Wirtin betrachtet ihn und mustert anschließend Felian und seinen Koffer.

„Armes Küken, du bist wohl aus dem Nest gefallen? Komm rein, meine Lieben, kommt in meinen kleinen Eimer."

Felian wirkt erfreut und spaziert hinter der Wirtin her, die mit dem Dackel im Arm das Haus betritt. Wir folgen den beiden ins dunkle Innere. Alles in dieser Herberge ist muffig und eng und mit kaputten Eimern dekoriert.

„Ich frage mich, wann hier das letzte Mal gelüftet wurde", raunt mir Skrap auf der Treppe zu. „Das stinkt ja wie in einem Grab. Und warum trägt sie den armen Dackel die ganze Zeit mit sich herum? Kein Wunder, dass er wie ein Schweinchen aussieht."

Entgegen unserer Befürchtungen ist Felians Zimmer ganz hübsch. Es ist winzig, aber gemütlich, und das Fenster geht zur Straße hinaus. Man kann sogar ein paar Häuser von Meister & Sinn sehen. Zufrieden packt Felian seinen Koffer wieder aus.

„Gehen wir jetzt zu Gerald Winter?", fragt er. „Hier habe ich seine Karte: Wildmückengraben 32."

„Einen Versuch ist es wert", sagt Eschel. „Aber wer weiß, ob er überhaupt zu Hause ist und wir zu ihm vorgelassen werden. Wir sollten vielleicht einen Brief schreiben, den wir einwerfen können, falls wir keinen Erfolg haben."

„Den kann ich auch morgen noch schreiben", sagt Felian. „Ich muss ja nicht mehr in die Schule. Ich werde an euch denken, wenn ich morgen zwischen fünf und sieben aufwache. Ich werde mich behaglich in meinem Bett umdrehen, euch kurz bemitleiden, und dann weiterschlafen."

„Das ist die richtige Einstellung", sagt Skrap. „Fast könnte man dich beneiden."

WIR DURCHQUEREN DIE INNENSTADT, ERREICHEN DIE GROßE Melonaden-Chaussee und folgen ihr, bis wir ein Viertel mit malerischen Kanälen und altem Baumbestand erreichen. Der Wildmückengraben ist eine Allee mit gepflegten Stadthäusern und prachtvollen Gärten. Die Nummer 32 liegt sogar in einem weitläufigen Park. Touristen streichen am Zaun vor der Auffahrt entlang und einige halten ihre Fotomaten in der Hand, trauen sich aber nicht, sie zu benutzen, weil Wachpersonal am Eingangstor steht und jedes Mal sehr streng schaut, wenn ein Tourist seine Nase durch die Gitterstäbe steckt. Eine Frau stellt sogar einen Picknickstuhl mitten auf der Straße auf, mit Sicht auf das Anwesen, und wühlt in einem Fresskorb zu ihren Füßen.

„Würden Sie bitte weitergehen?", fragt einer der Wächter. „Dies ist ein privates Wohnhaus und die Bewohner möchten nicht beobachtet werden."

„Aber ich sitze doch nur hier", empört sich die Frau. „Das ist nicht verboten."

„In diesem Fall ist es schon verboten", sagt der Wächter und leiert einen Gesetzestext herunter, den er wohl des Öfteren zitieren muss, was die Frau allerdings nicht beeindruckt. Erst als er sein Spiegelfon zückt, um angeblich die Polizei zu kontaktieren, packt sie schimpfend ihre Sachen zusammen und drückt sich am Zaun herum, der das Grundstück umgibt. So schnell wird sie nicht aufgeben, schätze ich.

Ich bin entmutigt. Offenbar sind diese Wächter den lieben

langen Tag mit Abwimmeln beschäftigt. Sie werden uns wegschicken, genauso wie alle anderen.

Doch Felian tritt zuversichtlich lächelnd an den Mann heran, der die Frau mit dem Fresskorb verjagt hat, und hält ihm Gerald Winters Visitenkarte unter die Nase.

„Können wir bitte Herrn Winter sprechen? Er kennt uns und es ist ein Notfall. Er hat uns auch ein Codewort genannt."

„Herbert", sagt Skrap im Brustton der Überzeugung.

„Mit K", fügt Felian hinzu, da der Wächter auf „Herbert" befremdet reagiert.

Einer der anderen Wachmänner lacht.

„Ich frage mal nach", sagt er. „Sicher ist sicher. Wie heißt ihr vier?"

„Eschel, Skrap, Felian und Breik. Aus Finsterpfahl."

Der amüsierte Wachmann wandert die Auffahrt hinauf und durch den Vorgarten, der andere runzelt immer noch die Stirn. Er hält uns bestimmt für Rotznasen, die irgendwo eine Visitenkarte gefunden haben und ihr Glück nun mit einem unsinnigen Codewort versuchen, in der Hoffnung, ihr Idol mal aus der Nähe betrachten zu können.

Wir warten bestimmt zehn Minuten lang und währenddessen brennt die Sonne heiß auf den Wildmückengraben herab. Insekten umschwirren uns und finden einen besonderen Gefallen an Eschel, deren Haut mit den grünen Sommersprossen sie immer wieder ansteuern.

„Siehst du?", sagt Skrap, als sogar ein Schwarm Schmetterlinge ihr goldenes Haar umflattert. „Blumen und Ambra. Glaubst du's mir jetzt?"

Felian wird immer nervöser und irgendwann fängt er an, seine Kleidung zu mustern, die er von den Schneidern bekommen hat. Das Hemd und die Hose in unauffälligen Farben stehen ihm meiner Ansicht nach viel besser als die für ihn angefertigte Lehrlingsgarderobe, die mich immer an ein Mittelding aus Clownskostüm und Pagenuniform hat denken lassen. Doch die Tatsache, dass seine drei Freunde mit dem Meister & Sinn-Emblem auf den Ärmeln herumlaufen und er nicht, scheint ihm nicht zu behagen.

„Du, Eschel?", fragt er. „Bist du dir sicher, dass du wieder deine

188

selbstgenähten Kleider tragen willst? Ich fühl mich ganz komisch ohne die Meisterklamotten."

„Bei mir ist es das Gegenteil", antwortet Eschel. „Warum sollte ich die Farben von jemandem tragen wollen, den ich verabscheue?"

Das Spiegelfon des Wächters läutet leise und er spricht das Bannwort.

„Kannst sie reinschicken", sagt das Spiegelbild des anderen Wachmanns. „Er kennt die vier."

Ich kann es kaum fassen, als sich das Tor für uns öffnet und wir ganz allein ohne Eskorte den Weg in Richtung Haustür zurücklegen. Der Wachmann erwartet uns am Eingang und geleitet uns ins Innere. Beim Eintreten ist es mir, als ob wir nicht nur die Haustür, sondern auch etliche Zauber durchqueren. Auf der anderen Seite ist die Welt viel stiller und irgendwie normaler. Die Garderobe und das Treppenhaus im Eingangsbereich sind zwar ziemlich nobel und die Ölgemälde an der Wand imposant, aber ich habe nicht den Eindruck, dass wir bei schrecklich vornehmen Leuten gelandet sind.

Entsprechend leger sieht auch Gerald Winter aus, als er in der Halle erscheint, mit hochgekrempelten Hemdsärmeln und einem schlafenden Baby auf dem Arm. Er macht uns ein Zeichen, leise zu sein, damit es nicht aufwacht.

„Ich liefere das Monster schnell bei der Kinderfrau ab", flüstert er, doch das war schon zu laut. Das Baby, das so süß aussieht, wie ein Baby nur aussehen kann, öffnet urplötzlich seine goldenen Augen und beißt im selben Moment in den Arm, auf dem es liegt. Nur ganz kurz sehe ich die Vampirzähne aufblitzen und dann fließt auch schon Blut. Während das Baby aus Leibeskräften an dem Arm saugt, wandelt sich sein Gesichtsausdruck von niedlich in bösartig. Oder irgendwie ist es beides gleichzeitig.

„Du grässlicher, kleiner Satansbraten", sagt Gerald Winter. „Plummi? Nimmst du mir den Blutsauger ab, ich habe Gäste!"

Plummi lässt auf sich warten und darum verschwindet Gerald Winter in einem Gang mit mehreren Türen, um jene Plummi aufzustöbern, nach der er gerufen hat. Als er wieder auftaucht, prangt ein dunkler Fleck auf seinem Arm und zwei kleine Wunden leuchten an der Stelle, an der das Baby zugebissen hat.

„Ein Vampirkind?", fragt Skrap interessiert.

„Es hat nur eine Vampirgroßmutter", antwortet Gerald. „Aber da dieses Baby auf Cruda-Magikalie angewiesen ist, um zu überleben, erfreut es uns täglich mit seinen allerschlechtesten Eigenschaften."

„Ich habe eine Spinnenfraugroßmutter", erklärt Skrap erfreut. „Deswegen ist mein Käfersekret manchmal ein bisschen giftig. Aber nicht lebensgefährlich giftig."

„Zum Glück", erwidert Gerald. „Ein Todesfall in meiner nahen Verwandtschaft hat mich gelehrt, Spinnenfrauengift nicht zu unterschätzen."

„Oh, äh ja, natürlich", sagt Skrap. „Entschuldigung, das war mir ganz entfallen."

„Kein Problem", meint Gerald Winter und führt uns in ein gemütliches Wohnzimmer, dessen Fenster hinaus in den großen Park zeigen, der das Haus umgibt. Wir sind gebannt von der Aussicht. Aber nur ungefähr eine Minute lang, denn plötzlich bewegt sich etwas neben dem Sofa, das so aussieht wie ein grauer Wolf. Das Tier starrt uns an, als wären wir ein sehr willkommener Pausenhappen.

„Nicht beachten", sagt Gerald Winter. „Das ist kein echter Wolf."

„Sondern?", fragt Felian.

„Mein Mitbewohner. Genauso wie die Katze, die auf dem Teewagen sitzt und so tut, als wäre sie aus Porzellan."

Unsere Köpfe fahren herum und tatsächlich sitzt auf der Fläche, die bei einem Teewagen normalerweise für Getränke und Kekse gedacht ist, eine schwarze Katze mit grünen Augen. Sie wirkt mindestens so bösartig wie das Vampirbaby.

„Sind die beiden ... Zauberer?", fragt Felian.

„Sie sind vor allem eingebildete Idioten. Wären sie auch nur halbwegs höflich, würden sie sich in Menschen verwandeln, um euch angemessen zu begrüßen. Oder sie hätten den Raum verlassen, um uns in Ruhe zu lassen. Aber nein, sie lungern großspurig hier herum und tun so, als seien sie zu Besserem berufen."

„Leiden sie nicht unter dem allgemeinen Magikalieschwund?", fragt Skrap. „Können sie sich immer noch verwandeln?"

„Es gibt nur wenige Zauberer auf der Welt, die sich in Tiere verwandeln können", antwortet Gerald. „Und das sind in der Regel Zauberer, die von Natur aus mit solchen Magikaliemengen gesegnet sind, dass es für ihre Umgebung nur schwer zu ertragen ist. Die beiden merken von dem Magikalieschwund so gut wie nichts. Zumindest war das bisher so. Aber was führt euch her? Habt ihr Ärger mit dem Meister?"

Gerald Winter setzt sich auf das Sofa und macht uns ein Zeichen, ebenfalls Platz zu nehmen. Jeder von uns sucht sich einen Sessel, aber dabei behalten wir sorgfältig die Zauberer im Auge. Ich wette, die schwarze Katze ist eine Cruda. Jedes Härchen an meinem Körper ist aufgestellt vor lauter Unbehagen in ihrer Gegenwart.

KAPITEL 19
EIN RELIKT AUS ALTER ZEIT

„ICH BIN HEUTE RAUSGEFLOGEN", gesteht Felian. „Der Meister hat mich für zwei Wochen in einer Herberge einquartiert und mir etwas Geld zum Abschied gegeben, das für eine Fahrkarte zurück nach Finsterpfahl reicht. Aber ich möchte nicht weg aus Tolois. Ich habe gehört, dass es hier kostenlose Schulen gibt, aber ich bräuchte eine Stelle, mit der ich nebenher genug Geld verdienen kann, um mein Essen und einen Platz zum Schlafen zu bezahlen."

„Hm", sagt Gerald Winter. „Würde es dir vielleicht gefallen, in einem Laden für gebrauchte Instrumente auszuhelfen? Ich kenne da jemanden, der noch Unterstützung braucht. Ein paar Vorkenntnisse hast du sicher gewonnen in dem halben Jahr?"

„Oh ja, das wäre großartig."

„Du kannst bestimmt auch dort schlafen, das Haus hat unter dem Dach ein paar Wohnräume. Aber stell dir das nicht zu schön vor. Der Laden entsteht gerade erst, die Besitzerin geht selbst noch zur Schule und ihr Großvater Herr Gabel, der den Laden finanziert, ist ein schräger Kauz. Trotzdem kannst du ihm voll und ganz vertrauen. Er ist ein alter Bekannter von mir und wir haben während der Krise große Nöte zusammen ausgestanden. Er wird mir den Gefallen tun, wenn ich ihn bitte, dich aufzunehmen."

„Ich wäre sehr froh darüber", sagt Felian mit leuchtenden Augen.

„Da ist leider noch ein Haken", gesteht Gerald Winter. „Der

Laden befindet sich im berüchtigten Schwarzwurstviertel. Die Gegend hat sich in letzter Zeit gebessert, behauptet Herr Gabel. Und es stimmt, die Kriminalität des Viertels hat sich in Bereiche verlagert, die für gewöhnliche Leute weniger gefährlich ist als früher. Aber so richtig idyllisch geht es dort nicht zu. Ein Vorteil der Lage könnte sein, dass das Schwarzwurstviertel gleich neben dem Kneipenviertel liegt und das ist wiederum nicht weit weg von Meister & Sinn. Wenn du abends deine Freunde treffen willst, hast du es nicht weit."

„Ich bin begeistert."

„Prudentia, die Enkelin von Herrn Gabel, die den Laden führt, geht auch auf eine kostenlose öffentliche Schule, nicht weit vom Schwarzwurstviertel entfernt. Sie kann dich sicher mal mitnehmen und dir erklären, wie man sich dort anmeldet."

Felian kommt aus dem Nicken und Strahlen gar nicht mehr heraus. Ich bin auch erleichtert, dass er bei uns in Tolois bleiben kann. Doch mir wird erst jetzt bewusst, dass wir ihn verloren haben. Also nicht richtig verloren, aber wir werden nicht mehr gemeinsam zum Lurchgeblütel gehen oder zum Unterricht. Er wird im Kesselgrund und im Clubhaus fehlen. Abends vor dem Schlafengehen werden wir nicht mehr zusammensitzen. Wir werden unvollständig sein.

„Ich hoffe, du wirst mit Prudentia auskommen", sagt Gerald. „Sie wusste bis vor Kurzem gar nicht, dass sie einen Großvater hat. Sie ist bei ihrer Mutter in einem illegalen Freudenhaus aufgewachsen, in das sich der Sohn von Herrn Gabel bei einem Toloisbesuch angeblich verirrt hat. Bei der Gelegenheit hat er sich in eine der Damen verliebt, doch die Liebschaft endete kurz vor Prudentias Geburt. Herr Gabels Sohn schickte regelmäßig Geld an die Mutter, auch dann noch, als die Mutter längst gestorben war, wovon er aber nichts wusste. Er selbst kam letztes Jahr bei der Schlacht um Gürkel ums Leben. Herr Gabel fand in den Unterlagen seines Sohnes Belege über die Zahlungen und die Adresse. Daraufhin reiste er sofort nach Tolois, um seine Enkelin zu finden und ihr unter die Arme zu greifen. Ihre Existenz machte ihn überglücklich und Prudentia schloss den unbekannten Großvater auch sofort ins Herz."

„Wie schön", sagt Felian. „Ich meine, dass die zwei sich gefunden haben."

„Jaaaa", erwidert Gerald gedehnt. „Es sind zwei sehr ausgeprägte Persönlichkeiten. Ich weiß nicht, ob man es lange mit ihnen unter einem Dach aushält. Sollten sie dir zu sehr auf den Wecker gehen, werde ich nach einer anderen Lösung suchen."

„Das schaffe ich schon", erklärt Felian. „Und ich bin sehr dankbar."

„Ich schreibe dir die Adresse des Ladens auf", sagt Gerald Winter. „Herr Gabel ist im Moment in seiner Heimat, kommt aber in fünf Tagen zurück. Ich werde ihn informieren und wann immer es dir in der nächsten Woche passt, kannst du dir den Laden ansehen und dich vorstellen."

„Das werde ich tun."

„Da fällt mir gerade ein, dass ich gestern eine Menge Instrumente aussortiert habe. Ich hänge an den Stücken, aber sie sind etwas veraltet und mittlerweile benutze ich ganz andere Geräte. Ich dachte, ich überlasse sie Prudentia, damit sie die Sachen in ihrem Laden verkaufen kann. Es spricht aber nichts dagegen, dass ihr euch jeweils ein Instrument aussucht, das euch gefällt. Es würde mich freuen, meine alten Lieblingsstücke in guten Händen zu wissen. Wartet einen Moment."

Gerald Winter ist bereits aufgesprungen und verschwindet in einem anderen Raum. Wir vier sind mucksmäuschenstill, da zwei mächtige Zauberer mit uns im Wohnzimmer ausharren, wenn sie auch so tun, als seien sie nur ein zahmer Wolf und eine arrogante Katze. Ich versuche, die beiden nicht anzusehen, doch als meine Neugier mit mir durchgeht und ich einen Blick in Richtung Katze wage, merke ich, dass sie mich mit ihren grünen Augen durchdringend mustert. Einen Moment später springt sie vom Teewagen und rennt hinter Gerald Winter her in den anderen Raum.

Jetzt ist nur noch der Wolf da. Sein Kopf liegt auf den Vorderpfoten, er tut so, als ob er vor sich hindöst, aber ich wette, er ist hellwach. Auch Eschels Blick ist auf den Wolf gerichtet und ich merke, dass sie aufgewühlt ist. Sie überlegt, ob es sich bei diesem Wolf womöglich um den Herrscher von Fortinbrack handeln könnte und damit um ihren Besitzer. Oder bilde ich mir das nur ein? Jetzt dreht sie den Kopf und greift nach Felians Hand.

194

„Ich bin so froh", sagt sie. „Und ich bin gespannt auf den Laden. Ich wünschte, ich könnte auch dort arbeiten."

„Du spinnst", meint Skrap. „Schwarzwurstviertel – die Gegend galt früher mal als die unsicherste von ganz Tolois."

„Aber jetzt ist das nicht mehr so", erwidert Eschel. „Kruz hat mir erzählt, dass er mit seinen Eltern dort war. Maler, Dichter, Erfinder und andere Lebenskünstler quartieren sich dort ein, weil die Mieten so niedrig sind. Außerdem gibt es einzigartige Geschäfte, die überhaupt nicht gefährlich sind."

„Und das glaubst du, weil Kruz es sagt?"

„Es ist wahr. Es soll immer noch dunkel und heruntergekommen sein, aber die Atmosphäre muss so besonders sein, dass es mittlerweile als Geheimtipp gilt. Vor allem für Leute wie die Eltern von Kruz, die etwas Ungewöhnliches erleben wollen."

Gerald Winter kehrt in den Raum zurück. Er hat Eschels letzte Sätze gehört.

„Manche Ecken sind ganz hübsch", meint er. „Aber die meisten Gassen sind schmutzig und gruselig. Und all die Lebenskünstler zu ertragen, ist auch nicht ganz einfach. Einer von denen wohnt neben Herrn Gabels Laden in einer Hundehütte und verlässt sie nur nachts, um selbst komponierte experimentelle Arien zu singen."

„Im Ernst?", fragt Skrap.

„Aber ja, ich kann es aus leidvoller Erfahrung bezeugen. Als ich die Katzenmusik das erste Mal gehört habe, hat das Wort ‚Stille' eine ganz neue Dimension für mich gewonnen. Vielleicht war das ja die Intention des Künstlers, insofern mag er begabt sein, aber ich brauche das nicht in der Nachbarschaft. Hier ist der Karton mit meinen abgelegten Schätzen. Die Instrumente sind noch sehr einfach, sie versorgen den Träger lediglich mit Magikalie, ich muss euch also nichts erklären."

Er stellt eine Schachtel auf den Tisch, in der bestimmt fünfzig ehemals teure Instrumente liegen. Es sind Manschettenknöpfe, Ringe, Füller, Schnallen und ein paar ungewöhnlichere Gegenstände wie zum Beispiel eine kleine bronzene Feenfigur, nach der Felian sofort greift.

„Darf ich die haben?", fragt er aufgeregt.

„Ja, klar", antwortet Gerald Winter. „Dir sollte nur bewusst sein, dass sie unpraktisch ist. Instrumente sollte man unauffällig am Körper tragen können, aber das Ding ist einfach nur schwer und drückt dich, wenn du es in die Hosentasche steckst."

„Trotzdem hast du die Figur gekauft."

„Mein Vater hat sie beim Kartenspielen gewonnen, irgendwo am anderen Ende der Welt, und eines Tages hat er mir die Figur als Mitbringsel überreicht. Damals hatte ich noch die Hoffnung, sie wäre vielleicht besonders selten, aber in Hornfall stellen sie die Figuren in Massen her. Trotzdem mochte ich sie immer gerne. Ich bin froh, wenn du sie übernimmst."

Felian steckt strahlend seine Bronzefee ein und ich denke, es ist schon verrückt, dass man innerhalb eines Tages so traurig und so begeistert sein kann. Skrap hat sich bereits eine Taschenuhr aus der Schachtel gefischt, was Gerald Winter zu dem Kommentar „zielsicher das Teuerste" verleitet hat. Und Eschel ist gerade dabei, ein paar Ringe anzuprobieren. Ein schmaler, eher unauffälliger Ring passt wie angegossen und den möchte sie behalten.

„Was ist mit dir?", fragt mich Gerald Winter.

„Ich denke, ich könnte einen Stift gebrauchen", sage ich. „Aber ich habe eine Allergie gegen Magikalie, deswegen frage ich mich, ob ich überhaupt ein Instrument mit mir herumtragen sollte."

„Deswegen hast du auch den Meisterschlüssel nicht angesteckt?"

Eschel und Skrap tragen ihre Kupferschlüssel, Felian musste seinen abgeben. Ich habe meinen im Zimmer gelassen, weil ich mich seit Grohanns Warnung ohne Schlüssel freier fühle.

„Ach nein, ich vergesse ihn nur ständig", antworte ich. „Und wenn ich es recht bedenke, sollte ich wohl besser lernen, mit meiner Allergie zurechtzukommen, nicht wahr? Mir gefällt der Kugelschreiber aus Holz, der mit Messingschuppen verziert ist."

Gerald Winter reicht mir das schöne Stück, das ich auch lieben würde, wenn es kein Instrument wäre.

„Vielen Dank."

„Ich soll dir übrigens etwas ausrichten", sagt er. „Als ich die Schachtel geholt habe, kam die Katze angelaufen und meinte, du seist wie ein Relikt aus einer anderen Zeit."

196

„Was? Ich meine: Wie bitte?"

„Vielleicht ist deine Allergie in Wirklichkeit etwas ganz anderes. Nach neuesten Erkenntnissen ist die Magikalie ursprünglich aus der Naturmagie hervorgegangen. Gerade verändern sich die Zeiten, auch die Naturmagie wandelt sich in großem Ausmaß. Es könnte sein, dass du von diesem Wandel betroffen bist."

„Ich verstehe nicht ...."

„Meine Mitbewohnerin sagt, du kommst ihr vor wie ein Wesen, das ganz und gar aus magischem Erz besteht. Würdest du versuchen, aus diesem Erz Zauberkraft zu gewinnen, könnte dabei so viel Energie freigesetzt werden, dass es dich zersprengt. Als würdest du von innen heraus explodieren."

„Ist das eine Übertreibung?", frage ich. „Oder ein Witz?"

„Leider nein. Sie wollte, dass ich dich warne. Womöglich ist es sogar sicherer, mit der Magikalie eines Instruments zu zaubern als mit dem, was dein Körper an magischer Energie bindet. Du solltest vorsichtig sein und keine Zaubereien forcieren. Umso intensiver du dich in einen Zauber hineinsteigerst, desto gefährlicher kann deine körpereigene Magie für dich werden."

Ich sehe Eschel an, die vermutlich als Einzige begreift, wovon Gerald Winter redet. Er muss von meinem Erbe wissen. Die Warnung ist äußerst beunruhigend, aber zum Glück bringt mir der Lurchgeblütel ja bei, wie ich mich zurücknehmen und meine Kraft verlangsamen kann. Mir fällt auch ein, was „Breik" laut Grohann bedeutet: unverwüstlich. Hoffen wir, dass ich überlebe, egal, was kommt.

Gerald Winter bringt uns zur Tür. Felian bedankt sich tausendmal und auch Skrap macht drei Diener, glücklich über seine neue Uhr und darüber, dass er „zielsicher das Teuerste" herausgepickt hat. Eschel wirft vor dem Verlassen des Wohnzimmers noch einen letzten Blick in Richtung Wolf, doch der hält die Augen geschlossen und rührt sich nicht.

Zurück auf der sonnigen Straße werden wir prompt von einer Wolke aus Mücken, Schmetterlingen und Käfern eingehüllt, die sich auf Eschel stürzen. Wir flüchten rennend und lachend und werden erst langsamer, als die Insekten die Lust an der Verfolgung verlieren. Kurz darauf sehen wir die Frau mit dem Picknickstuhl und dem Fresskorb wieder. Sie stochert mit einem magikalischen Fernrohr in der Hecke von Gerald Winters Grundstück herum und versucht angestrengt, etwas Verborgenes zu erhaschen, was aber nicht zu gelingen scheint, den gemurmelten Flüchen nach zu urteilen.

Felian redet auf dem Heimweg ohne Punkt und Komma. Er lässt sich über die Großartigkeit von Gerald Winter aus und er schwärmt von dem bestimmt fantastischen Laden für gebrauchte Instrumente, in dem er viel lieber arbeiten möchte als bei Meister & Sinn. Er freut sich auf Herrn Gabel, den er garantiert sehr mögen wird, ebenso wie auf Prudentia, mit der er so gerne zusammen zur Schule gehen will. Schließlich holt er seine neue bronzene Feenfigur hervor und betrachtet sie hingerissen von allen Seiten.

„Gab es schon mal einen Instrumentezauberer", fragt er, „der so viel Magikalie mit seinen Geräten angesammelt hat, dass er sich in ein Tier verwandeln konnte?"

„Nein", sagt Skrap. „Selbst von den Zauberern, die ganz viel eigene Magikalie besitzen, kann es nicht jeder. Ich habe mal gehört, dass es auf der Welt höchstens hundert geben soll, deren Magie dazu ausreicht und die entsprechend begabt sind."

„Und zwei davon haben wir heute gesehen", erklärt Felian feierlich. „Was sind wir doch für Glückspilze."

„Apropos Glückspilze", meint Skrap. „Was war das vorhin, Breik? Warum bist du ein Relikt, das jederzeit explodieren kann?"

„Nehmt es nicht weiter ernst", antworte ich. „Aber es könnte sein, dass ich tatsächlich ein Halbsatyr bin. Mein langer Name, den kein Mensch aussprechen kann, stammt wohl aus der Hütersprache."

„Wirklich?", fragt Felian. „Wie kommst du darauf?"

„Jemand hat's mir erzählt. Ich wollte euch nicht beunruhigen."

„Du spinnst", sagt Skrap. „So was musst du uns doch erzählen! Und *wer* hat das behauptet?"

„Grohann. Er tauchte eines Nachts auf, weil er mich für einen Betrüger hielt. Ihr wisst schon – wegen der Geschichten, die der Meister über mich verbreitet hat. Er sah sich den Fall näher an und kam zu dem Schluss, dass ich wahrscheinlich gar kein Betrüger bin."

198

„Wie bitte?", ruft Skrap und alles an ihm surrt vor Empörung. „Das hast du uns vorenthalten? Bist du noch ganz dicht?"

„Tut mir leid."

„Du bist so ein Geheimniskrämer! Das warst du schon immer, aber das hier ..."

„Was bedeutet dein richtiger Name?", fragt Felian.

„Fragt nicht."

„Doch, tun wir aber", sagt Skrap. „Und außerdem bin ich sauer. Wir sind doch Freunde, du kannst doch mit uns reden, dazu sind wir schließlich da."

„Es war ... nein, es *ist* ... sehr persönlich. Ich musste das alles erst mal selbst auf die Reihe kriegen und verkraften."

„Sollen wir dich jetzt auch noch bemitleiden?", fragt Skrap. „Dafür, dass du einen coolen Vater hast, der dir hochexplosive Naturmagie vererbt hat?"

„Er war nicht cool. Er war ein Ar... äh, ich meine, ein Aschenbecher."

„Ein cooler Aschenbecher. Hey, die Bösen sind immer viel interessanter als die Guten, lass dir das gesagt sein. Und wie war Grohann so?"

Ich zucke mit den Achseln.

„Er hat mich am Leben gelassen. Mein echter Vater hätte das nicht getan."

„Weißt du, was ich manchmal denke?", fragt Eschel gedankenvoll. Zwei, drei Schmetterlinge sind ihr gefolgt und flattern immer noch tänzelnd hinter ihr her. „Vielleicht bist du selbst auch nur eine Illusion, die du fest gemacht hast. Natürlich existierst du, aber das, was du zu sein glaubst, hast du haltbar gemacht. Womöglich ist das bei jedem Menschen so. Wir sehen uns auf eine bestimmte Art und Weise und damit beeinflussen wir die Realität."

Wir gehen schweigend weiter. Ich weiß, was mir Eschel damit sagen will. Ich halte mich für diesen geduckten, krummen Baum, in dem verborgen eine Axt steckt, die mich zu fällen droht. Aber was, wenn die Axt gar keine Axt ist? Und wie wäre das wohl, wenn der Baum sich aufrichten könnte, um der Sonne entgegenzuwachsen?

ICH SCHAFFE ES, DEN REST DES NACHMITTAGS ZU ÜBERSTEHEN, ohne meinen Freunden verraten zu müssen, dass ich in Wirklichkeit „Lieblingsspielzeug" getauft wurde. Sie wollen jedes Wort wissen, das Grohann zu mir gesagt hat, und schließlich, nachdem das Thema endlich abgehakt ist, fallen wir zur Feier des Tages zu viert bei Knusperling ein und kaufen eine große Schmuckschachtel mit Köstlichkeiten, die wir abends im engen Herbergszimmer von Felian verschlingen. Es ist schon dunkel, als wir zu dritt zu Meister & Sinn zurückkehren.

Der Zwerg öffnet uns in seiner gewohnt verdrießlichen Art die Tür, doch als wir das Gebäude betreten, meint er: „Tut mir leid für euren Freund. War ein netter Kerl, der Felian."

„Er wird in Tolois bleiben", sagt Eschel. „Er bekommt eine Stelle in einem Laden für gebrauchte Instrumente."

„Schön, schön", sagt der Zwerg. „Dann wird ihm hoffentlich die Smaragdgrüne Sardelle begegnen."

„Die Smaragdgrüne Sardelle?", frage ich.

„Nie davon gehört?", erwidert der Zwerg. „Sie war eines der ersten Instrumente, die es jemals gab, aus der zweiten Kinyptischen Dynastie. Es gab drei dieser Sardellen, aber sie sind alle verschollen. Jeder Schatzjäger träumt davon, dass ihm zufällig so eine Sardelle in die Hände fällt. Es ist ein kleiner, grüner Fisch aus Holz. Wer so einen entdeckt, kann ein Riesengeschäft damit machen."

Wir steigen die Treppen zu unseren Zimmern hinauf und ich empfinde Felians Abwesenheit als herben Verlust. Wir waren immer zu viert, aber heute Nacht werden wir es nicht sein. Wenn Eschel behauptet, dass wir letztlich einer Illusion von uns selbst Echtheit verleihen, indem wir an sie glauben, dann stelle ich hiermit fest, dass ich mich in den letzten Jahren immer als einen von vier Freunden erachtet habe. Ich existiere nicht unabhängig davon – zumindest kann ich mir das nicht vorstellen. Ich bin immer auch Eschel, Felian und Skrap, wenn ich an mich denke. Und nun, da wir zu dritt über den Gang laufen, fehlt nicht nur Felian, sondern es ist, als würde ein Stück von mir selbst fehlen.

„Wir müssen den Schlüssel finden", sage ich. „Er hat es

verdient. Es gibt keinen Vertrag mehr, in dem steht, dass er den Schlüssel dem Meister abliefern muss. Er kann ihn behalten und das soll er auch tun. Ich glaube, das Schicksal hat den Schlüssel für ihn vorgesehen, so wie er es behauptet hat."

„Dann frag mal beim Schicksal nach, wo das blöde Ding ist", meint Skrap. „Wir haben überall gesucht und Felian kann nicht mehr in der Bibliothek nach Hinweisen wühlen."

„Irgendwas müssen wir übersehen haben."

„Gute Nacht", sagt Eschel, als wir ihre enzianblaue Tür erreichen. „Das wird eine Premiere. Ich habe noch keine einzige Nacht in diesem Zimmer geschlafen."

„Wenn du es nicht aushältst", erklärt Skrap mit sichtbarer Selbstüberwindung, „darfst du auch zu mir kommen."

„Danke, das weiß ich zu schätzen. Aber ich will dich nicht mit Blumen und Ambra quälen." Eschel verschwindet, Skrap öffnet die rubinrote Tür und ich wandere zu meinem tannengrünen Zimmer am Ende des Gangs. Weil ich noch nicht schlafen kann, hole ich mein Notizbuch heraus und fange an zu schreiben. Ich benutze nicht den Kugelschreiber, den mir Gerald Winter geschenkt hat, aus lauter Sorge, dass das, was ich aufschreibe, sonst lebendig werden könnte.

Ich halte die wichtigsten Momente des Tages fest, aber vor allem rufe ich mir den Wolf und die Katze ins Gedächtnis und beschreibe sie so ausführlich wie möglich. Ich will das Gefühl nicht vergessen, das ich in der Gegenwart dieser beiden Zauberer hatte. Es war, als würde das ganze Universum nur existieren und auf Dauer bestehen, weil es unablässig im Inneren summt und brummt. In der Anwesenheit des Wolfs und der Katze konnte ich dieses Brummen deutlich spüren und das war großartig. Aber kaum hatte ich den Raum mit den Zauberern verlassen, war es weg. Ich wünschte, es wäre noch da. Ich wünschte, diese Art Brummen wäre für immer in mir.

Während ich darum ringe, die Erinnerung wachzuhalten, werde ich schläfrig. Mit dem Stift in der Hand nicke ich ein und träume. Im Traum bin ich die Smaragdgrüne Sardelle, das seltene Instrument aus der zweiten Kinyptischen Dynastie. Ich wandere von Hand zu Hand. Niemand merkt, wer oder was ich bin, auch nicht ich selbst, da ich nur aus schlichtem, grün angemalten Holz bestehe. Erst als die Smaragdgrüne Sardelle ins Wasser fällt – in einen tiefen, tiefen Teich –, wird mir klar, dass ich lebendig bin. Die Sardelle schwimmt herum wie ein echter Fisch und während ich das begreife, verändert sich alles. Nichts mehr wird wie vorher sein.

KAPITEL 20
PRUDENTIA UND MIMIKRY

ERBSCHENS GEBURTSTAGSPARTY MUSS ein voller Erfolg gewesen sein. Er hat wirklich alle eingeladen außer Kruz. Auch die beiden Jahrgänge über uns waren da und tagelang wird in den höchsten Tönen von diesem Abend geschwärmt, der aus Gründen, die sich uns nicht erschließen, „legendär" gewesen sein soll. Erbschen wird behandelt wie ein Rockstar, der das Konzert seines Lebens gegeben hat, doch alles, was Skrap diesbezüglich aus Sumisu und Petti Lou herauskriegen kann, sind Sätze wie „Oh, du hättest dabei sein müssen" oder „Ich hatte eine unglaublich gute Zeit" oder „Ich weiß nicht, es war einfach perfekt".

Kruz ist zum ersten Mal, seit wir ihn kennen, ratlos.

„Ich habe von der Party überhaupt nichts gehört", erklärt er uns. „Das kann am Lärmschutzzauber gelegen haben, der Meister besteht auf so was, wenn man im Kesselgrund feiert. Aber als ich um Mitternacht mal für kleine Jungs gegangen bin und aus dem Fenster geschaut habe, war der Kesselgrund leer."

„Und das Feuerwerk?"

„Nichts mitbekommen."

„Er will dich in den Wahnsinn treiben", sagt Eschel. „Wahrscheinlich fand gar keine Party statt und Erbschen hat nur alle bestochen, damit sie behaupten, sie hätten die Nacht ihres Lebens gehabt."

„Ich glaube eher", sagt Skrap, „es war was in den Keksen."

„In welchen Keksen?“

„Na ja, in dem, was Erbschen seinen Gästen serviert hat. Ich arbeite in der Giftabteilung. Wenn du dich geschickt anstellst, kannst du deinem Feind vormachen, er hätte gekämpft und verloren, obwohl nichts dergleichen stattgefunden hat.“

„Wirklich?“, frage ich. „Oder arbeitet ihr nur an solchen Ideen?“

„Sagen wir es mal so – es werden ein paar Testreihen erprobt.“

„Auch nachts?“, will Kruz wissen. „Könnte eine Wolke eures Ich-verkaufe-meinen-Feind-für-blöd-Gebräus aus Versehen in den Kesselgrund gezogen sein?“

„Glaube ich kaum. Es wird zwar nachts gearbeitet, weil nur ein kleiner Kreis von Leuten die supergeheimen Sachen ausprobieren darf, aber die Labore grenzen nicht an den Kesselgrund, sondern an die große Wiese im anderen Innenhof.“

„Ja“, sagt Eschel, „seit dem Maulwurfdrama weiß das jeder.“

„Irgendwas stimmt da nicht“, meint Kruz. „Womöglich hat das Erbschen gar nichts damit zu tun. Die Angreifer, die seit Monaten unbemerkt hier herumschleichen, könnten die Geburtstagsgäste auf diese Weise ausgeschaltet haben.“

„Aber es ist nichts vorgefallen in der Nacht“, widerspricht Skrap. „Seit Wochen ist nichts mehr passiert. Der Meister hat die Sicherheitsvorkehrungen verschärft und das scheint zu wirken.“

Skrap hat recht. Der Meister hat sogar noch mehr getan als das. Nach dem Maulwurfdrama, wie Eschel es nennt, hat er eine Truppe angeheuert, die der Sekretär Jozo Benoit Holz in einer Unterredung mal als „tödliche Medizin“ oder auch „Hydra mit zu vielen Köpfen“ bezeichnet hat. Diese Gruppe aus Zauberern bewacht seither die sensiblen Abteilungen und stattet die dazugehörigen Gebäude mit Mechanismen aus, die die Angreifer überführen sollen.

Ich nehme an, dass man diese Leute nicht im öffentlichen Spiegelfonverzeichnis findet. Jozo Benoit Holz hat den Meister mehrfach gewarnt, dass die Leute gefährlicher sein könnten als die Angreifer selbst, doch der Meister will nichts davon hören. Er will die „Vampirratten“ loswerden, wie er seine unsichtbaren Widersacher nennt, und mittlerweile ist ihm jedes Mittel dazu recht.

Immerhin ist es seit der Maulwurfattacke ruhig geblieben.

Keine Täuschungszauber, keine Unfälle, keine Klos, die an der falschen Stelle stehen. Entweder sind die Angreifer vorsichtiger geworden oder sie holen gerade zum großen Streich aus.

WIR TREFFEN UNS JEDEN TAG MIT FELIAN UND EINMAL streichen wir auch unauffällig, wie wir glauben, durchs Schwarzwurstviertel und an Herrn Gabels Laden für gebrauchte Instrumente vorbei. Der Laden ist noch geschlossen, ein Schild weist auf seine baldige Eröffnung hin. Im düsteren Inneren herrscht Chaos – Möbel, Kisten und undefinierbarer Unrat stapeln sich in den Schatten. Wie jedes Haus im Schwarzwurstviertel wirkt das Gebäude rußig und riecht wie geräuchert.

Sonnenstrahlen verirren sich in diesem Viertel nur vereinzelt auf die Pflastersteine, da die Giebel der Häuser über den Gassen zusammenstoßen. Doch das Haus von Prudentia und Herrn Gabel liegt günstig. Es befindet sich am Rand eines kleinen, dreieckigen Platzes, auf den ein wenig Licht fällt. In der Mitte des Platzes steht ein Brunnen und wenn man mal davon absieht, dass das Wasser im Brunnen schweflig riecht und die Figur, die das historische Bauwerk schmückt, der heilige pestkranke Priszillian ist, sieht der kleine Platz eigentlich ganz hübsch aus.

Wir vier legen inzwischen ein fast zwanghaftes Verhalten an den Tag, was Orte unter Wasser angeht, und so beugen wir uns gemeinschaftlich über den Brunnenrand, um nachzusehen, ob im Becken nicht vielleicht ein Automat namens Olimpia liegt. Wie erwartet ist der Brunnen leer, abgesehen vom gelblich verfärbten Wasser und den halb zerfressenen Kupfermünzen am Grund.

„Und wo ist der Typ, der in einer Hundehütte wohnt und nachts Arien singt?", fragt Skrap.

„Ich glaube, mit der Hütte meinte Gerald Winter die Kate dort drüben", sagt Eschel und zeigt auf ein winziges Haus, das krumme, schiefe Fenster hat. Selbst ein Zwerg hätte Mühe, in dem Gebäude aufrecht zu stehen. Ein zerknicktes Plakat, das an die Haustür genagelt wurde, weist den Bewohner als „Äthersohn, Stimme der Nacht" aus.

„Na, viel Spaß dann", meint Skrap. „Hier leben offenbar nur Kriminelle und Irre. Fragt sich, welche Sorte lästiger ist."

Prompt geht ein Fenster oberhalb des Ladens auf und ein Mädchen mit langen Zöpfen und einem funkelnden Stirnreif streckt ihren Kopf zum Fenster hinaus. Sie ist höchstens zwölf Jahre alt, redet aber wie eine Erwachsene.

„Kann ich den Herrschaften behilflich sein?", fragt sie. „Sucht ihr etwas Bestimmtes oder warum streicht ihr seit zehn Minuten hier herum?"

„Entschuldigung", antwortet Felian. „Gerald Winter hat mir diese Adresse gegeben. Ich soll mich nächste Woche bei der Ladenbesitzerin Prudentia und ihrem Großvater Herrn Gabel vorstellen."

„Prudentia bin ich."

„Du?"

„Ich bin hochbegabt. Bist du ein Mardermensch?"

„Ja."

„Hast du Fell am Bauch?"

„Nein."

„Schade. Hast du sonst irgendwo Fell?"

„Äh ... nein."

„So ein Pech. Wollt ihr reinkommen? Ich mache euch Tee."

Skrap, Eschel und ich sehen uns mit gemischten Gefühlen an, doch Felian freut sich über das Angebot.

„Sehr gerne!", ruft er.

Die folgende Stunde hält sowohl positive Überraschungen als auch gruselige Momente für uns bereit. Zu den schönen Dingen gehört, dass Prudentias Teeküche, die sich hinter dem vollgestopften Ladenraum befindet, überaus ordentlich, sauber und gemütlich eingerichtet ist. Sie stellt für jeden von uns einen speziellen Tee zusammen und das Gebräu schmeckt sogar gut. Felian, den sie auf Anhieb zu mögen scheint, verspricht sie, dass er die Stelle bekommt, und sie erlaubt ihm auch, in der Dachstube des Hauses zu schlafen, sobald er aus seiner Herberge ausziehen muss.

So viel zu den positiven Dingen.

Befremdlich dagegen ist, dass Prudentia zu ihrem Glitzerstirnreif ein seidiges Nachthemd trägt, das man normalerweise als sehr freizügig bezeichnen würde, wenn es etwas zu sehen gäbe. Doch

Prudentia ist, wie gesagt, höchstens zwölf und noch ein kindlicher Strich in der Landschaft. Zudem besitzt sie andere Schamgrenzen als wir, denn sie erklärt Eschel, dass sie göttliche Hüften habe, und fragt Skrap, ob seine Flügel erogene Zonen seien, was er verstört verneint. Mich bringt sie aus dem Konzept, als sie mit beiden Händen meine Hörner umfasst und von einer intensiven männlichen Energie spricht.

„Bist du nicht zu jung, um so etwas festzustellen?", fragt Eschel kritisch.

„Nein, warum?", fragt Prudentia zurück. „Ich glaube, du bist eher zu verklemmt. Hast du schon mal was von geschlechtlicher Zauberkraft gehört? Wir leben in einer Gesellschaft, in der die sinnliche Dimension der Magie brutal unterdrückt wird, was natürlich auf die destruktiven Kräfte des magikalischen Patriarchats zurückgeht. Alles wurde zunehmend technisiert und nach außen verlagert, damit man es besser kontrollieren kann. Magikalische Instrumente sind der Höhepunkt dieser Entwicklung."

„Warum willst du dann welche verkaufen?", frage ich.

„Du kannst einen professionellen Tinker-Taiming-Spieler nicht besiegen, indem du Märchen-Mau-Mau mit ihm spielst. Das Zeitalter der Instrumente ist längst angebrochen, auf diesem Gebiet muss ich mich bewähren, um eines Tages neue Spiele und neue Regeln erschaffen zu können. Dieser Laden ist erst der Anfang. Ich will irgendwann selbst Instrumente erfinden und solche Leute wie Amadeus Meister entmachten."

„Mit unverklemmten Instrumenten?", sagt Eschel.

„Genau", erwidert Prudentia und geht über Eschels spöttischen Tonfall hinweg, als hätte sie ihn gar nicht gehört. „Die Instrumente der Gegenwart sind auf männliche Benutzer ausgerichtet. Wir brauchen Instrumente für weibliche Energien. Wusstest du, dass unter den hundert erfolgreichsten Instrumente-Zauberern der letzten hundert Jahre nur acht Frauen waren?"

„Wer sagt das?"

„Es stand in der letzten Wochenendausgabe vom Toloiser Herold. Liest du keine Zeitung?"

Eschel schweigt, Felian bittet um eine weitere Tasse Tee.

„In welchem Jahrgang bist du?", fragt Prudentia, als sie ihm einschenkt. „Ich habe in diesem Frühjahr eine Aufnahmeprüfung

207

gemacht und werde nach den Sommerferien im Abschlussjahrgang einsteigen."

„Im Ernst? Du wirst mit lauter Achtzehnjährigen zur Schule gehen?"

„So ist es. Dabei bin ich vorher noch nie auf einer Schule gewesen."

„Ich bin erst fünfzehn", sagt Felian. „Und ich werde ganz sicher keine Klasse überspringen."

Skrap hört den beiden aufmerksam zu und mustert Prudentia dabei so intensiv, dass sie es bemerkt. Mit zusammengezogenen Augenbrauen imitiert sie seinen Blick und fragt: „Was gibt's?"

„Wirst du in der Schule auch im Nachthemd herumlaufen und was vom magikalischen Patriarchat schwafeln?"

„Aber nicht doch", antwortet sie. „Ich kann mich sehr spießig und angepasst aufführen. Was meinst du, wie ich die Prüfung bestanden habe? Mit perfekter Mimikry."

Hätte ich Eschel nicht erst neulich nachts die Bedeutung des Wortes Mimikry vorgelesen, hätte ich keine Ahnung, was das ist. Doch so weiß ich, dass damit die Fähigkeit von Tieren und Pflanzen gemeint ist, andere Lebewesen durch falsche Signale auszutricksen. So können harmlose Fliegen wie Wespen aussehen, um ihren Jägern zu entkommen. Prudentia erinnert mich aber weniger an eine Fliege auf der Flucht als an einen Fliegenpilz im Gewand eines glitzernden Pfifferlings.

Als wir kurz darauf die Teestube verlassen und den vollgestopften Laden in Richtung Ausgang durchqueren, bleibt Skrap vor einem kleinen Totenschädel stehen, der auf einer Kommode platziert ist.

„Ist das auch ein gebrauchtes magikalisches Instrument?", fragt er.

„Nein, das ist der Kaffeebecher meines Opas", antwortet Prudentia.

„Sieht aber eher wie ein Totenkopf aus", meint Skrap.

„Ist es ja auch", erwidert sie. „Er sammelt solche Sachen."

„Totenköpfe?"

„Alles, was mit Totenkulten zu tun hat. Er ist ein sehr interessanter und gebildeter Mann. Ich bin so froh, dass wir uns begegnet sind."

208

Skrap schneidet uns hinter Prudentias Rücken eine Grimasse, doch Felian grinst nur. Auf dem Heimweg äußert er sich restlos begeistert über das Schwarzwurstviertel, den Laden und Herrn Gabels Enkelin.

„Jetzt hör schon auf", meint Skrap. „Da wird einem ja angst und bange. Versprich mir, dass du in diesem Lebenskünstlerviertel nicht den Verstand verlierst. Nur einmal das Wort ‚Patriarchat' aus deinem Mund und ich kündige dir die Freundschaft."

„Was für eine patriarchalische Drohung", witzelt Felian. „Aber du musst zugeben, dass sie beeindruckend klug ist. Überleg mal, sie hat als Zwölfjährige die Aufnahmeprüfung für den Abschlussjahrgang bestanden."

„Intelligenz und geistige Gesundheit gehen nicht immer Hand in Hand", sagt Skrap. „In dem Fall haben sie sich nicht mal berührt."

„Wenn sie so spießig und angepasst sein kann", wirft Eschel ein, „warum sind wir dann nicht in den Genuss ihrer perfekten Mimikry gekommen? Mir wäre es lieber gewesen, sie hätte sich verklemmt aufgeführt, statt über meine Hüften und die männliche Energie von Breiks Hörnern zu schwadronieren."

„Sie war ehrlich", kontert Felian. „Seit wann ist es ein Fehler, wenn jemand ausspricht, was er denkt?"

„Zwischen Lüge und Aufrichtigkeit", erwidert Eschel, „gibt es noch das segensreiche Feld des Schweigens."

„Damit kennst du dich ja aus", sagt Felian. „Aber es müssen ja nicht alle so zugeknöpft sein wie du."

„Was soll das heißen?"

„Du machst aus allem ein großes Geheimnis. Wir wissen rein gar nichts über deine Vergangenheit. Dass du nicht bei Meister & Sinn bleiben willst, hast du uns auch erst vor ein paar Tagen verraten. Und in jeder dritten Nacht schleichst du aus meinem Zimmer. Glaubst du, das merke ich nicht?"

„Das macht sie?", fragt Skrap.

„Ja. Sie läuft immer rüber zu Breik. Keine Ahnung, warum."

„Er liest mir Wörter vor, das ist alles."

„Mitten in der Nacht?"

„Ja, es beruhigt mich."

„Es soll ja auch keine Kritik sein", sagt Felian. „Aber zur

Abwechslung ist es auch mal ganz schön, wenn ein Mädchen einfach so erzählt, was in ihr vorgeht."

Eschel verabschiedet sich an diesem Abend frostig von Felian.

Auf dem Heimweg zu Meister & Sinn kultiviert sie das segensreiche Feld des Schweigens und als wir unsere Zimmer erreichen, sagt sie nicht mal Gute Nacht zu Skrap und mir.

„Was hat sie?", fragt mich Skrap, als sie in ihrem Enzianzimmer verschwunden ist.

„Ich schätze, Felian hat einen wunden Punkt bei ihr getroffen."

„Welchen?"

„Er hat angedeutet, dass sie sich seltsam verhält."

„Aber das tun wir doch alle", sagt Skrap. „Deswegen sind wir Freunde. Weil wir anders und seltsam sind."

„Ja, schon. Ich denke nur, dass sie ein paar schlimme Dinge erlebt hat. Deswegen ist sie so, wie sie ist. Und wenn ihr dann ein guter Freund vorwirft, dass sie zu wenig erzählt, dann fühlt sie sich verraten und niedergemacht."

„Vielleicht ist sie ja auch eifersüchtig. Felian hat immer ihr gehört. Er war wie ein Hündchen, das ihre Nähe gesucht hat. Aber jetzt ist Prudentia aufgekreuzt, Felian wird in ihrem Laden wohnen und aufhören, sich wie Eschels persönliches Schoßtier aufzuführen."

„Auch möglich."

„Liest du ihr wirklich nur Wörter vor?"

„Ja, ich schwör's."

„Wir *sind* seltsam, Breik. Gute Nacht."

„Nacht", sage ich.

Ich bleibe bis zwei Uhr wach, weil ich hoffe, dass Eschel an meine Tür klopfen und mir erzählen wird, was los ist. Doch sie kommt nicht und ich schlafe über meinem Notizbuch ein. Wie so oft in letzter Zeit träume ich, ich wäre die lebendig gewordene Smaragdgrüne Sardelle. In dieser Nacht schwimme ich in der Regentonne im Wunderwald herum und betrachte die versunkenen mechanischen Vögel. Eschel steht am Rand der Tonne und sagt: „Siehst du, ich habe dir doch gesagt, dass du nur eine Illusion bist, der du Festigkeit verliehen hast."

Ich erwache ganz plötzlich und die Erkenntnis trifft mich wie ein Blitz: Warum habe ich nie daran gedacht? Die Regentonne, die

Vögel, meine Allergie ... Was, wenn die Vögel nur Illusionen sind, die ich fest gemacht habe? Ebenso wie den Boden der Tonne? Womöglich war es kein Zufall, dass Sissi Meisters Kater die Wasseroberfläche der Regentonne mit der Pfote gestreift hat. Und waren nicht auf der Tür des Hauses in der Spieluhrengasse lauter Vögel zu sehen? Die mechanischen Vögel von Lilli Sinn sind Spieluhren. In der Regentonne liegen sie *unter Wasser*.

Ich stehe auf und ziehe meine Jacke über. Ich muss der Sache auf den Grund gehen – im wahrsten Sinne des Wortes.

KAPITEL 21
DIE KATZENPRINZESSIN

ICH STECKE den Kugelschreiber mit den Messingschuppen ein, nur für den Fall, dass ich in der Dunkelheit Licht brauche. Es widerstrebt mir, den Wunderwald mitten in der Nacht zu betreten, wenn er zum Gruselwald geworden ist, aber ich muss Bescheid wissen und es ist mir auch lieber, wenn mich keiner bei meinen Nachforschungen beobachtet. Schon gar nicht Sissi Meister, die viel zu oft da ist, wo ich auch bin.

Der Wald sieht im Dunkeln so anders aus, dass ich die Ruine erst nach einigen Irrwegen finde. Zur Regentonne gelange ich dagegen zielsicher – man muss nur eine bestimmte Runde dreimal absolvieren und der verwitterten Statue eines kleinen Mädchens über den Kopf streichen, dann öffnet sich ein Durchgang zu einem Teil der Ruine, der vorher nicht begehbar war. Ich mache kein Licht, sondern taste mich direkt zur Regentonne vor und schaue auf die Wasseroberfläche, in der sich ein paar Sterne spiegeln. Ich muss aufpassen, dass ich nicht wieder fest mache, was nicht fest sein soll, daher reiße ich mich von dem Anblick los und setze mich stattdessen auf den Rand der Tonne. Es kostet mich ein bisschen Mühe, meine Beine über den Rand zu schwingen, aber als das geschafft ist, muss ich nur noch loslassen und schon gleite ich in das Wasser hinab.

Eine Empfindung von kalter Nässe packt mich kurz, doch sie lässt sofort wieder nach, weil das Wasser nur eine Illusion ist, die ihre Macht verliert, sobald man sie durchdringt. Ich sacke tiefer und wie ich es erwartet habe, rutsche ich durch den Boden der Tonne hindurch, was ein komisches Gefühl ist. Ich falle in eine dunkle Röhre hinein und sause darin erst nach links, dann nach rechts und immer weiter nach unten, bis mich der Metalltunnel an einem pechschwarzen, klammen Ort wieder ausspuckt. Ich bin jetzt irgendwo unter der Erde.

Mein Herz stampft in der Brust. Ich habe die Gruft entdeckt, in der sich die automatische Puppe Olimpia befinden muss, und ich brauche jetzt dringend Licht. Zum Glück habe ich den hölzernen Stift mit den Messingschuppen eingesteckt. Ich muss ihn nicht herausholen, es reicht, wenn ich mich auf seine Magikalie konzentriere, die dadurch aktiviert wird, dass ich meinen Willen auf ein magisches Ziel richte. Ich kann fast körperlich spüren, wie die Energie, mit der man zaubern kann, in meine Fingerspitzen fließt. Dort fängt sie zu leuchten an.

Ein golden schimmernder Zweig aus Licht wächst aus meinen Fingern. Er bildet Kringel und Blätter und breitet sich leuchtend in alle Richtungen aus. Ich könnte das Leuchten intensivieren, doch meine Übungen mit dem Lurchgeblütel haben gezeigt, dass ich dazu neige, es mit dem Zaubern zu übertreiben. Zudem hat mich Gerald Winters Mitbewohnerin gewarnt, dass ich dadurch nicht nur Mauern und Fenster zerstören könnte, sondern auch mich selbst. Also drossle ich den Magikaliefluss, um zu verhindern, dass die Pflanze zu kräftig wird.

Das Licht ist entsprechend schwach und ich kann nur ein paar Schritte weit sehen. Immerhin weiß ich auf diese Weise, wo ich meine Hufe hinsetze. Am Boden stehen Pfützen, auf denen sich ein glibberiger grüner Schleim gebildet hat, ansonsten erkenne ich nur feuchtes Gemäuer und ein paar herumliegende Skelettknochen, die hoffentlich nur Illusionen sind. Die goldenen Ranken des Lichts wachsen zunehmend verspielt aus meiner Hand. Nach und nach enthüllen sie mir einen Gang, dessen Wände aus Steinplatten bestehen.

Es war zu befürchten, dass Olimpia hier nicht einfach so herumsteht und mich freudig empfängt. Da die Puppe weit und breit nicht zu sehen ist, suche ich einen Gang nach dem anderen ab, was dadurch erschwert wird, dass jeder Gang und jede Kreuzung gleich aussehen. Um mich nicht hoffnungslos zu verlaufen, hebe ich einen losen Stein vom Boden auf und kratze an jeder Abzweigung Striche an die Wände.

Eine halbe Stunde später komme ich zum achten Mal an derselben Kreuzung vorbei. Immer wieder lande ich hier und mir fällt ein, dass es in der Ruine einen ähnlichen Ort gibt. Man kommt ständig dort vorbei und er verändert sich, wenn man rückwärts geht. Ich versuche das Gleiche hier unten, komme aber nur zwei Schritte weit. Beim dritten Schritt finde ich keinen Boden mehr unter den Hufen und verliere das Gleichgewicht. Ich falle, lande auf einem glitschigen Untergrund und schlittere einen abschüssigen Tunnel hinab, der sich plötzlich hinter mir aufgetan hat. Die Rutschpartie ist nicht angenehm, aber ich komme unverletzt unten an.

Im ersten Moment ist es dunkel, doch allmählich nimmt das Licht, das aus meinen Fingern wächst, wieder die Form von Kringeln und Ranken an. Was ich erkennen kann, ist ziemlich gruselig, denn in dem Raum, in dem ich gelandet bin, findet eine imaginäre Beerdigung statt. Eine Prinzessin mit einem Katzenkopf liegt in einem offenen Sarg. Neben ihr sitzt eine alte Dame auf einem Schemel und liest aus einem Märchenbuch vor.

Hätte uns Felian nicht erzählt, dass „Die Katzenprinzessin" Lilli Sinns Lieblingsmärchen gewesen ist, wäre ich jetzt verwirrt. Aber so weiß ich, dass die Katzenprinzessin nur schläft und darauf wartet, dass ihr ein Katerprinz einen verzauberten Fisch ins Mäulchen steckt, woraufhin sie erwachen wird.

Nun bin ich kein Prinz und einen Fisch habe ich auch nicht bei mir, aber ich sehe zwei Kupfermünzen, die auf den geschlossenen Augen der schlafenden Prinzessin liegen. Felian hat uns mehrfach eingeschärft, dass wir nach solchen Münzen Ausschau halten sollen. Es sind die Groschen einer alten Währung, die vor fünfzig Jahren abgeschafft wurde. Früher gab es in Tolois überall Automaten mit Süßigkeiten. Warf man einen Kupfergroschen ein, kamen Bonbons, Kaugummis oder saure Gummimonster heraus. Lillis Lieblingsbonbons waren Himbeerbonbons in der Form von Schweinchen, die es aber nur ganz selten gab.

Die alte Dame auf dem Schemel sieht verblüffend echt aus, kann aber nur eine Illusion sein, die auf magikalische Weise dreidimensional auf den Hocker projiziert wird. Ich staune über diese Meisterleistung, denn sogar ihre Brust bewegt sich. Doch sie reagiert nicht auf meine Anwesenheit und so halte ich sie für eine harmlose Dekoration.

„Es ist nur wahrscheinlich", höre ich Felian in meiner Erinnerung sagen, „dass ein oder mehrere Kupfergroschen notwendig sind, um einen Automaten zum Laufen zu bringen oder einen Weg freizuschalten. Solltet ihr also einen versteckten Kupfergroschen finden, steckt ihn ein."

Es kommt mir schäbig vor, der schlafenden Katzenprinzessin gleich beide Kupfermünzen zu rauben, aber da diese Münzen im Märchen nicht vorkommen und somit für ihre Erlösung verzichtbar sind, greife ich zu und lasse die Münzen in der Hosentasche verschwinden. Im selben Moment höre ich ein Schlucken und Räuspern hinter meinem Rücken.

Ich fahre herum und erkenne gerade noch rechtzeitig, dass die alte Dame von ihrem Schemel aufgesprungen ist. Sie hat ihren Mund aufgerissen, in dem sich eine schaurige rote Lichtquelle befindet, und holt eine Schere aus ihrer Schürze, die sie angriffslustig erhebt. Mit der anderen Hand greift sie in ihre Frisur und zieht eine Haarnadel heraus. Das Ding ist so lang und spitz wie ein Stilett und damit geht sie jetzt allen Ernstes auf mich los.

Erst weiche ich ihr nur halbherzig aus, in der naiven Annahme, dass ich sowieso schneller bin als die Oma-Illusion. Doch da liege ich falsch, denn meine Gegnerin ist weder langsam noch eine Illusion. Ich realisiere das auf schmerzhafte Weise, als sie mir ihre Stilett-Haarnadel in die linke Schulter rammt.

„Aufhören!", befehle ich der irre gewordenen Vorleserin, doch als würde sie dieser Befehl erst recht erzürnen, wird sie noch biestiger und beginnt, mit ihrem rot leuchtenden Mund nach mir zu schnappen. Kaum bin ich der ersten Beißattacke entronnen, sehe ich die Schere auf mich zusausen. Vor lauter Schreck vergesse ich jegliche Zurückhaltung, die mir der Lurchgeblütel antrainiert hat, und gebe dem Fluss der Magie einen neuen Befehl.

Ich bin fast verwundert darüber, wie prompt mir die Magie gehorcht. Auf einmal wird das Licht, das aus meiner Hand strömt, zu einer magischen Erweiterung meiner selbst. Ich kann es fühlen und mit meinem Willen steuern und so greife ich meine Widersacherin an mehreren Stellen gleichzeitig an. Die goldenen Kringel explodieren förmlich und werden zu einem magischen Gestrüpp aus Kraft, das die wild gewordene alte Dame umwickelt und einsperrt. Es dauert nur Sekunden, da kann die Schere nicht länger schneiden und der Mund der alten Dame ist mit leuchtenden Pflanzentrieben verstopft.

Mein Sieg ist glorreich, doch die Hochgefühle werden von einem heftigen Schmerz in meiner Hand verdrängt, der während der Lichtexplosionen aufgeflammt ist und nun zunehmend darin wütet. Jetzt, da der Feind besiegt ist, dringt das ganze Ausmaß der Katastrophe zu mir durch: Es fühlt sich an, als wären sämtliche Knochen in meiner Hand gebrochen. Meine Hand glüht von innen und außen, der Schmerz schwillt weiter an, und die Macht der Zerstörung, die ich erweckt habe, droht auf meinen Arm überzugreifen. Ich kann kaum denken vor Schmerz und Panik, aber ich weiß, ich muss den Zauber stoppen. Sofort.

Ich reiße mich zusammen und konzentriere mich auf alles, was mir der Lurchgeblütel jemals über die Verlangsamung und Kontrolle von Zaubern beigebracht hat. Das Wissen rattert in einem Affenzahn durch mein Gedächtnis: Magie kontrolliert man am effektivsten, indem man gleich zu Anfang, wenn eine gefährliche Intensität entsteht, einen Schritt zurück macht und dem Zauber die Energie entzieht. Ist der Zauber zu weit fortgeschritten, muss statt des Schritts ein Sprung erfolgen. Das Feuer kann nur abkühlen, indem ich mich distanziere und von der eigenen Magie entferne. Ich muss sie als fremde Kraft erachten.

Ich wiederhole im Geist die Worte, die ich mir für solche Fälle eingeprägt habe: „Das ist nicht mein Zauber. Ich will nichts damit zu tun haben. Diese Magie muss erstarren und sterben. Ich will loslassen."

Immer wieder gehe ich diese Sätze durch und löse meinen Willen von dem verzehrenden Glühen, das meine Hand schon ganz zerstört haben muss. Vor lauter Schmerzen tränen meine Augen, ich atme mühsam. Doch ich kann sehen, wie die Ranken, die die alte Dame einschließen, allmählich an Farbe verlieren. Sie werden grau, versteinern und ziehen sich zusammen, was der fest gewordenen Illusion der alten Dame nicht gut bekommt. Sie zerbricht wie eine Porzellanvase in lauter kleine Scherben, die zu

216

Boden rieseln. Jetzt habe ich eine weitere von Lillis Attraktionen geschrottet.

Allmählich lässt auch das Leuchten meiner Hand nach, die Umrisse der Finger werden sichtbar. Sie hängen schlaff herab und es gelingt mir nicht, sie zu bewegen. Mehr kann ich nicht erkennen, denn es wird dunkel, als mein Zauber erlischt. Die natürliche Schwärze, die an diesem Ort herrscht, kehrt zurück.

Ich höre mich atmen. Genau davor hat mich die Cruda in Gerald Winters Haus gewarnt. Die starke Magie, die mich vor der alten Frau gerettet und meine Hand zerstört hat, kann gar nicht aus dem harmlosen hölzernen Kugelschreiber mit den Messingschuppen stammen. Hier muss Naturmagie am Werk sein. Sie kommt aus mir und es ist eine gefährliche Kraft. Hätte ich einen lebendigen Menschen so eingewickelt wie die alte Dame, wäre er jetzt tot. Und wäre es mir nicht gelungen, rechtzeitig aus dem Zauber zu entkommen, hätte ich nicht nur meine Hand, sondern meinen gesamten Körper zerbrochen.

Mir wird ganz kalt bei dem Gedanken, doch das wirkt sich positiv auf den Schmerz in meiner Hand aus. Sie tut immer noch weh, aber es ist auszuhalten. Zwei Finger kann ich wieder ein bisschen bewegen, den Rest der Hand nicht. Ich bin mir sicher, dass etliche Knöchel gebrochen sind. Das ist nicht lustig, aber auch kein Drama, denn die moderne Heilmagie kann so etwas beheben, wenn man sich mit dem Arztbesuch nicht zu lange Zeit lässt. So tröste ich mich und überlege, wann die ärztliche Abteilung von Meister & Sinn öffnet. Morgens um acht? Oder um zehn?

Erst mal muss ich aus dieser Gruft herausfinden, um überhaupt zum Arzt gehen zu können, und dafür brauche ich Licht. Zittrig aktiviere ich die Magikalie in meinem Instrument. Oder ich versuche es, doch das magische Reservoir des Stifts ist eindeutig leer, was nach der Vorstellung eben kein Wunder ist.

Meine körpereigene Magikalie reicht normalerweise nicht aus, um Licht zu erzeugen, aber da ich ja nun weiß, zu was für Magieeinsätzen ich in der Lage bin, versuche ich mein Glück, indem ich die mysteriöse naturmagische Kraft anzapfe, die in mir steckt. Extrem vorsichtig lasse ich sie fließen und drossle die Energie auf ein Minimum, sodass ein Licht aus meiner linken Hand strömt. Es bildet keine Kringel, es schimmert nur schwach und ich hoffe, dass das so bleibt. Ich kann es mir nicht leisten, noch eine Hand zu zerstören.

In gewohnter Weise ziehe ich mein Bein nach und schleppe mich entkräftet durch den Raum. Trotz meiner kaputten Hand will ich Olimpia finden, damit sich das Ganze wenigstens gelohnt hat. Sie muss hier irgendwo sein. Ich bin nah dran, ganz bestimmt, und ich bin noch nicht kaputt genug, um aufzugeben.

Ich untersuche das Mobiliar im Raum und ziehe irgendwann halbherzig an einem Kleiderhaken an der Wand. Er gibt nach und entpuppt sich als ein Hebel, den man ganz nach unten ziehen kann. Eine getarnte Tür springt auf, ich humple hindurch und gelange in einen engen Flur, dessen Wände mit geblümten Tapeten überzogen sind. Ein Teppich aus grüner Wolle verschluckt jedes Geräusch, das meine Hufe sonst gemacht hätten.

Der Gang durch diesen Flur kommt mir irreal vor, wie in einem Traum. Dabei findet all das wirklich statt. Ich muss an Lilli Sinn denken, die diesen Ort erdacht und geschaffen hat. War sie ein Genie mit einem reichlich schrägen Humor? Oder stecke ich hier im Labyrinth einer Geisteskranken fest? So oder so, die Frau ist mir inzwischen unheimlich. Aber ich bin ja auch nicht derjenige, der ihre Gedanken erraten hat. Es ist Felians Weg, den ich beschreite, und ich schwöre, ich werde ihm den Schlüssel mit Freuden schenken, wenn ich ihn gefunden habe. Ich will das Ding nicht.

Endlich nimmt der ellenlange Gang ein Ende und ich erreiche eine hölzerne Tür mit einem Hundekopfklopfer, der eine täuschend echte Nachbildung des Originalklopfers aus dem Kesselgrund ist.

„Hunger!", mault der Hundekopf. „Ich lass dich nur rein, wenn du mich fütterst."

Ich stöhne leise. Allmählich habe ich den Hokuspokus satt. Wo, bitte, soll ich in diesem kahlen Flur etwas zu essen auftreiben?

„Bonbons", jammert der Hundekopf. „Ich will Bonbons."

Mir geht ein Licht auf: Er spricht von einem dieser Automaten, aus dem Süßigkeiten kommen! So ein Automat muss hier irgendwo sein. Suchend schaue ich mich um, da erklärt der Hundekopf: „Unter Buchen musst du suchen."

„Wie bitte?"

Doch der Hundekopf hat sein Textrepertoire erschöpft. Jetzt geht es wieder los mit: „Hunger! Ich lass dich nur rein, wenn du mich fütterst."

Es hilft ja nichts. Ich wandere den ewig langen Flur wieder zurück und studiere die Blumen auf der Tapete. Oben, unten, rechts, links. Das gesamte Muster ist ein Suchbild, in dem es, wenn man ganz genau hinsieht, lauter Kleinigkeiten zu entdecken gibt: Spaziergänger mit Zylindern, Damen mit Schirmen, Magnolienbäume, Torten, Kutschen, Eichhörnchen und schließlich – nach zwei Dritteln des Gangs – eine Gruppe von Buchen, scheinbar in der Ferne, jenseits einer Wiese. Dem Spruch des Hundekopfs zufolge muss ich unter den Buchen suchen und tatsächlich finde ich genau da einen Schlitz, in den man Münzen stecken kann. Ich krame die beiden Kupfergroschen hervor und stecke sie in den Schlitz, woraufhin es vielversprechend rattert.

„Lecker!", höre ich den Hundekopfklopfer am anderen Ende des Flurs rufen. „Meine Lieblingsbonbons."

Ich schleppe mich zurück und als ich bei der Tür ankomme, steht sie offen. Der Hundekopfklopfer hat lauter rote Bonbons in Schweinchenform in seinem Maul und wann immer er zubeißt, knackt es. Ich stelle mir lieber nicht die Frage, ob ich der Illusion Festigkeit verliehen habe oder nicht. Der Weg zu Olimpia ist jetzt hoffentlich frei und das ist alles, was zählt.

Doch leider ist es nicht Olimpia, die mich in dem hell erleuchteten Raum auf der anderen Seite empfängt. Jemand anderes sitzt dort und blickt mich entgeistert an.

Es ist Sissi Meister.

KAPITEL 22
DANKE FÜR DEINE FRAGE

„WAS MACHST DU DENN HIER?", fragt sie mich. Sie steckt in einem Schlafsack und sitzt damit auf einem Sofa, auf dem sie bis eben genächtigt haben muss. Ihr Haar wirkt noch ungekämmter als sonst und ihre Augen sehen klein und wie geblendet aus vom Licht eines Kronleuchters, der bei meinem Eintreten aufgeflammt ist.

„Das Gleiche wollte ich dich auch gerade fragen", sage ich und lasse den Blick durch das Zimmer wandern auf der Suche nach Olimpia. Der Raum sieht aus wie das Ankleidezimmer einer wohlhabenden Dame. Links sehe ich eine Kommode mit Frisierspiegel, mir gegenüber steht ein riesiger Kleiderschrank, rechts ist das Sofa, auf dem Sissi sitzt. Teppiche, Möbel und Wände sind weiß und mit einem dezenten Muster versehen, doch da es keine Fenster gibt und sich der Raum seit Jahren unter der Erde befindet, hat das Weiß hier und da einen morbiden Grünschimmer angenommen. Zudem riecht es modrig.

„Was ist mit deiner Hand passiert?", fragt Sissi.

„Wo ist Olimpia?", frage ich zurück.

„Kannst du mir bitte antworten?"

„Du antwortest doch auch nicht."

Sie schält sich ärgerlich aus ihrem Schlafsack. Ihre normale Kleidung muss sie am Abend vorher ausgezogen haben, denn sie trägt nur Unterwäsche. Da ich den Anblick von Mädchen in

Unterwäsche nicht gewohnt bin, muss ich aufpassen, dass ich sie nicht zu intensiv anstarre. Taktvoll blicke ich erst zum Kronleuchter und dann zur Frisierkommode, nur um im Spiegel schon wieder Sissi Meister zu sehen. Ich müsste lügen, wenn ich behaupten würde, dass ich das spärlich bekleidete Mädchen mit ihren verwuschelten Haaren nicht irgendwie reizvoll fände.

„Lass mich raten", sagt Sissi, während sie sich ein drei Nummern zu großes Männerhemd überzieht. „Du hast mal wieder eine Illusion fest gemacht und dich daraufhin mit Lillis Kinderfrau geprügelt."

„Geprügelt ist das falsche Wort, aber es stimmt, dass wir aneinandergeraten sind. Dabei sah die Kinderfrau so harmlos aus, ich hatte überhaupt nicht mit einem Angriff gerechnet."

Sissi schlüpft in ihre Hose und wirkt besänftigt. Die Tatsache, dass ich so ahnungslos bin, gefällt ihr.

„Die Kinderfrau war eine ältere Nachbarin der Sinns", erklärt sie. „Wenn Lillis Mutter zur Arbeit ging, hat die alte Frau auf die kleine Lilli aufgepasst. Sie war eine kultivierte und belesene Dame. Von ihr hat Lilli jede Menge Geschichten gehört, unter anderem die Katzenmärchen, die sie besonders geliebt hat."

„Die Katzenprinzessin – davon wusste ich."

„Ja, das war ihr Lieblingsmärchen. Leider neigte die Nachbarin zu jähzornigen Anfällen. Bei den geringsten Anlässen rastete sie aus und wurde sogar handgreiflich. Doch es gab drei Zauberworte, mit denen Lilli ihre Kinderfrau wieder zur Vernunft bringen konnte. Diese drei Worte hättest du sagen müssen und der Spuk wäre vorübergewesen."

„Und wie lauten die drei Worte?"

Sissi schnürt sich ihre derben Grubenstiefel zu und antwortet: „Ich habe Angst."

„Das sind die drei Zauberworte?"

„Genau."

Nie im Leben wäre ich auf die Idee gekommen, zu dem Monster in Gestalt einer alten Dame zu sagen: „Ich habe Angst.". Obwohl ich vermutlich Angst hatte.

„Sobald die Kinderfrau merkte, dass sie Lilli durch ihre Attacken Angst einjagte, hat sie sich zusammengerissen. Lilli hat mir immer gepredigt, dass es sehr hilfreich sein kann, zuzugeben, dass

221

man Angst hat. Sowohl sich selbst als auch anderen gegenüber. ‚Nur ein Feind wird dich daraufhin schlecht behandeln und so erkennst du ihn immerhin.' Das war einer ihrer Standardsprüche."

„Du kommst mir nicht wie jemand vor, der jemals gesteht, dass er Angst hat."

„Ich habe dir nur erklärt, was mir Lilli beibringen wollte. Das heißt noch lange nicht, dass ich derselben Ansicht bin wie sie."

„Apropos Katzenmärchen – wo ist eigentlich Radiofon?"

Sissi Meister zeigt auf den Rüschenvorhang am unteren Rand des Sofas. Offenbar hat sich der Kater darunter versteckt, obwohl er mir viel zu groß vorkommt, um unter das Sofa zu passen.

„Du hast mir immer noch nicht gesagt, was du hier machst", sagt Sissi.

„Ich suche Olimpia", antworte ich. „Kannst du dir das nicht denken?"

„Schon klar", erwidert sie. „Aber warum kreuzt du mitten in der Nacht hier auf?"

„Weil ich von der Regentonne geträumt habe und mir plötzlich aufgegangen ist, was für ein Idiot ich war. Nur weil ich die Illusion an dem Tag, als ich sie untersucht habe, aus Versehen fest gemacht habe, war ich überzeugt davon, dass sie kein Durchgang ist."

„Nun ja, das ist ja auch ein Problem, mit dem Lilli bestimmt nicht gerechnet hat. Es dürfte ziemlich einzigartig sein."

„Ja", sage ich müde. „Ich bin einzigartig."

„Du blutest übrigens. Der Stoff an deiner Schulter ist ganz rot."

„Ach, das muss die Haarnadel gewesen sein. Tut nur halb so weh wie meine Hand."

Sissi hebt die Augenbrauen, aber sagt nichts dazu.

„Ist Olimpia in dem großen Kleiderschrank?", frage ich.

„Erraten."

„Schläfst du öfter hier?"

„Nur ab und zu, wenn mich die Welt draußen zu sehr nervt. Oder wenn ich darüber nachdenke, welche Frage ich der Puppe als Nächstes stellen will. Du hast nur einen Versuch und wenn du damit scheiterst, musst du Geduld haben. Das Wartungsprogramm für den Wunderwald sieht vor, dass der magikalische Stromkreis nach einem gewissen Zeitraum für fünf Minuten unterbrochen wird, damit fehlerhafte Schleifen eliminiert werden. Das passiert alle zehn Tage und vier Stunden. Danach kannst du der Puppe eine weitere Frage stellen."

„So clever, wie du bist, müsstest du längst herausgefunden haben, wie man den magikalischen Stromkreis per Hand abschalten und neu starten kann."

„Ja, stell dir vor, das habe ich sogar getan. Aber dieser Keller hat einen eigenen magikalischen Stromkreis, der mit der ursprünglichen Programmierung gekoppelt ist. Von manuellen Eingriffen in der Wunderwaldschaltzentrale bleibt er unberührt. Wäre ja auch zu einfach gewesen"

„Wie viele Fragen hast du Olimpia schon gestellt?"

„Zwölf."

Ich versuche zu überschlagen, seit wie vielen Monaten Sissi nun schon nach der richtigen Frage sucht, doch sie kommt mir mit der Antwort zuvor.

„Seit vier Monaten mühe ich mich ab und verrenke mir das Hirn, ohne auch nur einen Schritt weiter gekommen zu sein. Also viel Vergnügen bei deiner ersten Frage."

„Wenn ich überhaupt fragen darf. Du hast die Einmal-in-zehn-Tagen-Chance ja schon verbraucht."

„Ich schätze, du bekommst deine eigene Einmal-in-zehn-Tagen-Chance. Wäre ja sonst auch blöd."

„Gib es zu: Du gehst davon aus, dass ich die falsche Frage stelle."

Sie lächelt selbstzufrieden. „Natürlich. Sonst wäre ich womöglich beunruhigt, denn es liegt nicht in meinem Interesse, dass ein braver Lehrling zu meinem Vater rennt und ihm den Schlüssel abliefert."

„Das wird sowieso nicht passieren. Ich suche den Schlüssel für meinen Freund Felian. Dein Vater hat ihn letzte Woche gefeuert. Ohne Felian wäre ich nicht hier, er hat all die Hinweise entdeckt, die mich hierhergeführt haben. Er hat auch den Ort gefunden, den der Schlüssel aufschließt."

„Den Ort kenne ich inzwischen auch. Danke für deinen Tipp."

Ich merke, wie sagenhaft erschöpft ich bin, darum schleppe ich mich zu dem Hocker vor der Frisierkommode und lasse mich darauf fallen. Ich brauche eine Pause. Es spielt sowieso keine

Rolle, ob ich Olimpia sofort befrage oder erst in zehn Minuten. Die Frage wird falsch sein, davon bin ich überzeugt. Aber vielleicht gelingt es mir ja noch, ein paar nützliche Informationen aus Sissi herauszubekommen. „Weißt du, dass dein Vater total unfair gewesen ist?", sage ich. „Es hieß, wir sollten uns auf eine Aufgabe stürzen, die uns begeistert, und das würde reichen, um bei Meister & Sinn zu bleiben. Aber der Einzige von meinen Freunden, der wirklich wie ein Verrückter an einer Sache gearbeitet hat und dabei geniale Fortschritte gemacht hat, war Felian. Wir anderen schlagen uns so durch, aber er wusste, was er wollte, und hat sich ganz nah an den Schlüssel herangetastet. Und dann – kurz vor dem Durchbruch – wurde er rausgeschmissen."

„Kurz vor dem Durchbruch?", fragt Sissi. „Weiß dein Freund, welche Frage Olimpia hören will?"

„Nein. Er hat keinen blassen Schimmer."

Sissi atmet deutlich hörbar auf. „Tut mir leid, aber ich habe so viel Zeit in diese Suche investiert, dass ich es nicht ertragen könnte, wenn einer wie du daherkommt und beim ersten Frageversuch erfolgreich ist."

„Einer wie ich?"

„Versteh mich nicht falsch: Ich habe nichts gegen humpelnde Jungs mit Mufflonhörnern. Aber du bist auch der erklärte Liebling meines Vaters und die Lobeshymnen, die ich mir am Abendbrottisch über dich anhören muss, verderben mir regelmäßig den Appetit."

„Welche Lobeshymnen?", frage ich entgeistert. „Er macht den Leuten vor, ich sei ein Halbsatyr, und ich fühle mich miserabel dabei. Trotzdem mache ich brav, was dein Vater von mir will, damit ich nicht gefeuert werde. Und im Gegensatz zu allen anderen Lehrlingen leiste ich an meinen Einsatztagen gar nichts, sondern sehe deinem Vater nur dabei zu, wie er Geschäfte macht. Das ist erbärmlich und absolut keine Hymne wert."

„Wir beide wissen, dass du wirklich ein Halbsatyr bist, selbst mein Vater hat es inzwischen kapiert. Es hat eine Weile gedauert, aber spätestens nach seinem letzten Gespräch mit dem Lurchgeblütel, der von deiner ominösen Allergie berichtet hat, ist der Groschen gefallen."

224

„Mist."

„Außerdem glaubt er aus irgendwelchen Gründen, die mir nicht einleuchten, dass du aus einem ähnlichen Holz geschnitzt wärst wie er. Er will dich aufbauen und zu seiner rechten Hand ausbilden. Weißt du, mein Vater hat viele miese Eigenschaften, aber er hat auch eine Vorliebe für Außenseiter und ich schätze, das ist was Gutes. Er hat dich gesehen und auf Anhieb in sein gieriges Herz geschlossen."

„Felian war auch ein Außenseiter."

„Ich sage dir, was mit deinem Freund nicht gestimmt hat: Er hat meinen Vater an seinen eigenen Vater erinnert. An Troubadin. Das war auch so ein schwärmerischer Typ wie dein Freund. Würden die Albträume meines Vaters Gestalt annehmen, dann würden keine Monster, Vampire oder Höllenhunde über ihn herfallen, denn vor so etwas fürchtet er sich nicht. Stattdessen müsste er in diesem Albtraum seinem Vater gegenübertreten, einem sensiblen, gefühlsduseligen Idealisten. Mein Vater wollte immer anders sein als Troubadin. Sein Großvater Bartholomäus hat ihm eingebläut, dass er sich unbedingt von diesem angeblichen Versager unterscheiden muss. Jemanden wie Felian in seinem Unternehmen zu haben, hat ihn gegruselt. Das ist meine Theorie, gesagt hat er das nie. Der Name deines Freundes wurde beim Abendessen nicht ein einziges Mal erwähnt."

„Das ist interessant."

„Ja, nicht wahr?"

„Erklärst du mir noch was?"

„Wenn's sein muss."

„Mein Kumpel Kruz meint, du würdest ihm regelmäßig das Leben schwer machen. Er behauptet, du wärst vollkommen durchgeknallt. Aber du kommst mir ganz klar im Kopf vor und redest eigentlich nur vernünftiges Zeug. Ich verstehe diesen Widerspruch nicht."

Sie lächelt, wenn auch mit einer leicht arroganten Note.

„Es gibt Rätsel, die muss man ohne Hilfe lösen."

„Okay, ich dachte mir schon, dass das zu weit geht. Reden wir lieber über den Schlüssel: Ich würde ihn Felian geben, wenn ich ihn finde. Was würdest du tun?"

„Keine Ahnung. Ich schätze, Lillis Erbe wird genauso schwer

zu verstehen sein wie der Weg, der dorthin führt. Wahrscheinlich würde ich versuchen, aus ihrem Nachlass klug zu werden, und dann ... na ja ... würde ich das tun, wozu ich Lust habe."

„Würdest du deinen Vater einweihen?"

„Nein. Jedenfalls nicht, bevor mir eine Urkunde mein Erbe sichert. Das würde für mich schon recht schwierig werden, aber für deinen Freund Felian ist das fast unmöglich. Sobald er sein Erbe einfordern würde – und damit die 15 Prozent des Unternehmens, die laut Testament an den Besitzer des Schlüssels gehen –, würde ihn mein Vater rechtlich bekämpfen. Ohne das Erbe könnte dein Freund die Prozesskosten garantiert nicht bezahlen. Und selbst wenn er es könnte, hätte er wegen seines Lehrlingsvertrags kaum eine Chance zu gewinnen."

„Der Vertrag wurde aufgelöst."

„Trotzdem kann mein Vater darauf pochen, dass der Vertrag noch gegolten hat, als dein Freund die maßgeblichen Nachforschungen angestellt hat. Und da sich der Schlüssel vermutlich auf dem Gelände von Meister & Sinn befindet, müsste Felian erklären, wie er den Schlüssel bekommen hat, ohne sich verbotenerweise hier aufzuhalten."

„Stimmt – er darf nur als Lehrling auf das Gelände, aber für jeden Lehrling gilt der Vertrag."

„Ich würde ihm raten, vorläufig auf die 15 Prozent zu verzichten und das Erbe heimlich zu behalten. Aber das sage ich dir nur für den grauenvollen Fall, dass du Olimpia erfolgreicher befragst als ich."

Ich bezweifle, dass mir das gelingen wird. Sissi kommt mir sehr schlau vor und trotzdem ist sie mit zwölf Fragen gescheitert. Wie viele Fragen gibt es auf der Welt? Und wie soll ich da die eine richtige finden, die passt? Eher glaube ich, dass wir Olimpia löchern werden, bis wir alt und grau sind.

„Warum willst du nicht, dass dein Vater den Schlüssel bekommt?"

„Erstens, weil ich finde, dass *ich* ihn verdiene. Und zweitens, weil er schon mächtig genug ist."

„Und drittens, weil du ihn nicht leiden kannst?"

„Alle behaupten das, aber das ist nicht so. Ich weigere mich nur, ihm in allem zu gehorchen und zu folgen. Er hat auch ein paar gute Eigenschaften und ich sehe das durchaus. Ich bin keine von Hass zerfressene Furie."

„Das habe ich nicht gesagt."

„Kruz hält mich dafür und viele andere auch", erklärt Sissi. „Weil ich auf sämtliche Regeln der Höflichkeit pfeife. Aber ich bin weder verbittert noch habe ich einen Schaden."

Ich nicke, weil ich denke, dass sie das von mir erwartet.

„Mein Leben lang habe ich probiert, mehr über meine Mutter herauszufinden", fährt Sissi fort. „Aber alles, was ich über sie ans Licht bringen konnte, war unerfreulich. Sie wollte hoch hinaus und dafür war ihr jedes Mittel recht. In ihrer Abteilung war sie unbeliebt, weil sie gegen alles und jeden intrigiert hat. Vermutlich war auch die Affäre mit dem Firmenboss nur ein Schachzug von ihr. Kaum war sie schwanger, hat sie von meinem Vater verlangt, dass er sich scheiden lässt und sie heiratet. Außerdem wollte sie, dass er sie zur Direktorin macht und zur Teilhaberin von Meister & Sinn. Es muss entsetzliche Szenen gegeben haben und schließlich hat er sie rausgeworfen. Er hat sie großzügig abgefunden und ihr monatlich eine hohe Summe für meinen Unterhalt überwiesen. Er wollte mich auch sehen und besuchen, aber sie hat es ihm verboten. Das ist wahr, das haben mir sogar enge Freunde meiner Mutter erzählt. Ja, ich wünschte, er wäre das Schwein bei dieser Affäre gewesen, aber es war wohl eher umgekehrt. Nachdem meine Mutter tot war, hat er mich sofort in seine Familie geholt, obwohl meine Stiefmutter protestiert hat."

„Kruz sagt, dass du deinen Vater bekämpfst."

„So kann man es nennen, aber ich hasse ihn nicht. Ich wehre mich nur gegen vieles, was er denkt, sagt und tut. Ich bin die Einzige in der Familie, die ihm nicht aus der Hand frisst. Meine Geschwister halten ihn für den tollsten Kerl der Welt."

„Was er aber nicht ist."

„Er ist das Gegenteil, weil er die Menschen nicht so sein lässt, wie sie sein wollen, sondern sie zu seinen Soldaten macht. Ada wollte Naturkreisläufe studieren und später als Forscherin um die Welt reisen, um neue Tierarten zu entdecken – oder, wie mein Vater es auszudrücken pflegt, ,Scheißmücken zu katalogisieren'. Er hat ihr das ausgeredet. Er hat sie dazu gebracht, ihren Traum zu

227

begraben. So ist er und so war auch schon sein Großvater. Aber mit mir wird ihm das nicht gelingen."

Mich packt auf einmal eine Welle der Zuneigung. Ich will das gar nicht, aber irgendwie bin ich Sissi dankbar, weil sie ausspricht, was ich auch schon gedacht habe. Sie verleiht einem Konflikt, der in mir wütet, Worte.

„Weißt du schon, welche Frage du Olimpia stellen wirst?", fragt sie.

„Nein."

„Willst du sie trotzdem sehen?"

„Ja."

Sissi steht auf und geht zu dem großen Schrank. Als sie die Türen öffnet, wird Lillis Automatenpuppe sichtbar: Sie steht traurig da, mit hängendem Kopf, die Augen geschlossen. Ihr Gesicht ist aus Porzellan, Hals, Dekolleté und Arme bestehen aus rosa lackiertem Metall. Sie trägt Handschuhe, die wie das Zimmer, in dem wir stehen, leicht grünlich angelaufen sind.

„Sie sieht nicht so aus, als würde sie auf Fragen reagieren", sage ich.

„Dazu muss sie erst aktiviert werden."

Mein Blick fällt auf ein Nadelkissen, das im Schrank liegt. Dieses Nadelkissen gehörte zu den Dingen, nach denen Felian uns hat suchen lassen. Denn Lilli Sinn hatte die Angewohnheit, Nadeln in ein Nadelkissen zu stecken, wenn sie konzentriert nachdenken wollte. Drei Nadeln senkrecht, eine weitere Nadel waagrecht, sodass die Nadeln ein L gebildet haben. War das L gesteckt, zog sie die Nadeln wieder heraus und steckte sie von Neuem hinein, immer in der gleichen Reihenfolge.

Da exakt vier Nadeln neben dem Kissen im Schrank liegen, ergreife ich sie mit der gesunden Hand und stecke sie in das Kissen, genauso wie es Lilli Sinn früher getan hat. Kaum steckt die vierte Nadel, erklingt ein surrendes Geräusch und Sissi Meister nickt anerkennend.

Gespannt blicke ich Olimpia an, deren Körper nun zu vibrieren beginnt. Die Puppe öffnet ihre Augen, die aus Glas bestehen müssen und sehr echt aussehen. Gleichzeitig gehen im Schrank mehrere bunte Lichter an, die das mechanische Wesen farbig beleuchten. Ich hatte erwartet, dass sich die Puppe aufrichtet, wenn Magikalie durch sie fließt, doch sie strafft sich nur minimal und hängt ansonsten so traurig herum wie zuvor. Nicht mal den Kopf hat sie angehoben.

„Wie lautet deine Frage, Neuankömmling?"

Die Stimme hört sich an, als würde sie irgendwo hinter der Schrankwand aus einem altmodischen Grammophon tönen. Olimpias Lippen, die zu einem winzigen o geformt sind, bewegen sich nicht.

„Siehst du, sie erkennt, dass du ein anderer bist als ich", stellt Sissi fest. „Da bin ich wirklich beruhigt, sonst hätten wir uns jedes Mal um die nächste Frage prügeln müssen, wenn der Stromkreis unterbrochen war."

„Warum sieht sie so sagenhaft unglücklich aus?", frage ich, ohne daran zu denken, dass die Puppe eine Frage erwartet und meinen Satz als solche deuten könnte. Umso überraschter bin ich, als das Licht im Schrank zu blinken anfängt und die Grammophonstimme erklingt.

„Deine Frage lautet: Warum sieht sie so sagenhaft unglücklich aus?"

Ich sehe Sissi erschrocken an, doch die grinst nur schadenfroh.

„Pass auf", flüstert sie. „Gleich wird sie sagen: ‚Danke für deine Frage. Deine Frage ist leider nicht korrekt'. Danach wird das Licht rot und erlischt. Ich hasse diesen Moment."

Doch noch ist es nicht so weit. Das Licht im Schrank blinkt und blinkt.

„Dauert es immer so lange?", frage ich.

„Ja. Es ist jedes Mal zermürbend."

Endlich hört das Blinken auf, die Grammophonstimme ertönt.

„Danke für deine Frage."

Stille.

„Deine Frage erfreut mich", fährt die Puppe fort. „Du erkundigst dich nach meinem Wohlbefinden. Das ist korrekt."

Sissis Kinnlade klappt nach unten und meine vermutlich auch. Mein Herz poltert in meiner Brust, meine Gedanken überschlagen sich und ich bestaune ungläubig, wie das Licht im Schrank nun einheitlich grün wird. Doch die Puppe ist noch nicht fertig. Erneut erklingt die Grammophonstimme.

„Die Antwort auf deine Frage lautet: Ich vermisse meine

Geschwister. Du darfst mir eine weitere Frage stellen."

Oh nein, wirklich? Ich unterdrücke ein Stöhnen und auch Sissi verdreht die Augen. Besser ich denke nicht groß nach, sondern spreche einfach aus, was mir als Erstes durch den Kopf schießt.

„Wo sind deine Geschwister?"

Das grüne Licht erlischt, im Schrank fängt es wieder an, bunt zu blinken. Wir warten.

„Das macht mich verrückt", sagt Sissi. „Einerseits will ich wissen, wo der Schlüssel ist, und andererseits wünschte ich, *ich* hätte die richtige Frage gestellt. Wenn das Licht nun rot wird, habe ich noch eine Chance."

Ich bin viel zu aufgeregt, um mir etwas zu wünschen. Ich spüre nur das Wummern meiner Herzschläge. Selbst der Schmerz meiner Hand dringt kaum zu mir durch. Die Sekunden ziehen sich in die Länge, länger als der längste, endlos weich gekaute Kaugummi. Da ... ein leises Rauschen. Die Grammophonstimme setzt zum Sprechen an.

„Danke für deine Frage", erklärt die Puppe. „Deine Frage erfreut mich. Sie ist korrekt."

Erneut wird das Licht grün und ich stelle mich seelisch auf das großzügige Angebot ein, eine dritte Frage stellen zu dürfen.

„Meine Geschwister", sagt die Automatenstimme, „erwarten mich zu Hause. Wirst du mich nach Hause bringen? Wenn du dazu bereit bist, sprich lauter."

Ich soll lauter sprechen? Ich bin kurz verwirrt, doch dann fällt mir ein, dass das Wort „lauter" auch noch eine andere Bedeutung hat. Ist ein Mensch lauter, dann ist er ehrlich und aufrichtig. Ich glaube, dass es Lilli um diesen Unterschied ging. Der Meister ist lauter als andere, weil er jeden übertönt. Aber Lilli wollte einen Erben, der lauter im Sinne von aufrichtig ist. Ich begreife, dass der letzte Satz der Puppe eine klare Anweisung ist. „Wenn du dazu bereit bist, sprich: Lauter."

„Lauter", sage ich, obwohl ich mir dabei etwas doof vorkomme.

Das Licht im Schrank blinkt erneut, ich höre Sissi neben mir geräuschvoll atmen. Wir warten und warten. Diesmal dauert es noch viel länger als die Male zuvor, bis der Automat reagiert. Endlich wird das Licht wieder grün, ein Ruck geht durch Olimpia und sie hebt den Kopf. Gleichzeitig wird ihr Körper leicht durchgeschüttelt und sie fängt an, sich zu drehen. Als ihr Gesicht in Richtung Schrankhintergrund zeigt, öffnet sich dort eine Klappe. Ein von einer einzelnen Glühbirne beleuchtetes Fach wird sichtbar und darin steht eine Schachtel, die kaum größer ist als die Kartons, in denen Meister & Sinn Manschettenknöpfe oder Anstecknadeln verkauft. Ich starre die Schachtel an, ohne mich zu rühren.

„Willst du das Ding nicht herausholen?", fragt Sissi. „Am Ende verliert Olimpia die Geduld und die Klappe schließt sich wieder."

„Du kannst die Schachtel rausholen und heimlich reinsehen, wenn du willst. Ich darf den Schlüssel nicht finden, sonst müsste ich ihn laut Vertrag deinem Vater übergeben."

„Das ist aber nur ein billiger Trick."

„Ich habe eine Schachtel gefunden, keinen Schlüssel. Und diese Schachtel werde ich Felian bringen. Also schau rein oder lass es. Hauptsache, ich weiß nicht, was drin ist."

Sissi greift nach der Schachtel im Fach und dreht mir sofort den Rücken zu, um den Inhalt der Schachtel zu begutachten.

„Ja", sagt sie. „Was da drin ist, ist kleiner, als ich es mir immer vorgestellt hatte. Aber es sieht genauso aus, wie alle dachten."

Sie dreht sich wieder zu mir um, die Schachtel ist verschlossen.

„Darf ich mitkommen?", fragt sie. „Ich will Olimpias Geschwister sehen und alles andere, was in dem Haus in der Spieluhrengasse steckt."

Ich greife mit der linken Hand nach der Schachtel.

„Wenn du mir morgen Nacht mit der Puppe hilfst, ja. Wir müssen sie hier rausbringen, ohne dass es jemand sieht. Ich möchte sie dabeihaben, wenn Felian das Haus aufschließt."

„Warum?"

„Na, weil ich es versprochen habe. Außerdem könnte es ja sein, dass das Haus seine Geheimnisse erst enthüllt, wenn wir Olimpia an den magikalischen Kreislauf angeschlossen haben, an dem auch ihre Geschwister hängen."

„Hm, das ist ein ziemlich naheliegender Gedanke und du bist sogar vor mir darauf gekommen."

„Hast du eine Ahnung, wie viel Uhr es ist?"

Sissi zieht eine Taschenuhr aus ihrer unförmigen Hose.

„Fünf Uhr dreißig.“

„So spät schon. Müssen wir jetzt den ganzen Weg zurückgehen, die Rutsche hochkriechen und durch die Regentonne nach draußen klettern?“

„Leider ja und wir sollten uns beeilen. Im Hundekopfklopfer tickt eine Uhr, die sämtliche Mechanismen, die aktiviert worden sind, nach einer Stunde wieder in den Ausgangszustand zurückversetzt. Es gibt zwar noch einen anderen Weg nach draußen, aber der ist umständlich, weil man eine Falltür unter dem Sofa benutzen muss und nur mit reichlich Klettern in den Raum mit der Katzenprinzessin zurückkommt. Für mich ist das normalerweise kein Problem, aber mit deiner verletzten Hand kämst du nicht weit. Du solltest dich übrigens so bald wie möglich verarzten lassen.“

„Wie lange kann man Brüche magisch reparieren? Ich meine, ich hätte mal was von zwölf Stunden gehört.“

„Das ist von Mensch zu Mensch verschieden. Und bei Halbsatyrn kann sowieso alles anders sein. Ich werde mit der Ärztin von der ärztlichen Abteilung spiegelfonieren, sobald wir draußen sind, damit sie ihre Praxis für dich öffnet.“

„Ach, ich gehe sowieso erst zu Felian. Ich kann dort bis acht Uhr warten.“

„Zehn Uhr. Die Abteilung öffnet erst um zehn und das ist zu spät. Wirklich, ich rufe sie an. Mein Vater bezahlt sie fürstlich dafür, dass sie zu jeder Tages- und Nachtzeit bereitsteht, weil mein Bruder Theodor unter einer seltenen Krankheit leidet und nachts öfter Krämpfe bekommt. Sie ist unsere Anrufe gewohnt und deine Verletzung ist nicht harmlos.“

„Danke“, sage ich. „Bis dahin sollte ich mir eine gute Geschichte ausdenken.“

„Allerdings. Radi?“

Nichts rührt sich unter dem Sofa, also schiebt Sissi es kurzerhand zur Seite und der zusammengerollte Kater kommt zum Vorschein. Das graugelbe Ungetüm tut so, als würde es schlafen, dabei habe ich das sichere Gefühl, dass es die ganze Zeit wach war. Sissi packt den Kater und klemmt ihn unter den Arm. Er lässt es sich gefallen, als wäre er ein lebloses Stofftier.

„Wir müssen uns beeilen“, sagt sie. „Ich gehe voraus.“

KAPITEL 23

ANDERSMEDIZIN

SISSI SORGT FÜR LICHT, sodass ich keine anstrengenden Magie-Entfachungs-und-Brems-Manöver durchführen muss, worüber ich froh bin. Während ich mich voranschleppe, umklammere ich die Schachtel, in der sich der wertvolle Schlüssel befindet. Die Vorstellung, wie ich ihn Felian überreichen werde, durchflutet mich immer wieder mit Energie und bewahrt mich davor, zusammenzuklappen.

„Traurig", sagt Sissi, als wir den Scherbenhaufen passieren, der einmal die Illusion der Kinderfrau gewesen ist.

„Wenn die Mechanismen in den Ausgangszustand zurückversetzt werden – wird sie dann wieder normal sein?"

„Das werden wir morgen sehen. Ich schätze, sie wird kopflos auf ihrem Stuhl sitzen und sich ruckhaft bewegen, wenn sie auf uns losgeht. Ich hoffe nur, dass ihre Ohren noch intakt sind."

„Ohne Kopf?"

„Vielleicht können wir auch einfach davonrennen, sobald sie ihre fünf Minuten bekommt."

Wir steigen den Tunnel hinauf und erreichen die Kreuzung, an der ich rückwärts gegangen bin. Es ist gut, dass Sissi den Weg weiß, denn die Markierungen, die ich auf den Wänden hinterlassen habe, verschwimmen vor meinen Augen.

„Willst du den Schlüssel sofort zu Felian bringen?"

233

„Ja. Er sollte nicht länger auf diesem Gelände bleiben als nötig."

„Dein Freund wohnt im Löchrigen Eimer? Der ist um diese Uhrzeit noch geschlossen. Ich kann dich aber trotzdem reinbringen. Ich kenne die Wirtin gut."

„Wieso kennst du sie?"

„Weil sie häkelnd vor ihrer Herberge sitzt, seit ich denken kann. Ich habe ihren Tarnzauber vom ersten Tag an durchschaut."

„Und warum versteckt sie sich?"

„Es macht ihr eben Spaß, Leute zu beobachten. Vor allem wenn sie denken, dass sie nicht beobachtet werden."

„Da kenne ich noch jemanden, der das gerne tut."

„Sagen wir, sie konnte mich für ihr Hobby begeistern."

„Aber es ist nicht in Ordnung."

„Ich werde es ausrichten."

„Findest du nicht auch, sie sollte mit ihrem Dackel öfter spazieren gehen, statt ihn zu Tode zu füttern?"

Sissi dreht sich zu mir um.

„Du hältst den Dackel für einen Dackel?", fragt sie.

„Ja."

Sie schaut wieder nach vorn und geht schweigend weiter, ohne mir eine Erläuterung zu liefern. Zehn Minuten später stehen wir vor der Rutsche, über die ich in die Gruft gelangt bin.

„Wird es schwierig, mit einer Hand da hochzukriechen?"

„Es ist machbar", antwortet sie. „Ich kenne mich damit aus, weil ich meistens Radiofon im Arm habe, wenn ich zurück in die Regentonne klettere. In der Tonne selbst gibt es kleine Vorsprünge, auf die man sich stellen kann."

Ich prüfe, ob die Schachtel, in der sich der Schlüssel befindet, in meine Hosentasche passt, und nach einigem Quetschen glaube ich, dass sie dort sicher feststeckt. Den Rest des Weges absolviere ich in stummer Quälerei. Die Rutsche ist länger, als ich sie in Erinnerung habe, und es ist mühsam, sie hinaufzuklettern. Irgendwann ist es geschafft. Über mir sehe ich falsches Wasser und das echte Licht des frühen Morgens aufscheinen. Noch ein paar letzte Anstrengungen und ich kann über den Rand der Tonne steigen. Kaum berühren meine Hufe den dämmrigen Boden der Ruine, sagt mir Sissi Lebewohl.

„Ich sorge dafür, dass die Tür zum Löchrigen Eimer offen ist“, sagt sie. „Und die ärztliche Abteilung wird um acht Uhr für dich aufmachen. Passt es dir heute Nacht um halb zwölf? Genau hier?“ Ich nicke, doch sie ist schon nicht mehr zu sehen. Sie hat sich unter ihren Tarnzauber verdrückt, zusammen mit dem Kater. Ich blicke eine Zeit lang die Stelle an, an der sie verschwunden ist, doch mein Gefühl sagt mir, dass sie die Ruine bereits verlassen hat.

Der laute Gesang von lebendigen Vögeln erfüllt das Gemäuer. Der Duft realer Pflanzen hängt dick in der Luft. Der Sommer hat begonnen, ohne dass ich es so richtig mitbekommen habe. Ich fühle mich ungewohnt einsam. Die üppige Jahreszeit pulsiert in meinen Adern.

FELIAN HAT BEHAUPTET, ER WÜRDE JEDEN MORGEN BIS ZEHN Uhr schlafen, seit er bei Meister & Sinn rausgeflogen ist, doch das stimmt gar nicht. Als ich an seine Zimmertür klopfe, macht er mir sofort auf und ist schon fertig angezogen, obwohl es noch nicht mal sieben ist. Ein aufgeschlagenes Buch liegt auf dem Nacht-schrank, auf dem Boden stapeln sich weitere Wälzer. Alles Seefah-rerliteratur, den Titeln nach zu urteilen.

„Ist was passiert?“, fragt er. „Du siehst total fertig aus.“

„Meine Hand ist kaputt“, antworte ich und betrete das Zimmer. An der Zimmerdecke brennt eine Lampe mit einem Schirm aus buntem Glas. Es wirft blaue, grüne und goldene Lichter in den kleinen Raum. Ich setze mich auf Felians Bett und hebe den rechten Arm. „Ich habe mit Naturmagie gezaubert. Meine Knochen fanden das nicht so gut, sie sind einfach zerbrochen.“

„Das ist ja grauenvoll!“, ruft Felian. „Du musst das sofort behandeln lassen.“

„Ja, gleich um acht Uhr renne ich zur ärztlichen Abteilung. Aber vorher habe ich etwas für dich. Bitte versprich mir, dass du es erst heute Nacht ausprobierst, wenn auch Eschel und Skrap dabei sind.“

Felian bemerkt meinen frohlockenden Blick.

235

„Sag nur, du hast ...“

Ich nicke und Felian verschlägt es sofort die Sprache. Er starrt die Schachtel an, die ich aus meiner Hosentasche ziehe, und als ich sie ihm reiche, schüttelt er den Kopf und weicht zurück.

„Nein“, sagt er. „Es ist deiner, du hast ihn gefunden.“

„Er gehört dir“, widerspreche ich. „Ich bin nur deinen Hinweisen gefolgt.“

Felian schüttelt immer noch den Kopf, doch diesmal nicht aus Bescheidenheit, sondern weil er nicht glauben kann, dass wir es tatsächlich geschafft haben.

„Jetzt nimm schon die Schachtel und mach sie auf!“, dränge ich ihn. „Ich habe selbst noch nicht reingeschaut, aber Sissi sagt, der Schlüssel liegt drin.“

„Sissi?“

„Ja, Sissi Meister. Ich bin ihr in der Gruft begegnet. Die Regentonne ist übrigens ein Durchgang. Man muss nur hineinspringen.“

„Sissi weiß, dass du den Schlüssel gefunden hast?“

„Sie wird ihrem Vater nichts verraten. Und ich werde ihm auch nichts sagen, denn ich habe nur eine Schachtel gefunden und von einer Schachtel steht nichts in meinem Lehrlingsvertrag. Willst du sie nicht öffnen?“

Felians Hände zittern, als er die Schachtel entgegennimmt und den Deckel hochhebt. In einem Futter aus grüner Seide liegt ... der Schlüssel der Lilli Sinn. Er ist klein und zierlich. Ehrfürchtig holt ihn Felian heraus.

„Er fühlt sich wie ein ganz normaler Schlüssel an.“

„Das ist er aber nicht. Ich habe mich für heute Nacht mit Sissi verabredet. Wir müssen Olimpia aus der Gruft holen und sie in das Haus bringen, das der Schlüssel aufschließt. Das war eine Bedingung: Der Automat hat verlangt, dass ich ihn zu seinen Geschwistern bringe. Es wird in dem Haus noch mehr Puppen geben.“

Felian nickt, die Augen auf den Schlüssel in seiner Hand gerichtet.

„Ich habe Sissi erlaubt, mitzukommen“, sage ich. „Sobald wir die Puppe rausgeholt haben, gehen wir zu fünft in die Spieluhrengasse. Bist du damit einverstanden?“

236

„Seid ihr Freunde, Sissi und du?"

„Nein, wir kennen uns kaum. Aber Tatsache ist, dass du den Schlüssel jetzt nicht hättest, wenn sie nicht gewesen wäre. Ich habe aus Versehen die richtige Frage ausgesprochen, als ich mit ihr geredet habe."

„Wirklich? Welche Frage war das?"

„Olimpia wollte, dass man sich nach ihrem Wohlbefinden erkundigt."

„Natürlich", sagt Felian und greift sich an den Kopf. „Darauf hätte ich auch selbst kommen können. In ihren Tagebüchern beklagt sich Lilli oft darüber, dass niemand wissen will, wie es ihr geht. Sie kam sich vor wie ein Automat, der Ideen und Baupläne liefert, aber als Mensch für jemanden wie Bartholomäus überhaupt keine Bedeutung besitzt."

„Stimmt, die Frage war naheliegend."

„Ja, aber vieles, was naheliegend ist, bemerkt man erst, wenn man darüber stolpert."

Als ich vom Schlüssel aufschaue, sehe ich, wie Felian die Tränen über das Gesicht laufen.

„Ich bin kein Versager, Breik", bringt er hervor. „Ich habe den Schlüssel gefunden. Mit eurer Hilfe natürlich nur."

„Niemand hat jemals behauptet, dass du ein Versager wärst. Niemand, dessen Meinung wichtig wäre."

„Die Meinung vom Meister ist unwichtig?"

„Absolut. Wir gehören zum Team Lilli, auch wenn mir diese Frau nicht ganz geheuer ist. Ich fürchte, in der Spieluhrengasse erwarten uns weitere Merkwürdigkeiten."

Felian lächelt glücklich.

„Darauf kommt es nicht an. Sie wollte, dass jemand erkennt, wer sie wirklich war, und das ist uns gelungen. Obwohl ich sie nie gekannt habe, ist sie wie eine Freundin für mich."

„Dann gefällt dir hoffentlich, was du findest."

„Ist deine Hand kaputt, weil du mir den Schlüssel besorgt hast?"

„Sie wäre früher oder später sowieso kaputtgegangen. Sobald ich die Naturmagie einsetze, die in mir steckt, besteht die Gefahr, dass mein Körper daran zerbricht."

„Was? Wirklich? Das ist ja furchtbar!"

„Der Lurchgeblütel hat mir beigebracht, sehr kontrolliert zu zaubern. Ich weiß jetzt, dass ich seine Ratschläge mit aller Macht beherzigen muss. Der Unfall war also lehrreich."

„Hoffentlich lässt es sich reparieren."

„Ach, da braucht es bestimmt nur ein paar Heilzauber und dann wachsen die Knochen wieder zusammen."

„Bei normalen Menschen, ja", sagt Felian. „Aber bei Halbsatyrn?"

ALS ICH PÜNKTLICH UM ACHT UHR BEI DER ÄRZTIN vorspreche, reagiert sie mit einem ähnlich skeptischen Gesichtsausdruck wie Felian.

„In dieser Verletzung wirkt immer noch Magie", erklärt sie mir, nachdem sie die Hand abgetastet hat. „Und zwar keine, mit der ich vertraut bin. Wenn ich jetzt einen magikalischen Heilzauber auf deine Knochen lege, könnte das die Situation drastisch verschlimmern."

„Wegen meiner Allergie?"

Sie antwortet nicht, sondern runzelt die Stirn.

„Aber Sie können mir doch helfen?"

„Ich fürchte, nein", sagt sie. „Ich werde nun einen Professor anrufen, der eine Koryphäe auf dem Gebiet der Andersmedizin ist. Er arbeitet an der Klinik für nichtmenschliche Kreaturen und Mischwesen. Ich hoffe, er gibt dir einen Nottermin."

Sie setzt sich an den Schreibtisch und ich sehe ihr dabei zu, wie sie sich per Spiegelfon von einem Vorzimmerdrachen zum nächsten durchkämpft. Der Herr Professor scheint eine ganze Armada von Leuten angestellt zu haben, deren Job es ist, jegliche Anfragen abzublocken. Erst als die Ärztin erklärt, es handele sich bei ihrem Patienten um „einen besonderen Schützling von Amadeus Meister", stößt sie auf Interesse. „Ja, der mit Hufen und Hörnern."

Danach geht alles sehr schnell. Die Ärztin notiert eine Adresse und bestellt eine Mietkutsche.

„Er empfängt dich sofort, noch vor der offiziellen Sprechzeit. Du solltest ihm gegenüber zugeben, dass du ein Mischwesen bist,

238

denn falls die Verletzung deiner Hand durch Naturmagie verursacht wurde, muss er das wissen. Keine Sorge, alles, was wir hier reden und was du mit dem Professor besprichst, unterliegt der ärztlichen Schweigepflicht."

In den Minuten, die bis zur Ankunft der Mietkutsche verbleiben, säubert die Ärztin meine Wunde an der Schulter.

„Wie konnte es bloß dazu kommen?", fragt sie mich. „Das ist ein tiefe Stichwunde."

„Mein Freund Skrap und ich haben zum Spaß gekämpft. Wir hatten Gemüsespieße in der Hand und haben so getan, als wären es Degen. Leider bin ich in Skraps Spieß reingesprungen, als er sich plötzlich gedreht hat. Gestern sah es noch harmlos aus, erst heute Nacht hat es zu bluten angefangen."

„Aber ja doch", sagt die Ärztin. „Und dann hast du versucht, die Wunde mit Naturmagie zu heilen?"

Ich nicke, merke aber, dass sie mir kein Wort glaubt. Zum Glück gibt es die Schweigepflicht. Die Ärztin ist übrigens unglaublich hübsch und sanftmütig. Ich muss an Sissis Bruder Theodor denken, der oft Krämpfe bekommt und nachts von diesem Engel verarztet wird. Ob er bei ihrer Einstellung ein Wörtchen mitzureden hatte?

Kaum ist meine Schulter verbunden, fährt auch schon die Mietkutsche vor.

„Hier ist die Adresse der Klinik, der Professor heißt Submariner. Nenn deinen Namen an der Rezeption und sag, dass du einen Nottermin vor der regulären Sprechstunde bekommen hast. Sollte es Probleme geben, sollen die Verantwortlichen mit mir spiegelfonieren."

„Danke."

„Viel Glück", sagt sie und sieht dabei so entmutigt aus, dass mir das Herz in die Hose rutscht.

IM WARTEZIMMER DES PROFESSORS SITZEN EIN ZYKLOP, EINE Hydraverwandte und ein Geschöpf, für das ich keinen Namen weiß. Alle drei werfen mir böse Blicke zu, als ich vor ihnen ins Behandlungszimmer gerufen werde, denn sie warten schon viel länger als ich. Entschuldigend zeige ich auf meine rechte Hand und lasse sie noch trauriger herabhängen, als sie es ohnehin schon tut, aber das ändert nichts daran, dass der Zyklop sein einziges Auge auf mich richtet und in kritischem Tonfall „Sonderbehandlung" murmelt, als ich den Raum verlasse.

Professor Submariner ist nicht viel größer als ich in meinem gebeugten Zustand, doch seine Mimik und Gestik verraten mir, dass er sich für die bedeutendste Persönlichkeit des Universums hält. Trotzdem behandelt er mich nicht von oben herab, sondern eher wie ein überaus wertvolles Präparat, das ihm zufällig unter den Lupomaten gerutscht ist.

„Dann wollen wir mal sehen", sagt er. „Darf ich?"

Ich halte ihm die Hand hin, die er daraufhin betastet, vorsichtig dreht und schließlich mit einer Spezialbrille begutachtet. „Hm, hm", sagt er in regelmäßigen Abständen. „Hm, hm."

„Denken Sie, die Knochen lassen sich magikalisch reparieren?", frage ich. „Der Schaden ist wahrscheinlich durch Naturmagie entstanden. Es könnte auch problematisch sein, dass ich eine Allergie gegen Magikalie habe."

„Wie kommst du darauf?", fragt er streng. „Wer hat behauptet, du hättest eine Allergie?"

„Mein Lehrer für Praktische Zauberei. Es kommt manchmal zu Zwischenfällen. Zum Beispiel mache ich aus Versehen Illusionen fest."

„Hm, hm."

„Also ... das könnte daran liegen, dass ich ... ein Halbsatyr bin."

„Was könnte woran liegen?"

„Die Allergie gegen Magikalie könnte daran liegen, dass sich Naturmagie und Magikalie nicht vertragen."

„Ach, das ist Quatsch. Satyrn konnten mit Magikalie nichts anfangen, weil sie diese Magieform für minderwertig hielten. Dass sie dagegen allergisch gewesen wären, darüber ist nichts bekannt."

„Aber Feen haben ebenfalls mit Naturmagie gezaubert und viele von ihnen haben Allergien gegen Magikalie."

„Die Hälfte von ihnen. Die andere Hälfte, die dunklen Feen, haben mit Magikalie nicht das geringste Problem. Und der einzige Halbsatyr, von dem wir bisher wussten, kann sowohl mit Naturmagie als auch mit Magikalie zaubern."

„Grohann?"

„Wer sonst? Zu deinen Vorfahren, mein junger Freund: Über die wissen wir so gut wie nichts. Als die Satyrn noch gelebt haben, haben sie alles, was sie für wichtig hielten, nur ihresgleichen erzählt und niemals aufgeschrieben. All das Wissen ging verloren, als der heilige Wald von Tamen zerstört wurde und mit ihm sämtliche Satyrn ausgelöscht wurden. Das betraf auch jegliches Wissen über die Satyrn selbst, aber das hat danach sowieso niemanden mehr interessiert."

„Mich würde es schon interessieren."

„Leider hat dich dein Vater nicht als seinesgleichen anerkannt, sonst hätte er dich vielleicht gelehrt, was es heißt, ein Satyr zu sein."

„Er wusste nichts von meiner Existenz. Hätte er davon gewusst, hätte er mich getötet."

„Siehst du, das ist der Grund, warum niemand den Satyrn auch nur eine Träne nachgeweint hat. Aber in einem hast du recht: Auch die Feen haben mit Naturmagie gezaubert und sie waren entfernt mit den Satyrn verwandt, weswegen Feen und Satyrn biologisch perfekt zusammengepasst haben. Ganz im Gegensatz zu Satyrn und Menschen, die zwar Nachkommen miteinander zeugen konnten, doch auf diese Weise Mischwesen hervorbrachten. Mischwesen sind hochinteressante Geschöpfe, ich liebe sie. Aber sie landen häufig in meiner Praxis, weil es mitunter hakt."

„So wie bei mir."

„Genau, mein junger Freund. Was ich jetzt tun werde, ist folgendes: Ich werde versuchen, die einzige Expertin für Heilmittelkunde zu kontaktieren, die jemals einen Halbsatyr behandelt hat."

„Sie hat Grohann verarztet?"

„Ja. Mir ist bewusst, dass ihr nicht unbedingt vergleichbar seid. Du bist mehr Mensch und Grohann ist mehr Satyr, aber falls die Expertin ein paar Tipps auf Lager hat, möchte ich davon erfahren, bevor wir damit beginnen, deine Knochen magikalisch zu behandeln."

Der Professor spricht in einen fest installierten Spiegel an seinem Arbeitstisch.

„Elvira? Hol mir doch bitte eine gewisse Estephaga Glazard an

241

die Strippe. Ihr Bannwort habe ich nicht, aber wenn du mit dem Sekretariat dieser einen komischen Schule spiegelfonierst, wird man dich sicher zu ihr durchstellen. Wie die Schule heißt? Ist mir entfallen, aber sie wurde öfter im Zusammenhang mit der Schlacht um Gürkel erwähnt ... Ja, genau, die meine ich."

Während der Professor darauf wartet, dass Elvira eine Verbindung zur Expertin herstellt, kramt er in den Akten auf seinem Tisch herum und ich werde schläfrig. Ich war eine Nacht lang wach und währenddessen ist eine Menge passiert. Ich schließe die brennenden Augen.

„Frau Glazard?", höre ich den Professor rufen. Ich schrecke aus dem kurzen Schlaf auf, in den ich gefallen sein muss. „Wie schön, dass ich Sie so schnell erreichen konnte. Ich habe hier einen speziellen Patienten. Er ist ein Halbsatyr."

Ich bin noch benommen, daher klingen seine Worte in meinen Ohren eher wie: „Ich habe hier ein spezielles Instrument auf meinem Tisch liegen. Stellen Sie sich vor, es ist eine Smaragdgrüne Sardelle!"

Entsprechend überrascht klingt die weibliche Stimme, die aus dem Spiegel dringt.

„Eine Smaragdgrüne Sardelle? Sind Sie da wirklich sicher?"

Ich schüttele den Kopf, um die Mischung aus Traum und Realität hinter mir zu lassen.

„Es steht zweifelsfrei fest, werte Frau Glazard. Der Patient kämpft regelmäßig mit Naturmagieausbrüchen und heute Nacht hat ein solcher Anfall die Knochen seiner Hand zersprengt. Nun bin ich kein Experte für Naturmagie, aber ich kann fühlen, dass der beschädigten Hand immer noch eine Energie entströmt, die nicht magikalisch ist."

„Wessen Kind soll der Patient denn sein? Grohanns etwa?"

„Diesbezüglich kann ich nur die Gerüchte wiedergeben, die in Tolois kursieren. Der Vater des Jungen soll jener letzte Vollblutsatyr gewesen sein, der uns fast zum Verhängnis geworden wäre."

„Ach, du meine Güte!"

„Mein Patient ist aber größtenteils menschlich und erst fünfzehn Jahre alt. Sie haben Grohann mehrfach behandelt?"

„Na, wie man es nennen will, wenn man einen störrischen Besserwisser vor sich hat, der es hasst, Hilfe anzunehmen. Sagen

242

wir mal, ich habe den Halbsatyr bei Heilexperimenten, die er an sich selbst durchgeführt hat, unterstützt."

„Meine Frage ist, ob ich beim Patienten Magikalie anwenden kann und ob diese wirkt? Wissen Sie etwas über schädliche Wechselwirkungen zwischen Magikalie und Naturmagie?"

„Beides sollte sich grundsätzlich vertragen, schließlich ist die Magikalie aus der Naturmagie hervorgegangen. Es könnte nur sein, dass die Naturmagie als die ursprünglichere beider Energien die eher artifiziellen Aspekte einer magikalischen Prozedur überformt oder unterwandert. Im Fall eines Knochenbruchs mag Ihre magikalische Maßnahme wirkungslos erscheinen und doch könnte sich irgendwann zeigen, dass Sie einen naturmagischen Prozess angestoßen haben, der die Knochen wieder wachsen lässt."

„Verstehe. Ich gehe also ganz konventionell vor, in der Hoffnung darauf, dass die Naturmagie sich entsprechend meiner Intention formiert?"

„Ich weiß nicht, aus welchem Holz Ihr Patient geschnitzt ist, Herr Professor. Wann immer Grohanns Körper naturmagisch auf eine medizinische Maßnahme reagiert hat, hat er die Naturmagie entsprechend zu lenken verstanden. Die Frage ist, ob Ihr Patient das auch vermag."

Der Professor hebt den Blick, um mich anzusehen.

„Nun, er kann's immerhin versuchen. Amadeus Meister hält große Stücke auf ihn, folglich kann er so unbegabt nicht sein."

„Der Meister von Meister & Sinn?", tönt es aus dem Spiegel. „Ein so mächtiger Mann bildet einen Halbsatyr aus? Weiß Grohann davon?"

Der Professor sieht mich fragend an, ich nicke.

„Offenbar ja."

„Ich würde ruhiger schlafen, wenn Sie mir nichts davon erzählt hätten", sagt Estephaga Glazard.

„Zurück zum Patienten", sagt der Professor. „Wie lautet Ihre Empfehlung?"

„Eine magikalische Behandlung halte ich für förderlich. Ich kann Ihnen keine Garantie geben, vermute aber, dass dadurch kein Schaden angerichtet wird. Entscheidend ist, dass die Naturmagie Ihren magikalischen Impulsen folgt, aber das haben Sie als Arzt nicht in der Hand."

„Danke, Frau Glazard."

„Gerne, Herr Professor Submariner."

Der Professor zieht eine Grimasse, als das Bild im Spiegel erloschen ist.

„Ganz schön von sich eingenommen, diese Dame, nicht wahr? Ich werde deine Hand nun magisch behandeln, mein junger Freund. Du hast Frau Glazard gehört – wir können nicht davon ausgehen, dass die Hand danach wieder intakt ist, aber diese Energie, die in deiner Hand wirkt, könnte dadurch in die richtige Richtung gelenkt werden."

Der Professor setzt eine andere Brille auf und weist mich an, meine Hand auf einen Behandlungstisch zu legen, der von einem violetten Licht angestrahlt wird. Ich spüre, wie die Magikalie aus seinen Fingern strömt, während er an meiner Hand herumdrückt und alles darin auf magische Weise in die richtige Position bringt. Mit einem Gerät, das surrt, fährt er mehrere Male über die Hand hinweg, dann streicht er eine olivgrüne Paste auf die Hand und wickelt sie in einen Verband.

„Und?", fragt er. „Merkst du was?"

„Die Hand vibriert innerlich."

„Die Knochen liegen an der richtigen Stelle, aber sie haben sich bisher nur lose verbunden. Wir müssen da nichts fixieren, wenn du vorsichtig bist. Der Körper weiß, wie alles zusammengehört, und wird selbst dafür sorgen, dass die Knochen am rechten Platz bleiben. Jetzt wollen wir mal hoffen, dass das Vibrieren, das du spürst, die Naturmagie ist, die meine magikalischen Maßnahmen überformt."

„Was genau meinen Sie damit, dass ich vorsichtig sein soll?"

„Du musst deine Hand in den nächsten Tagen unbedingt still halten."

„Ich sollte also nichts tragen oder klettern oder ..."

„Nein! Auf gar keinen Fall."

Ich denke sofort an Olimpia, die wir heute Nacht aus der Gruft in die Spieluhrengasse bringen wollten. Ich werde Skrap und Eschel bitten, diese Aufgabe zusammen mit Sissi zu erledigen, aber ich habe kein gutes Gefühl dabei.

„Achte sorgfältig auf das Vibrieren in deiner Hand", sagt der Professor. „Wenn es dir gelingt, den Heilungsprozess willentlich zu unterstützen, tu das. Aber übertreib es nicht. Im Zweifelsfall wartest du lieber ab. Wenn sich etwas verschlechtert, melde dich. Wenn nicht, kommst du in einer Woche zur Kontrolle. Ich schreibe dich für heute krank, für den Rest des Tages legst du dich ins Bett."

Mit der verbundenen Hand und einem Rezept für einen Knochenstabilisierungstrank verlasse ich die Praxis. Ich glaube, ich träume halb, während ich zurück zu Meister & Sinn gehe. Ich sehe die Stadt wie durch einen flackernden Schleier und die Gefühle der Menschen um mich herum bedrängen mich wie intensive Gerüche. Als ich an der Glocke läute und der Zwerg öffnet, sehe ich ihn doppelt. Links steht der Zwerg, den ich kenne. Rechts erblicke ich ein blaues Gebilde, das seine Umrisse besitzt. In diesem blauen Etwas konzentrieren sich Gefühle und Ansichten des Zwergs, die mich nichts angehen. Es ist, als könnte ich in sein Inneres blicken.

Aus Taktgefühl ignoriere ich den blauen Schatten und liefere eine kurze Erklärung zu meiner Hand ab, da er fragt, was ich damit angestellt habe. Ich schleppe mich die Treppen hinauf und den Gang entlang in mein tannengrünes Zimmer.

Meine Hand fühlt sich an wie ein Gewächs, aus dem grüne Blätter sprießen, doch der Verband sitzt fest und sieht normal aus. Ich lege mich auf den Bettvorleger, bette meinen Kopf auf den gesunden Arm und kurz bevor ich in einen tiefen Schlaf falle, wird mir bewusst, dass ich in großer Gefahr schwebe. Alle meine Knochen werden zerbrechen. Nichts wächst rückwärts. Lediglich der Tod könnte die Kraft im Inneren des Baums daran hindern, immer stärker zu werden.

KAPITEL 24
ICH LASSE JETZT LOS

„WIR KÖNNTEN OLIMPIA FRÜHER HOLEN", höre ich Skrap flüstern. „Wozu bis heute Nacht warten? Ich habe sowieso keine Lust, diese Sissi mitzunehmen. Ich kenne sie überhaupt nicht und Kruz sagt, sie hat nicht mehr alle Eiswürfel in der Limonade."

„Breik hat es ihr versprochen", antwortet Eschel leise. „Außerdem sollte es draußen dunkel sein."

„Dunkel ist es auch schon um zehn. Ich verstehe das nicht. Er hätte uns wecken sollen, damit wir uns die Regentonne zusammen ansehen. Vielleicht wäre seine Hand dann noch heil."

„Hätte, wäre, sollte – jetzt ist es jedenfalls zu spät."

„Ich glaube, er ist allein losgezogen, weil du gestern Abend so komisch warst."

„Was? Wovon redest du?"

„Du hast nicht mit uns gesprochen und wir haben uns gewundert."

„So ein Unsinn. Ich war nur in Gedanken."

„Das müssen aber unerfreuliche Gedanken gewesen sein."

„Wie man's nimmt."

„Ja, und weiter?"

Sie schweigt und ich denke, dass ich allmählich mal die Augen aufmachen sollte, aber meine Lider fühlen sich furchtbar schwer an und mein ganzer Körper möchte in schlafähnlicher Starre verweilen.

246

„Also gut", sagt sie auf einmal. „Ich hatte ja verkündet, dass ich Meister & Sinn verlassen werde, um mit Felian zu gehen, egal, wohin es ihn verschlägt."

„Verstehe", erwidert Skrap. „Gestern hast du erkannt, dass du wortbrüchig wirst, weil du keine Lust hast, täglich mit Prudentia in der Teeküche zu sitzen."

„Du schätzt mich falsch ein. Ich könnte mir gut vorstellen, in dem Laden zu arbeiten, aber Felian hat mich nie auf mein Angebot angesprochen. Gestern war er total begeistert, aber meinst du, er hätte mich auch nur einmal angesehen in der Art: ‚Na, wie findest du es?' Er hat vergessen, dass ich ihn unterstützen wollte. Oder noch schlimmer: Ich habe den Eindruck, er will es gar nicht. Er will sein eigenes Ding durchziehen."

„Jetzt, wo du es sagst … Ich hatte auch ganz verdrängt, dass du uns verlassen willst. Bleibst du nun hier?"

„Ich habe nachgedacht. Es wäre unvernünftig, zu diesem Zeitpunkt zu gehen. Ich werde versuchen, das zweite Halbjahr durchzuhalten und nicht rausgeworfen zu werden. Danach kann ich immerhin ein abgeschlossenes Jahr vorweisen. Das wird es mir leichter machen, eine Arbeit hier in Tolois zu finden."

„Oder du überlegst es dir noch mal."

„Nein. Ich träume davon, von hier zu verschwinden, und das werde ich auch noch tun. Aber nun, da Felian gut aufgehoben ist, besteht keine Eile. Ich habe mir gestern Abend vorgenommen, vernünftig zu sein. Ich gehe erst im Winter, es sei denn, mein Punktestand zwingt mich zu einem früheren Abgang."

„Und wo wirst du schlafen?"

„In meinem Zimmer natürlich. Stell dir vor, ich habe es überlebt heute Nacht."

„Hättest du in Breiks Zimmer geschlafen, hättest du gemerkt, dass er abhaut und …"

„Skrap!", rufe ich und öffne die Augen. „Lass sie doch in Ruhe. Wenn ich letzte Nacht nicht allein gewesen wäre und wenn ich Sissi nicht begegnet wäre, hätten wir jetzt keinen Schlüssel. Nur wegen ihr habe ich aus Versehen die richtige Frage gestellt. Und ihr werdet wohl oder übel mit Sissi klarkommen müssen, denn ich kann nicht in die Gruft runtersteigen und Olimpia holen. Ihr müsst das zusammen mit Sissi machen, weil mir der Professor verboten hat, meine Hand zu bewegen."

Im ersten Moment sehe ich die Gesichter meiner Freunde nur verschwommen, doch nach und nach wird der Blick klarer. Ich benutze die gesunde Hand, um mich abzustützen und aufzurichten.

„Wie spät ist es?"

„Sechs Uhr", sagt Skrap. „Wie war's beim Professor?"

„Er meint, ich hätte keine Allergie."

„Sondern?"

„Weiß nicht. Die fest gemachten Illusionen sind jedenfalls nicht mein Hauptproblem. Die Naturmagie selbst bringt mich in Gefahr. Sie steckt mir im Blut, aber sobald ich zu viel davon benutze, zerbricht sie meine Knochen."

Meine Freunde sehen mich schockiert an.

„Ich muss lernen, sie noch besser zu kontrollieren. Immerhin konnte ich mich heute Nacht retten. Ohne den Unterricht vom Lurchgeblütel wäre ich jetzt hinüber."

„Frag den Lurchgeblütel, ob er dir in den Ferien zusätzliche Stunden gibt", sagt Eschel. „Je mehr du von ihm lernst, desto besser."

„Das ist eine gute, aber keine besonders erfreuliche Idee."

„Tut es noch weh?"

„Ein bisschen, aber hauptsächlich summt die Hand innerlich. Irgendwas passiert da drin. Hoffentlich sind es die Knochen, die wieder zusammenwachsen."

„Du kannst einem echt Angst machen", meint Skrap. „Können wir dir irgendwie helfen, Einhändiger?"

„Ja, ihr könntet euch heute Nacht zusammenreißen und nett zu Sissi sein, wenn ihr mit ihr die Puppe holt."

Skrap verzieht das Gesicht.

„Echt jetzt?" fragt er. „Nach allem, was man von deiner neuen Freundin so hört, ist sie eine Granatenkratzbürste. Da könnten wir auch eine Drachenbombe streicheln."

„Sie ist keine neue Freundin von mir und außerdem kann man ganz normal mit ihr reden. Sie war dem Schlüssel genauso nah wie Felian. Für mich sind die beiden die Erben des Schlüssels. Sie sind diejenigen, die sich Lilli gewünscht hat."

248

„Felian hat den Schlüssel aber nicht gefunden", sagt Skrap. „Genauso wenig wie Sissi. *Du* warst es."

„Na gut, dann bestimme ich eben, dass der Schlüssel nicht nur Felian, sondern auch ein bisschen Sissi gehören soll. Kommt ihr mit in den Kesselgrund? Ich sterbe vor Hunger."

ALS ICH AM ABEND MIT ESCHEL UND SKRAP BEI DER Regentonne aufkreuze, ist Sissi schon da. Ihr Gesicht ist bleich geschminkt, ihre Augen sehen aus wie mit Kohle betupft, das Knäuel von Haaren auf ihrem Kopf sieht perfekt gerupft aus. Zur Feier des Tages – oder der Nacht – trägt sie schwarze Vogelscheuchenklamotten, ihre Lippen hat sie dunkelgrau angemalt. Ich muss spontan daran denken, wie sie gestern ungeschminkt aus ihrem Schlafsack geklettert ist, aber sogleich verbanne ich das Bild wieder aus meinem Kopf.

„Wie geht's deiner Hand?", fragt sie und tut so, als wären die beiden anderen überhaupt nicht da.

„Besser. Ich darf sie nicht bewegen, deswegen helfen dir Skrap und Eschel mit Olimpia."

„Nicht nötig, ich schaffe das auch allein. Ich habe extra Radiofon zu Hause gelassen, damit ich beide Hände frei habe."

„Aber die Puppe ist sicher schwer."

„Es gibt viele schwere Dinge auf der Welt und zu diesem Zweck wurden Leichtigkeitszauber erfunden. Ihr könnt hier warten oder schon vorausgehen, ganz wie ihr wollt."

„Auf gar keinen Fall", erklärt Skrap. „Wir helfen dir."

„Ihr seid mir aber im Weg."

Sissis Gesichtsausdruck legt uns nahe, dass wir ihre Entscheidung nicht infrage stellen sollten, und mir wird klar, dass sie die Gruft als ihr persönliches Reich betrachtet, in dem sie keine Fremden haben will. Doch Skrap entgehen diese psychologischen Feinheiten und er wird penetrant.

„Wir sind im Weg? *Wir* sind im Weg? Du hast hier im Grunde überhaupt nichts zu sagen, es ist nur Breik zu verdanken, dass wir dich überhaupt mitnehmen."

Skraps Flügel flattern unkontrolliert, weil er sich so aufregt

249

(und im Sommer trägt er keinen Mantel, der diese Gemütsäußerungen verbirgt). Sissi nimmt ihn voller Verachtung ins Visier.

„Du bist auf diesem Gelände nur ein Gast", sagt sie. „Früher oder später wirst du von hier verschwinden und zwar für immer. Ich dagegen wohne hier. Ich werde hier ein- und ausgehen, bis ich sterbe. Und Lilli ist *meine* Verwandte. Also spiel dich nicht auf, sondern lass mich gefälligst meinen Teil der Arbeit erledigen. Klar?"

Skrap will etwas erwidern, doch aus irgendeinem Grund bleibt sein Mund offen stehen, ohne dass er einen Ton von sich geben kann. Sissi setzt sich auf den Rand der Regentonne und einen Augenblick später ist sie weg. Kurz darauf löst sich die Starre in Skraps Gesicht und er japst vor Empörung.

„Das ist verboten!", ruft er schrill. „Körperliche, schädliche Einwirkung durch Magie ist verboten."

„Leise", ermahnt ihn Eschel. „Willst du, dass uns jemand hört?"

„Hier ist doch keiner, mitten in der Nacht."

„Das kannst du nicht wissen", sagt sie. „Ich gebe dir ja recht, es ist nicht in Ordnung, was sie gemacht hat. Aber es bringt nichts, wenn du dich da jetzt reinsteigerst."

„Ich steigere mich rein? *Ich* steigere mich da rein? Und es bringt nichts? Breik kann ihr verbieten, mitzukommen. Wenn diese verwöhnte Zimtzicke nicht weiß, wie man sich benimmt, hat sie eben Pech gehabt."

„Das ist nicht unsere Aufgabe", sage ich.

„Was?"

„Ihr beizubringen, wie man sich benimmt. Ignorier sie einfach. Sie ist nicht wie Erbschen, die Hühnerbrust. Sie will dich nicht fertigmachen, sie will nur, dass du dich aus ihren Angelegenheiten heraushältst."

„Heißt das, ich bin jetzt der Böse, weil ich ihr meine Hilfe angeboten habe? Und überhaupt – was läuft da eigentlich zwischen euch beiden? Ich bin dein Freund, aber du nimmst *sie* in Schutz."

„Sie hat keine Freunde, sie hat nur einen Kater. Irgendwer muss sie doch in Schutz nehmen."

Daraufhin ist Skrap still und Eschel wirft mir einen speziellen

Blick zu. Normalerweise verstehe ich ihre unausgesprochenen Botschaften problemlos, doch diesmal stehe ich auf der Leitung. Ich habe keine Ahnung, was dieser Blick zu bedeuten hat.

Sissi ist schnell. Nach meinen Erfahrungen gestern hatte ich damit gerechnet, dass wir eine gute Stunde warten müssen, bis sie zurückkommt, doch sie bewältigt den Parcours in der Gruft in nur fünfunddreißig Minuten. Zuerst taucht Olimpia im Brunnen auf, traurig und mit hängendem Kopf. Eschel und Skrap nehmen sie in Empfang und ziehen sie heraus. Den beiden ist anzusehen, wie schwer die Puppe ist. Es scheppert, als sie den Automaten aus Metall, Porzellan und magikalischen Akkus auf der Erde abstellen. Danach kommt Sissi zum Vorschein, sie ist außer Atem.

„Tut mir leid", sagt sie. „Ich habe mich beeilt, aber es war ein Geduldsspiel, Olimpia von ihren Anschlüssen zu entfernen. Lilli muss Angst gehabt haben, dass jemand die Puppe manipulieren könnte, indem er sie abschraubt und untersucht. Wir hätten sie gleich gestern abmontieren sollen, als das Schlüsselfach offen war."

„Wie geht es der Kinderfrau?", frage ich.

„Ihr fehlt nur eine Hand, interessanterweise. Die mit der Schere."

„Und ihre Ohren?"

Sissi grinst.

„Sie ist so langsam herumgeeiert, dass kein Zauberspruch nötig war."

Ich will noch etwas fragen, doch Skrap wirft mir einen extrem genervten Blick zu.

„Na gut", sage ich. „Dann können wir ja losziehen."

Sissi schnappt sich die Puppe und wirft sie über ihre Schulter, als wäre sie leicht wie Stroh. Gleich darauf wird der Automat unsichtbar, weil sie ihn mit einem Tarnzauber versehen hat. Sissi selbst ist noch zu sehen, auch ihre Hand, die über der Schulter und der unsichtbaren Olimpia in der Luft zu schweben scheint.

Wir verlassen das Gelände von Meister & Sinn auf Schleichwegen und durch Hintertüren, die Sissi uns zeigt und von deren Existenz wir keine Ahnung hatten. Auf diese Weise erreichen wir nur zehn Minuten später den Löchrigen Eimer, in dessen Eingangsbereich uns Felian schon aufgeregt erwartet. Kaum sind wir da, muss er noch mal nach oben aufs Klo.

„Das geht schon den ganzen Nachmittag so", erklärt er uns, als er zurückkehrt. „Das ist die Aufregung. Wolltet ihr nicht Olimpia mitbringen?"

„Sissi trägt sie", antworte ich. „Aber die Puppe ist mit einem Leichtigkeitszauber versehen und magisch getarnt."

„Oh, cool", meint er und wirft einen scheuen Blick in die Luft neben Sissi, so als wäre sie ein Basilisk, der einen versteinert, sobald man ihm direkt in die Augen sieht. Dabei wirkt Sissi gerade ganz friedlich. Würde ihre Hand nicht so komisch in der Luft schweben, könnte man meinen, sie sei unterwegs zu einer dieser berühmt-berüchtigten Pseudo-Untoten-Partys in der Flohsamm-lergasse. Kaum habe ich das gedacht, begegnet uns eine bis in die Haarspitzen gestylte Gruppe von Studenten, die den Weg in Rich-tung Kneipenviertel einschlägt.

„Hey, Sissi!", ruft einer von ihnen. „Lang nicht gesehen. Kommst du heute auch?"

„Nein, hab was anderes vor."

„Okay, klar", sagt der Typ und macht eine betont lässige Hand-bewegung zum Abschied.

Skrap schaut mich an und sein Blick ist unmissverständlich.

„Das arme Ding", bedeutet sein sarkastisches Augenzwinkern. „Hat überhaupt keine Freunde."

Wir erreichen das schmale Haus in der Spieluhrengasse gegen halb eins. Die Straße ist menschenleer und schlecht beleuchtet, was gut ist, denn so sind wir in den schwarzen Schatten fast unsichtbar. Felian steigt die Metalltreppe zur Haustür empor und zieht den Schlüssel hervor, den er an einer Schnur befestigt um den Hals trägt. Ich halte die Luft an, als er ihn ins Schloss steckt und herumdreht. Die Tür springt auf, als wäre sie eine ganz normale Haustür. Er winkt uns.

Einer nach dem anderen steigen wir die quietschende Treppe hinauf und betreten das finstere Innere des Hauses. Der Raum, in den wir treten, ist so schmal, wie es zu erwarten war. Er nimmt die gesamte Breite des komischen, kleinen Hauses ein. Sissi ist die Letzte, die hereinkommt. Sie schließt die Haustür hinter sich und erzeugt sofort ein Licht mit der Hand.

Im ersten Moment, als das Licht angeht, erschrecke ich, denn wir sind nicht allein. Außer uns stehen noch vier weitere Gestalten

252

in dem Raum, zwei links, zwei rechts an der Wand. Im Dämmerlicht wirken sie fast lebendig, aber natürlich sind es nur Olimpias Geschwister – automatische Puppen, wie sie eine ist. Der Kleidung nach zu urteilen, haben wir es mit zwei männlichen und zwei weiblichen Puppen zu tun. Eine der weiblichen Puppen hat einen Katzenkopf.

Sissi lässt ihr Licht über die Wände des Raums wandern und so können wir die gerahmten Fotografien bestaunen, die dort hängen. Die Bilder zeigen die einzelnen Puppen in alltäglichen Situationen: auf einem Liegestuhl liegend, mit Werkzeugen in der Hand, beim Abstauben von Regalen, beim Kochen, ja sogar beim Tanzen.

„Und jetzt?", fragt Skrap.

Es rumpelt, weil Sissi Olimpia von der Schulter genommen hat und nun auf dem Boden abstellt. Der Leichtigkeitszauber ist aufgehoben, ebenso wie der Tarnzauber.

„Ich schätze, wir brauchen einen magikalischen Anschluss", sagt Sissi. „Um Olimpia mit ihren Geschwistern zu verbinden."

Für fünf Leute und fünf Puppen ist es ziemlich eng in dem schmalen Raum und das Licht ist schwach. Ich weiß nicht, was in Skrap gefahren ist, aber er muss jetzt auf einmal mit seiner Gerald-Winter-Uhr angeben, indem er sie aus der Tasche zieht und aufleuchten lässt. Er hätte auch einfach Licht aus seinen Fingern strömen lassen können, aber nein, die teure Uhr erstrahlt, als läge sie bei einem Juwelier im nächtlichen Schaufenster.

„Wo hast du die denn her?", fragt Sissi. „Das ist eine echte Mahlpflüger 839."

„Ach, die habe ich gebraucht bekommen. Für mich hat sie nur einen rein praktischen Wert."

So ein Blödsinn. Erst vor drei Tagen hat er uns einen langen Vortrag über die Mahlpflüger-Manufaktur gehalten, die ihre Instrumente nur in winzigen Auflagen produziert.

„Im Ernst?", fragt Sissi. „So was bekommt ein armer Waisenknabe wie du nicht einfach so *gebraucht*."

„Und doch – hier ist sie", sagt Skrap, dem es offensichtlich gefällt, dass Sissi Meister verblüfft ist. „Oder glaubst du etwa, ich wäre so geschickt, dass ich mir eine klauen könnte?"

„Nein, aber leisten kannst du dir so was auch nicht."

„Können wir uns jetzt auf den magikalischen Anschluss konzentrieren?", fragt Eschel. „Ich sehe nämlich nichts dieser Art."

„Unter den Bildern", schlägt Felian schüchtern vor. „Wir könnten unter den Bildern nachschauen."

„Gute Idee", sagt Skrap. „Gibt es ein Foto von Olimpia?"

„Hier bei mir", antworte ich und zeige auf ein gerahmtes Bild, das Olimpia auf einer Schaukel in einem Garten zeigt. Ich nehme das Bild mit der linken Hand von der Wand und tatsächlich kommt darunter eine altmodische Lüsterklemme zum Vorschein. Wir treten beiseite, damit Sissi die Puppe in Richtung der Lüsterklemme schieben kann. Eine Vertiefung im Boden passt genau zu Olimpias Schuhsohlen und Sissi stellt sie hinein. Danach rollt sie die Kabel aus, die sie am Rücken der Puppe befestigt hat, und verbindet eins nach dem anderen mit den Anschlüssen in der Lüsterklemme. Spätestens jetzt sehen meine Freunde hoffentlich ein, dass es kein Fehler war, Sissi mitzunehmen.

„Fertig", sagt sie. „Jetzt brauchen wir noch einen Starter."

„Einen Starter?", fragt Skrap.

„Einen Knopf, mit dem man sie anschaltet, oder einen anderen Mechanismus, der den magikalischen Kreislauf aktiviert."

„Hat Olimpia vielleicht ein Schlüsselloch?", fragt Eschel.

„Da, wo das Herz ist!", sprudelt es aus Felian heraus. „Das war einer von Lillis Lieblingssprüchen. ‚Man muss da ansetzen, wo das Herz ist.' Das hat sie bei allen möglichen Gelegenheiten in ihre Tagebücher geschrieben."

Sissi öffnet daraufhin eine Schleife von Olimpias Bluse und entblößt die Brust der Puppe, die lediglich eine rosa lackierte Metallfläche ist. Tatsächlich prangt dort, wo bei einem Menschen das Herz sitzt, ein kleines Loch. Sissi tritt zurück, um Felian Platz zu machen, der schon die Schnur mit dem Schlüssel über den Kopf gezogen hat. Er steckt den Schlüssel in das Loch und dreht. Und dreht. Und dreht.

„Eine Spieluhr?", fragt Skrap.

„Dasselbe Prinzip", erklärt Sissi. „Ist der Mechanismus bis zum Anschlag aufgedreht, wird er eine Prozedur in Gang setzen."

Es ist still, wir hören nur das leise Rattern, das der Schlüssel während der Drehung im Triebwerk der Puppe erzeugt. Skrap blickt auf seine Mahlpflüger: Sie zeigt sechzehn Minuten vor eins an. Endlich stößt der Schlüssel auf einen Widerstand, Felian kann ihn nicht länger drehen.

„Ich lasse jetzt los", kündigt Felian an, so als müssten wir rechtzeitig in Deckung gehen und uns die Hände über den Kopf halten. Wir tun nichts dergleichen, dabei wäre das gar keine schlechte Idee gewesen, denn abgesehen davon, dass alle Puppen aufleuchten und seltsam zu brummen anfangen, vibriert und wackelt auf einmal auch der Boden des Raums – und zwar zunehmend heftig.

„Was passiert hier?", fragt Felian.

Wir sehen Sissi an, weil sie über den ganzen technischen Kram viel mehr weiß als wir, doch sie sagt nichts, sondern starrt das Licht an, das sie mit ihrer Hand erzeugt: Es flackert heftig und zwischendurch erlischt es sogar, was sie sichtlich beunruhigt. Mittlerweile rattert und scheppert es ohrenbetäubend laut um uns herum, der gesamte Raum wirkt wie eine Fahrstuhlkabine, die durch Zeit und Raum geschleudert wird. Als das Ding endlich anhält – oder was auch immer es tut –, kommt es so abrupt zum Stehen, dass wir alle das Gleichgewicht verlieren und umfallen.

Auf dem Boden liegend bestaune ich das Sonnenlicht, das plötzlich den Raum erhellt. Die Puppen sind spurlos verschwunden, dafür führt an der Stelle, an der Olimpia gestanden hat, eine Tür in ein weiteres Zimmer des Hauses. Von dort kommt das Licht und ein sommerlicher Luftzug weht Blumendüfte und Vogelgezwitscher zu uns herein.

„Alles gut mit deiner Hand?", fragt Felian, der neben mir gelandet ist. Er rappelt sich wieder auf, genauso wie ich.

„Ich hoffe es", antworte ich. „Sie tut jedenfalls nicht weh."

„Warum scheint die Sonne?", fragt Eschel. „Mitten in der Nacht?"

„Ach, das ist bestimmt eine magikalische Illusion", sagt Skrap. „So wie im Wunderwald. Wir können nur hoffen, dass Breik den Zauber nicht stabilisiert, sonst sind wir am Ende hier eingesperrt."

Sissi wurde am heftigsten herumgekugelt, sie ist bei ihrem Sturz gegen die Haustür gekracht. In Zeitlupe kommt sie wieder auf die Beine und reibt sich dabei die Schulter. Doch es scheint nicht der Schmerz zu sein, der sie beschäftigt. Ihr Blick ruht die ganze Zeit auf der Stelle, an der Olimpia bis vor Kurzem noch stand.

„Das ist keine Illusion", sagt sie. „Hier ist etwas anderes los. Etwas, das eigentlich nicht sein dürfte."

„Woher willst du das wissen?", fragt Skrap. „Was ist der Unterschied zwischen diesem Hokuspokus und dem Wunderwald?"

„Der Unterschied ist, dass das hier kein Hokuspokus ist."

„Das stimmt", sagt Eschel. „Wenn ich mich auf die Bäume im Wunderwald konzentriere, sehe ich reale Bäume und Illusionen. Mache ich das Gleiche hier, ist alles echt. Egal, wohin ich schaue."

„Die Sonne ist auch real?", fragt Skrap.

„Ja", antwortet Eschel. „Aber es ist, als wäre etwas zwischen ihr und uns. Wie eine Glasscheibe, nur dass es eben kein Glas ist, sondern etwas anderes Unsichtbares. Es ist wie ... wie ..."

„Eine magikalische Barriere", vollendet Sissi den Satz. „Eine, die uns am Leben erhält. Ich habe nämlich das dumme Gefühl, dass wir in einer anderen Zeit gelandet sind. Ihr wisst, dass Zeitreisen normalerweise tödlich sind?"

„Ja", sagt Felian. „Übertritt man die Grenze seiner eigenen Zeit, hat das die sofortige Auslöschung zur Folge, weil es eine Unmöglichkeit ist."

„Für Lilli war es offenbar nicht unmöglich", erklärt Sissi. „Sie muss es geschafft haben, diesen Ort so vom Rest der Welt abzukapseln, dass man die andere Zeit lebend erreichen und wieder verlassen kann."

„Ob man sie lebend wieder verlassen kann, wird sich erst noch herausstellen", sagt Skrap. „Und bis ich das weiß, werde ich keine ruhige Minute haben." Seine Flügel surren heftig und zum ersten Mal, seit wir Finsterpfahl verlassen haben, bahnt sich einer seiner hysterischen Anfälle an. Felian, der ihm am nächsten steht, haut ihm auf die Brust, Skrap hickst gewaltig und die Flügel stehen wieder still.

„Mir ist auch nicht wohl dabei", gibt Sissi zu. „Wollen wir uns trotzdem umsehen?"

Das Zimmer, aus dem das Sonnenlicht strömt, wirkt einladend und so humpele ich ohne große Bedenken hinein. Es ist eine gemütliche Wohnstube mit einem Tisch und zwei Stühlen. An der Wand steht eine Vitrine mit Geschirr, mehr passt nicht in den kleinen Raum. Die Fenster sind geöffnet, draußen sieht man einen Platz, der von mächtigen Bäumen eingefasst ist, in denen Scharen von Vögeln sitzen. Daher also das Vogelgezwitscher.

„Was ist mit den Fenstern?", fragt Skrap nervös, als er hinter mir das Zimmer betritt. „Müssten die nicht geschlossen sein? Was, wenn was von der falschen Zeit zu uns reinkommt?"

„Wie gesagt", erwidert Sissi, „ich nehme an, davor schützt uns eine magikalische Barriere. Mach dir also wegen der Fenster keine Sorgen."

„Aber sonst sollte ich mir Sorgen machen?"

„Ja, ich finde schon", antwortet Sissi. „Ein Fehler im magikalischen Kreislauf, eine Schwachstelle, die sich im Laufe der letzten Jahre eingeschlichen hat, ein Denkfehler von Lilli und wir gehen drauf."

Auf Sissis Ankündigung hin bleiben wir alle wie angewurzelt stehen und halten die Luft an. Ein Surren aus dem angrenzenden Küchenraum wird immer lauter und kurz darauf kommt eine automatische Puppe zu uns herein, die wie ein Dienstmädchen gekleidet ist. Wir starren sie verdutzt an. Mir fällt auf, dass sie ihre Lippen bewegen und ihre Mimik verändern kann. Sie wirkt in jeder Hinsicht filigraner und technisch fortgeschrittener als ihre Automatenschwester Olimpia.

„Möchten die Herrschaften eine kleine Erfrischung?"

„Äh ... also ... nein", sagt Felian. „Danke. Aber können Sie uns sagen, wo wir hier sind?"

„Natürlich", sagt die Puppe. „Wir sind in Tolois. Aus eurer Perspektive ist es das Tolois der Vergangenheit."

„Und, und ... wie sind wir hierhergekommen? Ich meine, eben waren da fünf Puppen und dann waren sie weg und jetzt ist wieder eine da."

Der Dienstmädchenautomat lächelt.

„Antwort auf Frage 1: Ihr seid hierhergekommen, indem ihr Lillis Zeitreiseschiff benutzt habt. Antwort auf Frage 2: Dort, wo ihr herkommt, gibt es fünf Puppen, und hier in der Vergangenheit gibt es fünf Puppen. Die Kopplung von fünf Puppen ermöglicht den Zeitsprung. Solltet ihr noch weitere Fragen haben, findet ihr bestimmt ein paar Antworten in dem Brief dort drüben. Lilli Sinn ließ ihn für spätere Besucher zurück."

Sie zeigt auf den Tisch, wo ein Briefumschlag an einem Krug mit frischen Blumen lehnt. Die Aufschrift lautet: „An meine Erben." Nach diesem Hinweis rollt die Puppe in die Küche zurück. Felian tritt an den Tisch und nimmt andächtig den Brief in die Hand.

„Ich weiß, wo wir sind", sagt Sissi. „Das hier muss die Wohnung sein, in der Lilli als Kind gewohnt hat. Ich erkenne den Buckelsteinmarkt. Wir sind in der Zeit gelandet, in der das alte Mietshaus noch stand."

„Wann war das?", fragt Eschel.

„Sie wurde hundertfünf Jahre alt und seit drei Jahren ist sie tot, also dürften wir ziemlich genau um ein Jahrhundert in die Vergangenheit gesprungen sein."

Skrap tritt ans Fenster, seine Flügel zittern die ganze Zeit.

„Wenn mir jemand versprechen könnte, dass wir hier lebend wieder rauskommen, fände ich das ganz großartig."

„Mach dir keine Sorgen", sage ich. „Lilli ist hier ein- und ausgegangen. Bestimmt hat sie ein paar Sicherheitskreisläufe für den Notfall eingebaut."

„Woher wusste sie, dass wir mehrere sind?", fragt Felian, der immer noch die Aufschrift des Briefs studiert. „Warum steht hier ,An meine Erben'?"

„Sie wird in die Zukunft gereist sein", antwortet Sissi. „Und dort hat sie beobachtet, wie wir zu fünft anrücken."

„Wirklich?"

„Nein, Quatsch. Ich weiß es genauso wenig wie du."

Felian öffnet den Brief. Die Papierbögen, die er herausnimmt, sind mit rostbrauner Tinte beschrieben. Er entfaltet sie, fährt mit den Fingern über die Seiten und kann sich gar nicht sattsehen an Lillis persönlicher Botschaft.

„Jetzt lies schon vor, was sie geschrieben hat", fordert Skrap ihn auf. „Es geht hier um Leben und Tod!"

„Ja, ist gut", sagt Felian und nickt eifrig. „Meine lieben Nachfolger", liest er vor. „Ich gratuliere euch! Ihr habt all meine Rätsel gelöst und mein geheimes Paradies gefunden." An dieser Stelle kann es Felian nicht lassen, eine Pause zu machen. Er sieht vom Brief auf und strahlt uns glücklich an.

„Weiter", drängt Skrap ihn. „Nicht aufhören, bis du beim

letzten Wort angekommen bist, wenn du meine Nerven schonen willst. Ja?"

„Okay", sagt Felian und holt noch einmal Luft für einen langen Vortrag. „Ihr seid weit gereist", fährt er fort. „Eine magikalische Schleuse hat euch an den Buckelsteinmarkt versetzt und ein Mechanismus, den ich ‚Zeitschiff' nenne, hat euch in die Vergangenheit transportiert. Ich habe es mir in einer Zeit gemütlich gemacht, die mir besser gefiel als meine Gegenwart. Ich weiß nicht, wie viele Jahrzehnte oder gar Jahrhunderte ich hier verbracht habe, ohne dass ich in der Gegenwart auch nur eine Sekunde meiner Lebenszeit verloren habe. So konnte ich Erfindungen vorantreiben, für die ein Sterblicher normalerweise nicht genügend Stunden zur Verfügung hat.

Alle Pläne und Erfindungen, die mir jemals etwas bedeutet haben, werdet ihr hier in meinem Paradies finden. Die meisten von ihnen sind nie verwirklicht worden, weil es mir mehr Spaß gemacht hat, sie auszutüfteln, als sie in die Tat umzusetzen. Früher einmal wollte ich mit meinen Ideen die Welt verändern. Kein Rückschlag konnte mich aufhalten, ich habe immer weitergemacht, bis ich eines Tages hier angekommen bin. Kaum hatte ich mich in meinem Paradies eingerichtet, habe ich die Leidenschaft für Veränderungen verloren. Mein Traum von einer besseren Welt verblasste. Vermutlich, weil es mir gut ging und weil ich hier glücklich war.

All die Jahre, die ich hier verbracht und gearbeitet habe, setzte ich meine Hoffnungen in euch. Ich habe darauf vertraut, dass meine Nachfolger, die ich sorgsam auswählen wollte, meine Erfindungen dazu nutzen werden, die Gegenwart zu verbessern – oder wenigstens zu verhindern, dass sie schlechter wird.

Vielleicht wird es euch aber auch so gehen wie mir. Womöglich werdet ihr die Pläne zu meinen Erfindungen einfach hier liegen lassen, genauso wie ich es getan habe. Ihr werdet feststellen, dass ihr die Hast verliert, je mehr Tage ihr im Frieden der Zeitlosigkeit zubringt. Dort, wo die Minuten zerfließen, fühlte ich mich zunehmend zerrissen und müde. Das Alter plagte mich und es gab Veränderungen und Abschiede, die mir Kummer bereiteten. Doch hier, an diesem wundervollen Ort in der Vergangenheit, konnte ich stets meine Ruhe und mein Glück wiederfinden.

Die Zimmer dieses Hauses sind wie das Innere eines Flugschiffs, das in der Zeitlosigkeit gelandet ist. Ihr könnt darin real existieren und es wird euch, wenn ihr die richtigen Handgriffe ausführt, wieder zurück in die Gegenwart bringen. Ich habe die ursprüngliche Wohnung um etliche Zimmer erweitert, was möglich war, weil das Haus an diesem Tag der Vergangenheit bereits verlassen war und wenige Wochen später abgerissen werden sollte. Niemand hat es an jenem Tag, an dem wir hier existieren, betreten.

Drei Regeln möchte ich euch mit auf den Weg geben, die ihr beachten müsst, um keine Zeit-Unfälle zu erleben.

Erstens: Ich habe mich in vierzehn Stunden, acht Minuten und siebenunddreißig Sekunden der Vergangenheit eingerichtet. Auf diesem Fleck in der Zeit steht das Zeitschiff. Nähert sich dieser Zeitraum dem Ende, erklingt ein Alarm und spätestens dann müsst ihr die notwendigen Schritte unternehmen, um mit dem Zeitschiff abzuheben und erneut zu landen. Der Zeitraum beginnt dann von vorn − das heißt, der Tag dieser Vergangenheit beginnt wieder um acht Uhr morgens und endet abends, wenn es dunkel geworden ist. Hier im Haus befindet ihr euch allerdings in einem von der Zeit unberührten Raum. Ihr durchlauft nicht die gleiche Schleife immer wieder, sondern was ihr verändert, bleibt verändert.

Zweitens: Ihr könnt das Haus verlassen und die Vergangenheit außerhalb betreten, doch ihr könnt nicht eingreifen. Ihr bewegt euch dort wie Geister und werdet von niemandem wahrgenommen. Was ihr seht, ist die reale Vergangenheit, ihr könnt zusehen, wie sie sich ereignet. Das ist sehr faszinierend und wird in euch eine große Sehnsucht nach eurer Gegenwart auslösen. So war es jedenfalls bei mir und das ist auch der Grund, warum ich immer wieder in die Gegenwart zurückgekehrt bin, obwohl mein Körper dort so alt und gebrechlich wurde, dass mich offensichtlich eines Tages der Tod geholt hat.

Drittens: Ihr solltet euch nicht zu weit vom Haus entfernen und spätestens, wenn es dämmert, müsst ihr zurück sein, um das Zeitschiff abheben und erneut landen zu lassen. Verpasst ihr das, verlasst ihr den geschützten Raum des Schiffs und der Kontakt mit der Vergangenheit wird euch töten.

Weitere Erklärungen zu diesem Schiff findet ihr in der Gedankenhalle, ebenso wie die Pläne sämtlicher Erfindungen, die ich euch hinterlassen wollte. Meine Puppen halten das Schiff instand, während ihr euch hier aufhaltet. Seid ihr fort, schlafen sie. Oder sie existieren dann gar nicht, so genau habe ich das nie herausbekommen. Ihr solltet jedenfalls regelmäßig hierher zurückkehren, damit nichts kaputtgeht. Meine Puppen reparieren sich auch gegenseitig. Es war mir möglich, sie hier in der Zeitlosigkeit mit einem Bewusstsein auszustatten, was mir in meiner Gegenwart nie gelungen ist. Ich glaube, dass sie eine Seele besitzen, also behandelt sie bitte entsprechend.

Nun bin ich also fort. Meine lieben Erben, macht das Beste aus eurer Zeit und meinem Vermächtnis. Ich hoffe, es wird euch dabei helfen, das zu finden, wonach ihr aus tiefstem Herzen strebt.

Eure Lilli Sinn

PS: Nahrung, die ihr an diesen Ort bringt, verdirbt nicht. Sie wird nie älter als vierzehn Stunden, acht Minuten und siebenunddreißig Minuten. Das Gleiche gilt für euch selbst."

Feierlich faltet Felian die beschriebenen Bögen zusammen, steckt sie wieder in den Briefumschlag und stellt ihn zurück an die Blumenvase. Wir sehen ihm schweigend dabei zu. Ich bin mir sicher, dass ich diesen Moment niemals vergessen werde. Wir alle nicht. Er schweißt uns zusammen und macht uns zu Zeitgefährten.

KAPITEL 25

EIN FLECK IN DER ZEIT

NACH DIESER SCHRIFTLICHEN Einführung in die verrückte Welt der Lilli Sinn erkunden wir das Haus. Die ursprüngliche Wohnung, wie sie vor hundert Jahren an diesem Ort existiert hat, ist klein: eine Wohnstube, eine Küche und eine Kammer, in die nur ein Stockbett passt, in dem Lilli und ihre Mutter damals geschlafen haben. Und so stehen wir nach dieser kurzen Inspektion schon wieder vor einem Rätsel. Wo ist die Puppe, die wie ein Dienstmädchen gekleidet war? Sie muss die Wohnung über die Küche oder die Schlafkammer verlassen haben, doch wir finden keinen Ausgang.

„Die Puppe ist nicht das Einzige, was fehlt", sagt Felian. „Habt ihr irgendwo ein Badezimmer oder so was gesehen?"

„Du meinst ein Klo?", fragt Skrap. „Wer weiß, womöglich hatten die nur einen Nachttopf unter dem Bett stehen zu der Zeit."

Felian verzieht das Gesicht. „Das wäre ein Grund für mich, öfter als alle vierzehn Stunden in die Gegenwart zurückzugehen."

„Diese Möglichkeit steht dir gerade nicht offen, Kumpel. Weil nämlich die Puppe, die uns vielleicht erklären könnte, wie wir wieder nach Hause kommen, genauso unauffindbar ist wie dein Klo."

Wir öffnen in der Küche jede Klappe, Schublade oder Dose auf der Suche nach einem Hinweis. Eschel und ich inspizieren die

262

Schlafkammer, doch außer einem Stockbett und einem Hocker ist da nichts. Nach fünf erfolglosen Minuten kehren wir in die Küche zurück.

„Du weißt doch sonst immer alles", sagt Skrap fast vorwurfsvoll zu Sissi. „Wie kann diese Puppe so plötzlich verschwunden sein?"

„Sie könnte eine weitere magikalische Schleuse benutzt haben", antwortet Sissi. „Eine, die man einfach aktivieren kann, wenn man weiß, wie es geht."

„Mit meinem Schlüssel?", fragt Felian. „Aber den habe ich nicht mehr, der steckt in der Olimpia, die wir in der Gegenwart zurückgelassen haben."

„Ich tippe auf etwas Unkompliziertes."

„Unkompliziert wäre ein hübscher, kleiner Knopf in Augenhöhe", sagt Skrap. „Mit einem Schild, auf dem steht: Bitte drücken."

Eschel schaut Skrap überrascht an.

„Was ist?", fragt er.

Statt ihm zu antworten, rennt Eschel in die Schlafkammer und kommt mit einem abgewetzten Teddybären in der Hand zurück. Er trägt ein Lätzchen, auf dem die Buchstaben „Drück mich!" prangen. Unter der Aufforderung befindet sich ein gesticktes Herz. Felian drückt mit dem Zeigefinger auf das Herz, was den Teddybären zu einem wohligen Quieken veranlasst. Gleichzeitig beginnt der Durchgang zwischen Küche und Schlafkammer sonnig zu schimmern. Auf einmal ist da eine Rampe, über die man in ein tieferes Stockwerk gelangt.

SELBST WENN MAN BEDENKT, DASS LILLI FÜR DIESE UMBAUTEN unendlich viel Zeit zur Verfügung hatte, ist es unfassbar, wie sie das Innere des Hauses so verwandeln konnte. Die kleine Wohnung ist vermutlich das letzte Überbleibsel aus der originalen Vergangenheit. Ansonsten hat Lilli die Zimmerdecken und Wände etlicher Stockwerke entfernt und damit einen riesigen, hohen Raum geschaffen mit Balustraden auf mehreren Ebenen. Er mutet an wie eine Bibliothek, da er mit unzähligen Regalen ausgestattet ist. Hoch oben sind große Teile des Dachs durch Glas ersetzt worden, sodass das Licht eines perfekten Sommertages die gesamte Halle beleuchtet.

Nur ein Teil der Regale in Lillis Gedankenhalle ist mit Büchern gefüllt, die meisten anderen Flächen liegen voll mit Plänen, Kartons, Modellen und Papierstapeln. Wir können nun alle fünf Puppen beobachten, wie sie emsig über Rampen von einem Stockwerk zum anderen fahren. Immer, wenn sie einander begegnen, fangen sie an zu leuchten und Geräusche zu machen, als wären sie Spieluhren, die aus reiner Freude neue Melodien und Töne erfinden. Die Doppelgängerin von Olimpia wirkt geradezu ausgelassen, was mich auf einen Gedanken bringt.

„Du, Sissi?", frage ich. „Lilli wird Olimpia doch nicht jedes Mal, wenn sie hierherkam, aus der Gruft geholt und anschließend wieder zurückgebracht haben, oder?"

„Du hast recht", sagt sie. „Das wäre viel zu umständlich gewesen. Vielleicht hat sie für sich einen unkomplizierteren Weg gefunden, das Zeitschiff zu starten."

„Ja, aber was für einen?"

Sissi bleibt mir eine Antwort schuldig, denn soeben kommt wieder der Automat angerollt, der wie ein Dienstmädchen aussieht.

„Möchten die Herrschaften *nun* eine kleine Erfrischung?"

„Danke, ich nicht", antwortet Felian. „Aber können Sie mir sagen, wo ich eine Toilette finde?"

„Auf jedem zweiten Stockwerk ist eine. Die Örtlichkeiten sind durch Lampen mit blauen Schirmen gekennzeichnet."

„Danke", meint Felian. „Und wissen Sie auch, wie wir zurück in die Gegenwart kommen?"

„Dazu benutzt ihr den Transportraum in der sechsten Etage. Einfach die Dachterrasse überqueren und den Raum mit den zwei Wasserspeiern betreten, der Lillis Schlafzimmer gewesen ist. Für die Heimreise könnt ihr einen der dort befindlichen Wecker aufziehen. Bitte achtet darauf, Türen und Fenster während des Transports fest geschlossen zu halten."

Wir sind verblüfft angesichts dieser Erklärung. Felian vergisst sogar, dass er aufs Klo musste.

„Brauchen wir denn für die Heimreise keinen Schlüssel?"

„Der Schlüssel öffnet in eurer Gegenwart die Tür zum Zeitrei-

264

seschiff. Früher einmal hat er auch den Zeitreisemechanismus aktiviert, der aus fünf gekoppelten Puppen bestand. Doch dieses veraltete Konstrukt hat Lilli Sinn nur noch für ihre Erben aufbewahrt. Sie selbst reiste mit den aufziehbaren Weckern, die ihr im Transportraum vorfindet."

„Mit so einem Wecker kann man auch von der Gegenwart in die Vergangenheit reisen?", fragt Sissi. „Ohne Schlüssel?"

Der Dienstmädchenautomat nickt.

„Im Prinzip schon. Doch zuvor muss das Zeitschiff mit dem Schlüssel entriegelt und geöffnet werden."

Sissi runzelt die Stirn. „Ich kann mir nicht vorstellen, dass Lilli den Schlüssel nach jeder Zeitreise wieder in der Gruft versteckt hat. Könnte es sein, dass sie einen zweiten Schlüssel für sich angefertigt hat?"

„Über diesen Umstand kann ich keine Auskunft geben", erwidert der Dienstmädchenautomat. „Möchten die Herrschaften wirklich keine Erfrischungen?"

Wir schütteln die Köpfe und die Puppe rollt wieder davon.

„Sie *muss* einen zweiten Schlüssel gehabt haben", sagt Sissi. „Was sie wohl damit gemacht hat? Aufgetaucht ist er jedenfalls nie."

„Tatsache ist", erklärt Eschel, „dass wir nur einen einzigen Schlüssel haben, der all das hier aufschließt. Wenn der Schlüssel weg ist, ist alles weg. Das bedeutet, dass wir einander vertrauen müssen und keiner weiteren Menschenseele von diesem Ort erzählen dürfen. Das müssen wir uns versprechen."

„Damit hast du absolut recht", sagt Sissi. „Was hier an Wissen schlummert, darf nicht in falsche Hände geraten. Es hat einen Grund, warum Lilli den Schlüssel so gut versteckt hat. Nun, da er gefunden ist, liegt die Verantwortung beim Finder."

„Bei Felian?", fragt Skrap.

„Im Grunde hat Breik den Schlüssel gefunden", sagt Sissi. „Aber es ist mir egal, wer ihn nimmt, wenn ich nur sicher sein kann, dass der Schlüssel an einer Kette hängt, die nicht zerreißen kann, und dass die Person, die ihn trägt, ihn Tag und Nacht nicht abnimmt. Der Schlüssel und die Kette sollten außerdem mit einem Tarnzauber versehen sein, sodass niemand den Schlüssel sehen oder ertasten kann, der nicht dazu bestimmt ist. Ich helfe gerne dabei."

„Sehr zuvorkommend", meint Skrap. „Aber was mir dabei am meisten Sorgen macht, bist du selbst, weil ich dich nämlich überhaupt nicht kenne. Du kannst Tarnzauber aus dem Ärmel schütteln und weißt über all das technische Zeug Bescheid. Wenn du einem von uns den Schlüssel klaust, gehört Lillis Paradies dir allein und wir können nichts dagegen unternehmen."

„Ja, das stimmt", erwidert Sissi. „Aber vielleicht hast du ja Glück und ich klaue den Schlüssel nicht."

„Alles klar", sage ich. „Wir vertrauen uns einfach und wenn einer die anderen verrät, haben wir eben Pech gehabt."

„Wie bitte?", fragt Skrap.

„Ich stelle nur fest, was nun mal so ist. Eine andere Möglichkeit haben wir nicht, oder? Immerhin hat uns Lilli für würdig befunden, den Schlüssel zu hüten. Das ist so eine Art Vertrauenszertifikat."

„Mit der Einstellung könntest du nicht in der Waffenabteilung arbeiten."

„Und was schlägt unser Waffenspezialist vor?"

„Ich denke noch darüber nach."

„Leute, ich suche jetzt so eine Lampe mit einem blauen Schirm", sagt Felian und wetzt los. Wir folgen ihm langsamer an der Balustrade entlang, die einen Blick über die gesamte Gedankenhalle erlaubt.

Wenn ich ehrlich bin, beruhigt es mich, dass Sissi bei uns ist. Was sollten wir vier Schmuckstücke aus Finsterpfahl mit diesem gigantischen Vermächtnis anfangen? Wir würden nur zum Spaß hierherkommen und könnten nicht einschätzen, welche Erfindung in die Welt gelangen sollte und welche nicht. Ja, ich schätze, ich vertraue Sissi Meister. Und ich glaube, dass es kein Zufall ist, dass ausgerechnet wir fünf hier gelandet sind.

EIGENTLICH MÜSSTEN WIR TODMÜDE SEIN, DENN IM TOLOIS DER Gegenwart ist und bleibt es in all den Stunden, die wir hier verbringen, eine knappe Stunde nach Mitternacht. Doch die

266

Neugier und die Aufregung halten uns wach. Wir spazieren durch die Gedankenhalle und ziehen hier und da Entwürfe und Modelle aus den Regalen, die solche Namen tragen wie „Rückwärtslaufmotor", „Geschmacksgabel", „Schwerkraftausgleicher" oder „Spiegelrahmenverblender". Wir besichtigen auch den Garten, nachdem wir das Warnschild an der Tür gelesen haben, dass er nicht zum geschützten Bereich des Hauses gehört, sondern in der Vergangenheit außerhalb des Zeitschiffs liegt.

Draußen im Garten spazieren wir die sonnigen Wege unter einer Reihe von Kirschbäumen entlang und staunen darüber, wie wir den warmen Wind spüren können, obwohl er durch uns hindurchbläst. Felian greift nach einer besonders dunkelroten Kirsche. Doch obwohl seine Hand ebenso echt aussieht wie die Frucht, kann er sie nicht pflücken. Seine Hand greift durch sie hindurch.

„Es gibt dich nicht an diesem Ort", erklärt Sissi. „Du existierst erst in der Zukunft."

„Verrückt", meint Felian. „Ich kann fühlen, wie glatt die Kirsche ist. Es ist, als würde ich sie berühren, aber nichts verändert sich, wenn ich es tue."

Wir kehren ins Haus zurück, was wohltuend ist, denn hier können wir die Dinge wieder richtig anfassen und bewegen. Als der Dienstmädchenautomat zum dritten Mal heranrollt und fragt, ob wir Erfrischungen wollen, sagt Eschel „Ja, bitte" und Skrap zieht eine Grimasse.

„Willst du wirklich etwas essen oder trinken, das seit Lillis Tod hier herumgammelt?"

„Du hast doch gehört, was in dem Brief stand: Nahrung, die man an diesen Ort bringt, verdirbt nicht."

„Ja, aber trotzdem ist das eklig."

Der Dienstmädchenautomat kehrt mit einem Teewagen zu uns zurück, auf dem kleine Törtchen und Becher mit Saft stehen. Eschel, Felian und ich greifen zu, Skrap ist hin- und hergerissen. Nur Sissi hat keine Augen für die Törtchen, stattdessen fixiert sie den Dienstmädchenautomaten kritisch.

„Was ist?", frage ich.

„Warum trägt dieser Automat Dienstmädchenkleidung und muss uns bedienen, während die anderen ganz normal angezogen sind? Und warum ist es eine weibliche Puppe, die diesen Job übernehmen muss?"

„Weil das vor hundert Jahren nun mal so war?", erwidert Skrap.

„Meine Güte, du solltest dich mit Felians neuer Chefin zusammentun. Dann könnt ihr gemeinsam gegen das magikalische Patriarchat wettern."

„Lilli hat es immer gestört, wenn Frauen Arbeiten übernehmen mussten, die Männer nicht machen wollten. Deswegen wundert es mich."

„Mein Name ist Anastasia", erklärt der Dienstmädchenautomat. „Lilli Sinn erschuf mich nach dem Vorbild der Anastasia Kraft, einer Geheimagentin, die vor zweihundert Jahren lebte und in die verschiedensten Rollen schlüpfte, um Verschwörungen zu entlarven und Verbrechen aufzudecken. Ich kann acht verschiedene Rollen einnehmen und habe für jede ein eigenes Kostüm."

„Das erklärt es", sagt Sissi. „Freut mich, dich kennenzulernen, Anastasia."

„Heißt das, sie spioniert uns gerade aus?", fragt Skrap.

Ich will ihm antworten, dass das Quatsch ist, doch Anastasia kommt mir zuvor.

„In der Tat erfülle ich eine Kontrollfunktion innerhalb des Zeitschiffs. Solltet ihr euch auf eine Weise verhalten, die Lilli Sinn als verdächtig eingestuft hat, werde ich ein Spezialprogramm starten, das mir angemessen erscheint."

Mir bleibt schier die Torte im Hals stecken. Auch die anderen starren Anastasia mit großen Augen an. Felian lacht nervös.

„Das war kein Witz", sagt Anastasia und dennoch verzieht sie dabei ihren Automatenmund zu einem Lächeln. „Aber vielleicht beruhigt es euch zu hören, dass ihr euch innerhalb der von Lilli gewünschten Parameter bewegt. Ihr Auswahlmechanismus hat sich bewährt."

Ich mag mir nicht ausmalen, was mit uns passiert wäre, wenn wir uns außerhalb der vertrackten Parameter bewegt hätten. Würde es jemandem wie Amadeus Meister hier an den Kragen gehen? Oder würde er einfach nur in die Gegenwart zurückverfrachtet werden?

„Kann ich sonst noch etwas für euch tun?", fragt Anastasia.

„Danke, alles bestens", sagt Eschel mit dem angebissenen

Stück Torte in der Hand. „Wir melden uns, wenn wir etwas brauchen."

Kaum ist Anastasia fortgerollt, legt Eschel ihren Kuchen zurück auf den Teewagen.

„Ich fasse es nicht!", schimpft sie. „Ich dachte, wir wären hier drin endlich mal der Bevormundung entronnen, da werde ich von Lillis Spionageautomaten auf Herz und Nieren geprüft. Ich habe das so satt."

„Ich bin froh, dass Lilli diesen Kontrollmechanismus installiert hat", sagt Sissi. „Nicht dass ich gerne überprüft werde, aber seit wir diesen Ort betreten haben, bereitet mir die Vorstellung Albträume, dass die falschen Leute hierherkommen könnten. Mein Vater wäre da ein eher harmloser Kandidat, aber auch das wäre schon eine Katastrophe."

Eschel ist anderer Meinung, das sehe ich ihr an, doch sie schweigt und spült ihren Ärger mit einem Becher Saft hinunter.

„Kann man das wirklich essen und trinken?", fragt Skrap.

„Ja, schmeckt alles köstlich", sage ich. „Greif zu."

WIR SIND BESTIMMT SCHON DREI STUNDEN AN DIESEM ORT unterwegs, als wir uns hinaus auf den Buckelsteinmarkt trauen – in das reale Leben, das vor hundert Jahren dort stattgefunden hat. Wir erreichen den Platz, indem wir das alte Treppenhaus des Mietshauses betreten und es über die Haustür mit dem Hundekopfklopfer verlassen.

Als uns die ersten beiden Menschen begegnen, bekomme ich eine Gänsehaut. Es ist ein Pärchen, das sich an den Händen hält. Die beiden Menschen sind echt – echter als wir. Es will mir einfach nicht in den Kopf, dass wir ihnen dabei zusehen können, wie sie miteinander sprechen und sich anlächeln, obwohl die Zeit, in der das passiert, für uns schon längst vergangen ist. Ich frage mich, wo das, was wir Realität nennen, überhaupt stattfindet. Passiert die Vergangenheit wirklich vor der Gegenwart? Ist die Zukunft noch nicht geschehen? Oder passiert alles gleichzeitig – die ganze Zeit?

Felian kreischt, als ein großer Hund, der einer Taube hinter-

269

herjagt, auf ihn zurast und ihn durchquert. Danach bekommt er einen Lachanfall. Es ist warm, die Luft leuchtet, Kinder spielen ausgelassen zwischen den Bäumen. Lilli hat sich für ihre Zeitreise einen der schönsten Sommertage ihrer Kindheit ausgesucht und wir können diesen Tag nicht nur sehen, sondern auch riechen und fühlen. Wir ertasten die Steine, den Staub, die Blätter, doch unsere Berührungen hinterlassen keine Wirkung.

Wir verlassen den Platz und laufen zwei, drei vertraute Straßen entlang, doch schon bald kehren wir ins Haus zurück. Die Frage, ob die Heimreise problemlos funktionieren wird, lässt uns auf Dauer keine Ruhe und so machen wir uns auf den Weg in den sechsten Stock, wo sich laut Anastasia der Transportraum befinden soll. Als wir die Dachterrasse erreichen, die sich versteckt zwischen den Dächern zweier Gebäudeteile befindet, klärt uns ein Schild darüber auf, dass dieser Ort mit einer magikalischen Kuppel geschützt ist. Die Terrasse ist dadurch so veränderbar wie das Innere des Hauses: Man kann draußen sitzen, liegen, essen, trinken und in den Himmel der Vergangenheit starren. Gegen Abend könnten wir sogar die Sterne bewundern, doch so lange wollen wir diesmal nicht bleiben.

Wir überqueren die Terrasse in Richtung eines Dachgeschosses, das man über eine Flügeltür betreten kann. Die Tür wird von zwei steinernen Katzen mit Fischköpfen bewacht – ich nehme an, das sind die beiden Wasserspeier, die Anastasia erwähnt hat. Als wir das Zimmer betreten, sehen wir sofort den Brief, der auf Lillis Bett liegt. Auf ihrem Nachtschrank stehen zwei Wecker, die ganz gewöhnlich aussehen.

Eschel nimmt den Brief vom Bett und reicht ihn Felian. „Mal sehen, was uns die Herrin des Zeitschiffs an erhellenden Worten mit auf den Weg gibt."

Felian öffnet den Brief und zieht einen kleinen Zettel aus dem Umschlag. Diesmal ist Lilli wohl eher sparsam gewesen mit ihren erhellenden Worten.

„Maßnahmen für die Rückreise", liest er vor. „Erstens: Türen und Fenster fest verschließen. Zweitens: Einen der Wecker bis zum Anschlag aufdrehen, abstellen und loslassen."

„Das ist alles?", fragt Skrap. „Einfach einen Wecker aufziehen? Ohne Kabel? Ohne irgendwas?"

„Das ist schon denkbar", erwidert Sissi. „Vielleicht hat Lilli ein magikalisches Magnetresonanzverfahren angewendet."

„Ach so, na klar", meint Skrap. „Ein magikalisches Magnetresonanzverfahren, hätte ich auch selbst draufkommen können."

„Wartet, hier steht noch etwas", sagt Felian. „Eine Fußnote in ziemlich kleiner Schrift." Er kneift die Augen zusammen. „Sie schreibt: Außerhalb des Zeitschiffs funktioniert der Wecker wie ein ganz normaler Wecker. Diese Funktion dient lediglich der Tarnung. Jeder Wecker enthält die komprimierten fünf Komponenten des Zeitreiseschiffs, für die ich früher die Puppen verwendet habe. Keiner der Wecker darf in falsche Hände fallen."

„Fertig?", fragt Sissi, da Felian zu sprechen aufgehört hat. „Mehr hat sie nicht dazu geschrieben?"

„Nein. Das ist alles."

„Hm", sagt Sissi. „Dann gibt es also irgendwo in unserer Gegenwart noch den Wecker, mit dem sie selbst immer hierhergekommen ist. Ich hoffe, niemand hat ihn entdeckt und sein Innenleben studiert."

„Wollen wir jetzt nach Hause reisen?", fragt Skrap. „Wenn wir noch lange warten, bekomme ich Flugangst."

„Sofort", antwortet Eschel. „Ich überprüfe nur kurz, ob Türen und Fenster wirklich fest verschlossen sind."

„Mir ist nicht wohl", sagt Felian, nachdem Eschel das Signal gegeben hat, dass alles in Ordnung ist. „Ich glaube, ich muss ..."

„Nein, du hältst jetzt durch", befiehlt ihm Skrap, schnappt sich einen der beiden Wecker und zieht ihn auf, bis sich die Schraube am Rücken nicht länger drehen lässt. Als er ihn wieder auf den Tisch stellt und loslässt, wird es schlagartig dunkel. Um uns herum wackelt und vibriert und scheppert die Welt wie verrückt. Wie beim letzten Zeitsprung hört der Spuk mit einer letzten großen Erschütterung auf. Diesmal sind wir gewappnet und haben uns rechtzeitig auf den Boden gesetzt oder gelegt.

Ein Licht flammt auf, es stammt von Skraps Mahlpflüger 839. Wir sind wieder in der Gegenwart gelandet, in dem länglichen Raum in der Spieluhrengasse 3. Die Puppen stehen an den Wänden, wie wir sie zurückgelassen haben. Die in die Jahre gekommene Olimpia ist an die Porzellanlüsterklemme angeschlossen, in ihrer Brust steckt der wertvolle Schlüssel.

„Sechzehn Minuten vor eins", verkündet Skrap. „Wir waren stundenlang weg und hier ist keine einzige Sekunde vergangen."

„Es hat funktioniert", sagt Sissi und dabei ist ihr die Erleichterung deutlich anzuhören. „Jetzt haben wir nur noch ein Problem."

„Nämlich?", fragt Skrap.

„Der Schlüssel muss supersicher aufbewahrt werden. Wir können das nicht heute Nacht regeln, aber morgen sollten wir ihn unbedingt sichern und tarnen."

„Ich bin viel zu müde, um anderer Meinung zu sein", erwidert Eschel. „Treffen wir uns doch wieder um halb zwölf an der Regentonne."

Felian zieht den Schlüssel aus Olimpias Brust, danach verlassen wir das Haus in der Spieluhrengasse 3. Während Felian die Tür abschließt und sich den Schlüssel wieder umhängt, atme ich in tiefen Zügen die nächtliche Luft der Gegenwart ein. Sie kommt mir so viel eindrucksvoller und wundersamer vor als vor unserer Reise. Lilli hatte recht: Als Geist in der Vergangenheit unterwegs zu sein, entfacht eine große Sehnsucht nach der Wirklichkeit des eigenen Lebens.

Schweigend wandern wir durch die von Laternen beleuchteten Straßen. Auf halber Strecke hält Sissi an und lauscht. Entfernte Musik dringt an unsere Ohren, die aus dem Kneipenviertel rund um die Flohsammlergasse stammen muss.

„Wisst ihr was?", sagt sie. „Ich kann jetzt sowieso nicht schlafen. Ich ziehe noch mal los." Und bevor wir etwas erwidern können, hat sie sich in Luft aufgelöst, verschwunden unter ihrem speziellen Tarnzauber.

272

KAPITEL 26
ZERBRECHEN

ICH HABE HÖCHSTENS zwei Stunden geschlafen, als ich von der Alarmglocke aus dem Schlaf gerissen werde. „Feuer", brüllt der Zwerg im Gang vor unseren Zimmern. „Feuer im Gebäude. Alle raus ins Freie, los, los, los!"

Ich klettere hastig in meine Kleidung, reiße die Zimmertür auf und will zur Treppe spurten, da tritt mir der Zauberer in den Weg, den wir heimlich nur den „Hexenmeister" nennen.

„Du nicht", sagt er. „Der Chef hat nach dir verlangt."

„Obwohl es brennt?"

„Dort, wo er ist, brennt es nicht. Komm mit."

Ich sehe mich um und entdecke Skrap und Eschel an der Treppe. Ich winke ihnen und zeige auf den Hexenmeister. Sie nicken und machen fragende Gesten, doch ich kann nur mit den Achseln zucken, weil ich ja auch nicht verstehe, was los ist. Schließlich wende ich mich ab, um dem Zauberer in die Gegenrichtung zu folgen.

Meine Hand schmerzt wieder, der ständige Alarm dröhnt in meinen Ohren und ich fürchte mich vor dem, was da auf mich zukommen könnte. Hat der Meister herausgefunden, wo wir heute Nacht waren? Ich hoffe, er weiß nichts von dem Schlüssel.

„Wo brennt es denn?", frage ich den Hexenmeister. „Was ist passiert?"

„Ein weiterer magischer Angriff. Aber wir haben alles unter

Kontrolle. Die Falle, die der Meister den Eindringlingen gestellt hat, ist zugeschnappt."

„Das ist eine gute Nachricht. Und wer ist es?"

„Das werden wir gleich erfahren. Der Meister will dich dabeihaben, wenn er die Angreifer verhört. Er möchte mit ihnen sprechen, bevor er sie den Behörden übergibt."

„Und wo ist das Feuer?"

„Im Lilli-Sinn-Museum. Die Einbrecher haben das Feuer gelegt, um uns von dem eigentlichen Angriff abzulenken. Was ihnen nicht gelungen ist."

„Aber sie haben vorher nie ernsten Schaden angerichtet."

„Diesmal schon. Heute war der Tag, an dem sie zuschlagen wollten. Wir haben sie in der geheimen Abteilung gestellt, in der sich auch das Panzerarchiv befindet. Sie sind dort eingedrungen, um sämtliche Pläne zu stehlen, die darin untergebracht sind."

Ich habe den Hexenmeister noch nie so positiv gestimmt erlebt. Er eilt in grimmiger Vorfreude durch Gänge und Gebäudeteile, in denen ich noch nie gewesen bin. Wir müssen nicht mal das Torhaus durchqueren, um die Wiese im anderen Innenhof zu erreichen. Ich sehe sie aus dem Fenster des Hauses, in dem wir gerade ein Treppenhaus hinabsteigen. Als wir ins Freie treten, duftet es nach nächtlichem Tau und nassem Gras.

Wir überqueren die Wiese im Dauerlauf – mir kommt es jedenfalls so vor, denn ich humpele aus Leibeskräften, um mit dem Hexenmeister Schritt zu halten. Auf der gegenüberliegenden Seite betreten wir das Haus, in dem Skrap arbeitet, doch wir steigen nicht aufwärts, sondern abwärts. Mein Magen spielt plötzlich verrückt, mir bricht der Schweiß aus, alles in mir sträubt sich dagegen, noch tiefer hinabzusteigen. Hier stimmt etwas nicht. Und zwar gewaltig nicht. Ich bleibe stehen.

„Was ist?", fragt der Hexenmeister.

„Dort unten droht Gefahr. Ich spüre es deutlich!"

„Das will ich wohl meinen, dass da Gefahr droht", sagt der Hexenmeister mit einem höllischen Grinsen. „Das Spezialpersonal, das der Meister angeheuert hat, ist nicht gerade zimperlich. Das sind keine Polizisten-Weicheier, die den Verbrechern nur Streicheleinheiten verpassen, statt ihnen zu geben, was sie verdienen."

Ich zögere. Mag sein, dass mein Unbehagen daher rührt, dass ich das Spezialpersonal genauso verabscheue, wie es der Sekretär Jozo Benoit Holz tut, doch mein Gefühl sagt mir, dass da unten noch etwas anderes auf uns lauert.

„Wir müssen auf der Hut sein", sage ich. „Wenn ich so eine Vorahnung habe, liege ich damit immer richtig."

„Ja, klar. Aber wenn du zu uns gehörst, hast du nichts zu befürchten. Versprochen."

Ich kann nicht länger auf der Treppe stehen bleiben und jammern. Also folge ich dem Hexenmeister, obwohl mir mein Gefühl rät, das Gegenteil zu tun. Die Worte des Hexenmeisters hallen in meinen Gedanken nach: „Wenn du zu uns gehörst ..." Schlechtes Gewissen regt sich in mir. Gehöre ich zum Meister und seinen Mistreitern? Wohl eher nicht. Mir war noch nie in meinem Leben so mulmig zumute. Selbst als Grohann hier aufgekreuzt ist, um mich zu überprüfen, hatte ich nicht solche Angst.

Am Ende der letzten Treppe öffnet der Hexenmeister eine Tresortür, indem er mehrere magische Siegel entfernt und zwei Schlösser entriegelt. Die Tür ist dicker als alles, was ich jemals an dicken Türen gesehen habe, und sie besteht ganz aus Metall. Als der Hexenmeister das Monsterteil hinter uns zuzieht und die Schlösser wieder einrasten, fühle ich mich wie lebendig begraben.

Wir gehen einen breiten Gang entlang, an dessen Ende sich die nächste Tür befindet. Vor der Tür liegt etwas und mit jedem Schritt erkenne ich deutlicher, dass es ein toter Mann sein muss. Ich vermute jedenfalls, dass er tot ist, denn sein Gesicht ist farblos und in seiner Brust steckt ein Messer. Der Hexenmeister macht sich an den Siegeln der nächsten Tür zu schaffen und beugt sich dabei über den Toten, als wäre er nichts anderes als ein gewöhnliches Hindernis.

„Wer hat ihn ermordet?", frage ich.

„Wovon sprichst du?" Der Hexenmeister sieht mich lächelnd an. Als er mich abgeholt hat, war er nur grimmig erheitert. Jetzt wirkt er fiebrig fröhlich, als hätte er ein ganzes Fass Wein geleert.

„Ich meine den Toten zu Ihren Füßen."

Der Hexenmeister blickt nach unten, als würde er den Mann zum ersten Mal sehen.

„Oh", sagt er. „Das muss ein Unfall gewesen sein."

„Ein Unfall?"

Mir ist schwindelig. Das liegt aber nicht an der grauenvollen Situation, sondern an etwas, das in der Luft ist. Es will meine Sinne verwirren und je mehr ich davon einatme, desto schlimmer wird es. Teilweise verändern sich die Bilder vor meinen Augen, an manchen Stellen ist der graue Kellergang in Farben getaucht, die verführerisch leuchten. Und doch weiß ich, dass ich hier stehe und unmittelbar vor mir ein Toter liegt.

Ich muss an Erbschens Party denken. Daran, wie alle erzählt haben, dass sie den besten Abend ihres Lebens hatten. Mir scheint, der Hexenmeister hat auch gerade die beste Zeit seines Lebens. Er dreht an den Knöpfen der Tür herum und pfeift dabei.

„Hören Sie, hier stimmt etwas nicht!", warne ich ihn. „Jemand hat ein Gift oder eine Droge in die Luft geblasen."

Der Hexenmeister reagiert nicht, er ist auf die Tür konzentriert, die nun aufspringt. Mit dem Stiefel schiebt er den Toten aus dem Weg und dreht ihn bei der Gelegenheit um. Am Ärmel des Unglücklichen erkenne ich das Emblem von Meister & Sinn. Er ist einer von uns.

„Wir müssen hier raus und Hilfe holen!", brülle ich den Hexenmeister an, doch der Mann betritt den nächsten Raum, ohne auf mich zu achten. Er scheint mich vergessen zu haben, was immerhin den Vorteil hat, dass ich ihn nicht länger begleiten muss. Ich drehe mich um und laufe den Gang zurück, in der Hoffnung, dass ich die Tresortür, die in die Freiheit führt, selbst öffnen kann. Vielleicht gibt es ja von innen einen Mechanismus, für den man weder Schlüssel noch magische Codes braucht.

Weit komme ich nicht. Etwas löst sich aus einer Nische und tritt mir in den Weg. Es ist ein bulliger Typ, der eine Waffe auf mich richtet. Sein Gesicht kann ich nicht erkennen, weil es von einer Gasmaske verdeckt wird, und sein übriger Körper ist so schwarz gekleidet, dass man ihn an den dunklen Stellen des Gangs kaum sehen kann. Die Waffe, mit der er mich bedroht, ist eine Art Mini-Armbrust, die man in einer Hand halten und mit der Bewegung eines Fingers auslösen kann. Der eingelegte Pfeil verheißt nichts Gutes.

„Schön umdrehen und weitergehen", schallt es verzerrt unter

276

der Maske hervor. „Wir haben nicht umsonst dafür gesorgt, dass dein Boss dich holen lässt."

Ich versuche mir zusammenzureimen, was hier passiert. Es hieß, die Angreifer seien dem Meister in die Falle gegangen, und vielleicht war das auch mal so. Doch bevor ich mit dem Hexenmeister hierher zurückgekehrt bin, muss sich das Blatt gewendet haben. Oder der Meister, der glaubte, er habe alles im Griff, war die ganze Zeit im Irrtum.

In der Luft, die ich trotz allem einatmen muss, wenn ich nicht ersticken will, ist garantiert eine der gasförmigen Waffen aktiv, die bei Meister & Sinn in der Erprobungsphase sind. Das spricht dafür, dass jemand aus der Waffenabteilung mit den Eindringlingen zusammenarbeitet. Ich muss auch davon ausgehen, dass der Pfeil in der Armbrust vergiftet ist. Und selbst wenn er es nicht wäre – er könnte mich töten, wenn er mich an der falschen Stelle erwischt. Langsam gehe ich wieder auf den Toten und die zweite Tür zu, die der Hexenmeister offen gelassen hat, nachdem er sie durchquert hat.

Mittlerweile leuchtet alles in meinem Blickfeld in den buntesten Farben. In meinem Magen habe ich ein extrem saures Gefühl, mein Kopf dröhnt, manche Formen verschwimmen vor meinen Augen. Doch das Hochgefühl, das den Hexenmeister gepackt hat, bleibt bei mir aus. Ich weiß immer noch, wo ich bin und was hier passiert. Ich zögere am nächsten Durchgang, doch der bullige Typ schubst mich voran.

Hier unten im geheimen Hochsicherheitsarchiv war ich vorher noch nie. Selbst ohne feindliche Angreifer wäre es kein gemütlicher Ort. Der zentrale Raum, den wir nun betreten, wirkt kalt, steril und gruselig. In monströsen Metallschränken aus Panzermaterial lagern die gefährlichsten und wertvollsten Pläne des Unternehmens.

Ich sehe Amadeus Meister. Er hält einen Generalschlüssel in der Hand und steht vor einem Schaltpult, mit dem er vermutlich die Panzerfächer des Archivs öffnen kann.

„Der Mann, der dieses Pult für mich erfunden hat, ist inzwischen tot", verkündet er fröhlich. „Aber es war nicht meine Schuld. Er war versessen aufs Flugschiffsurfen und ist bei einem seiner Abenteuerurlaube gegen eine taitulpanesische Felswand geknallt."

Ich starre meinen Chef fassungslos an. Er hat keine Ahnung, was hier passiert. Dabei ist er umzingelt von schwarz gekleideten Gestalten in Gasmasken – es sind mindestens zehn. Unmittelbar hinter dem Meister steht ein rot gekleideter Mann mit einer Schnabelmaske. Er hält ein langes Messer in der Hand, bereit zuzustoßen, falls es dem Meister einfallen sollte, etwas anderes in das Pult einzugeben als den erforderlichen Code.

All das ist schrecklich genug, doch was mich endgültig davon überzeugt, dass ich in einem realen Albtraum gelandet bin, ist das Gemetzel, das in diesem Raum stattgefunden haben muss. Ich schaue lieber nicht so gründlich hin, aber soweit ich es erfassen kann, liegt das gesamte Spezialpersonal, das der Meister angeheuert hatte, mausetot im Archiv herum. Ebenso wie der Leibwächtersoldat, der meinen Boss zu bewachen pflegte.

Der Hexenmeister ist auch da. Er sitzt mit geschlossenen Augen auf dem Boden, den Rücken an einen Metallschrank gelehnt, aber er atmet noch, trotz einer stark blutenden Wunde am Kopf. Er lächelt verzückt, versunken in eine hübsche Wahnvorstellung. Der Meister strahlt mich an, als er mich sieht.

„Da bist du ja, mein Prachtjunge", sagt er. „Die Herrschaften möchten dich gerne kennenlernen. Ich doch so, nicht wahr?"

Die Gasmasken-Herrschaften schweigen.

„Wo waren wir stehen geblieben?", fragt der Meister. „Beim Flugschiffsurfen?"

„Meine Geduld ist langsam erschöpft", erklärt die kleinste Person im Raum. Die Stimme ist so verzerrt, dass ich nicht mal sagen kann, ob es eine männliche oder eine weibliche Stimme ist. „Los jetzt oder es passiert was!"

Mein Chef spielt mit den Fingern über dem Schaltpult herum, als würde er überlegen, wie der Code lautete, den er eingeben muss. Währenddessen schweifen seine Gedanken wieder ab und er lässt uns daran teilhaben.

„Ich war mal in der Tresorburg, die den Staatsschatz der Republik beherbergt. Mir sind gleich drei Schwachpunkte aufgefallen. Ist das zu fassen? Ich hätte denen was Besseres gebaut, aber ich kann ja nicht auch noch ins Panzerschrankgeschäft einsteigen."

278

„Öffne die Fächer!", brüllt der rot gekleidete Mann mit der Schnabelmaske, der unmittelbar hinter dem Meister steht. Zur Bekräftigung rammt er meinem Chef den Griff seines Messers in die Seite. Der Meister verzieht schmerzerfüllt das Gesicht, doch er verliert seine gute Laune nicht. Abermals lässt er seine Finger über das Schaltpult wandern, ohne es zu berühren.

Mir wird klar, dass er das schon seit einer geraumen Zeit so praktiziert. Der Meister ist nicht bei Verstand und doch weiß er ganz genau, dass er nicht tun darf, was die Eindringlinge von ihm verlangen. Er zieht den letzten Schritt mit allen Mitteln in die Länge, ohne sich der Dramatik der Lage bewusst zu sein.

„Noch eine Dosis?", fragt jemand die kleinste Person im Raum.

„Das bringt nichts", antwortet diese. „Weckt ihn lieber auf und macht ihm klar, was auf dem Spiel steht."

„Was ist mit dem Monster?", fragt ein anderer Gasmaskentyp. „Soll ich es ausschalten?"

„Nur wenn es Ärger macht. Ich will sein Blut und seine Bestandteile teuer verkaufen, aber dafür sollten sie möglichst frisch sein."

Mir wird nur verzögert klar, wer mit „das Monster" gemeint ist. Sie reden von mir! Und sie wollen mich „möglichst frisch" verkaufen ... Ich muss daran denken, wie entsetzt ich als Kind gewesen bin, als mir jemand erzählt hat, dass Einhörner und Meerjungfrauen vor vielen Jahrhunderten von Wilderern gemetzgert wurden, um auf verbotenen Märkten für seltene magische Ingredienzen zu landen. Ich hätte mir nie träumen lassen, dass mir als Halbsatyr ein ähnliches Schicksal blühen könnte.

Einer der Typen holt jetzt eine Art Pistole mit einem Glaskolben hervor und drückt dreimal hintereinander ab. Bei jedem Schuss wird etwas in die Luft versprengt und während ich es einatme, lassen die farbigen Erscheinungen und das saure Gefühl in meinem Magen nach. Mein Kopf hört auf zu dröhnen, der Blick wird klarer. Genauso ergeht es dem Meister und als er erfasst, wo er ist und was gerade passiert, weicht jegliches Blut aus seinem Gesicht.

„Wer sind Sie?", fragt er die Gestalten in den Gasmasken. „Was wollen Sie von mir?"

279

„Wir wollen an die Schränke", erklärt der kleine Anführer. „Sobald die Sperren aufgehoben sind und wir eingepackt haben, was wir wollen, kannst du gehen."

Der Meister sieht sich verzweifelt um. Die Toten am Boden schockieren ihn bis ins Mark.

„Wie konnte das nur passieren?", fragt er. Sein Blick fällt auf den Hexenmeister, der immer noch am Schrank lehnt, doch mittlerweile das Bewusstsein verloren hat. Dem Meister ist der Horror ins Gesicht geschrieben, als er sich mir zuwendet.

„Oh, Breik", sagt er. „Du solltest nicht hier sein. Es tut mir aufrichtig leid. Wir werden hier nicht lebend rauskommen, fürchte ich."

Der kleine Anführer schreit in den Geräuschumwandler seiner Gasmaske: „Hast du nicht gehört, was ich gesagt habe? Wir lassen dich laufen, sobald wir haben, was wir wollen!"

„Ich bin ja nicht taub", erklärt der Meister und richtet sich stolz auf. „Aber ihr werdet nicht bekommen, was ihr wollt, selbst wenn ihr mich und Breik langsam in Scheibchen schneidet und über einem Höllenfeuer röstet. Weil ich die Fächer und Abteilungen nämlich nicht öffnen werde, kapiert? Ich bin der Einzige, der das tun kann, was euer großes Pech ist. Denn egal, was ihr mir antut, es bleibt dabei: IHR KÖNNT MICH MAL!"

„Das stimmt nicht, Herr Meister", meldet sich ein schmächtiger Gasmaskentyp zu Wort. Er hat sich bisher vornehm im Hintergrund gehalten und trägt auch keine Waffen. „Ihre Gattin hat ebenfalls einen Zugang, ebenso wie drei Ihrer Kinder. Wollen Sie im Ernst, dass wir sie holen und dazu zwingen, das Schaltpult zu bedienen?"

Der Meister kneift die Augen zusammen. „Binopal", stellt er verächtlich fest. „Du kannst deine Stimme verzerren, wie du willst, aber dieser näselnde, überhebliche Tonfall würde sich auch nervend in meine Gehörgänge bohren, wenn du in eine schallisolierte Gießkanne flüsterst."

Binopal – der Name kommt mir bekannt vor. Ich glaube, Skrap hat ihn mal erwähnt. Er ist ein Mitarbeiter der Waffenabteilung. Kein Abteilungsleiter, aber er hat im Bereich Gifte viel zu sagen.

„Na und?", erwidert Binopal. „Tatsache ist: Wenn Sie das Schaltpult nicht bedienen, werden Sie sterben." Binopal wendet

280

sich dem kleinen Anführer zu. „Ich denke, wir sollten jetzt die Familie holen: Ada, Valentin und Theodor haben einen Zugang, ebenso wie die Mutter. Valentin befindet sich zurzeit auf Weltreise, doch die anderen sind zu Hause. Amadeus Meister kann das Schaltpult allein bedienen, aber die Ersatzleute müssen immer zu zweit sein, um sich gegenseitig zu bestätigen. Also holt am besten alle drei her: Theodor, Ada und die Mutter."

Die Gesichtszüge des Meisters zucken, als er das hört, doch er widerspricht nicht. Der Anführer schickt drei seiner Leute los. Den Anweisungen zufolge wurde die Familie bereits in ihrer Wohnung festgesetzt und steht unter Bewachung.

Ich kann das alles überhaupt nicht glauben. Es wird immer schlimmer und ich muss davon ausgehen, dass ich diesen Überfall nicht überleben werde. Doch umso schrecklicher die Situation wird, desto kühler werden meine Gedanken. Als ich den Keller betreten habe, bestand ich hauptsächlich aus Angst. Jetzt wäge ich nur noch ab, was ich tun kann oder tun sollte. Ich sehe mir selbst von außen zu und das vertreibt die Panik.

„Wie sieht's aus, Meister?", fragt der Anführer. „Möchtest du deiner Familie die Tortur ersparen? Dann gehorche und alles wird gut."

„Nichts wird dann gut", erwidert Amadeus Meister. „Ich kann es nicht verantworten, die Pläne für extrem gefährliche Waffen und andere bahnbrechende Erfindungen in die Hände von Terroristen zu legen. Denn das seid ihr – Handlanger von Mächten, die ich nicht unterstützen kann und will. Habe ich recht, Binopal? Glaubst du, ich hätte nicht gewusst, dass du deine Papiere gefälscht hast, damit wir nicht herausfinden, dass du aus Fischlapp stammst? Leider waren wir so naiv zu glauben, du wärst nur um deinen Ruf besorgt."

„Sie haben ja keine Ahnung, Meister! Mir stand und steht das Wasser bis zum Hals. Aber im Gegensatz zu Ihnen habe ich keine Lust zu sterben, wenn es einen Weg gibt, mein Leben zu retten. Ich flehe Sie an: Ersparen Sie sich und Ihrer Familie diesen Horror und geben Sie endlich Ihren Code in das Schaltpult ein."

„Niemals!", brüllt der Meister und seine Finger fliegen über das Schaltpult, um das Eingabefeld aufzurufen, mit dem er einen Alarm auslösen kann. Doch genau für diesen Fall wurde der rot

281

gekleidete Mann mit der Schnabelmaske hinter dem Meister postiert. Er holt aus, kaum dass die Finger des Meisters das Schaltpult berühren, und jetzt saust die Klinge auf den Hals des Meisters zu, um ihn für immer zum Schweigen zu bringen.

All das passiert in Sekundenbruchteilen, doch ich bin bereits unterwegs: Keiner hat damit gerechnet, dass ich mich einmischen würde, und so kann ich in Richtung des Pults stürzen und die Kraft erwecken, die in mir steckt. Selbst auf die Gefahr hin, dass diesmal mein gesamter Arm zersplittert, lasse ich die Energie fließen, die ich wie einen Teil meines Körpers einsetzen und lenken kann. Diesmal lasse ich die Magie weder leuchten noch gebe ich ihr eine Form. Unsichtbar wächst sie dem Angreifer entgegen und umschlingt seine Hand in dem Moment, als sie mit dem Messer herabsaust. Noch bevor die Klinge den Meister erreicht, schnüre ich das Handgelenk des Schnabelmaskenmanns mit meiner Magie so stark ein, dass er aufschreit und das Messer fallen lässt.

Der Meister fährt herum und als er die krampfende Hand des Mannes sieht, hält er staunend inne. Er begutachtet das Messer auf dem Boden, danach wandert sein Blick zu mir und der Funke einer kleinen, irren Hoffnung blitzt in seinen Augen auf. „Breik", murmelt er. „Wusste ich's doch ..."

„Tötet die beiden!", schreit der Anführer. „Sofort!"

Mein Arm schmerzt, als wäre darin ein Feuer ausgebrochen. Doch das ist erst der Anfang, denn ich werde nicht kampflos zusehen, wie uns diese Meute von Gasmaskenidioten niedermacht. Ich werde so oder so sterben, aber dann wenigstens mit einem Feuerwerk.

Der Schnabelmaskenmann wirft sich auf den Meister, drei weitere Angreifer wollen mich packen, gleichzeitig zischen ein Pfeil, ein Messer und das Geschoss einer Pistole auf mich zu. Mein Körper reagiert instinktiv, so wie damals, als ich das Gespenst im Wunderwald geschrottet habe, nur dass ich diesmal alles aktiviere, was mein Körper herzugeben vermag. Das Unvermeidliche passiert: Die Kraft in mir explodiert und bricht mich in Stücke. Bestimmt bersten gerade all meine Knochen von der Brust abwärts – doch die Magie, die aus mir strömt, hält mich aufrecht.

Unsichtbar wächst die gewaltige Zauberkraft aus meinem

Inneren den Feinden entgegen – jeder, der mich oder den Meister zu erreichen versucht, stößt auf einen Widerstand. Auch der Schnabelmaskenmann erstarrt in der Bewegung, sodass sich der Meister unter ihm wegducken kann. Ungeachtet der Feinde, die uns zu töten versuchen, beugt sich mein Chef erneut über das Schaltpult, um den Alarm auszulösen.

Ich umgebe uns mit einer ganzen Hecke aus Naturmagie, sodass die Waffen, die auf uns zufliegen, im Raum hängen bleiben, als hätte sich die Luft in Gelee verwandelt. Ich lasse die Hecke wachsen und wickle meine Gegner in die Ranken meiner Magie. Es ist verrückt. Ich spüre den Schmerz meines zerspringenden Körpers und weiß, dass ich diese Selbstzerstörung nicht überleben werde. Dennoch bereitet es mir einen diebischen Spaß, meine Feinde in eine Starre zu zwingen, aus der sie sich nicht befreien können. Ich würde sie am liebsten noch mehr tyrannisieren – ja, vor dem Hintergrund, dass sie meine Bestandteile „möglichst frisch" zu Geld machen wollten, verspüre ich einen wahren Rachedurst.

Es wäre *so* einfach, sie zu vernichten. Ich weiß noch, wie die Kinderfrau in Scherben zersprungen ist, als sich meine Magie verhärtet hat. Aber ich darf es nicht tun, auf gar keinen Fall. Mit Bedauern, doch überzeugt davon, dass ich das Richtige tue, halte ich die Schlingen aus Naturmagie beweglich, während ich meine Feinde damit fessle. Auf diese Weise werden sie es unbeschadet überstehen, wenn ich mich von meiner Magie lossage.

Als alle anderen Angreifer schon unschädlich gemacht sind, knöpfe ich mir den Anführer vor. Mit dem kleinen Schreihals gebe ich mir die meiste Mühe: Ich sperre ihn in einen unsichtbaren Käfig aus magischen Ranken, umwickle seine Hand- und Fußgelenke und fixiere sie an den Käfigstangen. Schließlich – sozusagen als Krönung meiner Bemühungen – lasse ich sämtliche Zauber Farbe und Form annehmen. Baumähnliches Material hält die Terroristen nun fest im Griff und der Anführer hängt an Händen und Füßen gefesselt in einem Käfig aus versteiften Schlingpflanzen. Keinen Millimeter kann er sich darin rühren.

Das ist das Letzte, was ich erkennen kann. Die Magie, die mein Skelett zerlegt hat, erreicht meinen Hals. Wenn sie bis zu meinem Schädel vordringt, wird er zerplatzen, und das will ich unbedingt vermeiden. Ich wende das Lurchgeblütel-Notfall-Repertoire an und distanziere mich, was einer magischen Vollbremsung gleichkommt. Eiskalt wende ich mich von der glühenden Kraft ab, als hätte ich nichts damit zu tun, und ziehe mich aus dem Zauber zurück, als wäre er ein Ort, den man einfach so verlassen kann. Ich gebe alles auf, was mich zuvor noch magisch entflammt hat, und werde wieder der Junge, der ich normalerweise bin.

Entsprechend haltlos krache ich zu Boden. Ich höre, wie der Alarm erschallt, den der Meister ausgelöst hat, und mein Schmerzensschrei geht in dem Lärm unter. Schwärze schiebt sich vor meine Augen. Hilflos liege ich da und kann mich nicht mehr bewegen.

„Breik!", ruft der Meister dicht über mir. „Ich hole Hilfe. Halte durch. Halte bloß durch! Ich bin gleich wieder da."

Ich will durchhalten, so wie er es gesagt hat, doch meine Anstrengungen sind umsonst. Ich wusste im Grunde ganz genau, dass es mich töten wird, wenn ich den Meister rette. Aber es ist in Ordnung für mich. Ich bereue es nicht. Indem ich tat, was ich für gut und richtig hielt, hat der Geist meiner Mutter den Geist meines Vaters besiegt. Sein Erbe konnte mich nicht verderben.

284

KAPITEL 27
BLUMEN UND AMBRA

ICH ERWACHE NUR KURZ und sehe verschwommen das Gesicht von Professor Submariner über mir. Von den vielen Stimmen im Raum verstehe ich nur seine deutlich genug, um zu begreifen, worum es geht.

„Ich kann nichts für ihn tun, Herr Meister. Fast nichts. Ich werde ihm ein paar magikalische Impulse geben und danach werde ich ihn so schnell wie möglich in einen Heilschlaf legen. Falls er bis dahin überlebt ... Nein, Herr Meister, jetzt hören Sie schon auf zu protestieren! Ich weiß, was ich tue. Seine Naturmagie übernimmt so oder so die Führung. Sie wird ihn retten oder töten, sie macht, was sie will ... Wie lange er schlafen muss? Wenn er Glück hat und lange genug am Leben bleibt, Wochen oder gar Monate."

Ich denke: „So ein Mist, ich wollte doch wieder in die Vergangenheit reisen. Und die Ferien fangen bald an." Doch alles Weitere wird zusammenhanglos in meinem Kopf und ich verliere das Bewusstsein, wenn auch nicht vollkommen. Irgendwie weiß ich trotz allem, dass ich schlafe.

So bleibt es für eine lange Zeit. Manchmal ist es, als würde ich aus tiefer Schwärze aufsteigen und über mir eine smaragdgrüne Sardelle durch das Wasser gleiten sehen. Manchmal bin ich selbst die Sardelle, die zwischen Dunkelheit und Licht dahinschwebt, halb fliegend, halb schwimmend. Die Finsternis unter mir und das

Leuchten über mir erscheinen mir gleich verlockend. Ich habe kein Ziel.

Bisweilen nehme ich wahr, dass jemand mit mir spricht, doch ich kann nicht verstehen, was meine Besucher zu mir sagen. Ich erfreue mich lediglich am Klang ihrer Stimmen und den andersartigen Gefühlen, die mich erreichen. Ich komme und gehe, ich schwimme und gleite, ich lasse die Kräfte, aus denen ich bestehe, ihr Werk verrichten, ob es nun der Heilung oder meiner endgültigen Auflösung dient. Ich habe Frieden mit meinem Zustand geschlossen. Oder der Professor hat mich befriedet, indem er mir regelmäßig etwas einflößt.

Ich weiß sofort, dass mehrere Wochen vergangen sind, als ich unvermittelt die Augen öffne und ein haariges Ungeheuer an meinem Bett stehen sehe. Es trägt die Kluft eines Krankenpflegers. Bei ihm muss es sich um ein Anderswesen handeln – also ein Geschöpf, das nicht gerade menschlich aussieht, aber wie ein Mensch lebt, denkt und handelt.

„Biste wach?", brummt es.

Ich versuche zu antworten, aber mein Mund macht nicht, was ich will. Daraufhin blubbelt das Ungeheuer so was wie „So 'nen Käse aber auch, blasterschaster noch eins" und verschwindet. Vermutlich ein wirrer Traum, nehme ich an, doch keine Minute später kommt der Professor an mein Bett geeilt und tastet atemlos nach meinem Puls.

„Wie kommt das?", fragt er. „Du stehst noch unter Medikamenten, du kannst noch gar nicht aufwachen!"

Ich kämpfe um die Kontrolle über meine Lippen und schließlich gelingt es mir zu sagen: „Bin aber wach."

„Wie fühlst du dich?"

„Hm ... ganz gut?"

Ich spüre, wie der Professor meine Arme abtastet.

„Du solltest unbedingt noch liegen bleiben, hörst du? Auf keinen Fall aufstehen. Dein Skelett könnte noch instabil sein."

„Instabil?"

„Die Knochen sind wieder zusammengewachsen, aber ich traue dem Frieden noch nicht so ganz. Übrigens habe ich bei deiner magikalischen Erstversorgung einen Knochenstrecker hinzugezogen. Ich dachte, wenn bei dir sowieso alles kaputt ist,

286

können wir dein Skelett auch so anordnen, dass es auf eine günstigere Weise zusammenwächst als zuvor. Es ist uns gelungen, deiner Selbstheilung die richtigen Impulse zu geben. Natürlich konnten wir keine Wunder vollbringen, aber ich schätze, du wirst aufrechter stehen und gehen können als vor deiner Selbstzerstörung. Falls die Knochen halten."

„Überleben werde ich?"

„Ja, mein junger Freund, die kritische Phase hast du schon vor ein paar Wochen hinter dir gelassen."

„Und wie lange schlafe ich jetzt schon?"

„Fünf Wochen."

„Fast die ganzen Ferien."

„Dir hätte was Schrecklicheres passieren können, als die Sommerferien zu verschlafen. Wir hatten anfangs wenig Hoffnung, dass du das überstehst."

„Wo bin ich hier?"

„In der Klinik für nichtmenschliche Kreaturen und Mischwesen. Herr Meister kommt für alle Kosten auf. Er geht mir gewaltig auf die Nerven mit seinen ständigen Anrufen und Drohungen. Als würde ein Arzt wie ich nicht sein Bestmögliches tun. Allerdings ...“

„Ja?", frage ich, da der Professor zögert, weiterzusprechen.

„Ich wäre dir verbunden, wenn du es für dich behältst", sagt er leise. „Aber du hattest heute Nacht Besuch. Ich führe dein plötzliches Erwachen und deinen positiven Zustand darauf zurück."

„Ich hatte nur einmal Besuch?"

„Nein, du hattest andauernd Besuch. Deine Freunde haben viel Zeit an deinem Bett verbracht. Aber letzte Nacht war Grohann hier. Er blieb eine Weile bei dir sitzen, hat seine Hände auf dich gelegt und dabei hat es angeblich grün geleuchtet. Das hat Krumpl erzählt, der Krankenpfleger. Grohann kam und ging, ohne dass ihn irgendwer gesehen hat, außer eben Krumpl, der gerade seine Nachtschicht angetreten hatte."

„Dann hat mich Grohann geheilt?"

„Geheilt hast du dich hauptsächlich selbst, aber er wird dir wohl einen stärkenden Naturmagiemix spendiert haben, den kein Normalsterblicher im Repertoire hat."

„Wow."

„Willst du wach bleiben? Ich kann dich auch wieder schlafen legen, ich müsste allerdings die Dosierung erhöhen, da du offenbar ...“

„Nein, nein. Ich will bitte wach bleiben.“

„Ach, und erschrick bitte nicht wegen deiner Hautfarbe. Sie hat sich verändert durch den Unfall.“

Sofort hebe ich meine Hand und staune: Meine Haut hatte schon immer einen graubraunen Ton, aber jetzt ist sie eine Spur dunkler geworden und hat sogar einen leichten Grünschimmer.

„Liegt wohl an dem Naturmagieausbruch“, meint der Professor. „Dass du mit diesen Kräften sehr vorsichtig sein musst, dürfte dir inzwischen klar sein. Oder muss ich dich noch mal ausdrücklich warnen?“

„Ich *war* vorsichtig, zumindest am Anfang. Aber diese Einbrecher wollten uns töten, ich musste doch irgendwas tun. Wer waren die eigentlich? Weiß man das inzwischen?“

„In den Zeitungen stand, dass es Terroristen aus Fischlapp waren. Sie wollten ihre Regentin stürzen und die südlichsten Provinzen von Amuylett überfallen. Hätten sie es geschafft, das geheime Archiv von Meister & Sinn zu plündern, wären sie wohl kaum zu stoppen gewesen. Dank dir konnten die Verbrecher festgenommen und verhört werden. Du hast für die richtige Seite gekämpft und das wird dir in Zukunft Vertrauen einbringen.“

„Wenn Sie das sagen.“

„Ich gehe jetzt und spiegelfoniere mit Estephaga Glazard. Ich habe mich regelmäßig mit ihr beraten und sie sollte als Erste erfahren, dass der Patient wach und wohlauf ist.“

Der Professor verlässt das Zimmer und überlässt mich wieder der Fürsorge des wortkargen Krumpl. Ich wage nicht zu fragen, was für ein Wesen er ist, da das respektlos oder gar diskriminierend rüberkommen könnte. Man muss in Tolois sehr aufpassen, was man sagt. In Finsterpfahl fragt man einfach nur: „Und was für ein Zottel bist du?“ Aber hier in der Stadt können Anderswesen schon mal empfindlich reagieren, wenn man sie auf ihre Andersartigkeit anspricht.

Ich habe keine Schmerzen und als ich versuche, ein Bein leicht anzuheben, klappt das ohne Probleme. Das könnte richtig langweilig werden, wenn ich hier noch länger herumliegen muss. Ich

288

sehe auch Komplikationen auf mich zukommen. Der Heilschlaf ist in der Regel so was wie ein Froschröschenschlaf – man liegt in einer magischen Starre und muss weder etwas essen noch aufs Klo. Aber jetzt bin ich wach, also wäre es mir schon recht, wenn ich aufstehen könnte.

Es wird wohl kein Schaden entstehen, wenn ich mich ein wenig aufrichte. Ich schiebe die Kissen in meinem Rücken zusammen, stütze die Ellenbogen auf und als Nächstes ... lerne ich das Krumpl-Ungeheuer von seiner wildesten Seite kennen.

„Hey!", brüllt es mich an und Spucketropfen fliegen mir ins Gesicht. „Doofmann, wirste wohl liegen bleiben?"

Wenn er Doofmann zu mir sagt, kann ich ihn auch fragen, welcher Spezies er angehört.

„Bist du ein Trollverwandter? Oder ein Yetimensch?"

„Warum-Darum", sagt er. „Aus Hornfall."

„Warum-Darum ist eine Art ..."

„Warum-Darum!"

„Okay. Interessant. Ich bin noch nie einem Warum-Darum begegnet."

„K'au-h-eschel schon. Sie kennt uns."

„Ach ja? Sprecht ihr die gleiche Sprache? Kommt ihr womöglich aus dem gleichen Gegend?"

„Gib Ruh und mach, dass de wieder pennst."

Ich grinse ihn an. Mein Pfleger ist nicht gerade ein Charmebolzen, aber ich mag ihn. Brav bleibe ich liegen und schließe die Augen, bis ich Besuch von dem Knochenstrecker bekomme, der nach dem Unfall mein Skelett neu sortiert hat, um es mal vereinfacht auszudrücken. Der Professor hat mit ihm spiegelfoniert und da hat er sich sofort zu mir auf den Weg gemacht. Nach und nach testen wir meinen ganzen Körper durch und er zeigt sich optimistisch.

„Du musst langsam machen, aber in ein paar Tagen kannst du bestimmt ein paar Schritte gehen."

Er ruft Hilfe herbei und ich darf einmal kurz aus dem Bett steigen und versuchen, mich hinzustellen. Ich schwanke, weil mir in den letzten Wochen die Kräfte abhandengekommen sind. Aber der kurze Moment in der Senkrechte verblüfft mich, denn tatsächlich kann ich mich viel besser aufrichten als früher. Ich bin größer als sonst und habe wegen der halbwegs geraden Körperhaltung ein Gefühl, als wäre ich auf einmal eine ganz andere Person, was mir überhaupt nicht gefällt. Und so klettere ich freiwillig ins Bett zurück, nur um mich dort zu krümmen und so zu tun, als hätte sich nichts verändert.

Nach der Anstrengung schlafe ich sofort ein und wache erst ein paar Stunden später wieder auf, als Skrap, Eschel und Felian zu ihrem täglichen Besuch in mein Zimmer kommen. Das Wiedersehen fällt rührend aus – ja, uns ist zum Heulen zumute, weil wir uns beinahe für immer verloren hätten, aber natürlich überspielen wir das und reißen uns zusammen. Meine Freunde sind die allerbesten der Welt, das wusste ich schon immer, aber an diesem Sommertag, an dem ich ins Leben zurückgekehrt bin, wird mir bewusster denn je, dass sie meine Familie und mein Zuhause sind.

Ich nehme mit allen Sinnen auf, was sie mir berichten – ich habe schließlich fünf Wochen Ferien verpasst. Felian ist mittlerweile bei Prudentia eingezogen. Sie schuften wie die Irren, damit der Laden in ein paar Tagen eröffnen kann, und das macht Felian großen Spaß. Prudentia hat Felian auch schon an ihrer Schule angemeldet. Sie hat ihm alle Bücher besorgt, die er braucht, ihm die neue Schule gezeigt und ihn seinen zukünftigen Lehrern vorgestellt.

„Sie ist sehr hilfsbereit", schwärmt Felian.

„Man könnte auch sagen, sie entmündigt dich", wendet Eschel ein. „Du hättest dich genauso gut selbst um deine Angelegenheiten kümmern können."

„Es gefällt ihr nun mal, mir zu helfen. Prudentia ist wie eine große Schwester für mich."

„Deine große Schwester ist aber drei Jahre jünger als du."

„Weißt du, Breik", sagt Felian zu mir, „Eschel kann Prudi nicht leiden. Trotzdem ist sie jedes Mal zuckersüß freundlich zu Prudi, wenn sie im Laden vorbeikommt."

„Das ist doch Quatsch", protestiert Eschel.

„Was ist Quatsch? Dass du Prudi nicht leiden kannst oder dass du zuckersüß freundlich zu ihr bist?"

„Eschel ist nie zuckersüß", widerspreche ich. „Und wenn sie freundlich ist, dann meint sie das auch so."

„Siehst du?", sagt Eschel zu Felian. „Er versteht mich."

290

„Mir geht Prudentia auf den Geist", erklärt Skrap. „Aber ich bin ja auch ihr bevorzugter Feind. Ständig hält sie mir Vorträge über das böse magikalische Patriarchat. Nur weil ich die Geschmacklosigkeit ihrer Klamotten kritisiere."

„Ja, warum machst du das auch?", fragt Felian. „Sie darf ja wohl in ihrem eigenen Laden tragen, was sie will?"

„Sie hat offenbar nie gelernt, wie man sich anständig und passend anzieht. Irgendwer muss es ihr doch sagen. Das Mädchen ist in einem Freudenhaus aufgewachsen und das sieht man leider auch."

„Siehst du, wie patriarchalisch du bist?"

„Und du lässt dir von ihr das Gehirn frottieren. Nein, wenn ich die Wahl zwischen zwei schwierigen Mädchen habe, dann bevorzuge ich eindeutig Sissi."

„Habt ihr sie getroffen?", frage ich. „Wart ihr zusammen ..."

„... in der Saftbar?", fällt mir Felian ins Wort. „Wir sprechen es nicht aus, weißt du."

„Ah."

„Ja, wir waren ein paar Mal dort und wir haben auch Sissi mitgenommen", antwortet Eschel. „Vorher gab es große Diskussionen, ob sie mitkommen soll oder nicht. Ich war dafür, die anderen wollten unabhängig sein. Ich finde ja, wir sind es ihr schuldig. Schon allein deswegen, weil sie regelmäßig Felians Schlüssel sichert. Schau mal!"

Sie stupst Felian an, der daraufhin in sein Hemd greift und mir dann seine leeren Finger präsentiert.

„Du hast ihn in der Hand?"

„Toll, was? Leider muss sie den Zauber ständig erneuern."

„Außerdem", sagt Eschel, „habe ich den anderen erklärt, dass Sissi die Einzige ist, die Lillis Technik irgendwie verstehen oder reparieren könnte, wenn mal was schiefgeht."

„Die Puppen wissen auch Bescheid", widerspricht Skrap. „Man kann sie zu allem fragen und wenn was kaputtgeht, bringen sie das in Ordnung. So stand es in Lillis Brief."

„Ja, aber wenn die Puppen kaputtgehen? Oder sonst irgendwas passiert? Zum Beispiel an der Schwelle zur Saftbar?"

„Jedenfalls hat uns Eschel überredet, Sissi mitzunehmen", sagt Felian. „Und das war bisher auch ganz okay so. Sie setzt sich die meiste Zeit ab, um die Regale mit den Erfindungen zu studieren."

„Wart ihr auch in der Vergangenheit unterwegs?", frage ich. „Habt ihr euch den Staatspalast angesehen? Oder seid ihr im berühmten Botanischen Garten von Tolois-Park gewesen? Damals war er noch nicht zerstört."

Eschel schüttelt den Kopf. „Das machen wir erst, wenn du wieder mitkommen kannst. Ohne dich macht es nur halb so viel Spaß."

„Übrigens weiß jetzt jeder, wer du bist", sagt Skrap. „Es stand in allen Zeitungen. Du wurdest sogar in einem offiziellen Nachrichten-Filmstreifen erwähnt. So nach dem Motto: Ja, er ist ein Halbsatyr, aber er hat uns vor großem Schaden bewahrt."

„Ja", meint Felian, „du bist fast so was wie ein Held."

„Auch wenn manche Leute eher das Gegenteil glauben", fügt Skrap hinzu. „Wegen deinem erzbösen Papa und so. Dein Auftauchen hat die Magischen Erlöser in eine mittelschwere Krise gestürzt. In ihren Spiegelfonzirkeln geht die Post ab, weil sie sich nicht auf eine unumstößliche Wahrheit einigen können. Bist du nun ihr größter Feind oder womöglich ihr geheimer Anführer?"

„Auch die normalen Leute stellen die wildesten Vermutungen über dich an", sagt Eschel. „Die Gerüchteküche brodelt und wir werden ständig ausgefragt."

„Natürlich halten wir uns bedeckt", versichert Skrap. „Und bald können sie dir ja persönlich nachstellen."

„Das muss wieder anders werden", sage ich. „Es macht mir keinen Spaß, aufzufallen."

„Dann frag Sissi, wie man Tarnzauber strickt", meint Eschel. „Denn ohne Zauber wirst du garantiert auffallen, wenn du das nächste Mal durch die Stadt läufst."

„So was Blödes."

„Freu dich doch", widerspricht Felian. „Du bist berühmt. Manche Leute wollen ihr Leben lang berühmt werden und sind frustriert, wenn sie's nicht schaffen."

„Wie geht es Kruz?"

„Er musste zu seinen Eltern nach Andaluz fliegen", antwortet Eschel. „Er ist am ersten Ferientag verschwunden und wird erst zum ersten Schultag des zweiten Halbjahrs zurückkehren."

„Eschel vermisst ihn", sagt Felian grinsend. „Sehr."

„Ach was", widerspricht sie, doch es klingt nicht sonderlich überzeugend. „Natürlich freue ich mich darauf, ihn wiederzusehen. Er schreibt uns lustige Postkarten. Du wirst dich kaputtlachen, Breik, ich bringe sie dir morgen mit."

„Und Sissi – glaubt ihr, sie kommt auch mal hier vorbei?"

„Sie war hier", erzählt Eschel. „Ganz am Anfang. Sie war ganz aufgelöst vor Dankbarkeit, weil du das Schlimmste verhindert hast. Als der Überfall passiert ist, war sie noch in der Stadt unterwegs, aber für den Rest der Familie muss es grauenvoll gewesen sein. Die Terroristen bedrohten ihre Stiefmutter und die Geschwister in der Wohnung und hielten sie dort fest, bis der Meister die Polizei und das Militär verständigen konnte. Danach wurden sie in einer waghalsigen Aktion befreit. Womöglich hätten die Terroristen alle umgebracht, wenn du nicht gewesen wärst."

„Ich versuche mir eine vor Dankbarkeit aufgelöste Sissi vorzustellen", sage ich. „Aber es gelingt mir nicht. Sie neigt nicht gerade zu Gefühlsausbrüchen."

„Das war beim ersten Mal so, als wir sie hier getroffen haben", erklärt Eschel. „Der Schock war noch ganz frisch. Danach war sie schnell wieder die Alte und seit ein paar Tagen ist sie sowieso weg. Die Meisters sind in die Sommerferien gefahren. Ans Meer."

Ich war noch nie am Meer. Aber ich habe es in Filmstreifen und auf Fotos gesehen. Ich stelle mir vor, wie Sissi in ihrem bevorzugten Leichenlook am Strand entlangläuft, gefolgt von Radiofon, der Jagd auf verirrte Krebse macht. Bestimmt hat das Bild nichts mit der Realität zu tun, aber es gefällt mir.

„Wie viele Ferientage bleiben mir noch?", frage ich. „Ob wir es in der Zeit noch mal in die Vergangenheit schaffen? Ich meine ... in die Saftbar?"

„Wohl kaum", antwortet Skrap. „Es sind nur noch neun Tage übrig."

Auch gut. Heute kann mich sowieso nichts enttäuschen. Selbst die Tatsache, dass Eschel Kruz vermisst, hat mir nur einen kleinen Stich versetzt. Doch jetzt kommt Krumpl in den Raum und palavert mit Eschel in merkwürdigem Kauderwelsch. Sie strahlt und genießt das Gespräch so sehr, dass es mich trifft. Warum habe ich nie einen Gedanken daran verschwendet, wie schwer es für Eschel sein muss, ihre eigene Sprache mit niemandem sprechen zu können? Ich habe sie kein einziges Mal nach Wörtern gefragt, die ihr etwas bedeuten, während sie fast manisch versucht, sämtliche Wörter unserer Sprache kennenzulernen. Da muss erst ein Wofür-Dafür aufkreuzen, damit mir das klar wird. Oder war es ein Wann-Dann?

„Krumpl hat mich gebeten, noch etwas länger zu bleiben", sagt Eschel. „Seine Ablösung verspätet sich, aber er muss jetzt weg."

„Dann bleiben wir auch länger", verspricht Felian.

„Nein, das ist nicht nötig", meint Eschel. „Ihr kommt sonst zu spät zu dem Treffen mit den Zwillingen und Petti Lou. Geht ruhig schon vor."

„Sicher?", fragt Felian.

Skrap haut Felian mit dem Ellenbogen an.

„Du bist so schwer von Begriff. Sie *will*, dass wir verschwinden, damit sie noch ein bisschen mit dem angesagten Satyr allein sein kann."

Eschel lacht Skrap aus und die beiden ziehen ab. Kaum sind sie fort, rückt sie ihren Stuhl näher an mein Bett heran und beugt sich vor.

„Ich wollte tatsächlich mit dir allein sein", flüstert sie. „Ich muss dir etwas sagen."

Sie lacht nicht mehr, sondern macht ein düsteres Gesicht.

„Etwas Ernstes?", frage ich.

„Wie man's nimmt", antwortet sie. „Du wirst zu Recht sauer auf mich sein. Ich habe dich nicht angelogen, aber ich habe dir etwas Wichtiges verschwiegen. Das habe ich nur getan, weil es sich um geheime Angelegenheiten von großer Bedeutung handelt. Ich hoffe, du kannst mir verzeihen."

Ich bin heute aus dem Totenschlaf erwacht und Eschel sieht schöner aus denn je, wie sie da an meinem Bett sitzt und mich traurig anblickt. Ich kann mir kaum vorstellen, dass ich länger als fünf Minuten verärgert sein könnte.

„Ich höre."

Sie nickt und holt tief Luft. „Ich habe dir doch davon erzählt, dass ich manchmal Nachrichten für Duhm Vultur ins Dorf gebracht habe."

„Ja, und dass er einen heißen Draht nach Fortinbrack hatte."

294

„Den hat er immer noch. Jedenfalls habe ich über Duhm Vultur im letzten Winter erfahren, dass ich die Chance erhalten soll, nach Tolois zu ‚Meister & Sinn‘ zu gehen. Amadeus Meister wird täglich mächtiger und gewisse Leute halten es für unerlässlich, ihm dabei ein bisschen auf die Finger zu schauen. Gute Leute, das versichere ich dir!"

„Woher willst du wissen, dass sie gut sind?"

„Gerald Winter gehört zu den Guten, oder etwa nicht? Und er hat bei der Sache mitgemacht."

„Vielleicht wusste er gar nicht, wofür er eingespannt wurde."

„Jedenfalls war ich mir unsicher, ob ich überhaupt nach Tolois gehen möchte. Ich habe mir nach der Ankündigung vorgenommen, dass ich nur gehe, wenn ihr mitkommt. Als es so weit war, habt ihr euch riesig über die Chance gefreut. Und ich dachte: Gut, so hat jeder was davon."

„Deswegen soll ich sauer sein? Weil du kein Wort darüber verloren hast?"

„Auch, aber ich muss dir noch mehr erzählen. Du weißt ja, wie die Menschen auf mich reagieren. Die Beteiligten dieser geheimen Aktion nahmen an, dass mich Amadeus Meister für repräsentative Zwecke in seiner Nähe einsetzen wird. Mit anderen Worten: Sie dachten, der Meister gibt mir so einen Job, wie du einen bekommen hast."

„Oh nein. Erzähl mir jetzt bloß nicht, dass ich in Zukunft für deine komischen Kontakte spionieren soll ..."

„Der Meister wird dich fördern und in seiner Nähe behalten. Er vertraut dir, du hast sein Leben, sein Unternehmen und seine Familie gerettet. Es gibt keine bessere Person, die ihn im Auge behalten könnte. Du sollst keine Geheimnisse aus der Firma schmuggeln, ganz sicher nicht. Du sollst dich auch sonst in keiner Weise unehrenhaft benehmen. Nur wenn dir etwas auffällt, das dich beunruhigt oder dir verdächtig erscheint, dann lass es mich wissen. Wäre das in Ordnung für dich?"

„Da müsstest du mir schon mehr über deine Kontakte erzählen."

„Geht nicht. Aber Gerald Winter wusste, was er tat, als er uns nach Tolois geholt hat. Da bin ich mir sicher."

„Ich denke darüber nach."

„Bist du jetzt enttäuscht von mir?"

Ihre türkisfarbenen Augen leuchten hell in der Sonne des Spätnachmittags und die olivgrünen Sommersprossen sind zahlreicher geworden während der Ferien. Eschel wird nie so ausgelassen und fröhlich sein wie andere Mädchen, aber sie hat ein stilles Glück gefunden, das in der Tiefe ihres Blicks sachte schimmert und blinkt. Ich will es keinesfalls trüben.

„Ich bin nicht enttäuscht, keine Sorge. Ich weiß, du willst das Richtige tun. Trotzdem könnte es sein, dass du zu leichtgläubig bist. Die Tatsache, dass dich Hanns von Fortinbrack gerettet hat, hat dich blind gemacht."

„Ich bin nicht blind, nur weil ich einem Menschen vertraue, der einem Mädchen seine Freiheit zurückgegeben hat."

„Aber du bist nicht frei. Der Herrscher von Fortinbrack hat immer noch eine Besitzurkunde, auf der dein Name steht."

„Was nur meiner Sicherheit dient."

„Aber es belastet dich, hast du mal gesagt."

„Ich habe in den letzten Wochen viel gelernt, Breik", sagt sie. „Ein Name auf einer Besitzurkunde ist nichts gegen einen Namen, der auf deinem Herzen geschrieben steht. Du bist mein bester Freund. Ich weiß nicht, was ich getan hätte, wenn du gestorben wärst. Niemand, auch nicht der Herrscher von Fortinbrack hätte mir meinen Seelenfrieden zurückgeben können. Ich hätte mir die Schuld an deinem Tod gegeben. Wegen mir bist du nach Tolois gekommen und ohne mich wärst du nicht in diesem Archiv gewesen."

„Das ist doch Unsinn! Ich wollte unbedingt zu Meister & Sinn und du kannst nichts dafür, wenn irgendwelche Terroristen aus Fischlapp anrücken und mich abmurksen wollen. Ich habe überlebt, dem Lurchgeblütel sei Dank. Und überhaupt – sieh dich doch mal um: Ich liege in der besten Klinik, die es für Fälle wie mich gibt. Noch dazu in einem Einzelzimmer, persönlich betreut von einem berühmten Professor, weil der Meister alles bezahlt. Vielleicht wäre ich in Finsterpfahl nicht mal sechzehn geworden, weil irgendwann diese komische Magie aus mir herausgebrochen wäre und ich absolut nichts dagegen hätte tun können. Du hast mich gerettet! Alles andere lasse ich nicht gelten."

„Danke. Wenn du das ehrlich meinst, beruhigt mich das."

296

„Natürlich bin ich ehrlich. Stammt der Wozu-Dazu eigentlich aus der gleichen Gegend wie du?"

„Wer?" Eschel lacht. Beruhigt sehe ich, wie die Beklemmung von ihr abfällt. „Du meinst Krumpl?"

„Ja, er meinte, er sei ein ... ein ..."

„Warum-Darum?"

„Stimmt, das war's."

„In meiner Sprache heißt es Waru-dahar-h'um. Aber das kann sich hier kein Mensch merken, also sagt er Warum-Darum. Das verstehen die Leute in Amuylett."

„Tut es dir gut, dass du mit ihm in deiner eigenen Sprache sprechen kannst?"

„Ja", sagt sie. „Es ist schön und es tut weh."

„Wurde er auch verschleppt?"

„Er ist mit seiner Familie geflohen. Es gibt Menschen in Hornfall, die Wesen wie ihn jagen, als wären sie Tiere."

„Aber mittlerweile doch nicht mehr, oder? Die neue Herrscherin hat das bestimmt verboten."

„Vieles ist verboten in Hornfall, aber nicht jeder hält sich daran. Ich hoffe, dass mit der neuen Herrscherin alles besser wird, aber dafür muss sie sich erst mal auf dem Thron halten. Der Meister wird demnächst nach Hornfall fliegen und sie mit seinen tollen Waffen ausstatten."

„Hast du die Information von deinen supergeheimen Kontakten?"

„Nein, es stand im Toloiser Herold."

„Ach."

„Ja, den lese ich jetzt regelmäßig. Eigentlich ging es mir nur darum, Prudentia widersprechen zu können, wenn sie mal wieder irgendwas behauptet. Aber mittlerweile macht es mir Spaß."

Die Krankenpflegerin, die Krumpl ablösen soll, schaut ins Zimmer und gratuliert mir zu meinem Erwachen. Sie fährt ein Drei-Gänge-Menü ans Bett, das den Mahlzeiten bei Meister & Sinn in nichts nachsteht. Aber weil mein Hunger noch zu wünschen übrig lässt, gebe ich Eschel das meiste davon ab. Beim Dessert merkt sie, wie müde ich auf einmal bin, und verabschiedet sich von mir.

„Bleibt es eigentlich dabei?", frage ich, als sie aufsteht und ihre kleegrüne Meister & Sinn-Bluse zurechtzupft. „Wirst du nach dem nächsten Halbjahr fortgehen und mich verlassen?"

Sie schenkt mir ihr schönstes Lächeln.

„Dich werde ich nie verlassen. Aber ich habe fest vor, dem Meister den Rücken zu kehren. Er wird seinen magischen Sand in Zukunft ohne meine Hilfe abwiegen müssen."

„Schade."

„Wir haben noch ein halbes Jahr zusammen. Wer weiß, was bis dahin ist."

Sie wirft mir einen letzten Blick zu und geht. Ihr Duft von Blumen und Ambra bleibt zurück.

KAPITEL 28
WAS DER WIND DAVONTRÄGT

AM ERSTEN SCHULTAG sehe ich Kruz wieder und das tut richtig gut, denn er ist der Einzige, der mich total normal behandelt. Er beschwert sich lediglich darüber, dass ich mich so dermaßen schamlos beim Meister eingeschmeichelt habe.

„Dem Boss das Leben retten – das geht nun wirklich zu weit."

„Du hast recht", sage ich. „Aber es hat sich halt so ergeben."

„Na ja, einer Truppe von Terroristen begegnet man ja auch nicht jeden Tag."

„Da ist was dran. Die haben mich ziemlich aus dem Konzept gebracht."

„Wäre mir ähnlich gegangen. Mein Mitgefühl."

„Danke."

Während des Festakts im Club unterhält mich Kruz mit Geschichten, die er in Andaluz erlebt hat. Selbst als der Meister den Saal betritt, um den Lehrlingen viel Glück für das nächste Halbjahr zu wünschen, blendet er dessen Rede per Abschirmungszauber aus und quatscht in einer Tour weiter. Ich muss aufpassen, dass ich nicht zu auffällig lache. Die ganze Zeit fixiere ich den Meister und tue so, als würde ich ihm aufmerksam zuhören. Als die Veranstaltung vorbei ist, erfahre ich, dass der Meister hauptsächlich über mich gesprochen hat.

„Es war eine elend lange Rede über deinen Heldenmut",

erzählt Skrap. „Außerdem bekommt der Herr Satyr hundert Punkte geschenkt als Anerkennung für seine Leistungen."

„Wie meinst du das?"

„Wie er's gesagt hat", erklärt Eschel. „Wir müssen dreihundert Punkte zusammenkriegen, du nur zweihundert."

„Oh je, muss ich jetzt bei der Streberbrigade mitmachen?" „Glaub bloß nicht, dass du bei denen im Ansehen gestiegen bist", meint Skrap. „Sie werden uns kollektiv dafür hassen." „Hundert Punkte", sage ich. „Nicht schlecht."

„Ach was, das ist lächerlich", protestiert Kruz. „Hundert Punkte dafür, dass du dem Chef den Allerwertesten gerettet hast? Er sollte dich von Kopf bis Fuß mit einer Breik-Sonderedition der Adamastserie ausstatten, das wäre angemessen."

Ich haue Kruz an, damit er still ist, denn gerade schlängelt sich Jozo Benoit Holz durch die versammelten drei Jahrgänge von Lehrlingen.

„Hast du gepackt?", fragt mich der Sekretär. „Ist dein Koffer abholbereit?"

„Ja, aber ich kann ihn auch selbst tragen, das ist kein Problem." Jozo Benoit Holz schüttelt den Kopf.

„Befehl vom Chef, du darfst dich nicht überanstrengen. Komm mit, die Kutsche wartet schon."

Ich verabschiede mich von den anderen und humple im gewohnt schiefen, geduckten Gang hinter Jozo her. Ich könnte aufrechter gehen und mein Bein gehorcht mir nun auch viel besser. Aber so vieles ist anders geworden und ich muss mich erst daran gewöhnen. Noch will ich an dem festhalten, was ich immer gewesen bin.

Als wir das Torhaus verlassen, sehe ich Sissi auf der Wiese stehen. Seit der Nacht, in der wir Lillis Geheimnis gelüftet haben, ist sie mir nicht mehr begegnet. Sie führt eine hitzige Diskussion mit ihrem Vater. Ihre Haare stecken wie immer zerzaust in einem Knoten, aber sie hat sich nicht blass geschminkt. Als mich Vater und Tochter kommen sehen, verstummen sie. Erst bei meiner Ankunft findet der Meister seine Sprache wieder.

„Ich geh schon mal voraus", sagt er gönnerhaft. „Ich glaube, mein Töchterchen hat dir was zu sagen."

Sissi wirft ihrem Vater einen giftigen Blick zu, er reagiert mit einem überheblichen Grinsen. Zusammen mit Jozo Benoit Holz verlässt er die Wiese, die mittlerweile wieder makellos aussieht.

„Warum simulierst du?", fragt sie.

„Ich simuliere?"

„Ja, du bist früher anders gehumpelt."

„Findest du?"

„Oh Mann, jetzt antworte mir endlich mal."

„Es fühlt sich besser an", sage ich. „Das ist schwer zu erklären. Ich habe gerade keine Lust, ein anderer zu sein."

Sissi nickt, die Antwort befriedigt sie.

„Wie war es am Meer?"

„Anstrengend", sagt sie. „Weißt du, ich war so froh, dass mein Vater den Angriff überlebt hat. Ich glaube, in der Nacht habe ich zum ersten Mal begriffen, was er mir bedeutet. Aber gleichzeitig regt er mich schrecklich auf. Wir haben uns nur gestritten."

„Und ich dachte, die Leute fahren ans Meer, um das glitzernde Wasser anzusehen und eine schöne Zeit zu haben."

„Manchmal hatte ich ein paar gute Minuten. Ich mag das Meer, vor allem nachts. Aber ich bin nun mal nicht einfach. Also, warum ich hier so blöd rumstehe: Ich wollte mich bedanken. Dafür, dass du mich in die Saftbar mitgenommen hast. Das war nicht selbstverständlich. Und na ja, dass du meinen Vater gerettet hast – das war hochgradig in Ordnung von dir. Danke, du hast was gut bei mir."

„Okay."

Sie streicht sich durch das zerzauste Haar und ich denke, dass ich ihr herzförmiges Gesicht wirklich sehr mag. Ihre Haut ist leicht gebräunt von der Sonne, die sie am Meer abbekommen haben muss. Sie wirft mir einen kritischen Blick zu.

„Dass du sein Liebling bist, finde ich aber nach wie vor ekelhaft, nur dass du's weißt. Viel Spaß in Hornfall."

„Danke."

Sie zwinkert mir zu und läuft in ihren zu großen, verwaschenen Sommerklamotten über die Wiese in Richtung Wunderwald. Ausnahmsweise bleibt sie sichtbar. Nur der Kater steckt unter einem Tarnzauber – ich erkenne es an der Pfote, die im Grün aufflackert und wieder verschwindet.

WIR FAHREN IN MEHREREN KUTSCHEN ZU DEN Flugwurmhäfen. Ich sitze mit Jozo Benoit Holz und dem Meister in der größten davon, vor und hinter uns reitet Sicherheitspersonal. Bevor es endgültig losgeht, machen wir noch einen Zwischenstopp beim Bankhaus Sackberg-Eyerling. Der Meister bedeutet mir, ihn zu begleiten, als er aussteigt und auf die Türen zuschreitet, die ihm mit viel Brimborium aufgehalten werden.

„Ich möchte der Herrscherin von Hornfall etwas Hübsches mitbringen", erklärt er mir. „Sie ist eine extravagante Person, heißt es, und sie liebt Schmuck."

„Sie ist noch sehr jung, nicht wahr?"

„Zu jung, um sich ausreichend Respekt zu verschaffen, aber begabt genug, um ihre Feinde eine Weile in Schach zu halten. Apropos – du kommst gut mit Sissi aus, was?"

Ich reagiere verhalten auf diese Frage, was für den Meister Antwort genug ist. „Tapferer Junge", sagt er mit einem wissenden Lächeln.

Wir werden vom Bankdirektor persönlich in den Tresorraum geführt, wo auf Amadeus Meisters Geheiß das Schließfach 337 geöffnet wird. Die Schätze, die sich darin stapeln, rauben mir den Atem. Doch regelrecht erschüttert bin ich, als der Bankdirektor nur ganz kurz ein kleines, schwarzes Samtkissen mit seiner Lampe anleuchtet. Auf dem Kissen liegt ein unspektakulärer grüner Fisch aus Holz.

Der Meister besitzt eine Smaragdgrüne Sardelle! Sie gehört ihm und sie fristet ihr Leben in seinem Tresor, Jahr für Jahr im Dunkeln, weil sie so selten und wertvoll ist. Ich starre an die Stelle, an der der kleine Holzfisch liegt, bis der Meister ein Kästchen mit einer Brosche und ein altertümliches Schwert aus dem Tresor geholt hat. Als der Bankdirektor die Tresortür schließt und verriegelt, würde ich am liebsten protestieren, aber das wäre lächerlich. Die Sardelle ist kein Lebewesen, sie ist ein Instrument. Und doch will ich sie herausholen und retten. Dieser Wunsch brennt immer noch in mir, als wir den Tresorraum verlassen.

„Hier", sagt Amadeus Meister und reicht mir das Schwert aus dem Tresor. „Das ist für dich. Mir nimmt es nur Platz weg, aber für einen Kämpfer wie dich ist es vielleicht das Richtige. Nimm es als Auszeichnung für deine Tapferkeit."

Verdutzt ergreife ich das Schwert und betrachte die alte, wunderschön gearbeitete Waffe in meinen Händen. Mir bleibt aber kaum Zeit, das ungewöhnliche Geschenk zu bestaunen, denn an der Kutsche muss ich es wieder abgeben, damit es im Gepäck verstaut werden kann. Im Inneren des Wagens übergibt der Meister das Kästchen mit der Brosche an Jozo Benoit Holz.

„Ein hübsches Stück aus den letzten Tagen der Kinyptischen Dynastie", sagt der Sekretär, als er den Inhalt studiert. „Rubine und Gorginstersilber. Die Brosche wird ihr gefallen."

„Präpariere sie während des Fluges", ordnet der Meister an. „Kurz vor der Ankunft probieren wir sie aus." Jozo Benoit Holz steckt das Kästchen in seine Brusttasche und mir wird klar, dass das Geschenk nicht einfach nur ein Geschenk ist. Sofort muss ich an Eschels Bitte denken – sie kommt mir gar nicht mehr so abwegig vor.

Gegen elf Uhr besteigen wir an den Flugwurmhäfen ein Flugschiff. Als das Schiff in den Himmel hinaufsteigt und von den Luftströmen hin und her geschüttelt wird, schaue ich wie ein Vogel auf Tolois hinab. Ich staune, wie groß diese Stadt ist. Ich betrachte all die Häuser, Straßen und Menschen und denke an die Winternacht zurück, als ich mit der Kutsche hier angekommen bin. Damals war ich ein Fremder, doch jetzt gehöre ich hierher. Ich gehöre dazu. Nun, da mich der Wind davonträgt, weiß ich, dass ich wahrhaft angekommen bin.

ENDE

NACHWORT

Liebe Leser,

vielen Dank, dass ihr mit mir nach Tolois gereist seid! Ich hoffe, ihr hattet eine gute Zeit und habt Lust auf weitere Bände der Geschichte. Noch steht nicht fest, ob das nächste Buch wieder aus Breiks Perspektive erzählt wird oder aus der Sicht einer anderen Figur. Ich habe mehrere Möglichkeiten im Kopf und alle gefallen mir sehr gut. Solltet ihr einen ausdrücklichen Wunsch haben, wer die nächste Geschichte erzählen soll, lasst es mich wissen. Es könnte mir helfen, eine Entscheidung zu treffen.

Wie immer bitte ich euch an dieser Stelle noch um Unterstützung: Über kurze oder längere Rezensionen auf Amazon, Thalia oder einem anderen Internetportal freue ich mich riesig. Diese Form der Empfehlung trägt einen großen Teil dazu bei, dass eine Geschichte von anderen Lesern gefunden wird. Unabhängigen Autoren wie mir helft ihr damit sehr.

Tausend Dank für alles sagt euch
   HALO

PS: Ich freue mich immer sehr über Post und ich lese alles gründlich und begeistert. Eure Zeilen haben mich schon oft aufgebaut und ermutigt. Leider habe ich ein zunehmend großes Problem mit dem Beantworten der Nachrichten, daher kann es wirklich Monate dauern, bis ich mich melde. Noch versuche ich, jede Nachricht zu beantworten. Aber sollte es sehr lange dauern oder mir eine Nachricht bei der Beantwortung irgendwie entwischen, dann lasst euch hiermit gesagt sein, dass ich eure Post auf jeden Fall lese und ganz hingerissen bin über das, was ihr mir mitteilt.

Die E-Mail-Adresse lautet:
halosummer@aol.com

Ihr erreicht mich auch über Instagram unter dem Namen
halo_summer_of_amuylett

und über die offizielle Facebook-Autorenseite:
www.facebook.com/sumpflochsaga

Infos und Neuigkeiten findet ihr auch auf meinem kleinen Blog:
sumpflochsaga.blogspot.de

oder über Twitter (Halo Summer).

WEITERE BÜCHER AUS AMUYLETT

DIE SUMPFLOCH-SAGA

Band 1, Feenlicht und Krötenzauber
Band 2, Dunkelherzen und Sternenstaub
Band 3, Nixengold und Finsterblau
Band 4, Mondpapier und Silberschwert
Band 5, Feuersang und Schattentraum
Band 6, Flüsterland und Zauberzeit
Band 7, Am Rand der Abendwelt (Teil 1)
Band 7, Der Ruf der Morgenwelt (Teil 2)
Band 8, Der tiefste Grund (Teil 1)
Band 8, Blätter der Unsterblichkeit (Teil 2)
Band 9, Die wahren Zauberer (Teil 1)
Band 9, Jenseits der Niemandsländer (Teil 2).
Die Reihe ist nach Band 9 abgeschlossen.

TAIM – Der Weg des weißen Tigers
(Die Geschichte des blinden Sternenforschers)

Geschichten, die in der Vergangenheit von Amuylett spielen:

ASCHENKINDEL - Das wahre Märchen
ASCHENKINDEL - Der wahre Prinz

FROSCHRÖSCHEN - Das wahre Märchen